北宋筆記之小說手法與文化面向

趙修霈 著

臺灣 學生書局 印行

北宋筆記之小說手法與文化面向

目　次

第一章　緒　論

一、問題提出

「筆記」一類著述，《四庫全書總目》歸納：「其說或抒己意，或訂俗譌，或述近聞，或綜古義，後人沿波，筆記作焉。大抵隨意錄載，不限卷帙多寡，不分次第先後。興之所至，即可成編。故自宋以來作者至夥。」[1]後來，劉葉秋（1917-1988）《歷代筆記概述》概述筆記的特點，「以內容論，主要在於『雜』」，「以形式論，主要在於『散』」[2]；同樣說明「筆記」實為內容龐雜、隨筆記錄之文體。

宋代因史學昌盛，學者多精於史筆，因此宋代筆記多為「記掌故、軼聞的史料筆記」，「內容較為切實」[3]；趙章超（1969-）論述宋人筆記：「宋人著述中此類佚事或包含佚事的筆記，總體上更是以實錄為宗旨，大多數作品是接近歷史著作

---

[1]　清・永瑢等撰：《四庫全書總目》卷 122（臺北：藝文印書館，1989 年 1 月），頁 2451。

[2]　劉葉秋：《歷代筆記概述》（北京：中華書局，1980 年 6 月），頁 3-5。

[3]　劉葉秋：《古典小說筆記論叢・宋代筆記概述》（天津：南開大學出版社，1985 年 3 月），頁 183-186。

的。」[4]由此可見，談及宋代筆記，學者多著眼於意在傳信、隨筆雜錄的一面。

然而，過去筆者研究北宋傳奇、《雲仙散錄》時，發現不僅傳奇在虛構故事時，喜愛附會歷史、敷衍詩詞典故、創造新的故實[5]，就連《雲仙散錄》亦有造作編撰故實之情形[6]，雖然符合《四庫全書總目》稱《雲仙散錄》「影撰故實」的說法[7]，但與北宋筆記「重信實」的特色，有所不同。

為此，筆者將目光轉向北宋筆記，發現就連北宋「重信、實」、「史傳性較強」的筆記，亦偶有「創新詞、造典故」現象，也就是說，筆記中的部分條目並非史料，實帶有創作意義；不過，這些編造偽作的典故，卻以「紀事實、辨疑惑」的形式為包裝。本書《北宋筆記之小說手法與文化面向》，即以北宋筆記為研究對象，通過比對各種前代或同時代之文本，說明瑣雜的北宋筆記在表面上「紀實」、「補史」之特色外，偶有條目實際上運用「敷衍故實」或「指事陳情」的小說手法。

邵伯溫（1057-1134）《邵氏聞見錄》曾記載錢惟演對歐陽脩等後輩之關愛：

4　趙章超：《宋代文言小說研究·引言》（重慶：重慶出版社，2005 年 4月），頁 1。

5　趙修霈：《深覆典雅：北宋敷衍故實傳奇析論》（臺北：臺灣學生書局，2016 年 6月）。趙修霈：《宋代傳奇小說傳奇手法研究》，國立政治大學中國文學研究所博士論文，2009 年 11月。

6　趙修霈：〈《雲仙散錄》之撰作時代：由書中所錄之唐人詩文才華故實析論〉，《東吳中文學報》第 34 期（2017 年 11 月），頁 29-53。

7　清·永瑢等撰：《四庫全書總目》卷 132，頁 2601。

謝希深、歐陽永叔官洛陽時，同遊嵩山。自潁陽歸，暮抵龍門香山。雪作，登石樓望都城，各有所懷。忽於烟靄中有策馬渡伊水來者，既至，乃錢相遣廚傳歌妓至。吏傳公言曰：「山行良勞，當少留龍門賞雪，府事簡，無遽歸也。」錢相遇諸公之厚類此。[8]

配合前一則記載清楚載明時間背景：「天聖、明道中，錢文僖公自樞密留守西都，謝希深為通判，歐陽永叔為推官，尹師魯掌書記，梅聖俞為主簿，皆天下之士，錢相遇之甚厚。」[9]共同展現出當時洛陽的文人群體及氛圍。不過，根據今人研究，卻指出此則是假材料，歐陽脩他們的嵩山之遊當在九月中旬，不至於「雪作」、「賞雪」。[10]然而，此一故事卻為宋人普遍相信引述，如洪邁（1123-1202）《容齋隨筆》舉此事為例，感嘆「今之燕賓者寧復有之？蓋亦值知己也。」[11]表達對此種知己相得情意的嚮往。由此可見，部分北宋筆記條目所記未必為事實，帶有創作虛構成分，但記載、流傳者實藉此彰顯其情感與寄託，即為本書所謂「指事陳情」。

方勺（1066-?）《泊宅編》說蘇軾在歐陽脩撰〈醉翁亭

8　宋・邵伯溫撰，王根林校點：《邵氏聞見錄》卷 8，收入《宋元筆記小說大觀》（上海：上海古籍出版社，2001 年 12 月），頁 1748。

9　宋・邵伯溫撰，王根林校點：《邵氏聞見錄》卷 8，收入《宋元筆記小說大觀》，頁 1747。

10　劉德清：《歐陽修紀年錄》引《容齋隨筆・容齋五筆》卷 9（上海：上海古籍出版社，2006 年 7 月），頁 46-47。

11　宋・洪邁著：《容齋隨筆・容齋五筆》卷 9（上海：上海古籍出版社，1998 年 3 月），頁 916。

記〉後四十九年，刻記入石，其中，改「泉洌而酒香」為「泉香
而酒洌」，「水落而石出」為「水清而石出」[12]；清人鮑廷博
（1728-1814）認為後句改「水落而石出」為「水清而石出」實
「據別本增入」，非方勺原文，但也從而說明《泊宅編》確有蘇
軾改〈醉翁亭記〉前句之「泉洌而酒香」為「泉香而酒洌」的記
載。方勺曾與蘇軾遊，此一記載又以「紀事實、辨疑惑」的形式
為包裝，因此多為人採信，但根據新發現的材料卻證明此一改動
或許並不存在[13]，具「敷衍故實」的情況。

　　至於北宋以後詩文用典，使用北宋筆記所載錄之故事或詩
文，或北宋以後考據筆記，對北宋筆記條目所進行的引用考辨，
皆夾帶北宋筆記所增益之新說法或新意義。如《清異錄》發明了
許多新詞彙，其中，有不少新詞彙後來在詩文中用為典故，比如
「當塗一種酒麴，皆發散藥，見風即消，既不久醉，又無腸腹滯
之患，人號曰『快活湯』，士大夫呼『君子觴』。」[14]北宋沈遼
（1032-1085）〈次韻酬泰叔〉：「二毛雖老醜，一醉迺尋常，
花圍風生席，雲齋月滿牀。清歌憐落落，高論接琅琅，誰謂羈遊
地，還陪君子觴。」[15]君子觴指的是「不久醉，又無腸腹滯之

12　宋・方勺撰，許沛藻、楊立揚點校：《泊宅編》（三卷本）卷上（北
　　京：中華書局，1997 年 12 月），頁 69。根據書前〈點校說明〉考訂，
　　認為「三卷本可能是方勺勒成此編前的初稿本，當時並未付梓，明萬曆
　　年間，商濬將其編入《稗海》之後，才廣泛流布開來。」
13　李強：《北宋慶曆士風與文學研究》（上海：上海書店出版社，2011
　　年 1 月），頁 286-287。
14　宋・陶穀：《清異錄》卷下，收入《全宋筆記》第一編第二冊（鄭州：
　　大象出版社，2003 年 10 月），頁 95。
15　宋・沈遼：《雲巢編》卷 2，收入《景印文淵閣四庫全書》第 1117 冊

患」的酒，而遊子們既寄身他鄉，又年歲已高，且壯志不遇，三種不得意累積下來，使人寄情於飲酒；雖然彼此都客居他鄉，但為表示高情厚誼，齊聚共飲「君子觴」。《清異錄》造此新詞時，「君子觴」即特別標榜是「士大夫」的稱呼，而沈遼用為典故時，除了酒之意義外，更藉此暗示在座的「朋好」、「弟兄」皆是君子。

《雲仙散錄》有「幽人筆」及「隱士衫」，前者記載「司空圖隱於中條山，芟松枝為筆管。人問之，曰：『幽人筆當如是。』」[16]後者敘述「成芳隱麥林山，剝苧織布，為短襴寬袖之衣，著以酤酒，自稱『隱士衫』。」[17]此二詞過去未曾出現過，首見於《雲仙散錄》，而南宋末釋文珦（1210-1287？）〈懷隱者〉詩：「逸步脫譏讒，高蹤不混凡，獨甘巢絕谷，人似說遊巖，自製幽人筆，妻裁隱士衫，世交空見憶，無處寄書函。」[18]可見，《雲仙散錄》編纂故實以為詩文用典的情況。[19]

另外，《雲仙散錄》有所謂「洗妝酒」，「洗妝」一詞原出自韓愈（768-824）〈華山女〉：「華山女兒家奉道，欲驅異教

（臺北：臺灣商務印書館，1983 年），頁 542。

[16] 舊題五代・馮贄編，張力偉點校：《雲仙散錄》（北京：中華書局，1998 年 2 月），頁 1。

[17] 舊題五代・馮贄編，張力偉點校：《雲仙散錄》，頁 15。

[18] 宋・釋文珦：《潛山集》卷 6〈懷隱者〉，收入《景印文淵閣四庫全書》第 1186 冊，頁 338。

[19] 關於《雲仙散錄》的撰作時代，應為北宋人偽託五代馮贄之作。見趙修霈：〈《雲仙散錄》之撰作時代：由書中所錄之唐人詩文才華故實析論〉，《東吳中文學報》第 34 期（2017 年 11 月），頁 29-53。

歸仙靈。洗妝拭面著冠帔，白咽紅頰長眉青。」[20]單純說華山女準備昇仙前，洗淨妝容、恢復本來清淨面目。《雲仙散錄》的「洗妝酒」指的是「洛陽梨花時，人多攜酒其下，曰：『為梨花洗妝。』或至買樹。」[21]說攜酒賞梨花，實為梨花洗妝，讓梨花愈發潔白清淨。自此，「洗妝」與梨花始產生連結：金代呂中孚（1190 前後在世）〈梨花〉詩：「等待清明得得芳，團枝晴雪暖生香。洗妝自有風流態，却笑紅深映海棠。」蕭貢（1158-1223）〈梨花〉詩：「丰姿閒澹洗粧慵，眉綠輕顰秀韻重，香惹夢魂雲漠漠，光搖溪館月溶溶。」[22]南宋趙必瑑（1245-1295）〈南康縣圃賞梨花呈長官〉：「種花之暇點春芳，把酒花邊試洗粧，差勝當年潘令尹，空栽桃李滿河陽。」[23]再至元代，愛用「洗妝」典故詠梨花者亦夥，如王惲（1227-1304）的詩詞曲創作，提及梨花總愛用「洗妝」之典：〈和姚左轄梨花詩韻〉[24]、〈後一日雨中招林韓李三君子小酌且為梨花洗粧時新植梨花一株盛開〉[25]、〈題錢舜舉畫梨花〉[26]、〈水龍吟賦秋日紅梨花〉[27]、〈好

20　清‧彭定求等編：《全唐詩》卷 341（北京：中華書局，2003 年 7 月），頁 3824。

21　舊題五代‧馮贄編，張力偉點校：《雲仙散錄》，頁 5。

22　收入金‧元好問：《中州集》卷 5（臺北：鼎文書局，1973 年 9 月），頁 241。

23　宋‧趙必瑑：《覆瓿集》卷 1，收入《景印文淵閣四庫全書》第 1187 冊，頁 282。

24　元‧王惲：〈和姚左轄梨花詩韻〉：「主人愛花情不薄，淚粉闌干愁寂寞。東欄一樹要洗粧，走報詩仙揮翠杓。醉歌不惜玉山頹，明月春風紛雪落。」收入楊亮、鍾彥飛點校：《王惲全集彙校》卷 7（北京：中華書局，2013 年 11 月），頁 240。

25　元‧王惲：〈後一日雨中招林韓李三君子小酌且為梨花洗粧時新植梨花

事近賦庭下新開梨花〉[28]等。而追溯「洗妝」典故與梨花之關係，其開始即為《雲仙散錄》。

　　北宋末《道山清話》新創「黃綿襖子」一詞：「斯舉又作〈黃綿襖子歌〉，其序言：『正月大雨雪，十日不已。既晴，鄰里相呼負日，曰：黃綿襖子出矣。』」[29]可見，「黃綿襖子」指的是冬陽。至南宋羅大經（1196-1252？）《鶴林玉露》及周密（1232-1298）《齊東野語》皆引錄何斯舉「黃綿襖子」故實[30]，而《鶴林玉露》更作一絕句：「范叔綈袍暖一身，大裘只蓋洛陽

　　一株盛開〉：「花滿金罍酒滿樽，一杯歡飲得佳賓。近年樂事無今歲，此際閒身有幾人。祿美勝於三品料，臘香清徹六根塵，風簷數點催妝雨，辨與梨花作好春。」收入楊亮、鍾彥飛點校：《王惲全集彙校》卷19，頁889。

[26] 元・王惲：〈題錢舜舉畫梨花〉：「水西千樹鬧春華，莫把芳容帶雨誇。看取一枝橫絕處，洗妝還是漢宮娃。」收入楊亮、鍾彥飛點校：《王惲全集彙校》卷33，頁1629。

[27] 元・王惲：〈水龍吟賦秋日紅梨花〉：「纖包淡貯幽香，玲瓏輕鎖秋陽麗。仙根借暖，定應不待，荊玉翠被。瀟灑輕盈，玉容渾是，金莖露氣。甚西風，宛轉東欄暮雨，空點綴，真妃淚。　　誰遣司花妙手，又一番，爭奇呈異。使君高臥，竹亭閒寂，故來相慰。燕几螺屏，一枝披拂，繡簾風細。約洗妝快瀉，玉鈴芳酒，枕秋蟾醉。」收入楊亮、鍾彥飛點校：《王惲全集彙校》卷74，頁3116。

[28] 元・王惲：〈好事近賦庭下新開梨花〉：「軒鎖碧玲瓏，好雨初晴三月。放出暖烟遲日，醉風簷香雪。　　一樽吟遶洗妝看，玉笛莫吹裂。留待夜深庭院，伴素娥清絕。」收入楊亮、鍾彥飛點校：《王惲全集彙校》卷76，頁3216。

[29] 宋・佚名撰，孔一校點：《道山清話》，收入《宋元筆記小說大觀》，頁2925。

[30] 宋・周密撰，黃益元校點：《齊東野語》卷4，收入《宋元筆記小說大觀》，頁5477。

人。九州四海黃綿襖，誰似天公賜與均。」[31]及南宋方岳（1199-1262）〈答程教〉一文：「某宛其老矣。意與年凋，負暄草亭，戀戀黃綿襖子不能起」[32]，則已不再提及何斯舉事，全將「黃綿襖子」當作典故，在詩文創作中取代日常使用之「冬陽」。再至明代《升庵集》內，有「黃綿襖出曬破磚」（〈田家喜晴謠〉），及「剡溪無心泛雪，衡山有意開雲，天借黃綿襖子，怜吾七十從軍。」（〈周儀晚晴六言〉）[33]亦可證明北宋末所創之新詞「黃綿襖子」，後世詩文用作典故。

　　北宋末《雞肋編》敘述因王羲之好鵝、曹操梅林救渴之事，故鵝有「右軍」、梅子為「曹公」之稱，甚至前人已用借代修辭撰寫「湯燖右軍一隻，蜜浸曹公兩瓶」，引人發笑。而《雞肋編》更記載另一事：鄧雍嘗撰束帖給張元裕：「今日偶有惠左軍者，已令具麵，幸遇此同享。」張元裕剛開始完全不懂「左軍」為何物，吃了才知道是鴨肉，於是問鴨為「左軍」的典故由來，原來是鵝為「右軍」，而鴨在鵝之下，故淮右皆稱鴨為「左軍」。再補述鄧雍至荊州為官時，荊州則以泰山有丈人觀，遂謂妻母為「泰水」。[34]

　　由此可見，北宋人創作詩文必須用典，甚至撰寫束帖等日常

---

[31]　宋・羅大經撰，穆公校點：《鶴林玉露》丙編卷 1，收入《宋元筆記小說大觀》，頁 5326。

[32]　宋・方岳：《秋崖集》卷 28，收入《景印文淵閣四庫全書》第 1182 冊，頁 499。

[33]　明・張士佩、楊慎：《升庵集》卷 12〈田家喜晴謠〉、卷 40〈周儀晚晴六言〉，收入《景印文淵閣四庫全書》第 1270 冊，頁 113、271。

[34]　宋・莊綽撰，蕭魯陽點校：《雞肋編》卷上（北京：中華書局，2016 年 3 月），頁 28。

瑣事亦用典故；常見典故已不稀奇，言古事、用典故的最終目的在「出奇」、「新意」，唯有經過編創的新典故纔能引起好奇之心。這些內容多記載於筆記之內，必須詳加閱讀、進行比對才能尋繹出典故之生發、編創及運用之歷程。由下圖所示，更可以清楚看出北宋筆記在詩文典故之流傳與應用上的重要地位：

　　本書前三章的研究重心即置於北宋筆記條目如何通過載錄形式，進行編撰之小說手法。全書的第二項研究重點，在於通過北宋筆記中的箭垛題材，觀察其以看似平實的敘事，包裝作者之創作及真正想說的意義，這種既欲表達議論又顯得內斂含蓄的手法，亦展現出北宋筆記刻意經營造作後的平和、平淡況味，即「絢爛之極」而臻於「平淡」的境界（「自造平淡」）。

二、研究範圍暨文獻探討

（一）研究範圍

　　本書所研究之北宋筆記，基本上採取歷史分期，自宋太祖建隆元年（960）至宋欽宗靖康二年（1127），以太祖、太宗、真宗為前期（960-1022），凡 63 年；仁宗、英宗為中期（1023-1067），凡 45 年；神宗、哲宗、徽宗、欽宗為後期（1068-

1126），凡 59 年。[35]其中，北宋初期筆記作者多是五代舊臣，但作者入宋為官，則屬於北宋筆記，如《北夢瑣言》、《清異錄》。南北宋之間的筆記數量眾多，為判別筆記是否納入北宋筆記之範圍確為一大難題：若所有出生在北宋時期之作者，所作為北宋筆記，似失之太寬；只要入於南宋者，所作皆不列入北宋筆記，又失之過嚴。為此，本書以該筆記作者在北宋時已任官作為標準，一則說明或許早在北宋，作者已開始採錄筆記資料，二則作者應受到北宋文風、文化之影響。

　　所謂「筆記」，有廣義、狹義之分，廣義的「筆記」包括《搜神記》、《世說新語》，也稱為「筆記小說」；狹義的「筆記」則指除去「筆記小說」的隨筆雜記，其內容可分為歷史瑣聞、考據辨證兩類。[36]本書的研究對象即以歷史瑣聞筆記為主，至於編撰創作成分明顯的志怪小說[37]、笑話類志人小說[38]，以及

35　李劍國：《宋代志怪傳奇敘錄》（天津：南開大學出版社，2000 年 6 月），頁 10。

36　劉葉秋：《古典小說筆記論叢・略談筆記與哲學》，頁 165。

37　孟瑤將非傳奇、非白話小說者，統稱為「雜俎」，而宋雜俎又被分為兩大類：「一是走《世說新語》路線，記人言行，以補正史之不足，如孫光憲《北夢瑣言》，歐陽脩《歸田錄》，至王讜《唐語林》而集大成，其他如蘇轍《龍川別志》、趙令時《侯鯖錄》、周煇《清波雜志》、岳珂《桯史》……都屬於這一類；一是張華《博物志》路線，而更往蒐奇志怪一條路上發展，如徐鉉《稽神錄》、吳淑《江淮異人傳》、郭象《睽車志》、劉斧的《青瑣高議》、洪邁《夷堅志》、其他如張君房《乘異記》、張師正《括異志》、聶田《祖異志》、秦再思《洛中紀異》，畢仲詢《幕府燕閒錄》……都屬這一類。」孟瑤：《中國小說史》（臺北：傳記文學出版社，1996 年 12 月），頁 137。蕭相愷則將記載朝野人物遺聞軼事的短篇文言小說稱為軼事小說：「它（軼事小

具有學術性質的考據辨證類筆記[39]，皆不在論述之列。其中，歷史瑣聞筆記是記載「『史官之所不記』的朝野人物遺聞瑣事的短篇文言小說」、「這類小說常常有『史補』的性質。」[40]劉葉秋同時也以「史料筆記」稱之。[41]至於《青瑣高議》，除傳奇、志怪外，亦有「抄撮前人故事的雜纂」，李劍國界定為傳奇志怪雜事小說集。[42]而《雲齋廣錄》則包括傳奇、名公軼事、詩人掌故等，李劍國界定為傳奇雜事小說集。[43]所謂「小說集」，指的是

　　說）和志怪小說的區別在於它所記的是人的言行事述，而志怪所記是鬼神怪異的活動。」蕭相愷：《宋元小說史》（杭州：浙江古籍出版社，1997年6月），頁227。魯迅雖未直接提出「志人小說」一詞，但周氏稱「或者掇拾舊聞，或者記述近事，雖不過叢殘小語，而俱為人間言動，遂脫志怪之牢籠也。」魯迅：《中國小說史略》（杭州：浙江文藝出版社，2000年12月），頁42。可見，孟瑤、蕭相愷、魯迅皆以與志怪小說相對來定義此類筆記體小說。

38　苗壯：「當代一些文學史、小說史論著或稱軼事小說、志軼小說，但總不如志人小說準確，如作為志人小說一個分支的笑話類作品，不能用軼事來概括。」苗壯：《筆記小說史》（杭州：浙江古籍出版社，1998年12月），頁10。

39　劉葉秋將宋代筆記分為三類，除了「小說故事類」外，尚有「歷史瑣聞類」及「考據辨證類」，本研究所謂軼事筆記，並不包括「考據辨證類」筆記。見劉葉秋：《歷代筆記概述》，頁88-125。

40　蕭相愷：《宋元小說史》，頁227-228。

41　劉葉秋：《古典小說筆記論叢‧宋代筆記概述》，頁183。

42　李劍國將《青瑣高議》界定為北宋傳奇志怪雜事小說集，認為其中既有劉斧所創作者，也有收錄他人所作者，如前集卷1〈明政〉、後集卷2〈張齊賢〉出自司馬光《涑水紀聞》、後集卷2〈太祖皇帝〉出自歐陽脩《廬陵歸田錄》、〈李侍讀〉出自釋文瑩《湘山野錄》、及其他宋人所撰的十八篇傳奇。李劍國：《宋代志怪傳奇敘錄》，頁184-185。

43　李劍國界定《雲齋廣錄》為傳奇雜事小說集，內容包括北宋軼事筆記，

書中包括志怪、傳奇及雜事筆記等不同文類，既然如此，兩書軼事、掌故等雜事筆記的部分，亦屬於本書之研究對象。

　　北宋筆記的文獻整理近年來已有豐富之成果：自 1979 年迄今，仍持續點校出版的中華書局「唐宋史料筆記叢刊」；2001年上海古籍出版社出版的《宋元筆記小說大觀》共六冊，收錄北宋筆記 35 部；2003 年起歷時十五年，大象出版社出版的《全宋筆記》共十編一百二冊，收錄北宋筆記約 110 餘部。這些經過輯校考證的文獻對於本研究有著極大的幫助。其次，文獻考釋的工作亦很重要，張家維《宋金元志人小說敘錄》對宋金元之志人小說進行文獻探討，逐一考察小說之「作者」、「卷本」、「內容」，為本計畫的文獻工作提供了初步且堅實的基礎。[44]顧宏義《宋代筆記錄考》則整理考釋兩宋 1107 部筆記之作者、目錄、版本，包括北宋至南北宋之交的筆記約有 500 部，去除亡佚者約228 部，現存或輯存之北宋筆記亦有近 300 部之多，對本研究有著直接且具體之幫助。不過，其中包括出使他國記錄（如《乘軺錄》）、藝文評論（如《海岳名言》）、日記（如《御試官日記》）、日記式遊記（如《遊城南記》）等[45]，使得「筆記」過於寬泛。又有不少筆記僅於小說類書或叢書內保留數則條目，在重要完整筆記尚未進行研究前，這些筆記條目亦只能暫時擱置、

有兩種形式：一是「士林清話」，雜錄文人軼事共 12 則；二是「詩話錄」，雜記本事詩或詩評，共 28 則。李劍國：《宋代志怪傳奇敘錄》，頁 209。

44　張家維：《宋金元志人小說敘錄》，國立臺北大學古典文獻學研究所碩士論文，2008 年 1 月。

45　顧宏義：《宋代筆記錄考》（北京：中華書局，2021 年 1 月）。

不列入研究篇章。另外，上文已述，編撰創作成分明顯的蒐奇志怪（如《稽神錄》）或笑話俳諧（如《開顏集》）兩類筆記著作，及屬於學術筆記的考據辨證類筆記（如《東原錄》），也不在本計畫研究範圍內。

　　因此，本書除了《青瑣高議》內的雜事筆記、《雲齋廣錄》中的「士林清話」、「詩話錄」外，實際討論的北宋筆記共四十六部，依時間次序表列如下．

書名	卷數	作者	生存（成書）年代	版本
《北夢瑣言》	20卷，佚文5卷	孫光憲	896-968	《全宋筆記》本
《清異錄》	2卷	北宋前期文人或陶穀	903-970	《全宋筆記》本
《賈氏談錄》	1卷	張洎	933-996	《宋元筆記小說大觀》本
《南唐近事》	2卷，佚文1卷	鄭文寶	953-1013	《全宋筆記》本
《南部新書》	10卷	錢易	968-1026	《宋元筆記小說大觀》本
《楊文公談苑》	243條	楊億、黃鑒、宋庠	974-1020	《宋元筆記小說大觀》本
《江鄰幾雜志》	1卷	江休復	1005？-1060	《宋元筆記小說大觀》本
《歸田錄》	2卷，補遺2條	歐陽脩	1007-1072	《宋元筆記小說大觀》本
《倦遊雜錄》	168條	張師正	1016-1086？	《宋元筆記小說大觀》本
《涑水紀聞》	16卷，逸文8條	司馬光	1019-1086	《宋元筆記小說大觀》本
《聖宋掇遺》	輯錄32條	闕名		《類說校注》本

《雲仙散錄》	367 條	北宋仁宗以後人偽託後唐馮贄		中華書局《古小說叢刊》本
《夢溪筆談》	26 卷，《補筆談》3 卷、《續筆談》11 條	沈括	1031-1095	上海書店《歷代筆記叢刊》本
《澠水燕談錄》	10 卷，補遺 6 條	王闢之	1032-？	《宋元筆記小說大觀》本
《麈史》	3 卷	土得臣	1036-1116	《宋元筆記小說大觀》本
《青箱雜記》	10 卷	吳處厚	1087 前後	《宋元筆記小說大觀》本
《仇池筆記》	2 卷	南北宋之交文人搜輯蘇軾隨筆文字成書	1037-1101	《全宋筆記》本
《東坡志林》	5 卷	南北宋之交文人搜輯蘇軾隨筆文字成書	1037-1101	《全宋筆記》本
《龍川別志》	2 卷	蘇轍	1039-1112	《全宋筆記》本
《呂氏雜記》	2 卷	呂希哲	1039-1116	《全宋筆記》本
《東軒筆錄》	15 卷，佚文 17 條	魏泰	1040 以後-約1107	「唐宋史料筆記叢刊」本
《續世說》	12 卷	孔平仲	1046-1104	《四部備要》本
《曲洧舊聞》	10 卷	朱弁	？-1144	《宋元筆記小說大觀》本
《國老談苑》	2 卷	夷門君玉		「唐宋史料筆記叢刊」本
《玉壺清話》	10 卷	僧文瑩	1060 前後在世	《宋元筆記小說大觀》本
《晁氏客語》	1 卷	晁說之	1059-1129	《全宋筆記》本
《畫墁錄》	1 卷	張舜民	？-約 1105	《宋元筆記小說大觀》本

《邵氏聞見錄》	20 卷	邵伯溫	1057-1134	《宋元筆記小說大觀》本
《侯鯖錄》	8 卷	趙令畤	1064-1134	「唐宋史料筆記叢刊」本
《泊宅編》	3 卷	方勺	1066-？	「唐宋史料筆記叢刊」本
《萍洲可談》	3 卷，佚文 2 條	朱彧	1119 成書	《宋元筆記小說大觀》本
《孫公談圃》	3 卷	孫升、劉延世	？-1099	《筆記小說大觀》本
《冷齋夜話》	10 卷	釋惠洪	1071-1128	《宋元筆記小說大觀》本
《春渚紀聞》	10 卷	何薳	1077-1145	「唐宋史料筆記叢刊」本
《石林燕語》	10 卷	葉夢得	1077-1148	《宋元筆記小說大觀》本
《避暑錄話》	4 卷	葉夢得	1077-1148	《宋元筆記小說大觀》本
《靖康緗素雜記》	10 卷	黃朝英	1124 前後在世	「唐宋史料筆記叢刊」本
《雞肋編》	3 卷	莊綽	1078-？	「唐宋史料筆記叢刊」本
《唐語林》	8 卷，20 條佚文	王讜	1102 前後在世	「唐宋史料筆記叢刊」本
《道山清話》	1 卷	佚名		《宋元筆記小說大觀》本
《墨客揮犀》	10 卷，6 條遺文	彭□[46]	1128-1136 刊行	「唐宋史料筆記叢刊」本

---

[46]　宋・彭□輯撰，孔凡禮點校：《墨客揮犀》卷 3（北京：中華書局，2002 年 9 月），頁 263-266。孔凡禮在《墨客揮犀・點校說明》對輯撰者進行考辨，認為「實出自惠洪族人彭姓某人之手……今以彭□當之。」而《續墨客揮犀》與《墨客揮犀》同。

《續墨客揮犀》	10 卷	彭□	1128-1136 刊行	「唐宋史料筆記叢刊」本
《默記》	1 卷	王銍	約 1083-1140	《宋元筆記小說大觀》本
《墨莊漫錄》	10 卷	張邦基	1131 前後在世	「唐宋史料筆記叢刊」本
《北窗炙輠錄》	2 卷	施德操	1131 前後在世	《宋元筆記小說大觀》本
《鐵圍山叢談》	6 卷	蔡絛	1097-1162？	「唐宋史料筆記叢刊」本

為說明故實在北宋以後的衍生轉變，本書一併進行討論的南宋筆記共十八部，列表如下：

書名	卷數	作者	生存（成書）年代	版本
《高齋漫錄》	1 卷	曾慥	？-1155	《全宋筆記》本
《邵氏聞見後錄》	30 卷	邵博	？-1158	《宋元筆記小說大觀》本
《苕溪漁隱叢話》	前集60卷，後集40卷	胡仔	1095-1170	《筆記小說大觀》本
《容齋隨筆》、《續筆》、《三筆》、《四筆》、《五筆》	五集 74 卷	洪邁	1123-1202	上海古籍出版社1978 年版
《老學庵筆記》	10 卷	陸游	1125-1209	《宋元筆記小說大觀》本
《玉照新志》	5 卷	王明清	1127-？	《宋元筆記小說大觀》本
《清波雜誌》	12 卷	周煇	1127-？	《宋元筆記小說大觀》本
《能改齋漫錄》	18 卷	吳曾	1162 前後在世	《全宋筆記》本
《捫蝨新話》	15 卷	陳善	1169 前後在世	《全宋筆記》本

《示兒編》	23 卷	孫奕	1189 前後在世	《景印文淵閣四庫全書》本
《雲麓漫鈔》	15 卷	趙彥衛	1195 前後在世	「唐宋史料筆記叢刊」本
《西塘集耆舊續聞》	10 卷	陳鵠	1174-1224？	《宋元筆記小說大觀》本
《賓退錄》	10 卷	趙與峕	1175-1231	《宋元筆記小說大觀》本
《梁溪漫志》	10 卷	費袞	1190 前後在世	《宋元筆記小說大觀》本
《鶴林玉露》	甲編 6 卷，乙編 6 卷，丙編 6 卷	羅大經	1196-1252？	《宋元筆記小說大觀》本
《鼠璞》	2 卷	戴埴	1238 前後	《景印文淵閣四庫全書》本
《困學紀聞》	20 卷	王應麟	1223-1296	上海古籍出版社全校本
《齊東野語》	20 卷	周密	1232-1298	《宋元筆記小說大觀》本

為研究北宋筆記內的故實之創發改編，本書將與前代材料進行比對，取材於唐、五代筆記者共十七部，列表如下：

書名	卷數	作者	生存（成書）年代	版本
《卓異記》	1 卷	李翱	774-836	《唐五代宋筆記十五種》本
《劉賓客嘉話錄》	130 條，補遺56 條	韋絢	801-866？	《唐五代筆記小說大觀》本
《酉陽雜俎》	前集 20 卷，續集 10 卷，佚文 39 條	段成式	803？-863	中華書局許逸民校箋本
《因話錄》	6 卷	趙璘	844 前後在世	《唐五代筆記

				小說大觀》本
《大唐傳載》	1 卷	佚名		《唐五代筆記 小說大觀》本
《東觀奏記》	3 卷	裴庭裕	846 前後在世	「唐宋史料筆 記叢刊」本
《宣室志》	10 卷，補遺 12 條	張讀	833-889	《唐五代筆記 小說大觀》本
《唐闕史》	2 卷	高彥休	854-？	《唐五代筆記 小說大觀》本
《幽閒鼓吹》	26 條	張固	873 年後在世	《唐五代筆記 小說大觀》本
《松窗雜錄》	1 卷	李濬	877 前後在世	《唐五代筆記 小說大觀》本
《雲溪友議》	3 卷	范攄	880 前後在世	《唐五代筆記 小說大觀》本
《杜陽雜編》	3 卷	蘇鶚	876 成書	《唐五代筆記 小說大觀》本
《玉泉子》	1 卷	闕名		《唐五代筆記 小說大觀》本
《劇談錄》	2 卷	康駢	895 成書	《唐五代筆記 小說大觀》本
《桂苑叢談》	1 卷	嚴子休	889 前後在世	《唐五代筆記 小說大觀》本
《唐摭言》	15 卷	王定保	870-941？	《唐五代筆記 小說大觀》本
《中朝故事》	1 卷	尉遲偓	937 前後在世	《唐五代筆記 小說大觀》本

（二）文獻探討

　　以下針對北宋筆記之綜論、北宋個別筆記及具有軼事雜事內容之小說集的研究，整理相關研究成果：

1.綜論北宋筆記或宋人筆記之論著

　　關於北宋筆記，有相當數量的前人研究並非針對特定一部筆記，而是以宏觀的視角綜論北宋筆記或宋人筆記，以下就研究情況加以整理。

　　首先，康來新《發跡變泰——宋人小說學論稿》極具啟發性，第三章〈時代風氣的辨疑與議論——筆記治學舉隅〉較早針對宋人筆記進行深入論述，其中對「鶯鶯學」、「唐太宗賺蘭亭序」、「后土夫人」等前代故實在宋代筆記內之轉變有所探討。[47]林禎祥《北宋軼事小說之研究》及〈附表：北宋軼事小說一覽表〉介紹北宋軼事小說的發展概況及重要文獻。[48]林卿卿《宋人軼事小說研究》提出「很可能存在大量虛構和民間傳說的成分」，並認為這也是宋人軼事小說之特點之一。[49]周靖靜《北宋筆記研究》以北宋筆記為對象，從「話題」、「作者」、「文學性」三方面入手，研究唐宋轉型的視域下北宋人書寫表達特徵的轉變，並通過分析作者身分解釋北宋筆記呈現出的特徵，展現北宋筆記之文學和文學史意義。[50]周瑾鋒《唐宋筆記小說研究》是關於唐宋筆記小說的綜合性研究，關注唐宋筆記小說的創作、傳播、批評等多個方面，說明宋代是筆記小說走向成熟、繁榮的階

---

[47]　康來新：《發跡變泰——宋人小說學論稿》（臺北：大安出版社，2010年4月二版），頁115-153。

[48]　林禎祥：《北宋軼事小說之研究》，東吳大學中國文學研究所博士論文，2012年6月。

[49]　林卿卿：《宋人軼事小說研究》，復旦大學博士論文，2013年。

[50]　周靖靜：《北宋筆記研究》，復旦大學碩士論文，2014年。

段，在筆記小說史或小說史上有著重要意義。[51]寧欣等編著的
《宋人筆記中的隋唐五代史料》則將宋人筆記記述唐五代史實或
轉引唐五代筆記的內容進行整理，依內容分為職官、政事、藝
文、禮儀、營繕、征伐、食貨、選舉、輿地、志怪、雜項等十一
類，展現筆記對歷史研究的貢獻與意義。[52]

　　其次，文獻考釋的工作亦很重要，張家維《宋金元志人小說
敘錄》對宋金元之志人小說進行文獻探討，逐一考察小說之「作
者」、「卷本」、「內容」；顧宏義《宋代筆記錄考》則整理考
釋兩宋 1107 部筆記之作者、目錄、版本。

　　此外，視北宋筆記為歷史、文學材料之研究成果極為豐富，
前者如丁海燕，由史學角度觀察宋人史料筆記，撰寫了四篇論
文。[53]不過，丁氏在〈從宋人史料筆記看歷史資料的二重性〉強
調，宋人史料筆記的史料價值雖然值得重視，但也「不宜因此而
過分渲染史料筆記作為歷史資料的史學價值」。同樣地，瞿林東
有兩篇論文，其中〈宋人史料筆記撰述的旨趣〉論述宋人史料筆

---

[51]　周瑾鋒：《唐宋筆記小說研究》，華東師範大學博士論文，2016 年。

[52]　寧欣等編著：《宋人筆記中的隋唐五代史料》（北京：商務印書館，
　　　2018 年 11 月）。

[53]　丁海燕：〈中華書局版宋人史料筆記小議〉，《中國圖書評論》2003
　　　年 3 期（2003 年 4 月），頁 40-41。丁海燕：〈宋人史料筆記研究——
　　　從《四庫全書總目》對宋代史料筆記的評價談起〉，《中州學刊》2004
　　　年 1 期（2004 年 1 月），頁 112-116。丁海燕：〈從宋人史料筆記看歷
　　　史資料的二重性〉，《史學理論與史學史學刊》（2010 年 11 月），頁
　　　211-220。丁海燕：〈宋人史料筆記關於史書采撰的幾點認識〉，《遼
　　　寧大學學報（哲學社會科學版）》第 41 卷第 5 期（2013 年 9 月），頁
　　　48-53。

記之撰述旨趣時，亦提出宋人筆記有「以古訓的名義而記述新的
『前言往行』」之情況。[54]郭凌雲亦有四篇相關論文[55]，其他學
者如宋馥香、曹祥金、王梅、羅昌繁、涂小麗、江湄、張劍光、
李東輝、蔣金芳、廖咸惠等，亦有論述。[56]可見，宋人筆記被視

---

[54] 瞿林東：〈宋人筆記的史學意識〉，《文史知識》2014 年 10 月，頁 29-
　　36。瞿林東：〈宋人史料筆記撰述的旨趣〉，《天津社會科學》2016
　　年 4 期（2016 年 7 月），頁 138-145。

[55] 郭凌雲：〈北宋歷史瑣聞筆記主題變化論略〉，《牡丹江教育學院學
　　報》2006 年 2 期（2006 年 3 月），頁 1-3。郭凌雲：〈歷史瑣聞筆記題
　　材在北宋的變遷〉，《河南教育學院學報（哲學社會科學版）》2006
　　年第 6 期（2006 年 11 月），頁 71-74。郭凌雲：〈北宋歷史瑣聞筆記
　　觀念簡論〉，《北京大學學報（哲學社會科學版）》第 49 卷第 5 期
　　（2012 年 9 月），頁 49-56。郭凌雲：〈北宋黨爭影響下的歷史瑣聞筆
　　記創作〉，《雲南民族大學學報（哲學社會科學版）》第 30 卷第 5 期
　　（2013 年 9 月），頁 144-149。

[56] 宋馥香：〈兩宋歷史筆記的編纂特點〉，《華中科技大學學報（社會科
　　學版）》2007 年第 2 期（2007 年 3 月），頁 72-76。曹祥金：《宋代筆
　　記中的小說史料研究》，山東大學碩士論文，2010 年。王梅：〈宋人
　　筆記中的黨爭及其士風——以「舊黨」筆記為例〉，《首都師範大學學
　　報（社會科學版）》2011 年增刊 1 期（2011 年 2 月），頁 75-79。羅昌
　　繁：〈北宋初期筆記小說中的五代十國君臣形象〉，《許昌學院學報》
　　第 31 卷第 4 期（2012 年 7 月），頁 59-62。涂小麗：〈宋人筆記中論唐
　　史之風〉，《北方論叢》2012 年第 3 期，頁 94-97。江湄：〈宋代筆
　　記、歷史記憶與士人社會的歷史意識〉，《天津社會科學》2016 年第 4
　　期（2016 年 7 月），頁 146-155。張劍光：〈宋人筆記的史料價值——
　　基於唐五代社會資料為核心的考察〉，《山西大學學報（哲學社會科學
　　版）》第 39 卷第 4 期（2016 年 7 月），頁 33-38。李東輝：《宋人筆記
　　中的唐研究》，華中師範大學碩士論文，2016 年。蔣金芳：〈從《四
　　庫總目》評語看宋人筆記與北宋黨爭〉，《科教文匯》中旬刊（2018
　　年 6 月），頁 154-155。廖咸惠：〈閒談、紀實與對話：宋人筆記與術

為史料之研究盛況。

　　視北宋筆記為文學研究之材料的部分，研究成果雖不如歷史
研究，亦為可觀。如張高評研究宋代筆記中講究創意獨道的詩論
內容[57]，任樹民、鄒志勇、彭波、王華權、王紅麗、陽繁華、翟
璐、張瑞君、宋娟、江琴、沈夢婷、胡鵬、賈濤、沈潤冰等，通
過筆記記載論述杜甫、韓愈、王安石、蘇軾等文人形象，並旁及
唐宋之詩學理論、文學理論。[58]這類研究，亦同樣將筆記資料視

　　數知識的傳遞〉，《清華學報》新 48 卷第 2 期（2018 年 6 月），頁
　　387-418。

[57]　張高評：〈宋人筆記論詩歌之新創自得〉，《高雄師大國文學報》第
　　28 期（2018 年 7 月），頁 1-39。

[58]　任樹民：〈從宋人筆記看王安石的人格〉，《撫州師專學報》第 20 卷
　　第 1 期（2001 年 3 月），頁 1-4。鄒志勇：《宋人筆記中的詩學討論熱
　　點研究》，南京師範大學博士論文，2005 年。彭波：《從宋人筆記看
　　北宋士人風貌》，四川大學碩士論文，2005 年。王華權：〈宋代筆記
　　中宋人對唐詩的接受觀考探〉，《蘭州學刊》2011 年第 3 期（2011 年 3
　　月），頁 139-142。王紅麗：〈從宋代筆記看宋人對杜甫及其詩歌的接
　　受〉，《廣東廣播電視大學學報》第 20 卷第 5 期（2011 年 10 月），頁
　　71-79。陽繁華、唐成可：〈論宋人筆記小說中王安石的負面形象〉，
　　《合肥學院學報（社會科學版）》第 29 卷第 2 期（2012 年 3 月），頁
　　32-35。翟璐：《宋代筆記中的蘇軾》，河南大學碩士論文，2013 年。
　　張瑞君：〈文瑩筆記中的文學思想〉，《重慶師範大學學報（哲學社會
　　科學版）》2015 年第 3 期（2015 年 6 月），頁 91-98。宋娟：〈宋人筆
　　記中蘇軾文學批評軼事及其價值〉，《文藝評論》（2015 年 12 月），
　　頁 94-97。江琴：《宋代筆記小說中的宋詩研究》，四川師範大學碩士
　　論文，2019 年。沈夢婷：《唐宋筆記視域中的韓愈研究》，南京師範
　　大學碩士論文，2019 年。胡鵬：〈論宋人筆記中士大夫形象的建構
　　——以宋初宰相陳堯佐為例〉，《天中學刊》第 35 卷第 3 期（2020 年
　　6 月），頁 82-87。賈濤：〈宋人筆記對蘇軾文人藝術家形象的神化與

為紀實。

2.針對個別筆記所進行之研究

針對北宋個別筆記之研究成果並不如前一項之豐碩，且研究內容或重於文獻考證，或偏於史料價值，較少關注於筆記內容或小說手法之研究。

(1)文獻考證

中華書局「唐宋史料筆記叢刊」、上海古籍出版社《宋元筆記小說大觀》及大象出版社《全宋筆記》所收錄的每部筆記，書前皆有〈點校說明〉或〈校點說明〉，這些宋代筆記經過知名學者輯校考證，書前的〈點校說明〉極具價值。不過，專文探討北宋筆記之基礎文獻仍僅集中於少數著作，研究成果相對豐富的，有《北夢瑣言》、《南部新書》、《楊文公談苑》等。

潘麗琳〈五代孫光憲「北夢瑣言」初探〉概述《北夢瑣言》作者生平、成書年代、版本流傳及內容思想[59]，屬於《北夢瑣言》較早且基礎全面之研究。房銳對《北夢瑣言》做了一系列研究，不僅在前代學者輯佚的基礎上，由《太平廣記》、《紺珠集》、《白孔六帖》等書中，新輯出佚文 15 條，訂正了 8 條訛誤，且考證《北夢瑣言》的結集時間約在北宋建隆三年，同時說明此書保存了大量可貴的唐五代史籍資料，包括已經亡佚的文獻，並對其他史籍、類書、筆記小說、詩話、別集進行校勘，展

重塑〉，《藝術探索》第 34 卷第 5 期（2020 年 9 月），頁 20-29。沈潤冰：〈略論唐宋筆記中的杜甫形象〉，《杜甫研究學刊》2021 年第 2 期（2021 年 6 月），頁 39-48。

[59] 潘麗琳：〈五代孫光憲「北夢瑣言」初探〉，《東吳中文研究集刊》第 6 期（1999 年 5 月），頁 73-92。

現《北夢瑣言》的文獻校勘價值。[60]房銳博士論文《孫光憲與《北夢瑣言》研究》則考辨了孫光憲的生平事跡、交遊、著述等情況，且探討《北夢瑣言》的史料價值。[61]

《南部新書》的文獻考辨研究，如虞雲國針對作者之生卒年及《南部新書》版本源流進行考察。[62]羅寧認為《南部新書》內容和文字大部分來自唐代的小說、雜史、雜傳以及正史等，因此通過此書可睹唐代小說佚書之殘文、補唐代小說節錄本之不足、補唐代小說輯本傳本之闕遺、校唐代小說文字之訛謬。[63]陳志堅、梁太濟逐一考辨《南部新書》內的數項記載：「對居近侍」、「定場」、「為相只一日」、「五花判事」、「拍彈」。[64]唐雪康則認為近年新見潘重規舊藏《南部新書》抄本為抄自金

60　房銳：〈《北夢瑣言》與唐五代史籍〉，《四川師範大學學報（社會科學版）》第30卷第4期（2003年8月），頁85-90。房銳：〈《北夢瑣言》輯佚〉，《四川師範大學學報（社會科學版）》，2004年第6期（2004年11月），頁89-95。房銳：〈對《北夢瑣言》結集時間的再認識〉，《樂山師範學院學報》第20卷第7期（2005年7月），頁22-24。房銳：〈《北夢瑣言》的文獻校勘價值〉，《四川師範大學學報（社會科學版）》第33期第2期（2006年3月），頁128-133。房銳：〈《北夢瑣言》訂誤〉，《西華大學學報（哲學社會科學版）》第3期（2006年6月），頁13-14、93。

61　房銳：《孫光憲與《北夢瑣言》研究》（北京：中華書局，2006年9月）。

62　虞雲國：〈《南部新書》小考〉，《文獻》2001年第4期（2001年10月），頁104-108、144。此文的結論部分誤將「生年」968年或976年寫作「卒年」。

63　羅寧：〈論《南部新書》對於整理唐代小說文獻的價值〉，《西南交通大學學報（社會科學版）》第10卷第2期（2009年4月），頁58-63。

64　陳志堅、梁太濟：〈《南部新書》研讀札記六題〉，《中國典籍與文

檀文瑞樓本的乾隆抄本，屬於《南部新書》足本系統之新善本，對於釐清《南部新書》各版本間的源流關係，及進一步核定文本有一定的文獻價值。[65]李志杰《《南部新書》考述》分為上、下兩篇，上篇從作者、版本、史料來源、史料價值對《南部新書》作一總體論述，下篇通過比對今之所見唐五代典籍，對《南部新書》大部分條目的具體出處逐一考證，釐清其材料來源。[66]梁太濟《《南部新書》溯源箋證》逐條考察書中內容所依據的前人或時人著作，如正史、《太平廣記》、白居易詩文集，並於〈附錄〉箋證了〈錢易傳〉及考察其籍貫、初舉之年。[67]

《楊文公談苑》的研究亦著重於文獻研究上，如許振興就輯校原則、失載出處、標點未善及補充闕遺四部分，對目前最完備之輯校本 1993 年上海古籍出版社出版之《楊文公談苑》進行建議。[68]許淨瞳通過《楊文公談苑》與重要史料的比勘，訂正《楊文公談苑》的錯誤與他書訛誤共 19 處；[69]又撰文探討是書之輯佚情況，再由此論述其文學、史學價值。[70]許琰對楊億的著述《武

化》2012 年第 2 期（2012 年 4 月），頁 109-114。

[65] 唐雪康：〈新見潘重規舊藏《南部新書》抄本考論〉，《文獻》2021 年第 4 期（2021 年 7 月），頁 92-111。

[66] 李志杰：《《南部新書》考述》，陝西師範大學碩士論文，2006 年。

[67] 梁太濟箋證：《《南部新書》溯源箋證》（上海：中西書局，2013 年 6 月）。

[68] 許振興：〈輯校本《楊文公談苑》商榷〉，《古籍整理研究學刊》1995 年 1、2 期合刊（1995 年 3 月），頁 26-28。

[69] 許淨瞳：〈《楊文公談苑》考〉，《古籍整理研究學刊》2011 年 4 期（2011 年 7 月），頁 23-28。

[70] 許淨瞳：〈《楊文公談苑》的文獻價值〉，《鹽城師範學院學報（人文社會科學版）》2013 年 1 期（2013 年 2 月），頁 80-83。

夷新集》、《西昆酬唱集》、《冊府元龜》、《歷代銓政要略》、《楊文公談苑》、《太宗實錄》、《景德傳燈錄》等進行全面系統的整理。[71]

　　其餘筆記縱然有文獻方面之研究，亦僅一二篇，如《清異錄》有鄧瑞全、李開升〈《清異錄》版本源流考〉[72]，及李曉林《《清異錄》文獻研究》。[73]《賈氏談錄》的研究，僅陶敏撰文討論海日樓沈曾植所藏《賈氏談錄》。[74]鄧子勉撰文討論《江鄰幾雜志》之書名、版本及內容問題[75]，董樂寧則考辨作者江休復事蹟。[76]章培恒、徐艷對《東坡志林》進行考察，認為五卷本《志林》是真偽雜揉之書，而十二卷本更晚於五卷本，亦真偽參

---

[71]　許琰：〈楊億著述考〉，《歷史文獻研究》總第 32 輯（2013 年 6 月），頁 176-184。

[72]　鄧瑞全、李開升：〈《清異錄》版本源流考〉，《古籍整理研究學刊》2008 年第 4 期（2008 年 7 月），頁 48-55。本文分析現存《清異錄》十一種版本之特點、優劣。

[73]　李曉林：《《清異錄》文獻研究》，南京大學碩士論文，2014 年。此論文分為上下二篇：上篇主要是關於《清異錄》流傳、撰人、價值之探討，下篇則是《清異錄》全文箋證。

[74]　陶敏：〈述海日樓藏舊抄本《賈氏談錄》〉，《文獻》2007 年第 2 期（2007 年 4 月），頁 89-94。本文論述海日樓沈曾植所藏《賈氏談錄》內有三十一事，既與傅增湘《藏園群書題記》所說的三十一條之數相合，且其中有七條《四庫全書》本所無，因此可以訂正過去條目闕佚、文字錯亂的情況。

[75]　鄧子勉：〈《江鄰幾雜志》考略〉，《文獻季刊》2006 年第 1 期（2006 年 1 月），頁 103-111。

[76]　董樂寧：〈詩評家江休復事蹟考述〉，《湖北科技學院學報》第 35 卷第 2 期（2015 年 2 月），頁 39-40、46。

半。[77]針對《仇池筆記》一書，修世平比對《四庫全書》所收錄之曾慥《類說》中的《仇池筆記》135 則、明萬曆年間趙開美刊本《仇池筆記》126 則，及明陶宗儀《說郛》所收《仇池筆記》39 則；[78]田志勇、何硯華對《仇池筆記》之版本進行全面的梳理與考證，並說明自己校勘《仇池筆記》的版本選擇；[79]曾祥波則對《仇池筆記》的成書來源進行研究。[80]張一鳴通過《續世說》與史書互校，補證了中華書局本史書的校勘意見、運用史書訂正《續世說》的錯訛、輯佚《舊五代史》八條材料；[81]林美君仔細考證孔平仲生平，說明《續世說》整理故實、考證舊聞、改變稱謂等編撰手法不同於《世說新語》，並討論《續世說》的編撰架構，展現孔平仲在史學上的具體表現及用心成就。[82]周勛初《唐語林校證》的〈前言〉可視為考訂《唐語林》作者、資料來源，及探討此書價值、問題、版本的論文，同時，周勛初還說明了整

77　章培恒、徐艷：〈關於五卷本《東坡志林》的真偽問題——兼談十二卷本《東坡先生志林》的可信性〉，《南京師範大學文學院學報》2002年第 4 期（2002 年 12 月），頁 163-173。

78　修世平：〈《仇池筆記》輯析〉，《古籍整理研究學刊》1999 年第 5 期（1999 年 9 月），頁 5-10。

79　田志勇、何硯華：〈《仇池筆記》的版本和校勘時的版本選擇〉，《蒙自師範高等專科學校學報》第 1 卷第 3 期（1999 年 6 月），頁 42-47。

80　曾祥波：〈《仇池筆記》的成書來源及其價值——以明刊《重編東坡先生外集》為切入點〉，《文學遺產》2022 年第 2 期（2022 年 3 月），頁 74-85。

81　張一鳴：《《續世說》考校》，西南交通大學碩士論文，2010 年。

82　林美君：《孔平仲及其《續世說》研究》，世新大學中國文學系博士論文，2015 年。

理此書的工作情況。[83]後來，周勛初又撰寫一文，詳細說明其校證《唐語林》的方法、過程，並說明書籍出版後，各界學者持續提供資料，助其修訂；[84]其為《唐語林》涉及的五、六十種筆記所作之提要，亦另外整理出版，其中最後一篇即為《唐語林》所撰之〈敘錄〉。[85]秦穎研究了《唐語林》的材料來源，並分析其所受之影響。[86]張彥探討王鞏三部筆記《聞見近錄》、《甲申雜記》、《隨手雜錄》之編撰時間及編排方式。[87]許沛藻、楊立揚考辨《泊宅編》的成書過程。[88]羅寧、熊建月認為寶文堂本的《晁氏客語》較《全宋筆記》所採用的《百川學海》本更好，且《全宋筆記》未作校勘，因此出現錯誤。[89]邱美琼據三部宋代詩話匯編《詩話總龜》、《苕溪漁隱叢話》、《詩人玉屑》，輯出

---

[83]　宋・王讜撰，周勛初校證：《唐語林校證》（北京：中華書局，1997年 12 月），頁 1-36。

[84]　周勛初：〈《唐語林校證》慘淡經營始末〉，《古典文學知識》1994年第 2 期（1994 年 3 月），頁 3-10。

[85]　周勛初：《唐代筆記小說敘錄》（南京：鳳凰出版社，2008 年 3 月），頁 176-179。

[86]　秦穎：〈An Introductory Study of the Tang yulin (Forest of Conversations on the Tang): Textual History, Source Material, and the Influences It Received 《唐語林》介紹：文本歷史，材料來源，及所受影響〉，《清華學報》新 48 卷第 2 期（2018 年 6 月），頁 419-456。

[87]　張彥：〈北宋王鞏筆記考論〉，《新疆職業大學學報》第 22 卷第 5 期（2014 年 10 月），頁 43-47。

[88]　許沛藻、楊立揚：〈《泊宅編》成書考〉，《上海師範大學學報（哲學社會科學版）》1983 年第 1 期（1983 年 2 月），頁 120-124。

[89]　羅寧、熊建月：〈《晁氏客語》的版本及其《全宋筆記》本的若干點校失誤〉，《西華師範大學學報（哲學社會科學版）》2020 年第 1 期（2020 年 1 月），頁 57-66。

《冷齋夜話》五條佚文。[90]至於《默記》之基礎文獻研究，有朱杰人討論王銍《默記》的成書年代及內容；[91]房厚信、張明華則根據現存史料，對王銍現存 7 部著述、17 部失傳著述及 5 部曾被認為是王銍所作的「偽書」逐一進行考證，再對照《全宋文》和《全宋詩》輯得佚文 8 篇、佚詩 5 首。[92]方建新對《石林燕語》的成書時間[93]，及《避暑錄話》成書年代、版刻流傳、史料價值加以考述。[94]邢祥熹《《墨莊漫錄》研究》對《墨莊漫錄》基礎性的材料進行爬梳整理，認為此書具有文學文獻價值和歷史學文獻價值；[95]張千帆《張邦基與《墨莊漫錄》文獻研究》則說明張邦基喜愛讀書、藏書、抄書、熱愛金石文物、搜集書畫字帖之淵源，並針對《墨莊漫錄》的成書、版本及文獻來源加以考證。[96]兩者皆以學位論文的篇幅，自文獻的角度考察《墨莊漫錄》一書。

(2)內容手法

---

[90] 邱美瓊：〈《冷齋夜話》補輯〉，《內江師範學院學報》第 21 卷第 1 期（2006 年 2 月），頁 68-70。

[91] 朱杰人：〈王銍及其《默記》〉，《浙江學刊》1993 年第 2 期（1993 年 5 月），頁 114-116。

[92] 房厚信、張明華：〈王銍著述考〉，《東岳論叢》第 33 卷第 6 期（2012 年 6 月），頁 64-67。

[93] 方建新：〈關於《石林燕語》的成書時間〉，《杭州大學學報（哲學社會科學版）》第 17 卷第 4 期（1987 年 12 月），頁 26-28。

[94] 方建新：〈《避暑錄話》考略〉，《杭州大學學報（哲學社會科學版）》第 21 卷第 3 期（1991 年 9 月），頁 61-69。

[95] 邢祥熹：《《墨莊漫錄》研究》，東北師範大學碩士論文，2016 年。

[96] 張千帆：《張邦基與《墨莊漫錄》文獻研究》，陝西師範大學碩士論文，2018 年。

　　至於北宋筆記之內容手法研究，以討論反映社會、載錄史事
之內容為夥；且討論《北夢瑣言》、《唐語林》者最多，前者如
房銳的四篇期刊論文[97]，及李昭鴻〈標榜與鑑戒：孫光憲《北夢
瑣言》中女性形象的社會意涵〉[98]。學位論文則如鍾佳蓁對《北
夢瑣言》一書進行全面探討，包括史料紀實、文化見聞、志怪述
異三部分；[99]王照華著眼於《北夢瑣言》與史傳書寫形式、正史
實錄內容的關係，及其補史精神；[100]許津琁由孫光憲個人生平
及《北夢瑣言》出發，探討晚唐五代士人的困境及其在亂世中的
抉擇，最後歸結孫光憲對於士人之觀照及關懷。[101]後者如陳福盛
的三篇期刊論文[102]、鄺明月的兩篇期刊論文[103]、蘭翠的兩篇期

---

[97]　房銳：〈從《北夢瑣言》看唐五代人的婚配觀〉，《廣西社會科學》
　　　2004 年第 2 期（2004 年 2 月），頁 129-131。房銳：〈虎狼叢中也立身
　　　──從《北夢瑣言》所載史事論馮道〉，《晉陽學刊》2004 年第 2 期
　　　（2004 年 3 月），頁 76-79。房銳：〈從《北夢瑣言》看晚唐落第士人
　　　的心態〉，《社會科學家》2004 年第 5 期（2004 年 9 月），頁 52-54。
　　　房銳：〈從《北夢瑣言》看晚唐重進士科之風氣〉，《唐都學刊》第
　　　21 卷第 5 期（2005 年 10 月），頁 1-4。

[98]　李昭鴻：〈標榜與鑑戒：孫光憲《北夢瑣言》中女性形象的社會意
　　　涵〉，《中國文化大學中文學報》第 24 期（2012 年 4 月），頁 125-
　　　145。

[99]　鍾佳蓁：《《北夢瑣言》研究》，逢甲大學中國文學研究所碩士論文，
　　　2009 年。

[100]　王照華：《《北夢瑣言》補史意識研究》，臺灣大學中國文學研究所碩
　　　士論文，2013 年。

[101]　許津琁：《孫光憲《北夢瑣言》的士人關懷》，世新大學中國文學研究
　　　所碩士論文，2015 年。

[102]　陳福盛：〈唐人家學論略──以《唐語林》為例分析〉，《棗莊學院學
　　　報》第 31 卷第 4 期（2014 年 8 月），頁 46-49。陳福盛：〈論《唐語

刊論文[104]，及盧迪、朱佩弦〈《唐語林》文學觀念析論〉[105]。學位論文則如鄺明月比較《唐語林》和《舊唐書》、《資治通鑑》之敘事，說明《唐語林》作為筆記體雜史比較靈活，且基本使用第三人稱型全知敘述者的敘事特徵。[106]張夢贇從敘事學角度出發，通過敘事主體、敘事視角、敘事語言、敘事策略、敘事風格五方面，討論《唐語林》的敘事特徵，並分析其形成原因。[107]

其餘筆記如《南部新書》，有期刊論文〈從《南部新書》看唐及五代科舉制度〉[108]，及學位論文：由唐代社會現象、科舉制度、典型的人物形象、文學史料與文學評論、敘事模式與語言

林》對《世說新語》的承與變〉，《合肥學院學報（社會科學版）》第31 卷第 6 期（2014 年 11 月），頁 37-40、51。陳福盛：〈唐代女性的精神風貌及其對當代女性的啟示——以《唐語林》為考察對象〉，《岳陽職業技術學院學報》第 34 卷第 4 期（2019 年 7 月），頁 77-81。

103 鄺明月：〈《唐語林》與紀傳體史書《舊唐書》比較〉，《考試周刊》第 45 期（2008 年 11 月），頁 204-205。鄺明月：〈《唐語林》與唐代士人心態〉，《科技資訊》第 31 期（2008 年 11 月），頁 214-215。

104 蘭翠：〈唐代女性文化生態管窺——以《唐語林》為考察對象〉，《煙臺大學學報（哲學社會科學版）》第 31 卷第 4 期（2018 年 7 月），頁 58-65。蘭翠：〈從《唐語林》看唐代佛教的世俗化〉，《山東師範大學學報（人文社會科學版）》第 64 卷第 3 期（2019 年 5 月），頁 54-62。

105 盧迪、朱佩弦：〈《唐語林》文學觀念析論〉，《西部學刊》2014 年第 7 期（2014 年 7 月），頁 62-65。

106 鄺明月：《《唐語林》研究》，華中師範大學碩士論文，2003 年。

107 張夢贇：《《唐語林》敘事研究》，華中師範大學碩士論文，2017 年。

108 胡彥、張瑞君：〈從《南部新書》看唐及五代科舉制度〉，《太原師範學院學報（社會科學版）》第 9 卷第 2 期（2010 年 3 月），頁 72-77。

特點等文學角度，探討《南部新書》，揭示其文學意義與價值。
[109]關於《楊文公談苑》之期刊論文，有許淨瞳利用《楊文公談
苑》之內容討論宋初政治[110]，或李宇豪〈從《楊文公談苑》看
楊億詩歌創作好尚〉[111]；李軍的學位論文則綜合文獻研究及
《楊文公談苑》中文學、史學內容之討論，為目前最全面之研究
成果。[112]〈司馬光《涑水紀聞》小說品格論析〉[113]及〈《涑水
紀聞》的史料價值〉[114]則分別由生動刻畫人物的性格、形象及
反映政治、社會風氣，進行討論。至於《默記》，有〈《默記》
中有關「滁州之戰」記載的辨析〉[115]、〈王銍《默記》的文史

[109] 楊帆：《《南部新書》研究》，浙江師範大學碩士論文，2018 年。

[110] 許淨瞳：〈宋初宦官的參政預軍制度——從《楊文公談苑》所載一首詩
說起〉，《中南大學學報（社會科學版）》第 18 卷第 3 期（2012 年 6
月），頁 162-165。許淨瞳：〈從《楊文公談苑》所載論宋初二帝施
政〉，《佳木斯大學社會科學學報》第 33 卷第 5 期（2015 年 10 月），
頁 136-137、141。

[111] 李宇豪：〈從《楊文公談苑》看楊億詩歌創作好尚〉，《閩西職業技術
學院學報》第 22 卷第 4 期（2020 年 12 月），頁 33-36。

[112] 李軍：《《楊文公談苑》研究》，西北師範大學碩士論文，2017 年。
本文首先討論《楊文公談苑》的成書整理過程、輯校工作，及作者楊
億、整理者黃鑒和宋庠，其次針對《楊文公談苑》中的時政記載、人物
事跡、治學理念和文學創作進行研究。

[113] 熊明、張麗萍：〈司馬光《涑水紀聞》小說品格論析〉，《荊楚理工學
院學報》第 30 卷第 1 期（2015 年 2 月），頁 17-21。

[114] 馮暉：〈《涑水紀聞》的史料價值〉，《華南師範大學學報（社會科學
版）》1997 年 6 期（1997 年 12 月），頁 133-135、137。

[115] 鄭世剛：〈《默記》中有關「滁州之戰」記載的辨析〉，《上海師範大
學學報（哲學社會科學版）》1982 年 1 期（1982 年 4 月），頁 85-87。

成就及其思想價值〉[116]、〈王銍《默記》的資鑒用意——對儂智高李筠反叛事件等記載的對比透析〉[117]，及學位論文：馬逸群對王銍生年、偽書等問題進行考辨，並考察文學創作思想，同時，研究《默記》一書和現存單篇文章，對王銍進行整體評述，並兼論對其子王明清的影響。[118]《墨莊漫錄》一書，則如鄭杰英結合張邦基人生經歷和宋代獨特的文化氛圍，對《墨莊漫錄》進行全面研究，並著重討論其中的文藝觀及文學特色。[119]王然綜合探討《墨莊漫錄》之文獻考察、史料價值、書中的文人軼事、宋人異聞。[120]羅羽羚專門討論《墨莊漫錄》中的詩文批評，著重於對《全宋詩》的補佚價值，及「無一字無來處」的詩學主張。[121]其他諸如〈歐陽修《歸田錄》述論〉[122]、〈《師友談記》所記陳祥道事蹟考辨〉[123]、〈《澠水燕談錄》書畫十一事解讀〉[124]、〈讀《雞肋編》中筆記一則獻疑〉[125]等，雖然上

---

[116] 葛雅萍：〈王銍《默記》的文史成就及其思想價值〉，《長江大學學報（社科版）》第 38 卷第 7 期（2015 年 7 月），頁 19-21。

[117] 葛雅萍：〈王銍《默記》的資鑒用意——對儂智高李筠反叛事件等記載的對比透析〉，《語文建設》第 30 期（2015 年 10 月），頁 85-86。

[118] 馬逸群：《王銍及其詩文研究》，暨南大學碩士論文，2014 年。

[119] 鄭杰英：《《墨莊漫錄》研究》，遼寧師範大學碩士論文，2017 年。

[120] 王然：《《墨莊漫錄》研究》，四川師範大學碩士論文，2017 年。

[121] 羅羽羚：《《墨莊漫錄》文學批評研究》，暨南大學碩士論文，2018 年。

[122] 邱昌員、袁娉：〈歐陽修《歸田錄》述論〉，《贛南師範學院學報》2010 年第 2 期（2010 年 4 月），頁 70-74。

[123] 馮茜：〈《師友談記》所記陳祥道事蹟考辨（上）、（下）〉，《中華文史論叢》第 119 期（2015 年 3 月），頁 206、256。

[124] 尹大中：〈《澠水燕談錄》書畫十一事解讀〉，《東岳論叢》第 35 卷

述筆記的討論篇章不多，但無不談及筆記在史學、文學上的意義
與價值。

　　至於手法之討論，目前多集中於《唐語林》一書上，如
〈《唐語林》的敘事特徵〉[126]、〈《唐語林》藝術特徵分析〉
[127]、〈史說之「臍」：預言在小說和史之間的紐帶作用──以
《唐語林・識鑒》為研究重點〉[128]。

　　上文已述，經學者點校整理的「唐宋史料筆記叢刊」、《宋
元筆記小說大觀》、《全宋筆記》等北宋筆記，約一百部，但個
別筆記的文獻、內容研究僅集中於以上約二十部，多數著作仍乏
人問津，討論寫作手法之論著更是罕見。

3.具有軼事雜事內容之小說集《青瑣高議》、《雲齋廣錄》之研究

　　由於《青瑣高議》、《雲齋廣錄》兩書內皆有軼事筆記內
容，李劍國將《青瑣高議》定義為傳奇志怪雜事小說集、《雲齋
廣錄》是傳奇雜事小說集，因此，關於兩書之研究成果亦當有所
掌握。

(1)文獻考證

第 4 期（2014 年 4 月），頁 181-184。

[125] 鄧啟輝：〈讀《雞肋編》中筆記一則獻疑〉，《文教資料》2012 年 9 月
　　　中旬刊（2012 年 9 月），頁 121-122。

[126] 鄺明月：〈《唐語林》的敘事特徵〉，《科教文匯》下旬刊（2007 年
　　　10 月），頁 176-177、184。

[127] 齊慧源：〈《唐語林》藝術特徵分析〉，《蘇州教育學院學報》第 30
　　　卷第 1 期（2013 年 2 月），頁 33-36。

[128] 尹林：〈史說之「臍」：預言在小說和史之間的紐帶作用──以《唐語
　　　林・識鑒》為研究重點〉，《雞西大學學報》第 16 卷第 2 期（2016 年
　　　2 月），頁 124-127。

　　相對於北宋筆記，兩書之研究成果較豐碩，《青瑣高議》的基礎文獻研究方面，如關於重編本的時代問題，李小龍通過僅存十三卷的明抄本「刊刻說明」，認為是明代重編且增益；[129]關靜對照《類說》等書，可見其重新編排之跡，且標注「新增」的篇目多能從唐宋筆記中找到相同或相近之條目，認為南宋中期以後的書坊主為牟利羼入他書條目而成。[130]另外，趙維國從《永樂大典》中輯得《青瑣高議》佚文一則、《摭遺》佚文五則、《翰府名談》佚文一則；[131]趙章超在程毅中、李劍國、趙維國所輯補的基礎上，再輯補二十餘則劉斧文言小說佚文。[132]

　　《雲齋廣錄》的文獻研究成果，如黃端陽以藏於臺北國家圖書館的金刊本為基礎，全面地討論《雲齋廣錄》一書，為《雲齋廣錄》尋繹適當之小說史地位。[133]馮一討論《雲齋廣錄》北宋至今之版本流傳狀況；[134]趙維國由宋人王庭珪《盧溪文集》中的三首與李獻民有關的詩篇〈和李彥文〉、〈重陽日送李彥文之衡湘兼簡向豐之〉、〈和李彥文春雪〉，考補過去未知的李獻民

---

[129] 李小龍：〈《青瑣高議》版本源流考〉，《文獻季刊》2008 年第 1 期（2008 年 1 月），頁 115-124。

[130] 關靜：〈《青瑣高議》佚文補遺及重編問題再探〉，《文化遺產》2020 年第 3 期（2020 年 5 月），頁 187-191。

[131] 趙維國：〈《永樂大典》所存宋人劉斧小說集佚文輯考〉，《文獻季刊》2001 年第 2 期（2001 年 4 月），頁 89-103。

[132] 趙章超：〈劉斧小說輯補〉，《文獻季刊》2006 年第 3 期（2006 年 7 月），頁 15-18。

[133] 黃端陽：〈宋人李獻民「雲齋廣錄」研究〉，《大陸雜誌》第96卷第1期（1998 年 1 月），頁 37-48。

[134] 馮一：〈《雲齋廣錄》版本源流考〉，《蘇州大學學報（哲學社會科學版）》2006 年第 3 期（2006 年 5 月），頁 75-78。

生平資料。[135]馮一另有學位論文《《雲齋廣錄》研究》，從版
本源流、文史價值、詩作研究、傳奇研究以及該書對後世小說、
戲曲的影響等五個方面，對《雲齋廣錄》的文獻價值意義作了全
面的考辨及梳理。[136]

(2)內容手法

　　針對文言小說集《青瑣高議》、《雲齋廣錄》的內容，研究
成果甚為豐碩，尤其是《青瑣高議》，約有十五篇期刊論文；不
過，《青瑣高議》的研究仍多著重於書中的傳奇，軼事筆記的著
墨較少。[137]學位論文約有十一部：《《青瑣高議》研究》[138]、

---

[135] 趙維國：〈《雲齋廣錄》作者李獻民考略〉，《文獻季刊》2009 年第 2
期（2009 年 4 月），頁 178-180。

[136] 馮一：《《雲齋廣錄》研究》，蘇州大學碩士論文，2006 年。

[137] 黃震云：〈《青瑣高議》有關唐代傳奇本事考略〉，《漢中師院學報
（哲學社會科學版）》1990 年第 1 期（1990 年 4 月），頁 44-47。劉守
華：〈《青瑣高議》中的宋代民間故事〉，《高等函授學報（哲學社會
科學版）》1997 年第 5 期（1997 年 10 月），頁 17-19、64。馮勤：
〈《青瑣高議》的民俗信仰傾向探析〉，《宗教學研究》2004 年第 4 期
（2004 年 12 月），頁 128-131。馮勤：〈論《青瑣高議》價值取向的
轉變〉，《西南民族大學學報（人文社科版）》2005 年第 1 期（2005
年 1 月），頁 219-221。王立、楊月亮：〈《青瑣高議·高言》傳統文
化觀念透視〉，《遼東學院學報》2005 年第 2 期（2005 年 3 月），頁
21-26。馮勤：〈北宋文化政策的雙重性與《青瑣高議》的「多言古
事」〉，《中華文化論壇》2005 年第 2 期（2005 年 4 月），頁 70-72。
馮勤：〈《青瑣高議》的藝術形式及其在小說文體變革中的價值〉，
《四川大學學報（哲學社會科學版）》2005 年第 6 期（2005 年 11
月），頁 108-111。馮勤：〈《青瑣高議》的撰輯形式簡論〉，《文史
雜誌》2006 年第 2 期（2006 年 3 月），頁 36-38。王偉：〈《青瑣高
議》與狐精小說的通俗化〉，《蒲松齡研究》2006 年第 3 期（2006 年 9

《《青瑣高議》與宋代傳奇小說》[139]、《《青瑣高議》女性角色研究》[140]、《《青瑣高議》之研究》[141]、《《青瑣高議》果報觀研究》[142]、《《青瑣高議》與其影響研究》[143]、《《青瑣高議》人物形象研究──以互動關係為中心》[144]、《《青瑣高

月），頁 153-160。劉天振：〈論《青瑣高議》中帝王故事的世俗化傾向〉，《浙江師範大學學報（社會科學版）》2009 年第 6 期（2009 年11 月），頁 115-119。王慶華：〈《青瑣高議》、《綠窗新話》等標題形式並非「仿話本」──略論宋代文言小說七言標目形式的發生〉，《蘭州學刊》2010 年第 7 期（2010 年 7 月），頁 183-184。張福勛：〈應當充分肯定《青瑣高議》的價值──兼及一種頑固的認識偏頗〉，《南陽師範學院學報》第 10 卷第 8 期（2011 年 8 月），頁 73-76。趙慶玲：〈《青瑣高議・高言》寫作模式與創作心理解析〉，《蘭州教育學院學報》第 30 卷第 5 期（2014 年 5 月），頁 20-21。胡曉陽：〈論《青瑣高議》中傳奇之心理描寫〉，《綏化學院學報》第 35 卷第 2 期（2015 年 2 月），頁 38-42。

[138] 陳美偵：《《青瑣高議》研究》，中國文化大學中國文學研究所碩士論文，1996 年。

[139] 王亦妮：《《青瑣高議》與宋代傳奇小說》，西北師範大學碩士論文，2004 年。

[140] 蔡和慈：《《青瑣高議》女性角色研究》，臺南大學國語文學系國語文教學碩士論文，2005 年。

[141] 吳艷麗：《《青瑣高議》之研究》，四川大學碩士論文，2007 年。

[142] 李世玫：《《青瑣高議》果報觀研究》，中國文化大學中國文學研究所碩士論文，2008 年。

[143] 戴立哲：《《青瑣高議》與其影響研究》，西南大學碩士論文，2010 年。

[144] 何玉竹：《《青瑣高議》人物形象研究──以互動關係為中心》，國立中興大學中國文學研究所碩士論文，2010 年。

議》神異志怪故事及其文化內涵研究》[145]、《《青瑣高議》重寫唐代小說研究》[146]、《《青瑣高議》與劉斧的現實關懷》[147]、《《青瑣高議》中的詩詞研究》[148]、《《青瑣高議》研究》[149]等，同樣多取材於書中的傳奇內容。

　　蕭相愷認為「從小說角度而言，《雲齋廣錄》可算是北宋最好的一部小說集，在宋元時代，甚至在中國文言小說發展史上，都具有相當重要的地位。」並且認為其中的小說較《青瑣高議》藝術更為成熟。[150]不過，《雲齋廣錄》的研究成果較《青瑣高議》為少。在不多的研究成果中，傳奇較受青睞，軼事筆記仍較不為人重視。期刊論文有劉玉鳳專文討論《雲齋廣錄》中八篇「夢」主題之傳奇小說[151]，學位論文部分，則有張盈婕對《雲齋廣錄》所作之基礎且全面的研究[152]，史曉燁結合《雲齋廣

---

[145] 陳儀芳：《《青瑣高議》神異志怪故事及其文化內涵研究》，國立中山大學中國文學系研究所碩士論文，2013 年。

[146] 劉秋娟：《《青瑣高議》重寫唐代小說研究》，西南大學碩士論文，2013 年。

[147] 王翰卿：《《青瑣高議》與劉斧的現實關懷》，遼寧大學碩士論文，2014 年。

[148] 蔡香蘭：《《青瑣高議》中的詩詞研究》，西北師範大學碩士論文，2017 年。

[149] 楊敬龍：《《青瑣高議》研究》，牡丹江師範學院碩士論文，2017 年。

[150] 蕭相愷：《宋元小說史》，頁 187-188。

[151] 劉玉鳳：〈《雲齋廣錄》中夢意象對小說結構及表現的影響〉，《成都師範學院學報》第 31 卷第 2 期（2015 年 2 月），頁 80-84。

[152] 張盈婕：《《雲齋廣錄》研究》，國立政治大學國文教學碩士在職專班碩士論文，2010 年。

錄》及北宋的時代背景，闡述小說中具有鮮明時代特色的士人或女性形象。[153]

傅璇琮（1933-2016）在《全宋筆記・序》提到：「關於筆記的研究，應當說，現在還是起步階段，有不少問題，還需作認真探討……比較起來，宋人筆記，小說的成分有所減少，歷史瑣聞與考據辨證相對加重，這也是宋代筆記的時代特色與歷史成就。」[154]趙章超認為宋人著述中的軼事或包含軼事的筆記基本上以實錄為宗旨，大多數作品是接近歷史著作，其中就算有部分條目經過藝術加工，也不會影響歷史真實性。[155]不過，劉葉秋認為宋代筆記中「論詩文、談書畫等等，常具新意，為筆記體增加了文學成分；尤其是關於一些傳說、故事的記載，能供研究小說作參考者，亦所在多有。」[156]甚至，近來學者研究北宋筆記中的個別條目，發現過去認為詳實，頗受史學家重視之紀錄，實為小說，如〈《默記》中有關「滁州之戰」記載的辨析〉，考證王銍《默記》第一條「滁州之戰」之記載，發現此為宣揚宋太祖皇權天授，與史實不符，實為小說。[157]又如〈〈范文正濟秀才〉故事考〉，考察魏泰《東軒筆錄》中的〈范文正濟秀才〉，

---

[153] 史曉燁：《《雲齋廣錄》的士人形象研究》，黑龍江大學碩士論文，2014 年。

[154] 朱易安、傅璇琮等主編：《全宋筆記》第一編第一冊（鄭州：大象出版社，2003 年 10 月），頁 6。

[155] 趙章超：《宋代文言小說研究・引言》，頁 1。

[156] 劉葉秋：《古典小說筆記論叢・宋代筆記概述》，頁 186。

[157] 鄭世剛：〈《默記》中有關「滁州之戰」記載的辨析〉，《上海師範大學學報（哲學社會科學版）》1982 年 1 期（1982 年 4 月），頁 85-87。

亦認為此則筆記不宜作為信史。[158]可見，關於北宋筆記的研究，不僅在基礎層面仍有討論空間，甚至所謂「藝術加工」、「新意」、「文學成分」的情況或程度究竟為何，也當具體詳細研究；從而亦說明了本書欲發掘隱藏於「紀實」包裝下的小說手法，實具研究空間。

三、本書架構

由於筆記性質「雜」、「散」，不同北宋筆記在敷衍故實時，又為因應個別故實之差異，所採取之敷衍方式也不盡相同，因此，只能逐一細讀，揀選其中特別關注的人物、故事、類型等，再對比分析類似故實中的同異與衍變，討論其間具體運用之小說手法。進一步再通過北宋筆記中展露的觀點立場，歸納當時人所關注在意的議題，進而思考北宋之文化面向。

除了〈緒論〉、〈結論〉外，本書內文共分為五章，可分為兩大部分：

（一）小說手法

第二章〈編造詩文傳敘之本事〉

第三章〈編創前代政治家舊事〉

---

[158] 趙琛：〈〈范文正濟秀才〉故事考〉，《魯東大學學報（哲學社會科學版）》第 29 卷第 5 期（2012 年 9 月），頁 40-42。本文從范仲淹舉薦孫復之史實與故事時間不合、兩人之實際年齡差距與故事敘述之語氣不合、范仲淹及孫復在《春秋》學上的造詣及觀點分歧，與故事說孫復學《春秋》於范仲淹不合等，認為此則筆記不宜作為信史。

第四章〈編撰當時文人之事實〉

第二章〈編造詩文傳敘之本事〉說明北宋筆記中的詩文本事因具筆記敘事簡潔的特徵，看似紀實，學者往往將之視為「可資參考的寶貴材料」，但深入考察，實可發掘其中隱藏著不少創編之內容。

第三章〈編創前代政治家舊事〉梳理北宋筆記中頗為重視的中晚唐政治家裴度、李德裕，發現不少裴度故事超出唐人小說記載，多所獨創；李德裕故事與晚唐、五代筆記相較，重複者更少，多為新創作的故事。

第四章〈編撰當時文人之事實〉考量到筆記內所記載的時人時事往往被研究者當成第一手資料，以此討論北宋政治、社會情況，然而，這些新聞雖被北宋人親身經歷或耳聞，但筆記間的記載卻有時相同、有時矛盾，呈現出並不確定的內容。

本書通過此三章之研究，呈現出瑣雜的北宋筆記在表面「紀實」的包裝下，偶有條目實運用「指事陳情」、「敷衍故實」的小說手法，藉著改編創作表達作者之深意；呼應筆者過去研究的北宋敷衍故實傳奇，說明北宋文人「有意為典故」並非僅表現於傳奇上，筆記亦有製造事實且產生意義之情況。

（二）文化面向

第五章〈文人評騭：陶穀形象之轉變〉

第六章〈政爭側寫：蘇軾、王安石形象之形成〉

第四章以北宋筆記中的時人時事為對象進行研究，但由於北宋筆記對陶穀、蘇軾、王安石三人的記載甚為多元，無法併入一章，因此專門分別於第五章及第六章進行論述。

　　第五章〈文人評騭：陶穀形象之轉變〉剖析南宋《翰苑群書》、《綠窗新話》中的陶穀形象及評價之由來，發現陶穀形象由北宋前期至中、後期筆記產生轉變：出現人品低下輕浮、好嘲弄人之形象，且通過陶穀出使及作詞的故事系統，突顯陶穀之輕薄無恥。《清異錄》「雅戲嘲謔」之特色，正與北宋前期筆記內博學多才卻素好詼諧之陶穀形象相應，因而可以推測《清異錄》的撰作時間。

　　第六章〈政爭側寫：蘇軾、王安石形象之形成〉先論蘇軾，再論王安石。關於蘇軾，先從與蘇軾同時或稍晚的文人筆記，觀察其好嘲謔的性格；再由蘇軾面對世間種種坎坷，甚至自嘲的故事，說明其灑脫不羈性格正是「尤為士大夫所愛」[159]的理由，以致北宋、南宋之際文人搜集其隨筆文字，編為《東坡志林》、《仇池筆記》。至於王安石，兩宋之際筆記中的王安石形象，與北宋晚期筆記中的樣貌大不相同，產生極大轉變；並配合王安石對馮道之推崇，綜合論述南宋以降王安石批評貶抑的評價及負面形象。

　　最後，本書將通過「指事陳情」、「敷衍故實」等小說手法，呈現出北宋推崇讀書博學、標榜「理趣」的文化基調；再經由陶穀／蘇軾、蘇軾／王安石之對比，展現北宋對於人品、器識更為重視的文化面向。

---

[159] 宋・王闢之撰，韓谷校點：《澠水燕談錄》卷 4，見《宋元筆記小說大觀》，頁 1254。

第二章　編造詩文傳敘之本事

前　言

　　歐陽脩（1007-1072）《六一詩話・序》：「居士退居汝陰，而集以資閒談也。」司馬光（1019-1086）《續詩話・序》：「詩話尚有遺者，歐陽公文章名聲雖不可及，然記事一也，故敢續書之。」[1]可知，唐代《本事詩》一類紀事詩話之作，北宋仍有所承襲，創作未衰；北宋末阮閱（1126 前後在世）編輯的詩話總集《詩總》[2]，輯錄詩話、筆記小說共二百餘種，就前集〈集一百家詩話總目〉來看，明確標明「詩話」的書籍僅八種，其餘九十二種為筆記或小說。可見，北宋文人的眼中，詩話與筆記無甚差別。[3]

1　收入清・何文煥輯：《歷代詩話》（北京：中華書局，2001 年 10月），頁 264、274。

2　《詩總》為原來名稱，南宋高宗紹興年間，閩中刻本改為《詩話總龜》。宋・阮閱編，周本淳校點：《詩話總龜・前言》（北京：人民文學出版社，1987 年 8 月），頁 1。

3　其實不只是北宋文人，從《詩話總龜》、《苕溪漁隱叢話》、《詩人玉屑》三部宋人詩話總集來看，宋人多採筆記或小說內容入詩話著作。可參考楊敬民：〈論《詩話總龜》對《青瑣高議》的采摭〉，《古籍整理研究學刊》第 6 期（2013 年 11 月），頁 5-11。

　　南宋黃徹（1169 前後在世）《䂬溪詩話・跋》：「詩話雜
說，行於世者多矣，往往徒資笑談之樂」[4]，說明「資閒談」、
「資笑談」的創作意圖仍影響至南宋。[5]《四庫全書總目》為
《苕溪漁隱叢話》提要時，提及《詩總》：「閱書多錄雜事，頗
近小說」；[6]《四庫全書總目》集部詩文評類〈小敘〉：「孟棨
《本事詩》，旁采故實，劉攽《中山詩話》、歐陽修《六一詩
話》，又體兼說部。」[7]章學誠（1738-1801）《文史通義》卷 5
〈詩話〉亦點明詩話與史部之傳記、經部之小學、子部之雜家相
通，「詩話說部之末流，糾紛而不可犁別」。[8]以上都是說明北
宋詩話兼有筆記性質。從另一個角度來看，詩話既記詩及事，筆
記則記事及詩，皆兼詩、事；也就是說，除了專以「詩話」為書
名之專著外，筆記亦具詩話性質，亦有不少記載詩、詞、文本事
的篇章。[9]

---

[4]　宋・黃徹撰：《䂬溪詩話》，收入丁福保輯：《歷代詩話續編》（北
　　京：中華書局，2001 年 8 月），頁 402。

[5]　王德明：〈宋代詩話「以資閒談」的創作目的及其影響〉，《廣西師範
　　大學學報（哲學社會科學版）》第 31 卷第 3 期（1995 年 9 月），頁 76-
　　80。

[6]　清・永瑢等撰：《四庫全書總目》卷 195（臺北：藝文印書館，1989 年
　　1 月），頁 4095。

[7]　清・永瑢等撰：《四庫全書總目》卷 195，頁 4077。

[8]　清・章學誠撰，葉瑛校注：《文史通義校注》（新北：漢京文化，1986
　　年 9 月），頁 559-560。

[9]　羅寧曾撰文分析北宋詩話與晚唐五代詩歌本事著作之差異，認為《六一
　　詩話》回避本事著作的傳奇色彩，繼承唐代雜史類筆記記錄詩壇軼事、
　　評論詩藝的傳統，開創「詩話」一類詩文評著作。此說正好說明了北宋
　　筆記及詩話之接近的原因。參見羅寧：〈「詩話」與「本事」──再探

筆記中的詩文本事以文人軼事為主，雖具筆記敘事簡潔的特徵，看似紀實，不少學者將之視為「可資參考的寶貴材料」，認為可以用以「廓清詩詞文獻謎團」；[10]不過，若深入考察，實可發掘其中隱藏著不少創編之內容。對此，本章將從三個層次進行分析：「編撰詩詞本事」，是北宋筆記為既有的詩句附會故事、編創作者；「摭拾編造故事」，是在既有的故實、典故之基礎上，進行編創或改造；「創作詩文傳說」，則是完全新創詩文及本事。

一、編撰詩詞本事

郭紹虞（1893-1984）說：「孟棨的《本事詩》，范攄的《雲溪友議》之屬，用說部的筆調，述作詩之本事，差與宋人詩話為近。」[11]除了唐代《本事詩》、《雲溪友議》有敘述詩之本事的內容，北宋筆記亦有不少記載詩、詞、文本事的篇章。

（一）「危樓高百尺」一詩的作者

王得臣（1036-1116）《麈史》卷中〈詩話〉有一則關於李白詩作的記載：

《六一詩話》與晚唐五代詩歌本事著作的關係〉，《清華學報》新 48 卷第 2 期（2018 年 6 月），頁 327-355。

10　胡鵬：〈宋代筆記與詩詞關係探論〉，《長江大學學報（社會科學版）》第 44 卷第 4 期（2021 年 7 月），頁 101-102。

11　郭紹虞：《宋詩話輯佚・序》（臺北：華正書局，1981 年 12 月），頁 2。

> 南豐曾阜子山嘗宰蘄之黃梅，數十里有烏牙山甚高，而上
> 有僧舍，堂宇宏壯，梁間見小詩曰李太白也：「夜宿烏牙
> 寺，舉手捫星辰。不敢高聲語，恐驚天上人。布衣李
> 白。」但不知其是太白所書耶？取其牌歸於丞相吳正憲
> 公。李集中無之，如安陸石巖寺詩亦不載。[12]

《塵史》記載的是發現李白詩「夜宿烏牙寺」的經過：曾阜在黃
梅任職時，曾在數十里外的烏牙山僧舍梁間見到書有李白詩的木
牌，並將詩牌贈予英宗時宰相吳充（1021-1080，諡正憲）。雖
然王得臣將此事記錄於筆記內，亦知道李白詩集中並無此作，但
由〈安陸石巖寺〉同樣未收錄於李白集中，故推論此作「夜宿烏
牙寺」或為另一首缺收之詩。可見，王得臣似乎頗相信此詩作者
為李白，唯不能肯定此詩是李白親書或其他人抄錄。[13]

此事亦見於趙令時（1061-1134）《侯鯖錄》：

> 曾阜為蘄州黃梅令，縣有峯頂寺，去城百餘里，在亂山群
> 峰間，人跡所不到。阜按田偶至其上，梁間小榜，流塵昏
> 晦，乃李白所題詩也，其字亦豪放可愛。詩云：「夜宿峯
> 頂寺，舉手捫星辰。不敢高聲語，恐驚天上人。」[14]

---

12 宋・王得臣撰，俞宗憲校點：《塵史》，收入《宋元筆記小說大觀》
　　（上海：上海古籍出版社，2001年12月），頁1350。

13 對此，胡鵬亦主張此一記載「當得其實」。見胡鵬：〈宋代筆記與詩詞
　　關係探論〉，《長江大學學報（社會科學版）》第44卷第4期（2021
　　年7月），頁101。

14 宋・趙令時撰，孔凡禮點校：《侯鯖錄》卷2（北京：中華書局，2002

《侯鯖錄》同樣記載曾阜在寺中梁間發現寫有詩作的小榜（《塵史》稱木牌），但與《塵史》相較，首先，詩作首句不同：「夜宿峯頂寺」，配合整則記載，亦無「烏牙山」或「烏牙寺」，逕作「峯頂寺」。其次，《侯鯖錄》直接認定詩是李白「所題詩也」，不只詩為李白所作，亦其所親書，並稱字「豪放可愛」。另外，其下又有小字自注：「或云王元之少年登樓詩云：『危樓高百尺，手可摘星辰。不敢高聲語，恐驚天上人。』」由此可見，此則不僅記載了曾阜發現李白詩「夜宿峯頂寺」，亦記錄了另一首類似詩作「危樓高百尺」，為王禹偁（954-1001）少時所作。

兩宋之交，周紫芝（1082-1155）《竹坡詩話》不以李白詩作為主體，轉而敘述楊億（974-1020）幼年所作「危樓高百尺」：

> 世傳楊文公方離襁褓，猶未能言，一日，其家人攜以登樓，忽自語如成人。因戲問之：「今日上樓，汝能作詩手？」即應聲曰：「危樓高百尺，手可摘星辰。不敢高聲語，怕驚天上人。」舊見《古今詩話》載此一事，後又見一石刻，乃李太白〈夜宿山寺〉所題，字畫清勁而大，且云布衣李白作。而此又以為楊文公作何也？豈好事者竊太白之詩，以神文公之事與，抑亦太白之碑為偽耶？[15]

年9月），頁69。

15　宋・周紫芝著：《竹坡詩話》，收入清・何文煥輯：《歷代詩話》，頁341-342。

《竹坡詩話》此一記載明顯為詩本事的寫法，說明「危樓高百
尺」一詩的創作背景，從而證明楊億之天才宿慧；或為了配合楊
億「方離襁褓」的年紀，將詩之末句「恐驚天上人」改動一字，
為「怕驚天上人」。其次，與《侯鯖錄》類似的是，《竹坡詩
話》雖然提出「危樓高百尺」詩為楊億所作的新說法，但也因為
周紫芝見到李白〈夜宿山寺〉石刻，仍保留了李白為作者的可能
性，並進行思考：是後人偽作題有李白姓名的詩碑，或是假借李
白詩為楊億所作。此處李白詩未記錄內容，但有詩題〈夜宿山
寺〉，《塵史》之「夜宿烏牙寺」或《侯鯖錄》之「夜宿峯頂
寺」，皆有可能。至於周紫芝說詩在石刻上，若依《塵史》、
《侯鯖錄》記載，載錄李白詩作的是木牌或木榜，且周紫芝形容
石刻字「清勁而大」，和趙令時稱字「豪放可愛」，似乎並非同
一塊。

　　邵博（？-1158）《邵氏聞見後錄》記載李白「夜宿峯頂
寺」，並說曾阜是首先發現寺中題詩者：

> 舒州峰頂寺有李太白題詩：「夜宿峰頂寺，舉手捫星辰。
> 不敢高聲語，恐驚天上人。」曾子山始見之，不出於集
> 中，亦恐少作耳。[16]

《邵氏聞見後錄》懷疑詩應是李白「少作」，故未收錄李白詩集
內。另外，《塵史》、《侯鯖錄》皆稱烏牙寺或峰頂寺在蘄州黃

---

[16] 宋・邵博撰，王根林校點：《邵氏聞見後錄》卷 18，收入《宋元筆記
　　小說大觀》，頁 1950。

梅縣，但《聞見後錄》卻改為舒州；蘄州及舒州在宋代雖然皆位
於淮南西路，但曾阜任黃梅縣令，而黃梅縣在蘄州[17]，峯頂寺不
當在舒州。

　　蔡絛（1097-1162？）《西清詩話》認為所謂楊億幼時作詩
「危樓高百尺」一事，並不可信：

> 　《西清詩話》云：「蘄州黃梅縣峰頂寺，在水中央，環伏
> 萬山，人迹所罕到。曾阜為令時，因事登其上，見梁間一
> 粉版（『粉版』，元末、舊鈔本作『榜』。）塵暗粉落，
> 拂滌視之，乃謫仙詩，云：『夜宿峰頂寺，舉手捫星辰，
> 不敢高聲語，恐驚天上人。』世間傳楊大年幼時詩，非
> 也。」[18]

《西清詩話》記載了曾阜發現李白詩版（牌、榜），類似《塵
史》、《侯鯖錄》，詩作內容同於《侯鯖錄》之「夜宿峯頂
寺」。只是人跡罕至的峰頂寺，與前述記載相較，周遭環境又有
所不同，《侯鯖錄》稱「去城百餘里，在亂山群峰間」，《西清
詩話》則說「在水中央，環伏萬山」，首次出現「水」，不知從
何而來。

　　由此可知，北宋筆記及詩話《塵史》、《侯鯖錄》、《竹坡
詩話》、《邵氏聞見後錄》、《西清詩話》皆敍述李白「夜宿山

---

[17]　元・脫脫撰：《宋史・地理志四》卷 88（北京：中華書局，1997 年 9
　　　月），頁 2183。
[18]　宋・胡仔：《苕溪漁隱叢話》前集卷 5，收入《筆記小說大觀》第 35 編
　　　（臺北：新興書局，1984 年 6 月），頁 31。

寺」詩作，其中，多半記為「夜宿峯頂寺」，僅《塵史》稱「夜
宿烏牙寺」；多數記載了曾阜發現詩版（牌、榜）一事，僅《竹
坡詩話》未及此，且稱見於石刻；《塵史》、《侯鯖錄》、《西
清詩話》皆稱寺在蘄州，而《邵氏聞見後錄》稱在舒州，《西清
詩話》首見「寺在水中央」之說法。雖然有上述些許差異，但皆
未懷疑詩的作者為李白。

　　今之學者考證又多將「夜宿山寺」及「危樓高百尺」兩詩混
為一談，遂有「這首詩的署名相當複雜，分別有李白、王禹偁、
楊億、晏殊」等說法[19]，經此整理爬梳，可以確知北宋筆記及詩
話對「夜宿山寺」之作者其實並不紛歧，皆謂李白所作。關於作
者之歧異，實在另一首類似詩作上：「危樓高百尺，手可摘星
辰。不敢高聲語，恐驚天上人。」北宋筆記《侯鯖錄》及詩話
《竹坡詩話》始出現「危樓高百尺」詩，且《侯鯖錄》認為是王
禹偁所作、《竹坡詩話》記載作者為楊億。

　　南宋孫奕（1189 前後在世）《示兒編》又出現晏殊（997-
1055）作詩「危樓高百尺」之說：

　　　　李白〈題峰頂寺〉云：「夜宿峯頂寺，舉手捫星辰。不敢
　　　　高聲語，恐驚天上人。」乃知晏元獻〈危樓〉詩全似之。[20]

19　李德書：〈李白〈上樓詩〉與〈題峰頂寺〉、〈夜宿山寺〉考辨〉，
　　　　《西南科技大學學報（哲學社會科學版）》第 23 卷第 1 期（2006 年 3
　　　　月），頁 73-75、95。張培鋒：〈〈夜宿烏牙寺〉詩為李白所作考〉，
　　　　《古典文學知識》2018 年第 3 期（2018 年 5 月），頁 48-55。

20　宋·孫奕撰：《示兒編》卷 9，收入《景印文淵閣四庫全書》第 864 冊
　　　　（臺北：臺灣商務印書館，1983 年），頁 476。

此一記載中，對「夜宿山寺」詩作作者為李白，亦無疑義，且較之前記載又多了詩題〈題峰頂寺〉。至於最後稱「乃知晏元獻〈危樓〉詩全似之」，一則可知當時已流傳晏殊〈危樓〉詩，內容與李白「夜宿峯頂寺」一詩幾乎全同，而〈危樓〉詩亦應為前述之「危樓高百尺」，與李白詩差別僅在首句，確為「全似」。其次，《示兒編》先載錄李白詩，再說「乃知晏元獻〈危樓〉詩全似之」，頗有此傳晏殊〈危樓〉詩襲用李白詩句之意。

王禹偁「九歲能文」[21]，楊億「能言，母以小經口授，隨即成誦。七歲，能屬文」[22]，晏殊「七歲能屬文」、「以神童薦之」[23]，三人皆為北宋前期稚齡能文的天才縱橫詩人。因此，上述筆記或詩話稱「危樓高百尺」詩是王禹偁少作、楊億幼時所作，突顯詩人自幼穎悟，且符合詩人稚齡能文的說法。但是，也有作者懷疑「危樓高百尺」詩是後人借李白詩「夜宿山寺」，略作修改、編撰本事以誇大詩人之天才，如《竹坡詩話》文末懷疑「竊太白之詩，以神文公之事」，《示兒編》認為「晏元獻〈危樓〉詩全似之（李白〈題峰頂寺〉）」。

總而言之，北宋《塵史》始有李白「夜宿山寺」詩牌被發現的故事，後來筆記、詩話又出現與此類似的詩作「危樓高百尺」，並為之安排作者或本事，或因詩的文字淺易，則託名北宋初期天才詩人的少年或幼時之作。配合《苕溪漁隱叢話》收錄關於李白的詩話時，引述黃庭堅之說：「今太白詩中謬入他人作

21　元・脫脫撰：《宋史・王禹偁傳》卷293，頁9793。
22　元・脫脫撰：《宋史・楊億傳》卷305，頁10079。
23　元・脫脫撰：《宋史・晏殊傳》卷311，頁10195。

者，略有十之二三，欲刪正者，當用吾言考之。」[24]又引述蘇軾
之語：「良由太白豪俊，語不甚擇，集中亦往往有臨時率然之
句，故使妄庸輩敢耳。若杜子美，世豈復有偽撰邪？」[25]可見，
北宋蘇軾、黃庭堅時，見到不少託名李白之偽作，「危樓高百
尺」雖非託名李白，或亦由筆記中之李白「夜宿山寺」取材，再
編撰宋初天才詩人之故事，並藉李白之聲名傳播宋初詩人的詩
事。而《邵氏聞見後錄》記載李白「夜宿峯頂寺」一詩，亦受
「危樓高百尺」詩事之影響，懷疑此詩為李白「少作」。

（二）《雲齋廣錄·詩話錄》的詩本事五則

傳奇雜事小說集《雲齋廣錄》[26]亦有詩本事，間雜詩評的內
容，記載於卷 2 至卷 3「詩話錄」中，共二十八則。不過，其中
不少詩事，頗值得進一步考察，如卷 2 的〈馮參政〉、〈唐御
史〉、〈鄭毅夫〉、〈白昊〉及卷 3〈李元膺〉，以下分別論
述。

1.「江神也世情，為我風色好」的作者

〈馮參政〉敘述馮京（1021-1094）由鄂州過江往汴京赴

---

[24] 宋·胡仔：《苕溪漁隱叢話》前集卷 5，收入《筆記小說大觀》第 35
編，頁 28。

[25] 宋·胡仔：《苕溪漁隱叢話》前集卷 5，收入《筆記小說大觀》第 35
編，頁 29。

[26] 李劍國：《宋代志怪傳奇敘錄》（天津：南開大學出版社，2000 年 6
月），頁 209。《雲齋廣錄》內容以北宋軼事為主，包括三種形式：一
是「士林清話」，雜錄文人軼事共 12 則；二是「詩話錄」，雜記本事
詩或詩評，共 28 則；三是傳奇，共 12 則。除了 12 則傳奇外，其餘皆
屬於雜事筆記一類。

試，遇江上大風，仍令整棹升舟，眾人憂懼傾危沉沒，經一日，
方至北岸。後來馮京應試為第一，返家途中再過大江，風微浪
穩，因此作詩：「江神也世情，為我風色好。」[27]不過，這句詩
實出自唐代施肩吾（780-861）〈及第後過揚子江〉，為唐末張
為《詩人主客圖》所取[28]，北宋初姚鉉（967-1020）及北宋末計
有功（1126 前後在世）亦皆記載為施肩吾所作[29]：

> 憶昔將貢年，抱愁此江邊。魚龍互閃鑠，白浪高於天。今
> 日步春草，復來經此道。江神也世情，為我風色好。[30]

詩的前半段是詩人回憶過去前往赴試的江景：「魚龍互閃鑠，白
浪高於天」，因而在江邊發愁，既擔心渡江時風急浪高而有危
險，又憂煩不趕緊渡江錯過試期；待得中舉，再至江邊，卻風平
浪穩，所以笑稱：「江神也世情，為我風色好」，江神也懂得人
世間的世態人情，知道我現在正是意氣風發，所以給了我好景色
或好臉色。施肩吾詩所敘述的情節，與〈馮參政〉故事幾乎完全
一致，只是施肩吾寫詩、《雲齋廣錄》撰文之別。由於「江神也

27　宋・李獻民：《雲齋廣錄》卷 2，收入《全宋筆記》第九編第一冊（鄭
　　州：大象出版社，2018 年 3 月），頁 289。

28　唐・張為：《詩人主客圖》，收入丁福保輯：《歷代詩話續編》（北
　　京：中華書局，1983 年 8 月），頁 76-77。

29　宋・計有功撰，王仲鏞校箋：《唐詩紀事校箋》卷 41（北京：中華書
　　局，2007 年 11 月），頁 1398。宋・姚鉉：《唐文粹》卷 17 下，收入
　　《四部叢刊》初編集部（上海：上海書店，1989 年），葉 6a。

30　清・彭定求等編：《全唐詩》卷 494（北京：中華書局，2003 年 7
　　月），頁 48-55。

世情，為我風色好」並非馮京所作，此故事亦非馮京所經歷，應
是《雲齋廣錄》借施肩吾詩作而發揮編撰為馮京故事。南宋初吳
曾（1162 前後在世）《能改齋漫錄》亦辨析此事：「乃知
（馮）當時取肩吾末句題於江亭耳，非自作也。」[31]認為此則故
事乃馮京借用施肩吾詩句，並未提及《雲齋廣錄》借施肩吾詩而
杜撰為馮京故實。不過，到底是《雲齋廣錄》編撰本事或確實是
馮京借施肩吾詩而題於江亭，可以通過《雲齋廣錄》以下其他類
似記載來側面證明。

2.「聖宋非強楚，清淮異汨羅」的作者

　　〈唐御史〉敘述御史唐介（1010-1069）渡過淮河時，見到
風大浪高的情景，連舟人都驚恐，而唐介卻能安穩心神吟詩，待
及登岸，又繼其詩。不過，此詩實為范仲淹（989-1052）所作，
〈赴桐廬郡淮上遇風三首〉之一即為〈唐御史〉所引：

> 聖宋非強楚，清淮異汨羅。平生仗忠信，盡室任風波。舟
> 楫顛危甚，蛟黿出沒多。斜陽幸無事，沽酒聽漁歌。[32]

范仲淹在北宋仁宗景佑元年（1034）因爭郭皇后存廢之事，貶睦
州知州[33]，才有〈赴桐廬郡淮上遇風〉三詩。睦州在江南，自己
又因朝堂風波被貶至此地，因此渡江作詩想起楚襄王流放屈原至

---

[31]　宋・吳曾撰，劉宇整理：《能改齋漫錄》卷 3，見《全宋筆記》第五編
　　　第三冊（鄭州：大象出版社，2012 年 1 月），頁 72。

[32]　宋・范仲淹：《范文正公集》卷 3，收入《四部叢刊》初編集部，葉
　　　10b。

[33]　元・脫脫撰：《宋史・范仲淹傳》卷 314，頁 10268-10269。

江南，最後屈原因報國無門投汨羅江自盡之事；不過，此時范仲淹對時局並不絕望，才有詩句：「聖宋非強楚，清淮異汨羅。平生仗忠信，盡室任風波」。范仲淹〈赴桐廬郡淮上遇風〉三詩除了《雲齋廣錄》所錄的一首外，另兩首為「妻子休相咎，勞生險自多。商人豈有罪，同我在風波。」及「一棹危於葉，傍觀亦損神。他時在平地，無忽險中人。」從而可見〈唐御史〉從中汲取素材，遂有「挈家渡淮」、「舟人甚恐，以為不免飼魚鱉矣」、「舟濟南岸，眾乃欣然以謂復生」等情節安排。[34]范仲淹詩〈赴桐廬郡淮上遇風〉三首及〈唐御史〉所敘述之故事幾乎完全一致，只是范仲淹作詩、《雲齋廣錄》撰文之別，與上述〈馮參政〉情況類似。因此推測《雲齋廣錄》用詩話形式為現有的詩句附會作者、編撰本事，利於詩、事流傳，從而北宋末阮閱《詩總》引《雲齋廣錄》，及南宋祝穆（約 1198-1258）《古今事文類聚》皆記錄此詩事為唐介故實[35]，甚至《全宋詩》據《詩總》引《雲齋廣錄》而收錄，並為唐介題詩名〈謫官渡淮舟中遇風欲覆舟而作〉。[36]

3. 「春風得意馬蹄疾，一日看盡長安花」的作者

　　《雲齋廣錄》有連續三則「詩讖」故事：一是宋祁（998-

34　宋・李獻民：《雲齋廣錄》卷 2，收入《全宋筆記》第九編第一冊，頁289。

35　宋・阮閱編，周本淳校點：《詩話總龜》前集卷3，頁27。宋・祝穆：《古今事文類聚》前集卷17，收入《景印文淵閣四庫全書》第925冊，頁286。

36　北京大學古文獻研究所編：《全宋詩》卷 354（北京：北京大學出版社，1991年7月），頁4404。

1061）有詩句「碧雲漫有三年信，明月空為兩地愁」，「後竟不入兩地，愁憤而薨」；二是王雱（元澤，1044-1076）之「君心莫厭歡樂多，請看雲間日西入」，「當時議者以謂美則美矣，然日之西入，光景無多，意近乎讖。後元澤壽果不永」；三即是鄭獬（毅夫，1022-1072）「春風得意馬蹄疾，一日看盡長安花」，「時有識者云：『長安花一日看盡，則意已足矣。』故毅夫止於內翰而終。」[37]不過，「春風得意馬蹄疾，一日看盡長安花」實為唐代孟郊（751-814）〈登科後〉：

> 昔日齷齪不足誇，今朝放蕩思無涯。春風得意馬蹄疾，一日看盡長安花。[38]

北宋時期，孟郊「春風得意馬蹄疾，一日看盡長安花」為名句，《墨客揮犀》稱「夫名利之重輕，人所不能免，東野尤甚」[39]、《青箱雜記》評曰：「大凡進取得失，蓋亦常事，而郊器宇不宏，偶一下第，則其情隕獲，如傷刀劍，以至下淚。既後登科，則其中充溢，若無所容，一日之間，花即看盡，何其速也！後郊授溧陽尉，竟死焉。」[40]兩者皆評論孟郊名利心、得失心盛，一

37　宋・李獻民：《雲齋廣錄》卷 2，收入《全宋筆記》第九編第一冊，頁291。

38　清・彭定求等編：《全唐詩》卷 374，頁 4205。

39　宋・彭□輯撰，孔凡禮點校：《墨客揮犀》卷 3（北京：中華書局，2002 年 9 月），頁 311。

40　宋・吳處厚撰，尚成校點：《青箱雜記》卷 7，收入《宋元筆記小說大觀》，頁 1671。宋・阮閱編，周本淳校點：《詩話總龜》前集卷 33 亦有此論，註出《唐宋遺史》，頁 328-329。

且得意則忘形。邵雍（1012-1077）《伊川擊壤集‧和君實端明洛陽看花》寫洛陽賞花，想起孟郊的「一日看盡長安花」詩句，因而出言嘲弄，認為孟郊貧困久了，顯得眼界狹小、器度不宏：「洛陽交友皆奇傑，遞賞名園只似家。卻笑孟郊窮不慣，一日看盡長安花。」[41]《唐詩紀事》云：「一日之間花即看盡，何其速也。果不達。」[42]認為孟郊早年貧困，志向並不遠大，偶一及第，便想著「一日看盡長安花」，正如韓愈所說「酸寒溧陽尉，五十幾何耄。孜孜營甘旨，辛苦久所冒」[43]。可見，北宋時期，孟郊「春風得意馬蹄疾，一日看盡長安花」確為名句，評論者猶多，《雲齋廣錄》實在不可能不知道此詩為孟郊所作；卻仍稱此詩為鄭毅夫所作，並通過連續三則「詩讖」故事的結構，用詩話形式將既有的孟郊詩附會其上，僅為依託鄭獬「提舉鴻慶宮，卒」[44]，實為以現有詩句附會作者、編撰故實的寫法。配合上述〈馮參政〉、〈唐御史〉，也可以看出，《雲齋廣錄》一而再、再而三使用同一種手法創作詩話。

　　《雲齋廣錄》一連三則「詩讖」故事中，第一則記載宋祁詩句「碧雲漫有三年信，明月空為兩地愁」，但《能改齋漫錄》引述《雲齋廣錄》內容後，稱「予以子京用何遜〈與胡興安夜別〉詩：『念此一筵笑，分為兩地愁。』《廣錄》之論不知所自

---

[41]　宋‧邵雍：《伊川擊壤集》卷13，收入《四部叢刊》初編集部，葉34a-34b。

[42]　宋‧計有功撰，王仲鏞校箋：《唐詩紀事校箋》卷35，頁1197。

[43]　清‧彭定求等編：《全唐詩‧薦士》卷337，頁3781。

[44]　元‧脫脫撰：《宋史‧鄭獬傳》卷321，頁10419。

也。」[45]吳曾肯定詩句應為宋祁所作,但懷疑所謂的詩讖說法。第二則之「君心莫厭歡樂多,請看雲間日西入」,《詩總》亦引錄此事[46],雖未有更多資料以確定是王雱所作,但王雱確實三十多歲即卒[47]。因此,一連三則「詩讖」故事,前有宋祁確實作詩,後有王雱英才早逝,真真假假、虛虛實實,再直接帶出第三則以現有詩句編撰鄭獬(毅夫)之故事。至於「詩讖」之說,學者認為「自北宋黨爭發生後,文人命運無常,後之論詩者多有『詩讖』之論,不足為奇」[48],又認為「宋人解詩尚本事」,風氣所及,包括「詩讖」也是一種詩歌闡釋方式[49],因此北宋政和年間(1111)李獻民身處黨爭劇烈的氛圍中,雖然不在政治風暴之中,但仍可看出此時文風之影響:選擇宋祁詩,編造「詩讖」之事;利用王雱早卒的事實,撰寫詩句以合「詩讖」之說;再運用孟郊詩句,附會鄭獬年五十一而卒。

4.「夾道桃花三月暮,馬蹄無處避殘紅」的作者

　　〈李元膺〉敘述李元膺(1094 前後在世)「清才俊逸,辭藻過人」,作〈遊春詩〉:「夾道桃花三月暮,馬蹄無處避殘

45　宋·吳曾撰,劉宇整理:《能改齋漫錄》卷 8,見《全宋筆記》第五編第四冊,頁 236。

46　宋·阮閱編,周本淳校點:《詩話總龜》前集卷 34,頁 336-337。

47　元·脫脫撰:《宋史·王雱傳》卷 327:「卒時纔三十三」,頁 10551。

48　李強:《北宋慶曆士風與文學研究》(上海:上海書店出版社,2011年 1 月),頁 194。

49　鄔志勇:《宋代筆記詩學思想研究》(北京:中國社會科學出版社,2014 年 4 月),頁 44-73。

紅」[50]，但此句實出自宋仁宗時人張公庠（1063 左右）〈道中〉：「一年春事已成空，擁鼻微吟半醉中。夾路桃花新雨過，馬蹄無處避殘紅。」[51]單就「夾道桃花三月暮，馬蹄無處避殘紅」來看，並非純粹形容「遊春」的輕鬆快意，反而有種暮春時節遍地落花的蕭瑟之感。再由〈道中〉全詩語境看來，「一年春事已成空，擁鼻微吟半醉中」，春日將盡卻一事無成，更顯得失意落寞；而「夾路桃花新雨過，馬蹄無處避殘紅」，恰與孟郊〈登科後〉「春風得意馬蹄疾，一日看盡長安花」的意氣風發相反，孟郊是意氣飛揚，所以步履輕快，連馬都騎得飛快，張公庠則是春事成空，也是春試成空，所以失意醉酒，騎馬也只注意到滿地落花，形容的是落第舉子辛酸苦澀的心情。因此，「夾道桃花三月暮，馬蹄無處避殘紅」並不符合《雲齋廣錄》所謂〈遊春詩〉之意，李元膺應非原作者。《雲齋廣錄》還稱李元膺此詩句「標致如此」，似乎欲加上詩評以取信於讀者，果然，《詩總》引《雲齋廣錄》，以此詩為李元膺所作；[52]《全宋詩》亦收錄為李元膺「遺句」，且註出《詩話總龜》引《雲齋廣錄》。[53]

5.「鶴盤遠翅投孤島，蟬曳殘聲過別枝」的作者

同樣地，唐代方干（809-888）有〈旅次洋州寓居郝氏林

---

[50] 宋・李獻民：《雲齋廣錄》卷 3，收入《全宋筆記》第九編第一冊，頁 293。

[51] 宋・趙令畤撰，孔凡禮點校：《侯鯖錄》卷 6，頁 159。宋・呂祖謙編，齊治平點校：《宋文鑑》卷 28〈途中〉（北京：中華書局，1992 年），頁 435。

[52] 宋・阮閱編，周本淳校點：《詩話總龜》前集卷 13，頁 150。

[53] 北京大學古文獻研究所編：《全宋詩》卷 1032，頁 11796。

亭〉詩:「舉目縱然非我有,思量似在故山時。鶴盤遠勢投孤嶼,蟬曳殘聲過別枝。涼月照窗敧枕倦,澄泉遶石泛觴遲。青雲未得平行去,夢到江南身旅羈。」[54]《雲齋廣錄》卷 2〈白昊〉則說「鶴盤遠翅投孤島,蟬曳殘聲過別枝」是白昊所撰〈秋日郊步〉。由詩的內容來看,確實是旅次寓居,才有「舉目縱然非我有,思量似在故山時」、「涼月照窗敧枕倦」、「夢到江南身旅羈」等詩句,而非秋日在郊野漫步的情景。《雲齋廣錄》抽取其中兩句,附會為秋日郊步之見聞,還說歐陽脩贊美白昊詩句:「誠佳句也」[55],藉此讓人相信此詩真為白昊所作。

　　由〈馮參政〉、〈唐御史〉、〈鄭毅夫〉、〈李元膺〉、〈白昊〉五則記載來看,正好展現《雲齋廣錄》藉既有詩作編撰本事之現象,只是《雲齋廣錄》撰以詩話形式,不出以傳奇,更易取信於人。因此,上文提及,南宋初吳曾《能改齋漫錄》考辨後,認為「江神也世情,為我風色好」是馮京「取(施)肩吾末句題於江亭耳,非自作也。」未論及《雲齋廣錄》編撰之可能。南宋胡仔《漁隱叢話》則說:《侯鯖錄》記載張公庠〈道中〉全詩,但《雲齋廣錄》「只載此詩後兩句,云是李元膺〈遊春詩〉,未知孰是。」[56]可見,自南宋起,文人即發現《雲齋廣錄》記載不實之情況,但由於出以詩話形式、並非列入傳奇,則未敢斷言,只能存疑。

54　清·彭定求等編:《全唐詩》卷 650,頁 7468。

55　宋·李獻民:《雲齋廣錄》卷 2,收入《全宋筆記》第九編第一冊,頁 292。

56　宋·胡仔:《苕溪漁隱叢話》前集卷 54,收入《筆記小說大觀》第 35 編,頁 370。

二、摭拾編造故事

上一節「編撰詩詞本事」，是為既有的詩句附會故事、編創作者；本節「摭拾編造故事」，則是觀察既有的故實、典故經過編創或改造後，如何呈現出新意義。

（一）「不與龜魚作主人」詩之改造

首先，〈王荊公〉與上一節多則故事同樣收錄於傳奇雜事小說集《雲齋廣錄》卷 2「詩話錄」中，也用記載詩本事，間雜詩評的形式書寫，但手法異於上節諸篇：

> 王荊公初罷相，知金陵，作詩曰：「投老歸來一幅巾，君恩猶許備藩臣。芙蓉堂上觀秋水，聊與龜魚作主人。」及再罷相，遂乞宮觀，以會靈觀使居於鍾山。又有詩曰：「乞得膠膠擾擾身，江湖波浪替埃塵。只同麋鹿為閑侶，不與龜魚作主人。」此蓋不以為守也，而前詩尚有所累耳。[57]

此事亦記載於時間略早的呂希哲（1039-1116）《呂氏雜記》、魏泰（1040 以後-約 1107）《東軒筆錄》[58]，《東軒筆錄》與

---

[57]　宋・李獻民：《雲齋廣錄》卷 2，收入《全宋筆記》第九編第一冊，頁 288。

[58]　宋・魏泰撰，李裕民點校：《東軒筆錄》卷 6（北京：中華書局，1983 年 10 月），頁 70-71。呂希哲、魏泰皆大約生於北宋仁宗時期，《東軒筆錄》成書於哲宗時，而李獻民《雲齋廣錄》完成於宋徽宗政和元年，

《雲齋廣錄》敘事文字基本一致,《呂氏雜記》則重在記載詩作,從王安石受宋仁宗玉帶開始,記至宋哲宗時王安石薨,其間所作九首詩及他人賀詩或和詩三首。[59]

　　雖然《東軒筆錄》、《雲齋廣錄》內容相近,但仔細比較,可以發現幾處不同:一是王安石(1021-1086)的第二首詩,與《東軒筆錄》略有差異:「乞得膠膠擾擾身,鍾山松竹絕埃塵。只將鳧鴈同為客,不與龜魚作主人。」其次,《雲齋廣錄》最後對詩稍有評論,認為王安石初罷相、知金陵時的第一首詩,「尚有所累」;而第二次罷相、居鍾山的第二首詩,相對地更有出世之志,可見《雲齋廣錄·王荊公》參考《東軒筆錄》記載[60],而稍有增修。其中,「膠膠擾擾」出自《莊子·天道》,「膠膠擾擾身」則展現出個人生命為官場所覊縻,因而「乞得膠膠擾擾身」便是解脫「此身非我有」的心理束縛。[61]接著,不論是《雲齋廣錄》所修改的詩句「江湖波浪替埃塵」,或《東軒筆錄》之

　　較《東軒筆錄》約晚 20 年。見馮一:《《雲齋廣錄》研究》,蘇州大學碩士論文,2006 年,頁 11-13。宋·魏泰撰,李裕民點校:《東軒筆錄·點校說明》,頁 1。宋·李獻民:《雲齋廣錄·點校說明》,收入《全宋筆記》第九編第一冊,頁 281。

59　宋·呂希哲撰,夏廣興整理:《呂氏雜記》卷下,收入《全宋筆記》第一編第十冊(鄭州:大象出版社,2003 年 10 月),頁 284-285。

60　馮一:《《雲齋廣錄》研究》同樣有此一說:「李獻民在編撰《雲齋廣錄》『士林清話』和『詩話錄』時部分內容參考和引用了北宋魏泰的《東軒筆錄》」,蘇州大學碩士論文,2006 年,頁 13。

61　沈松勤:《北宋文人與黨爭——中國士大夫群體研究之一》(北京:人民出版社,1998 年 12 月),頁 254-256。此處討論王安石前期詩風「直道胸中事」及晚年(熙寧九年以後)詩風「舒閑容與」之差異時,舉此詩為晚年風格之例,並以《東軒筆錄》記載為本事進行論述。

「鍾山松竹絕埃塵」皆意思相近，說明從此以後遠離紛擾俗世，浪跡於江湖或隱居於鍾山，懷出世之思；但與後兩句的「鳬鴈」或「龜魚」合觀，由於鳬、龜、魚都生活在水邊，則《雲齋廣錄》之「江湖波浪替埃塵」更為貼切。此外，《東軒筆錄》雖然說「只將鳬鴈同為客，不與龜魚作主人」，自己不再如初罷相時是「龜魚主人」，現在與「鳬鴈」皆是客；不過，「只將鳬鴈同為客」，仍隱含著另有一個「主」。不如《雲齋廣錄》之「只同鳬鴈為閑侶，不與龜魚作主人」，既不作「龜魚主人」，也沒有主人，只是和「鳬鴈」作伴，逍遙於江湖之上。如此一來，《雲齋廣錄》文末增加之評論「此蓋不以為守也，而前詩尚有所累耳」與詩更能相應，也更能展現後一詩之「無所累」。

（二）「憔悴貳卿三十六」詩之改造

《雲齋廣錄》之〈蘇內翰〉敘述蘇易簡（958-996）罷參政，為禮部侍郎、知鄧州：

> 蘇內翰易簡罷參政為禮部侍郎、知鄧州日，年未及強仕，而其心悒鬱，有不勝閒冷之歎。鄧州有一老僧獨處郊寺，頗通儒典，亦時時為詩，有可觀者。蘇公贈詩曰：「憔悴二卿三十六，與師氣味不爭多。」未幾而卒。蓋大臣亦事之常，蘇公一出，遂有憔悴之言，無異乎賈誼之在長沙，為賦自悼，非特數之使然，亦其志不能自廣爾。[62]

---

[62] 宋・李獻民：《雲齋廣錄》卷 2，收入《全宋筆記》第九編第一冊，頁290。

此事亦記載於《東軒筆錄》：

> 蘇易簡特受太宗顧遇，在翰林恩禮尤渥，其子作《續翰林
> 誌》敍之詳矣。然性特躁進，罷參政，為禮部侍郎、知鄧
> 州，纔逾壯歲，而其心鞅悒，有不勝閒冷之歎。鄧州有老
> 僧，獨處郊寺，蘇贈詩曰：「憔悴貳卿三十六，與師氣味
> 不爭多。」又移書於舊友曰：「退位菩薩難做。」竟不登
> 強仕而卒。[63]

對照兩者，可以發現《雲齋廣錄》有稍微介紹鄧州老僧「頗通儒
典，亦時時為詩，有可觀者」，而《東軒筆錄》則敍述蘇易簡
「移書於舊友曰：『退位菩薩難做。』」但基本上記載同一詩
事。不過，《東軒筆錄》錄事，重在「性特躁進」，因此在此則
蘇易簡故事之後，另載「世言躁進者有夏侯嘉正」及錢惟演事，
著眼於「躁進」之失。《雲齋廣錄》不同，僅針對蘇易簡故事，
且對詩作進行評議：「蓋大臣出處，亦事之常，蘇公一出，遂有
憔悴之言，無異乎賈誼之在長沙，為賦自悼，非特數之使然，亦
其志不能自廣爾。」以賈誼任長沙王太傅時，所作《弔屈原
賦》、《鵩鳥賦》及其中展現的悲觀心境，比擬蘇易簡知鄧州的
悒鬱心情，認為蘇易簡及賈誼之所以撰賦作詩後便夭卒，並非天
命氣數，而是兩人心胸不夠寬廣豁達，始終鬱悶失望，才導致早
夭。

　　由〈王荊公〉、〈蘇內翰〉兩則，可見《雲齋廣錄》參考

63　宋・魏泰撰，李裕民點校：《東軒筆錄》卷2，頁19。

《東軒筆錄》故事，但為配合文末評論，前者謂「此蓋不以為守也，而前詩尚有所累耳」，後者稱「非特數之使然，亦其志不能自廣爾」，因此在《東軒筆錄》敘事之基礎上，稍事增改，俾觀點亦有所不同。

（三）「舊累危巢泥已墮」詩之改造

傳奇志怪雜事小說集《青瑣高議》[64]前集卷 5〈名公詩話〉連綴了多則故事，其中，第九則敘述唐僖宗時于化茂作〈燕離巢〉詩：

> 唐僖宗時，于化茂頗有學問，依棲中丞蔡授門館。一日告去，作〈燕離巢〉詩云：「舊累危巢泥已墮，今年因傍社前歸。連雲大廈無棲處，更望誰家門戶飛。」主人見詩愴然，復留。[65]

其實，唐代范攄《雲溪友議》卷下即已記載此詩，並題為〈歸燕詩〉：

> 近日舉場為詩清切，而鄙元和風格，用高往式乎？然由工用之不同矣。章正字孝標〈對月〉落句云：「長安一夜千家月，幾處笙歌幾處愁。」有類乎秦交云：「一種蛾眉明

---

[64]　李劍國：《宋代志怪傳奇敘錄》，頁 184-185。李氏將《青瑣高議》界定為北宋傳奇志怪雜事小說集，非傳奇、志怪者，即為雜事筆記一類。

[65]　宋・劉斧撰，施林良校點：《青瑣高議》前集卷 5（上海：上海古籍出版社，2012 年 12 月），頁 31。

月夜，南宮歌吹北宮愁。」章君章題之中，頗得聲稱也。
元和十三年下第，時輩多為詩以刺主司；獨章君為〈歸燕
詩〉，留獻庾侍郎承宣。小宗伯得詩，展轉吟諷，誠恨遺
才，仍候秋期，必當薦引。庾果重秉禮曹，孝標來年擢
第。群議以為二十八字而致大科，則名路可遵，遞相礱礪
也。詩曰：「舊累危巢泥已落，今年故向社前歸。連雲大
廈無棲處，更望誰家門戶飛。」[66]

《雲溪友議》說〈歸燕詩〉為章正（孝標）下第時所作，此詩首
二句「舊累危巢泥已落，今年故向社前歸」，即以燕歸卻無巢可
棲自況，形容自己落第無處安身的心境；後二句「連雲大廈無棲
處，更望誰家門戶飛」，借歸燕口吻感嘆哪家高門大戶能提供自
己庇護之所。果然庾承宣因此「展轉吟諷，誠恨遺才」，後來為
章正薦引，「重秉禮曹」，章正來年果然登第，「群議以為二十
八字而致大科」，此事遂廣為人知。

　　與《青瑣高議》所述于化茂作〈燕離巢〉詩相較，內容相
仿，但本事不同。于化茂並非因下第而作，他在蔡中丞家開館教
學，一日告辭離開即作〈燕離巢〉詩，表達家鄉已不容安棲
（「舊累危巢泥已墮」），蔡中丞「見詩愴然」，於是于化茂又
再留下來；乍看之下，〈燕離巢〉詩與于化茂事似乎相應，只
是，于化茂主動表達要離開，卻寫此詩，蔡中丞見詩挽留，于化
茂又「復留」，實則不合情理。因此，在詩作內容與本事之配合

[66] 唐‧范攄撰，陽羨生校點：《雲溪友議》，收入《唐五代筆記小說大
觀》（上海：上海古籍出版社，2000年3月），頁1311-1312。

上，《雲溪友議》較《青瑣高議》更為相應；而《青瑣高議》在前有所本的故事上進行更動，卻未能貼切。此外，于化茂為晚唐僖宗時人，與本卷副標題「本朝諸名公詩話」亦不符，可以推測此為《青瑣高議》在新增重編的過程中，所產生之齟齬。[67]

（四）「粗官到底是男兒」詩之改造

至於《青瑣高議》前集卷 5〈名公詩話〉中的第一事，則更為複雜：

> 大丞相李公昉嘗言：當時自外鎮為粗官，有學士遺外鎮官茶，外鎮有詩謝云：「粗官乞與真虛擲，賴有詩情合得嘗。」
>
> 符彥卿知汴州，有詩云：「全軍十萬擁雄師，正是酬恩報國時。汴水波瀾喧鼓角，隋堤楊柳拂旌旗。前驅紅旆關西將，坐間青蛾趙國姬。為報長安冠蓋道，粗官到底是男兒。」公云：「詩意蓋有憾爾之詞。」其詩牌後人取去，不知落於何地。[68]

---

[67] 關靜比勘《類說》與今本《青瑣高議》卷 5〈名公詩話〉、卷 9〈詩淵清格〉、〈詩讖〉順序，認為南宋書坊將原與〈詩淵清格〉、〈詩讖〉同在一卷之內容提出，插入卷 5，題為〈名公詩話〉。關靜：〈《青瑣高議》佚文補遺及重編問題再探〉，《文化遺產》2020 年第 3 期（2020年 5 月），頁 190-191。

[68] 宋・劉斧撰，施林良校點：《青瑣高議》，頁 30。兩事原為一則，本文為便於論述，略作區分以識別。

此一記載包括兩部分，皆與「粗官」相關。前者李昉（925-996）記載外鎮有詩「粗官乞與真虛擲，賴有詩情合得嘗」，此亦《太平廣記》所引《北夢瑣言》之內容：

> 薛能以文章自負，而累出戎鎮，常鬱鬱歎息，因有〈謝詩淮南寄天柱茶〉。其落句云：「粗官乞與直拋卻，賴有詩情合得嘗。」意以節將為「粗官」也。[69]

李昉編《太平廣記》時直接引述《北夢瑣言》，說明晚唐薛能（817？-880）即為作〈謝詩淮南寄天柱茶〉詩之外鎮，但《青瑣高議》所敘述之李昉並未直言外鎮身分，亦未提及詩為薛能所作。不過，北宋任淵（1090？-1164？）為師黃庭堅（1045-1105）詩作注，在《山谷詩集注》卷 7〈次韻錢穆父贈松扇〉「合得安期不死藥」、卷 8〈再答景叔〉「三珍同盤乃得嘗」詩句下，皆注曰：「薛能詩：賴有詩情合得嘗」；卷 20〈戲答歐陽誠發奉議謝余送茶歌〉「自許詩情合得嘗」下，更完整注出資料：「薛能〈謝王彥威寄茶詩〉云：麤官乞與真拋却，賴有詩情合得嘗。」[70]北宋末計有功《唐詩紀事》載錄薛能全詩：「〈謝劉相寄天柱茶〉：兩串春團敵夜光，名題天柱印維楊。偷嫌曼倩桃無味，搗覺嫦娥藥不香。惜恐被分緣利市，盡應難覓為供堂。

69　宋・李昉編：《太平廣記》卷 265 引《北夢瑣言》，據談氏初印本附錄（北京：中華書局，2003 年 6 月），頁 2079。

70　宋・黃庭堅撰，宋・任淵注，劉尚榮校點：《黃庭堅詩集注・山谷詩集注》卷 7、8、20（北京：中華書局，2003 年 5 月），第 1 冊頁 283、315、702。

麄官寄與真拋却，賴有詩情合得嘗。」[71]可見，北宋文人多知「粗官乞與直拋卻，賴有詩情合得嘗」實為晚唐薛能詩句，而《青瑣高議》轉述李昉說法，卻未直接註明詩句作者。

　　至於贈薛能茶者，《青瑣高議》僅籠統稱為「學士」，但根據上文，有《北夢瑣言》之「淮南」、任淵稱「王彥威」、《唐詩紀事》曰「劉相」等三種說法。這部分可由《青瑣高議》記載的第二部分切入論述。《青瑣高議》載錄北宋初符彥卿（898-975）詩，但在北宋宋庠（996-1066）整理之《楊文公談苑》內卻記為王彥威事：

> 長安舊以不歷臺省使出鎮廉車節鎮者為粗官，大率重內而輕外，今東都乾元門舊宣武軍鼓角門，節度王彥威有詩刻其上云：「天兵十萬勇如貔，正是酬恩報國時。汴水波濤喧鼓角，隋堤楊柳拂旌旗。前驅紅旆關西將，坐間青蛾趙國姬。寄語長安舊冠蓋，粗官到底是男兒。」彥威自太常博士出辟使府，至茲鎮，故有是句，至今不知所在。薛能亦有〈謝寄茶〉詩：「粗官寄與真拋擲，賴有詩情合得嘗。」[72]

對照《青瑣高議》末句「其詩牌後人取去，不知落於何地」，可知所謂「詩牌」即為王彥威刻詩之石；且「彥威自太常博士出辟使府」，《青瑣高議》稱之為「學士」，亦為合理。

---

[71]　宋・計有功撰，王仲鏞校箋：《唐詩紀事校箋》卷60，頁2047。

[72]　宋・楊億口述，黃鑑筆錄，宋庠整理，李裕民輯校：《楊文公談苑》，收入《宋元筆記小說大觀》，頁491。

計有功《唐詩紀事》卷 51 亦錄有《楊文公談苑》此事：

> 長安舊俗，以不歷台省出領廉車節鎮者，率呼為麤官，大
> 率重內而輕外。今東京皇城乾元門，舊章武軍鼓角樓也。
> 節度使王彥威有詩刻石在其上曰：「天兵十萬勇如貔，正
> 是酬恩報國時。汴水波瀾喧鼓角，隋堤楊柳拂旌旗。前驅
> 紅旆關西將，坐間青娥趙國姬。寄語長安舊冠蓋，麤官到
> 底是男兒。」彥威自太常博士出辟使府，至茲鎮，故有是
> 句。後梁氏建國，其石不知所在。薛能亦有《謝寄茶詩》
> 云：「麤官寄與真拋卻，賴有詩情合得嘗。」洪文館舊不
> 置學士，文宗特置一員，以待彥威。為戶部侍郎，邊兵訴
> 所賜不時，縑皆敝惡，貶衛尉卿。俄為忠武節度，徙宣
> 武，卒。[73]

配合上文引述北宋任淵為黃庭堅〈戲答歐陽誠發奉議謝余送茶
歌〉「自許詩情合得嘗」詩句作注，有：「薛能〈謝王彥威寄茶
詩〉云：麤官乞與真拋卻，賴有詩情合得嘗。」綜言之，似乎薛
能之所以有「粗官乞與直拋卻，賴有詩情合得嘗」詩句，乃與王
彥威作詩用「粗官」二字，並贈茶有關。然而，王彥威卒於開成
三年（838）[74]，薛能會昌六年（846）進士[75]，王彥威實不可能

---

[73] 宋·計有功撰，王仲鏞校箋：《唐詩紀事校箋》卷 51，頁 1746。

[74] 後晉·劉昫：《舊唐書》卷 157（北京：中華書局，1997 年 9 月），頁
4154-4157。

[75] 傅璇琮主編：《唐才子傳校箋》卷 7（北京：中華書局，2000 年 2
月），第三冊，頁 308-319。

贈茶給外鎮薛能。

　　贈茶薛能者，另有《北夢瑣言》之「淮南」、《唐詩紀事》之「劉相」兩說，兩者實為同一人，即劉鄴（830？-881）。劉鄴在唐懿宗、僖宗時為宰相，且唐僖宗乾符元年（874）為檢校尚書左僕射、同平章事、淮南節度使；[76]而乾符三年（876）十二月，王仙芝率軍攻打淮南，劉鄴向朝廷求援，感化節度使薛能選精兵數千相助。[77]由此可知劉鄴與薛能之淵源，劉鄴或為感謝薛能領兵相助而贈茶。

　　也就是說，王彥威確實作詩「寄語長安舊冠蓋，粗官到底是男兒」，《楊文公談苑》及《唐詩紀事》在王彥威詩事下附錄薛能詩，應只著眼於「粗官」一詞，而任淵注所引的薛能詩詩名〈謝王彥威寄茶詩〉實將兩者（贈茶給薛能之人、在薛能前用「粗官」一詞作詩之人）攪繞，產生錯誤。

　　乍看之下，《青瑣高議》此則內容與《楊文公談苑》相仿，僅作者與次序不同：《青瑣高議》一改唐代王彥威「粗官到底是男兒」詩為北宋符彥卿所作，又略而不提「粗官乞與直拋卻，賴有詩情合得嘗」之作者薛能；不過，由於李昉在《太平廣記》內引用過「粗官乞與直拋卻，賴有詩情合得嘗」事，《青瑣高議》此時再述及，雖未提作者，但讀者可以查知，甚至因薛能確有此詩事，則後文更易取得讀者信任。其次，北宋初《楊文公談苑》及北宋末《唐詩紀事》皆先記「粗官到底是男兒」，再記「粗官

---

[76]　宋・歐陽修：《新唐書》卷 63（北京：中華書局，1997 年 9 月），頁1741。

[77]　宋・司馬光編著，元・胡三省音注：《資治通鑑・唐紀》卷 252（北京：中華書局，1997 年 11 月），頁 8186。

寄與真拋卻」，表明王彥威先自稱「粗官」，而薛能後沿用「粗官」一詞為詩。《青瑣高議》則先記薛能詩「粗官乞與直拋卻」，後錄「粗官到底是男兒」詩，次序不同於《楊文公談苑》、《唐詩紀事》，實是將「粗官到底是男兒」詩改為北宋符彥卿所作，不得不因此調整次序。至於《青瑣高議》略微調整次序，並說「粗官到底是男兒」是符彥卿所作，實為突出作者借李昉之口所說的符彥卿「詩意蓋有憾爾之詞」。由此可見，《青瑣高議》不論是作者或次序的調整，皆是為了最後推出符彥卿「有憾爾之詞」的說法，其表面上撿拾既有記載，但不同於《楊文公談苑》、《唐詩紀事》之單純記事載錄形式，而有其目的與意義。

　　符彥卿自五代入宋，太祖開寶二年「移鳳翔節度，被病，肩輿赴鎮」，符合文中「外鎮為粗官」之意。而符彥卿行至西京（洛陽）、未至鳳翔，太祖「疾亟，請就醫洛陽」，於是符彥卿留在洛陽隨侍。然而，符彥卿「假滿百日，猶請其奉，為御史所劾，下留司御史臺。太祖以姻舊特免推鞫，止罷其節制。」[78]由此可知，符彥卿不僅無法如願隨侍太祖，甚至因此失去鳳翔節度的官職。唐代王彥威自太常博士出為節鎮，「寄語長安舊冠蓋，粗官到底是男兒」是跟過去同朝為官的舊友們，炫耀自己不失血性男兒本色，在外為節鎮亦戰功彪炳。而北宋初符彥卿「為報長安冠蓋道，粗官到底是男兒」則是對著在京為官的眾人陳述，自己自後唐莊宗起便在外征戰，立下赫赫戰功，此時被解除節鎮之職，仍希望眾人理解自己欲投身軍旅、酬恩報國之心願，因此詩

---

[78]　元・脫脫撰：《宋史》卷 251，頁 8839-8840。

意才「蓋有憾爾之詞」。

　　雖然《青瑣高議》此事之內容頗見於他書，但藉此事敘述次序的調整、作者的改換、文字的微調、李昉強調符彥卿的內心遺憾，使既有的王彥威故事經過編創後，呈現出新的意義。

三、創作詩文傳說

　　北宋筆記運用詩話撰寫詩文本事之手法，除了上述兩種以外，尚有第三種：「創作詩文傳說」，使得筆記記載了僅見或首見之詩、詞、文及本事。

（一）呂洞賓〈沁園春〉及本事

　　《青瑣高議》前集卷8〈呂先生續記〉說明呂洞賓作〈沁園春〉詞：「仙翁所作之詞，此乃今之所傳道〈沁園春〉」：

> 崔中舉進士，有學問，春間泛汴水東下，迤邐至湖北，遊岳陽，謁故人李郎中。方至，未見太守，寓宿市邸，聞前客肆中唱曲子〈沁園春〉。肆內有補鞋人傾聽甚久，顧中曰：「此何曲也？其聲甚清美。」「乃都下新聲也。」其人曰：「吾不解書，子能為吾書，吾於此調間作一詞，可乎？」中愕然，因見其眉目疏秀，乃勉取紙筆為寫。其人略不思慮，若宿構者，及唱又諧和聲調。中觀其意，皆深入至道。……[79]

---

[79]　宋・劉斧撰，施林良校點：《青瑣高議》前集卷8，頁54-55。

《青瑣高議》只錄其事而無其詞，並說〈沁園春〉曲子此時為「都下新聲」，並未流行；填新詞者，是肆內補鞋人，亦即呂洞賓。關於呂洞賓填都下新聲〈沁園春〉詞之事，可分成兩點細論：一是北宋呂洞賓傳說，二是呂洞賓〈沁園春〉詞本事。以下分述之。

　　宋初王舉[80]《雅言系述》載〈呂洞賓傳〉：「關右人。咸通初，舉進士不第。值巢賊為梗，攜家隱居終南，學老子法。」[81] 南宋吳曾在〈呂洞賓唐末人〉引述此事，認為其為唐末懿宗咸通時人，並據以考辨呂洞賓非唐傳奇《枕中記》之呂翁，非玄宗開元時人；另在〈呂洞賓傳神仙之法〉一則，謂岳州石刻上有呂洞賓自傳，其自稱是「京兆人，唐末，累舉進士不第。」[82]亦說明呂洞賓為唐末人。

　　宋初楊億《楊文公談苑》也有關於呂洞賓之記載：

　　　　呂洞賓者，多游人間，頗有見之者。丁謂通判饒州日，洞
　　　　賓往見之，語謂曰：「君狀貌頗似李德裕，它日富貴皆如
　　　　之。」謂咸平初，與予言其事，謂今已執政。張洎家居，
　　　　忽外有一隱士通謁，乃洞賓名姓，洎倒屣見之。洞賓自言

---

[80]　《宋史・藝文志》記載王舉撰《天下大定錄》、《雅言系述》，排列在曹衍、吳淑前後，可見時代應與曹衍、吳淑相近。見元・脫脫撰：《宋史》卷 204、206，頁 5167、5230。

[81]　宋・吳曾：《能改齋漫錄》卷 18，見《全宋筆記》第五編第四冊，頁 220。

[82]　宋・吳曾：《能改齋漫錄》卷 18，見《全宋筆記》第五編第四冊，頁 220-221。

呂渭之後，渭四子，溫、恭、儉、讓。讓終海州刺史，洞
賓係出海州房，讓所任官，《唐書》不載。索紙筆，八分
書七言四韻詞一章，留與泊，頗言將佐鼎席之意。其末句
云「功成當在破瓜年」，俗以破瓜字為二八，泊年六十四
卒，乃其讖也。洞賓詩什，人間多傳寫，有《自詠》云：
「朝辭百越暮三吳，袖有青蛇膽氣麤。三入岳陽人不識，
朗吟飛過洞庭湖。」又有「飲龜見人不識，燒山符子鬼難
看。一粒粟中藏世界，二升鐺內煮山川」之句，大率詞意
多奇怪類此，世所傳者百餘篇，人多誦之。[83]

根據《宋史》，丁謂（966-1037）「通判饒州」在宋太宗淳化三
至四年（992-993）[84]，呂洞賓留詩預言張泊（934-997）「頗言
將佐鼎席之意」，則應在宋太宗至道元年（995）以前。[85]另
外，張齊賢（942-1014）《洛陽縉紳舊聞記・田太尉候神仙夜
降》敘述北宋太宗時，永興軍節度使田重進（929-997）晚年好
道，為揀停軍人張花項所欺騙。張花項謊稱偶遇仙人呂洞賓，
「時人皆知呂洞賓為神仙，故花項言見之」。[86]綜合來看，呂洞

---

[83]　宋・楊億口述，宋・黃鑒筆錄，宋・宋庠整理，李裕民輯校：《楊文公
談苑》，收入《宋元筆記小說大觀》，頁 528。

[84]　元・脫脫撰：《宋史》卷 283：「淳化三年，登進士甲科，為大理評
事、通判饒州。踰年，直史館，以太子中允為福建路採訪。」頁
9566。

[85]　元・脫脫撰：《宋史》卷 5：「以翰林學士張泊為給事中、參知政
事。」頁 97。

[86]　丁喜霞著：《《洛陽縉紳舊聞記》校注》（北京：中國社會科學出版
社，2013 年 6 月），頁 87-89。

賓傳說在太宗晚年已開始流行[87]，張泊聽說呂洞賓來訪才會「倒屣見之」，田重進也才會被人所騙。

　　不過，《楊文公談苑》敘述呂洞賓一見丁謂便稱「君狀貌頗似李德裕」，李德裕卒於唐宣宗大中三年（849），呂洞賓若是晚唐懿宗（860-874）時人，亦應不曾見過李德裕。之所以呂洞賓能說丁謂「狀貌頗似李德裕」，一則或是卜算丁謂遭遇與李德裕類似，二則是證明呂洞賓為神仙。

　　除上述記載及劉斧《青瑣高議》前集卷8的〈呂先生記〉及〈呂先生續記〉外，劉斧《摭遺》亦稱呂洞賓：「先生唐僖宗時人，避寇亂多游湖湘間，或梁魏之地。嘗遊大雲寺，與寺僧多唱和。」其後記錄四首呂洞賓詩。[88]北宋神宗、哲宗、徽宗時人陸元光（1098左右）所撰傳奇《回仙錄》，亦有回道人於熙寧元年（1068）訪沈東老，求飲十八仙白酒。其中，描述回道人「氣骨秀偉」、「碧眼有光」、「其聲清圓，於古今治亂，老莊浮圖氏之理，無所不同」，沈東老遂知回道人「非塵埃中人」。回道人對沈東老說：「公自能黃白之術，未嘗妄用，且篤於孝義，又多陰功，此予今日所以來尋訪」，「今日為公而來」，最後，回道人贈詩東老，並預言東老卒年。[89]與陸元光時代接近之魏泰

87　盧曉輝：〈論宋代呂洞賓傳說的流傳〉，《閩江學刊》第6期（2011年12月），頁131-132。文中提及，「傳說興起的時間上限不會早於《太平廣記》的成書時間（太平興國三年），下限不晚於淳化四年」，同樣認為呂洞賓傳說在太宗晚年已開始流行。

88　宋·阮閱編，周本淳校點：《詩話總龜》前集卷46引《摭遺》，頁442-443。

89　李劍國：《宋代傳奇集》（北京：中華書局，2001年11月），頁190-191。

《東軒筆錄》提到「呂先生」、「回道士」[90]，北宋末趙令畤《侯鯖錄》亦提及「回山人」與沈東老飲酒事[91]，葉夢得（1077-1148）《避暑錄話》提及「回山人」、「呂洞賓」[92]，莊綽（1078-？）《雞肋編》亦稱「呂洞賓」題詩於門上或壁上[93]，南宋陳鵠（1174-1224 在世）《西塘集耆舊續聞》引《楊文公談苑》、《東坡詩話》有「回道士」、「呂洞賓」[94]。可見，宋代的呂洞賓傳說不少，且有許多別稱，所謂「回仙」、「回道士（人）」、「回山人」皆為呂洞賓，著眼於「呂」、「回」俱可拆字為二口。

　　關於呂洞賓名巖的說法，首見於宋初張洎《雅言雜載》：

> 呂仙翁名巖，字洞賓，本關右人。咸通初，舉進士不第。巢賊為梗，攜家隱於終南山，學老子法，絕世闃谷，變易形骸，尤精劍術。今往往有人於關右途路間與之相逢，多不顯姓名，以其趨舍動作異於流俗，故為人所疑。又為篇詠，章句間泄露其意。嘗有〈送鍾離先生〉云：「得道來來相見難，又聞東去幸仙壇。杖頭春色一壺酒，頂上雲攢五嶽冠。飲海龜兒人不識，燒山符子鬼難看。先生去後應

90　宋・魏泰撰，李裕民點校：《東軒筆錄》卷 10，頁 116。

91　宋・趙令畤撰，孔凡禮點校：《侯鯖錄》卷 4，頁 103。

92　宋・葉夢得撰，徐時儀校點：《避暑錄話》卷 4，收入《宋元筆記小說大觀》，頁 2668-2669。

93　宋・莊綽：《雞肋編》卷下（北京：中華書局，2016 年 3 月），頁 119-120。

94　宋・陳鵠：《西塘集耆舊續聞》卷 6，收入《宋元筆記小說大觀》，頁 4829-4830。

> 難老，乞與貧儒換骨丹。」〈贈薛道士〉云：「落魄薛道
> 士，年高無白髭。雲中臥看石，雪裡去尋碑。誇我吃大
> 酒，嫌人念小詩。不知甚麼漢？一任輩流嗤。」[95]

雖然《雅言雜載》提出呂洞賓名巖的說法，但仍認為神仙呂洞賓
為晚唐懿宗咸通時人，並非中唐呂巖。

其次，關於呂洞賓〈沁園春〉詞本事，〈呂先生續記〉敘述
〈沁園春〉詞在北宋英宗時仍為「都下新聲」，並記載呂洞賓填
詞之事，未載錄詞作內容。南北宋之交的胡仔《苕溪漁隱叢話》
後集則敘述「回仙有〈沁園春〉一闋，明內丹之旨，語意深妙，
惜乎世人但歌其詞，不究其理，吾故表而顯之」，並完整記錄詞
作內容：

> 七返還丹，在人先須，煉己待時。正一陽初動，中宵漏
> 永，溫溫鉛鼎，光透簾幃。造化爭馳，虎龍交合，進火工
> 夫猶鬭危。曲江上，看月華瑩淨，有個烏飛。　　當時。
> 自飲刀圭。又誰信，無中養就兒，辨水源清濁，木金間
> 隔，不因師指，此事難知。道要玄微，天機深遠，下手速
> 修猶太遲。蓬萊路，仗三千行滿，獨步雲歸。[96]

《全唐五代詞》考辨呂巖〈沁園春〉詞，亦認為：「此首始見於

---

[95] 宋・阮閱編，周本淳校點：《詩話總龜》前集卷 46 引《雅言雜載》，
　　頁 442。傅璇琮主編：《唐才子傳校箋》卷 10，第 4 冊，頁 392-393。
[96] 宋・胡仔：《苕溪漁隱叢話》後集卷 38，收入《筆記小說大觀》第 35
　　編，頁 305-306。

北宋劉斧《青瑣高議》（有本事而未錄原詞），當為北宋人所依托。」[97]但《青瑣高議》所稱回處士、呂洞賓，指的都是道教神仙呂洞賓，並未說是「呂巖」，《全唐五代詞》誤以呂洞賓為呂巖。配合上述北宋關於呂洞賓傳說之記載，自北宋初《雅言系述》、《雅言雜載》、《楊文公談苑》、《洛陽縉紳舊聞記》，至中期《青瑣高議》，後期《東軒筆錄》、《避暑錄話》及雜錄蘇軾論詩之作的《東坡詩話》，多未說神仙呂洞賓是呂巖，《雅言雜載》雖記呂洞賓名巖，但與他書同樣認為呂洞賓是晚唐懿宗時人。

南宋吳曾《能改齋漫錄・沁水公主園》說：「世所傳呂洞賓〈沁園春〉詞所謂『九返還丹』，乃知唐之中世已有此音矣。」[98]此處認為填〈沁園春〉詞的呂洞賓即為中唐時人呂巖，所以中唐已有〈沁園春〉曲調，呂巖才能依聲填詞。雖然上文所引《能改齋漫錄》之〈呂洞賓唐末人〉、〈呂洞賓傳神仙之法〉皆以呂洞賓為唐末人，但其中〈沁水公主園〉卻開始出現將中唐呂巖與道教神仙化的呂洞賓混淆為同一人之趨向，且又據此演變為中唐已出現〈沁園春〉曲調之說法。此後，宋末元初林屋山人全陽子（俞琰）為〈呂純陽真人沁園春丹詞註解〉，所謂「沁園春丹詞」亦即為此詞；[99]元代趙道一《歷代真仙體道通鑑》更踵事增

---

[97] 曾昭岷、曹濟平、王兆鵬、劉尊明編著：《全唐五代詞》（北京：中華書局，1999 年 12 月），頁 1294-1295。

[98] 宋・吳曾：《能改齋漫錄》卷 16，見《全宋筆記》第五編第四冊，頁 193。

[99] 新文豐出版公司編輯部編：《正統道藏》第 4 冊洞真部玉訣類（臺北：新文豐出版公司，1988 年），頁 237。

華，敘述「先生呂喦，字洞賓，號純陽子。……貞元十二年丙子四月十四日生於林檎樹下。」[100]不論如何，合神仙呂洞賓和中唐人呂巖為一的說法，與《青瑣高議》並無關係，《青瑣高議》只是在呂洞賓信仰的傳說中，最早出現呂洞賓填〈沁園春〉詞之故事[101]，並未與中唐呂巖混為一人。《全唐五代詞》認為呂巖作〈沁園春〉詞「為北宋人所依托」，實非如此。[102]

《青瑣高議》前集卷 8〈呂先生記〉敘述回處士為賈斯容磨古鐵鏡事[103]，〈呂先生續記〉記載呂洞賓作〈沁園春〉詞事時，分別錄有一詩：

> 手內青蛇凌白日，洞中仙果豔長春。須知物外煙霞客，不是塵中磨鏡人。

> 腹內嬰孩養已成，且居塵市暫娛情。無端措大多饒舌，即

---

[100] 元・趙道一：《歷代真仙體道通鑑》卷 45，收入《中國神仙傳記文獻初編》第三冊（臺北：捷幼出版社，1992 年 3 月），頁 1385。

[101] 學者考證宋代呂洞賓傳說、論述呂洞賓詞，皆未注意到《青瑣高議》之地位與意義。許興寶：〈呂洞賓詞簡論〉，《寧夏大學學報（人文社會科學版）》2002 年第 4 期（2002 年 8 月），頁 29-34。盧曉輝：〈論宋代呂洞賓傳說的流傳〉，《閩江學刊》第 6 期（2011 年 12 月），頁 131-134。

[102] 黃震云認為《全唐五代詞》收呂巖詞一百多首，是「合仙呂和人呂為一體，更屬失算。」此一混同仙呂與人呂之舉，亦非起於《全唐五代詞》，南宋吳曾已出現此一說法。黃震云：〈《青瑣高議》有關唐代傳奇本事考略〉，《漢中師院學報（哲學社會科學版）》1990 年第 1 期（1990 年 4 月），頁 46-47。

[103] 宋・劉斧撰，施林良校點：《青瑣高議》，頁 53-54。

入白雲深處行。

兩詩後來皆收入《全唐詩》內，前者是〈為賈師雄發明古鐵鏡〉[104]，後者是〈崔中舉進士遊岳陽遇真人錄沁園春詞詰其姓名薦之李守排戶而入惟見留詩于壁〉[105]，兩詩詩名皆與《青瑣高議》小說內容相應，應據《青瑣高議》而收錄。但兩詩皆為《全唐詩》題為呂巖所作，或因南宋吳曾以後混淆中唐呂巖與道教神仙呂洞賓而多附會編造，進而產生之訛誤。

　　另外，上文引述《楊文公談苑》、《雅言雜載》、《青瑣高議》、《摭遺》、《雞肋編》等所記呂洞賓詩，說明宋代頗多關於呂洞賓作詩之記載，元代辛文房《唐才子傳》對此現象進行評議：「韓湘控鶴於前，呂巖驂鸞於後，凡其題詠篇什，鏗鏘振作，皆天成雲漢，不假安排，自非咀嚼冰玉，呼吸煙霏，孰能至此？」不過，《校箋》認為「元代全真教盛行，辛氏亦受其影響」、「自南宋至元，道教全真教日益發展，故有關呂巖之傳說亦與日俱增」。[106]其實《唐才子傳》除了將中唐人呂巖與神仙呂洞賓混為一談之謬誤外，其中所錄詩作亦未必確實出於中唐呂巖或晚唐呂洞賓之手，因此，《唐才子傳校箋》提及《全唐詩》收呂巖詩四卷、詞三十首，認為「全出宋及以後人附會，《全唐詩》不當收。」[107]《唐詩大辭典》亦稱呂巖作品「均出依託」[108]，

---

104 清・彭定求等編：《全唐詩》卷858，頁9702。

105 清・彭定求等編：《全唐詩》卷858，頁9703。

106 傅璇琮主編：《唐才子傳校箋》卷10，第4冊，頁402-403。

107 傅璇琮主編：《唐才子傳校箋》卷10，第4冊，頁402。

108 周勛初主編：《唐詩大辭典》（南京：江蘇古籍出版社，1990 年 11

而許興寶討論《唐宋全詞》所收呂洞賓一百五十九首道教詞時，認為「呂洞賓」已成為一個符號，代表道教詞的眾多不知名作者，事實上，這些詞作均非呂洞賓所作。[109]而在呂洞賓相關傳說及眾多詩詞記錄中，《青瑣高議》最早記載呂洞賓填〈沁園春〉詞之本事，也可以說《青瑣高議》創作呂洞賓填〈沁園春〉詞之本事。

（二）韓愈的第四篇柳宗元祭文

韓愈曾在柳宗元過世後，為之撰〈祭柳子厚文〉、〈柳子厚墓誌銘〉、〈柳州羅池廟碑〉三文，《青瑣高議》又錄有〈柳子厚補遺〉，記載韓愈為柳宗元再撰一祭文：

> 公生愛此民，死當福此民。何輒為怪蛇異物，驚懼之至死者？公平生不足，憤懣不能發洩，今欲施於彼民，民何辜焉？謝寧說甚可驚，始終何戾也？無為怪異之跡，敗子平生之美名。余為子厚甚厚，其聽吾言。[110]

之所以故事中的韓愈又撰一祭文，則與〈柳子厚補遺〉敘述蛇或異物出現於羅池廟庭，民見即死，「神威甚肅」之事有關：

月），頁 102。不過，周勛初認為呂巖「即呂洞賓，傳說中八仙之一。」亦同樣混淆中唐呂巖與道教神仙呂洞賓。

109　許興寶：〈呂洞賓詞簡論〉，《寧夏大學學報（人文社會科學版）》第24 卷，2002 年第 4 期，頁29-34。

110　宋・劉斧撰，施林良校點：《青瑣高議》前集卷1，頁3。

　　柳宗元，字子厚，晚年謫授柳州刺史。子厚不薄彼
人，盡仁愛之術治之。……

　　公預知死，召魏望、謝寧、歐陽翼曰：「吾某月某日
當去世。子為吾見韓公，當世能文，為吾求廟碑。後三
年，吾當食此。」如期而死。後三年，公之神見於後堂壁
下，歐陽翼見而拜之。公曰：「羅池之陽，可以立廟。」
廟成，乃割牲置位，酌酒祭公，郡人畢集。時有賓州軍將
李儀還京，入廟升堂罵詈。儀大叫仆於堂下，腦鼻流血，
出廟即死。郡民愈畏謹。

　　謝寧入經見韓公，求廟碑。公詰之曰：「子厚生愛彼
民，死必福之。」寧曰：「神威甚肅。」公問其故，寧
曰：「或過廟不下，致祭不謹，則蛇出廟庭，或有異物現
出，民見即死。」公曰：「爾將吾文祭而焚之，無使人
見。」寧如公言祭之，蛇不復出。其文人或默傳得，今亦
載之。

〈柳子厚補遺〉明顯與韓愈〈柳州羅池廟碑〉關係密切：一是
〈柳州羅池廟碑〉稱「柳侯為州，不鄙夷其民，動以禮法」
[111]，〈柳子厚補遺〉即曰：「子厚不薄彼人，盡仁愛之術治
之」。其次，〈柳州羅池廟碑〉記載柳宗元生前曾預知自己死
期，並交待部將魏忠、謝寧、歐陽翼三年後建廟祭之（「明年，
吾將死，死而為神。後三年，為廟祀我。」）〈柳子厚補遺〉同

---

[111] 清・董誥等編：《全唐文》卷561（上海：上海古籍出版社，1995年11
　　月），頁2515。

樣說柳宗元召魏望、謝寧、歐陽翼預告將死[112]，亦交待三年後
建廟之事，只是更進一步地直接說出明確去世日期「某月某日當
去世」。第三，韓愈之所以撰〈柳州羅池廟碑〉，與廟成大祭，
李儀醉酒失態招譴一事相關：「其月景辰，廟成大祭，過客李儀
醉酒，慢侮堂上，得疾，扶出廟門即死。」因此，「明年春，魏
忠、歐陽翼使謝寧來京師，請書其事於石」。但〈柳子厚補遺〉
則是在柳宗元預告死期時，便要三人為其求韓愈撰廟碑，而待李
儀「入廟升堂罵詈……出廟即死」後，謝寧才入京見韓愈，求廟
碑（應即為〈柳州羅池廟碑〉）。也就是說，〈柳子厚補遺〉增
加了柳宗元親口要求要韓愈為其撰廟碑之情節。最後，〈柳州羅
池廟碑〉提及「柳侯生能澤其民，死能驚動禍福之，以食其土，
可謂靈也已」，所以韓愈不僅撰廟碑，也「作〈迎享送神詩〉遺
柳民，伸歌以祀焉」。〈柳子厚補遺〉同樣表達了柳宗元「神威
甚肅」之觀點，說韓愈認為「子厚生愛彼民，死必福之」，得知
柳宗元「神威甚肅」後，撰祭文，並交待謝寧：「爾將吾文祭而
焚之，無使人見。」

　　不過，仔細比對兩文，〈柳州羅池廟碑〉並無記載蛇或異物
出於廟庭一事，而〈柳子厚補遺〉卻稱「或過廟不下，致祭不
謹，則蛇出廟庭，或有異物現出，民見即死」，並將〈祭文〉之
重點置於此：先是責備柳宗元為何要用怪蛇異物如此兇狠的手
段，驚嚇過去愛護的柳州百姓至死；並期望柳宗元不要將自己的
不滿發洩於無辜百姓身上，殘害其生命。最後更發勸說之詞：

---

[112] 部將魏望，與〈柳州羅池廟碑〉所載之「魏忠」稍有差異，但其他兩人
　　　姓名相同。

「無為怪異之跡，敗子平生之美名。余為子厚甚厚，其聽吾言。」

〈柳子厚補遺〉運用了確為韓愈所作之〈柳州羅池廟碑〉內容，使小說增益可信度，造成柳宗元過世後，韓愈繼〈祭柳子厚文〉、〈柳子厚墓誌銘〉、〈柳州羅池廟碑〉後再撰第四篇文章的故事。然而，五代史臣劉昫即認為「若南人妄以柳宗元為羅池神，而愈譔碑以實之」，對於韓愈撰〈柳州羅池廟碑〉涉神異，已不以為然，〈柳子厚補遺〉更利用此文，確定了柳宗元為羅池神的說法。此一傳說因韓愈撰文後交待謝寧「爾將吾文祭而焚之，無使人見」，所以除謝寧外，人所不見，亦無流傳，僅見於《青瑣高議》，實為北宋文人假借韓愈口吻、神異柳宗元為羅池神之故事。至南宋初，柳州柳侯祠神異之事仍頗為流傳：

> 柳州柳侯祠，據羅池者不十許丈爾。廟設甚嚴，其神靈則退之固載諸文辭矣。自吾放嶺外，舉訪諸柳人，云：「父老遞傳，柳侯祠中，夕輒聞鳴鑼伐鼓之聲，亦時舉絲竹之音，廟門夜閉，殆曉則或已開，每以為常。近百許年稍即無此異矣。」又紹興乙丑歲，有楊經幹者過柳州，因愒於祠，則據其廡間以接賓客，且笑語自若。及還館舍，纔入屏後，輒仆而卒。繇是終畏之。[113]

不論是「夕輒聞鳴鑼伐鼓之聲，亦時舉絲竹之音」、「廟門夜

---

[113] 宋・蔡絛撰，馮惠民、沈錫麟點校：《鐵圍山叢談》卷 4（北京：中華書局，1997 年 12 月），頁 69。

閉，殆曉則或已開」，又或是「據其廡間以接賓客，且笑語自若」，入祠而態度不恭謹，「輒仆而卒」等，皆說明了柳侯祠頗有神異，柳宗元「神威甚肅」。

（三）關注〈桂華明〉及本事

南北宋之交的張邦基（1131 前後在世）《墨莊漫錄》中，〈關子東三夢〉敘述詞牌〈桂華明〉本事：北宋徽宗宣和二年（1120），關注（子東）因躲避方臘戰禍，由錢塘至無錫，隔年卻因貧困無法歸家，遂「僑寓於毗陵郡崇安寺古柏院中」。一日作夢，夢見一「玄衣而美鬚髯」的丈夫，「使兩女子以銅盃酌酒」，並對關注說：「自來歌曲新聲，先奏天曹，然後散落人間。他日東南休兵，有樂府曰〈太平樂〉，汝先聽其聲。」關注夢醒後，「猶能記其五拍」，因此作詩誌事：「玄衣仙子從雙鬟，緩節長歌一解顏。滿引銅杯效鯨吸，低回紅袖作方彎。舞留月殿春風冷，樂奏鈞天曉夢還。行聽新聲太平樂，先傳五拍到人間。」四年後，關注回到杭州，但宅子已焚於兵火，因此「寄家菩提寺」，並再次夢見之前的美髯丈夫，「腰一長笛，手披書冊，舉以示子東。紙白如玉，小朱欄界，間行以譜，有其聲而無其詞」，並問關注：「往時在梁溪，曾按〈太平樂〉，尚能記其聲否乎？」關注因此歌〈太平樂〉。美髯丈夫欣喜，以腰間長笛吹奏一重頭小令，關注亦暗記樂曲。不久，關注又作一夢，夢見自己到了「廣寒宮」，月姊問關注：「往時梁溪，曾令雙鬟歌舞，傳〈太平樂〉，尚能記否？又遣紫髯翁吹新聲，亦能記否？」關注皆能哼唱曲調。因此月姊「喜見顏面，復出一紙，書以示子東，曰：『亦新詞也。』姊歌之，其聲宛轉，似樂府〈昆

明池〉。」關注欲強記此一新曲，月姊則「顧視手中紙，化為碧字，皆滅跡矣。」關注夢醒後，只記得其中一句「深誠杳隔無疑」，但不明白其意。而三夢中的三支樂曲新聲，後來關注多忘記了，只記得第二夢中的「紫髯翁笛聲」，因此「倚其聲而為之詞，名曰〈桂華明〉」：

> 縹緲神清開洞府。遇廣寒宮女。問我雙鬟梁溪舞。還記得，當時否。　　碧玉詞章教仙語。為按歌宮羽。皓月滿窗人何處？聲永斷，瑤臺路。[114]

此則故事提及三首樂曲，一是〈太平樂〉，二是據紫髯翁笛聲而撰的〈桂華明〉，三是廣寒宮月姊所歌、似樂府〈昆明池〉；由第三夢可知，紫髯翁及雙鬟皆是月姊所遣，因此三首曲子皆出於「廣寒宮」。由於關注只記得第二首曲子，也只依調填〈桂華明〉詞，因此此事即為說明〈桂華明〉詞調之來由本事。此外，第一夢醒來後，關注曾作詩誌事：「玄衣仙子從雙鬟，緩節長歌一解顏。滿引銅杯效鯨吸，低回紅袖作方彎。舞留月殿春風冷，樂奏鈞天曉夢還。行聽新聲太平樂，先傳五拍到人間。」其實，唐代小說曾經載錄〈霓裳羽衣曲〉同樣來自月宮，相傳是羅公遠或葉法善引領唐玄宗遊月宮，聞得天上仙樂，唐玄宗默記曲調，歸來後傳寫而成。[115]〈霓裳羽衣曲〉是唐玄宗在月宮中

---

114 宋‧張邦基撰，孔凡禮點校：《墨莊漫錄》卷 4（北京：中華書局，2002 年 8 月），頁 123-124。

115 宋‧李昉等編：《太平廣記》卷 22 引《逸史》：「開元中，中秋望夜，時玄宗於宮中翫月。公遠奏曰：『陛下莫要至月中看否。』乃取拄

聽聞，默記而作，與關注〈桂華明〉同樣來自廣寒宮，且同樣因默記所得。雖然關注並未如唐玄宗遊月宮，但藉由三場夢同樣得以與月姊、紫髯翁及雙鬟往來。

其次，〈桂華明〉一詞，明代陳耀文《花草粹編》在詞牌下，說明：「三夢廣寒宮，倚髯翁笛聲」，並載錄關注全詞[116]，說明此詞牌出自《墨莊漫錄》。清代《御選歷代詩餘》以「關注因夢遇填詞，名〈桂華明〉，雙調五十字」注解〈桂華明〉詞牌，並記錄關注所撰全詞[117]，而萬樹《詞律》所錄關注〈桂華明〉詞作，與此全同。不過，萬樹在〈桂華明〉詞後，有小字說明詞之出處：

> 《墨莊漫錄》云：宣和二年，關注子東夢一髯翁，使女子歌〈太平樂〉，醒而記之。後復夢，翁問記否，子東歌

杖，向空擲之，化為大橋，其色如銀，請玄宗同登。約行數十里，精光奪目，寒色侵人，遂至大城闕。公遠曰：『此月宮也。』見仙女數百，皆素練寬衣，舞於廣庭。玄宗問曰：『此何曲也？』曰：『霓裳羽衣也。』玄宗密記其聲調，遂回，卻顧其橋，隨步而滅。且召伶官，依其聲調作〈霓裳羽衣曲〉。」頁147。宋・李昉等：《太平廣記》卷77引《廣德神異錄》：「法善又嘗引上遊於月宮，因聆其天樂，上自曉音律，默記其曲，而歸傳之。遂為〈霓裳羽衣曲〉。」頁487。

[116] 與《墨莊漫錄》對照，僅最後一句稍有差異，《花草粹編》作「聲未斷，瑤臺路」。明・陳耀文輯，龍建國、楊有山點校：《花草粹編》卷4（保定：河北大學出版社，2006年12月），頁319。

[117] 與《墨莊漫錄》對照，僅首句作「縹緲神仙開洞府」、第三句「問我雙鬟梁漢舞」及下片首句「碧玉詞章教仙侶」等差別。清・沈辰垣、王奕清等編：《御選歷代詩餘》卷22（臺北：廣文書局，1972年5月），葉14。

之。翁以笛復作一弄，是重頭小令。後又夢月姊為歌前兩曲，姊喜，亦歌一調，似〈昆明池〉。醒不復憶，惟髣翁笛聲尚在，因倚其聲為調，名曰〈桂華明〉。[118]

可見，明清時期記載〈桂華明〉詞牌由來，皆為《墨莊漫錄》所撰本事。至於《御定詞譜》或因〈桂華明〉與〈四犯令〉同為「雙調五十字。前後段各四句、四仄韻」，所以在〈四犯令〉詞牌下，小字註明：「調見侯寘《孏窟詞》。李處全詞更名〈四和香〉，關注詞又名〈桂華明〉。」說明〈四犯令〉、〈四和香〉、〈桂華明〉皆一，而〈桂華明〉為關注改名。然而，在侯寘〈四犯令〉詞後，又有小字註解：

> 此調有李詞、關詞可校，但關詞前後段第二句「遇廣寒宮女」、「為按歌宮羽」，俱作上一下四句法，與此又小異。[119]

可知，〈桂華明〉詞調在前後段第二句的句式上，稍異於〈四犯令〉及〈四和香〉。

　　再配合《全宋詞》所收錄的關注詞，僅《墨莊漫錄》中的〈桂華明〉及元代《洞霄圖志》之〈水調歌頭〉[120]，而〈桂華

---

[118] 清・萬樹撰，清・恩錫、杜文瀾校：《詞律》卷 6（臺北：世界書局，1974 年 11 月），頁 168。

[119] 清・王奕清等輯：《御定詞譜》卷 8，收入《景印文淵閣四庫全書》第 1495 冊，頁 147。

[120] 唐圭璋編纂，王仲聞參訂，孔凡禮補輯：《全宋詞》（北京：中華書

明〉詞調之創作者，亦始終只有關注一人。孔凡禮稱《墨莊漫
錄》「引錄的詞、詩、文，相當一部分不見於其他各書」[121]，
〈桂華明〉一詞，更是詞作內容不見於他書，連詞調都乏人問
津，創作者僅關注，且僅為《墨莊漫錄》收錄。由此觀之，〈桂
華明〉詞調實首載於《墨莊漫錄》，亦僅載於此。總而言之，雖
然張邦基說此事是關注「自為予言之」，但可以看出〈桂華明〉
之本事，實模仿唐玄宗默記月宮中曲調作〈霓裳羽衣曲〉；本事
〈關子東三夢〉之編撰，不論出於《墨莊漫錄》，或出於關注本
人，皆以《墨莊漫錄》為第一也是唯一之記載者。可知，筆記
《墨莊漫錄》除了記錄當時傳聞雜事，亦創作史上絕無僅有的一
首〈桂華明〉詞及本事，頗為「小說家言」[122]，而〈桂華明〉
詞調及詞作皆自《墨莊漫錄》才開始出現。

結　語

　　學者羅寧曾撰文討論《六一詩話》開創「詩話」形態，既繼
承本事著作，又回避了傳奇色彩，其中，認為《六一詩話》與雜

局，1999 年 1 月），頁 1677-1378。其中，另有一不確定作者是否為關
注的〈剔銀燈〉及同樣出自《墨莊漫錄》的關注〈太平樂〉，但《墨莊
漫錄》說關注作詩〈太平樂〉誌事，因此後者實為詩，非詞。

[121] 宋·張邦基撰，孔凡禮點校：《墨莊漫錄·點校說明》，頁9。

[122] 清·永瑢等撰：《四庫全書總目·墨莊漫錄》卷 121：「……關注諸夢
事，雖不免為小說家言」，收入宋·張邦基撰，孔凡禮點校：《墨莊漫
錄·附錄一》，頁 289。李劍國《宋代傳奇集》亦應著眼於情節中的小
說家言，收錄〈關子東三夢〉。見李劍國：《宋代傳奇集》，頁 496-
497。

史類筆記關係密切，因而更近於筆記。[123]經過上文討論，可以得知北宋軼事筆記或雜事小說集中的文人詩話條目，敘事簡潔，看似據實採錄，具可信度，實則不少內容具有創編之成分，如北宋《塵史》始有李白「夜宿山寺」詩牌被發現的故事，後來筆記、詩話又出現與此類似的詩作「危樓高百尺」，並為之安排作者或本事，或因詩的文字淺易，託名北宋初期王禹偁、楊億、晏殊等天才詩人的少年或幼時之作。至於小說集《雲齋廣錄》所記載之〈馮參政〉、〈唐御史〉、〈鄭毅夫〉、〈李元膺〉、〈白昊〉亦展現北宋文人借既有詩作編撰本事之現象。

　　除了借既有詩句附會故事、編創作者（編撰詩詞本事）外，又有重編已有的故實（摭拾編造故事）之情況，如小說集《雲齋廣錄》中的〈王荊公〉、〈蘇內翰〉皆參考《東軒筆錄》故事，但為配合文末評論，因此在《東軒筆錄》敘事之基礎上，稍事增改。而小說集《青瑣高議》敘述于化茂作〈燕離巢〉詩本事，但實為重編《雲溪友議》章正作〈歸燕詩〉故事；敘述符彥卿作「粗官到底是男兒」詩，但作者是《楊文公談苑》所述之王彥威，且敘事次序有所改動，實為了最後所論之符彥卿「有憾爾之詞」的說法。

　　此外，《青瑣高議》在呂洞賓相關傳說及眾多詩詞記錄中，最早出現呂洞賓填〈沁園春〉詞本事之記載，也可以說《青瑣高議》創作呂洞賓填〈沁園春〉詞之本事；〈柳子厚補遺〉又假借韓愈〈柳州羅池廟碑〉內容而創作，杜撰韓愈撰〈祭柳子厚

---

[123] 羅寧：〈「詩話」與「本事」──再探《六一詩話》與晚唐五代詩歌本事著作的關係〉，《清華學報》新 48 卷第 2 期（2018 年 6 月），頁 327-356。

文〉、〈柳子厚墓誌銘〉、〈柳州羅池廟碑〉三文後，再為柳宗元撰第四篇文章。至於南北宋之交的《墨莊漫錄》既是首先也是唯一記載〈桂華明〉詞調，並編撰本事〈關子東三夢〉者。這些都是運用「詩話」形式，卻完全新創詩文及本事（創作詩文傳說）者。

　　然而，這些創編情況又不同於晚唐五代孟棨《本事詩》、范攄《雲溪友議》等本事著作，本章所論述的故事在敘事上不帶傳奇色彩，迥異於傳奇，實是北宋以筆記形式對詩文本事所進行之編創。可見，北宋軼事筆記或雜事小說集中的詩話條目不同於傳奇，亦不同於詩話，更非單純「補史」或「紀實」的筆記內容；撰以詩話形式，不出以傳奇，易取信於人，卻未必盡為真實。

第三章　編創前代政治家舊事

前　言

　　裴度（765-839）是中唐著名且重要之政治家，除了史傳記載其政治事蹟外，唐人小說約有三十則敘述其故事，如通過命定或報應之論，說明裴度平定淮西、位極人臣之政治功績，或將刻畫裴度為一幽默、豁達之人等。北宋筆記記載裴度故事約五十則，只收錄少數唐人小說條目，多所獨創，而這些新創的資料除了書寫裴度之政治才能外，另有其關注之焦點。

　　稍晚於裴度的李德裕（787-850），同樣是中晚唐著名且重要之政治家，受到武元衡、裴度的賞識，而武元衡、裴度又受到李德裕父親李吉甫的提攜，因李吉甫與裴度的緣故，李德裕自然為李逢吉所排擠，成為中晚唐黨爭的代表人物之一。[1]此事在唐

1　後晉・劉昫：《舊唐書・李德裕傳》卷 174：「初，吉甫在相位時，牛僧孺、李宗閔應制舉直言極諫科。二人對詔，深詆時政之失，吉甫泣訴於上前。由是，考策官皆貶，事在李宗閔傳。元和初，用兵伐叛，始於杜黃裳誅蜀。吉甫經畫，欲定兩河，方欲出師而卒，繼之元衡、裴度。而韋貫之、李逢吉沮議，深用兵為非，而韋、李相次罷相，故逢吉常怨吉甫、裴度。而德裕於元和時，久之不調，而逢吉、僧孺、宗閔以私怨恆排擯之。」（北京：中華書局，1997 年 9 月），頁 4510。同卷，「文宗即位，就加檢校禮部尚書。大和三年八月，召為兵部侍郎，裴度

人筆記內有所記載,但北宋筆記的條目更增。與裴度情況類似,唐人小說記李德裕事者,約二十多則,而北宋筆記有超過五十則之記載;且北宋筆記取中晚唐、五代筆記之李德裕記載者,僅七條,多重新編排,其餘多屬新創作的材料。

　　本章針對裴度、李德裕二人,由以下三個層次「前代焦點,隻字不提」、「強調簡省,專一觀點」、「無所依憑,新創故事」,觀察北宋筆記對兩人形象的「轉變」及「重新創造」。同時,亦分別考索北宋筆記關注此二人之原因及所賦予之新意。

一、前代焦點,隻字不提

　　裴度及李德裕的故事,在中晚唐、五代筆記內記載頗豐,但這些記載大多未見於北宋筆記,本節便將焦點放在被北宋筆記排除不談的故事上,觀察這些記載所訴說之意義。[2]

(一)文武兼備的裴度

　　裴度生於唐代宗年間,德宗貞元五年登進士,又經順宗、憲宗、穆宗、敬宗、文宗,《舊唐書》稱裴度:

薦以為相。……裴度於宗閔有恩,度征淮西時,請宗閔為彰義觀察判官,自後名位日進。至是恨度援德裕,罷度相位,出為興元節度使,牛、李權赫於天下。」頁 4518-4519。

[2]　(英)馬克‧柯里著,寧一中譯:《後現代敘事理論》:「敘事史是一個排除結構,因為它帶有其他故事的痕迹,帶有未被講述的故事、被排除了的故事以及被排除者的故事的痕迹。」(北京:北京大學出版社,2004 年 5 月),頁 93。

始自書生以辭策中科選，數年之間，翔泳清切。逢時艱
否，而能奮命決策，橫身討賊，為中興宗臣。當元和、長
慶間，亂臣賊子，蓄銳喪氣，憚度之威稜。度狀貌不踰中
人，而風彩俊爽，占對雄辯，觀聽者為之聳然。時有奉使
絕域者，四夷君長必問度之年齡幾何，狀貌孰似，天子用
否？其威名播於懍俗，為華夷畏服也如此。時威望德業，
侔於郭子儀，出入中外，以身繫國之安危、時之輕重者二
十年。凡命將相，無賢不肖，皆推度為首，其為士君子愛
重也如此。雖江左王導、謝安坐鎮雅俗，而訏謨方略，度
又過之。

既肯定其「威望德業」，可比名將郭子儀，且其為相，又勝於王
導、謝安，所以史臣稱他「社稷之良臣，股肱之賢相。元和中興
之力，公胡讓焉。」並認為裴度輔佐唐憲宗，能與管仲輔佐齊桓
公，相提並論，因此，「苟裴令不用元和之世，則時運未可知
也。」最後〈贊〉曰：「晉公伐叛，以身犯難。用之則治，捨之
則亂。」[3] 可見，裴度既為良臣賢相，又能帶兵伐叛，是唐憲宗
元和中興的重要功臣，對唐世極為重要。

　　其中，最特別的是裴度身為中書令，屬於文臣宰輔，卻在元
和十二年（817），李愬、李光顏對淮西之戰事陷入膠著，中央
軍餉支出龐大時，親身赴淮西督戰，主導對淮西之戰事。[4] 《舊
唐書》說唐憲宗用裴度而「耀武伸威，竟殄兩河宿盜」，因此五

---

[3]　後晉・劉昫：《舊唐書・裴度傳》卷170，頁4433-4435。

[4]　後晉・劉昫：《舊唐書・裴度傳》卷170，頁4416-4418。

代史臣感嘆「晉公以書生素業，致位台衡，逢時邁屯，扼腕凶
醜，誓以身徇，不亦壯乎！」[5]晚唐五代筆記對裴度平定淮西之
事，亦記載繁多、討論角度多樣，如李翱（774-836）《卓異
記・文士為文元功六拜正司徒兼侍中中書令晉國公裴度》通過記
載裴度生平，稱揚裴度文武兼備：既「進士及第宏詞登科，歷中
書舍人、御史中丞、刑部侍郎」，又平蔡州、鄆州，最後提出慨
嘆：

> 艱難以來，以寵用武臣，如公文業發身，戎功佐主，削平
> 巨寇，致位上臺，以臺德終始於大位者，近古儒生無比
> 也。[6]

　　不過，更多晚唐五代筆記試圖尋求裴度能以文臣之身削平藩
鎮的理由，如晚唐趙璘（844 前後在世）《因話錄》由裴度〈鑄
劍戟為農器賦〉所展現的氣魄宏大，來看裴度此人：

> 晉公貞元中作〈鑄劍戟為農器賦〉，其首云：「皇帝嗣位
> 十三載也，寰海鏡清，方隅砥平，驅域中盡歸力穡，示天
> 下弗復用兵。」憲宗平蕩宿寇，數致太平，正當元和十三
> 年，而晉公以文儒作相，竟立殊勳，為章武佐命，觀其辭
> 賦氣概，豈得無異日之事乎？[7]

5　後晉・劉昫：《舊唐書・裴度傳》卷 170，頁 4434。

6　唐・李翱撰，黃壽成校點：《卓異記》，收入《唐五代宋筆記十五種》
　　第 2 冊（瀋陽：遼寧教育出版社，2000 年 1 月），頁 7-8。

7　唐・趙璘撰，曹中孚校點：《因話錄》，收入《唐五代筆記小說大觀》

裴度〈鑄劍戟為農器賦〉開頭：「皇帝嗣位之十三載，寰海鏡清，方隅砥平。驅域中盡歸力穡，示天下不復用兵。於是銷鋒鏑而俶載南畝，庤錢鎛而平秩西成。所以殄兇器，降嘉生，收禍亂之根本，致兆庶之豐盈者也。」[8]可以推測，此賦應作於唐憲宗元和十三年，在元和十二年十月十一日李愬擒吳元濟、平淮西，十三年邸鄆州、誅李師道後；安史之亂後，此時才稱得上「寰海鏡清，方隅砥平」，也才能「銷鋒鏑而俶載南畝」，天下不必用兵，休養生息。然而，晚唐趙璘卻說此賦作於貞元中，使得裴度在德宗朝卻已預言憲宗元和十三年將「寰海鏡清，方隅砥平」，或可視為詩讖，但趙璘實將重點置於裴度身為人臣輔佐國君的志向氣魄，因此有「觀其辭賦氣概，豈得無異日之事乎？」之感慨。

晚唐《杜陽雜編》談及淮西事，重點則在裴度竭心盡力為憲宗削平藩鎮上：

> 吳元濟之亂淮西，以宰臣裴度為元帥。及對於殿，上曰：「偽蔡稱兵，朕於擇帥甚難其人也。且安天下用將帥，如造大舟以越滄海，其功則多，其成則大，一日萬里無所不屆。若乘一葉而蹈洪波，其功也寡，其覆也速。朕今託元老以摧狂寇，真謂一日萬里矣。」度曰：「微臣無狀，叨蒙大用。唯慮一丸之卵不足以勝泰山，款段之馬不足以行千里。但竭臣至忠，以仗宗廟之靈，臣雖不才，敢以死效

（上海：上海古籍出版社，2000 年 3 月），頁 848。

8　清・董誥等編：《全唐文》卷 537（上海：上海古籍出版社，1995 年 11 月），頁 2414。

　　命。」泣下沾濡，若不勝語。上亦為之動容。[9]

蘇鶚（890 前後在世）以唐憲宗及裴度的君臣對話為主，表現出裴度身為人臣，為君分憂，憚精竭力，竭盡所能之決心。總之，唐代筆記《因話錄》、《杜陽雜編》談及裴度平淮西事，頗致力於詳細書寫裴度志向、用心。而五代筆記無出其範圍，但較為簡省，如王定保（870-941？）《唐摭言》借司空圖詩，敘述裴度平淮西之功：「嶽前大隊赴淮西，從此中原息戰鞞。石闕莫教苔蘚上，分明認取晉公題。」[10]

　　其次，裴度平淮西事，唐代筆記另有一敘事角度：帶有神異的內容。畢竟朝廷對淮西之戰事陷入膠著，而裴度於元和十二年八月三日前往淮西，十月十一日李愬即能破懸瓠城，擒吳元濟。[11]也就是說，裴度至淮西不及兩個月，則戰事大定，因此張讀（833-889）《宣室志》賦予此事神預命定之說：裴度至淮西得一石，上有銘文「井底一竿竹，竹色深綠綠。雞未肥，酒未熟，障車兒郎且須縮。」意即此時先退守，待得次月己酉，再兵入淮

9　唐・蘇鶚撰，陽羨生校點：《杜陽雜編》卷中，收入《唐五代筆記小說大觀》，頁 1382。

10　五代・王定保撰，陽羨生校點：《唐摭言》卷 3，收入《唐五代筆記小說大觀》，頁 1609。

11　後晉・劉昫：《舊唐書・裴度傳》卷 170：「十二年，李愬、李光顏屢奏破賊，然國家聚兵淮右四年，度支供餉，不勝其弊，諸將玩寇相視，未有成功，上亦病之。」「十二年八月三日，度赴淮西，詔以神策軍三百騎衛從，上御通化門慰勉之。度樓下銜涕而辭，賜之犀帶。度名雖宣慰，其實行元帥事。」「十月十一日，唐鄧節度使李愬，襲破懸瓠城，擒吳元濟。」頁 4416-4418。

西，擒吳元濟：

> 「吳元濟逆天子命，縱狂兵為反謀。賴天子威聖與丞相
> 德，合今日逆豎成擒矣。敢賀丞相功！」度驚訊之，對
> 曰：「封人得石銘，是其兆也。且『井底一竿竹，竹色深
> 深綠』者，言吳少誠由行間一卒，遂擁十萬兵，為一方
> 帥，且喻其榮也：『雞未肥』者，言無肉也，夫以『肥』
> 去『肉』為『己』字；『酒未熟』者，言無水也，以
> 『酒』去『水』，為『酉』字也；『障車兒郎』謂兵革之
> 士也；『且須縮』者，謂宜退守其所也。推是言之，則己
> 酉日當克也；苟未及期，則可俟矣。」[12]

　　其實，裴度至淮西後，廢止「中使監陣」之慣例，讓節制諸軍兵
將的權力歸諸將領，自然「軍法嚴肅，號令畫一，以是出戰皆
捷」[13]，可見裴度能明辨問題核心並有效解決，才是裴度至淮西
不及兩個月即大克的真正原因。不過《宣室志》為強調神異，安
排裴度先得石銘預言，並強調小卒能辨，而裴度知人善任，將之
擢為裨將。

　　《劇談錄》卷上〈裴晉公天津橋遇老人〉亦談及淮西事，重
點同於《宣室志》，強調蔡州平定須待裴度為將的命定之說：

---

[12] 唐・張讀撰，蕭逸校點：《宣室志》卷 5，收入《唐五代筆記小說大
　　觀》，頁 1027。

[13] 後晉・劉昫：《舊唐書・裴度傳》卷 170：「時諸道兵皆有中使監陣，
　　進退不由主將，戰勝則先使獻捷，偶創則凌挫百端。度至行營，並奏去
　　之，兵柄專制之於將，眾皆喜悅。」頁 4418。

　　裴晉公度微時，羈寓洛中。常乘蹇驢入皇城，方上天津
橋，時淮西不庭，已數年矣。有二老人，傍橋柱而立，語
云：「蔡州用兵日久，徵發甚困於人，未知何時得平
定？」忽睹裴公，驚愕而退。有僕者攜書囊後行，相去稍
遠，聞老人云：「適憂蔡州未平，須待此人為將。」既
歸，僕者具述其事。裴公曰：「見我龍鐘，相戲爾！」其
秋東府鄉薦，明年登第。及秉鈞衡，朝廷議授吳元濟節
鉞。既而延英候對，憲皇以問宰臣，裴公奏曰：「奸臣跋
扈四十餘年，聖朝姑務含容，蓋慮動傷一境，未聞歸心效
順，乃坐據一方，若以旄鉞授之，翻恐恣其凶逆。以陛下
聰明神武，藩鎮皆願勤王，臣請一詔追兵，可以平蕩妖
孽。」於是命晉公為淮西節度使，興師致討。時陳許、
汴、滑三帥先於偃城縣屯軍，晉公統精甲五萬會之，受律
鼓行而進，直造蔡州城下。纔兩月，擒賊以獻，淮西遂平。
後入朝，居廊廟，六拜正司徒，為侍中、中書令，儒風武
德，振耀古今。洎留守洛師，每話天津橋老人之事。[14]

《劇談錄》記載裴度微時，天津橋上老人預言將來平蔡州須得待
裴度，當時裴度不以為意，沒想到後來真的任淮西節度使、親破
蔡州；康駢（877 前後在世）以「儒風武德，振耀古今」頌揚裴
度，並說裴度晚年居洛陽時，還親口對人說天津橋老人預言之
事。

14　唐·康駢撰，蕭逸校點：《劇談錄》卷上，收入《唐五代筆記小說大
　　觀》，頁 1470-1471。

　　韋絢（801-866？）《劉賓客嘉話錄》則記錄了蔡州將破時的諸種異象，如黑色水牛入池為白色、絲絮為百雀巢、群鳥執雛棄巢而去、馬生牛蹄、貍跡大如人足、吳少誠德政碑流汗成泥等，無不說明蔡州將有大變，以證明裴度能佐憲宗平定淮西。[15]

　　可見，《宣室志》、《劇談錄》、《劉賓客嘉話錄》三者，通過命定或異象的說法，論及裴度平定淮西、位極人臣之政治功績，是晚唐筆記書寫裴度平淮西事的另一種角度。

　　然而，至北宋，筆記卻對裴度平定淮西一事並未多談，既無如《卓異記》、《因話錄》、《杜陽雜編》之敘功業，亦無如《宣室志》、《劇談錄》、《劉賓客嘉話錄》之述神異。宋初《北夢瑣言》僅以「文武一體，出將入相」簡要評價裴度，並認為近代唯有裴行儉、郭元振、裴度、韋皋屬之。[16]不過，對於此一論斷，《北夢瑣言》未詳細說明，但可以推測孫光憲（896-968）同樣根據裴度身為文臣宰輔且平定淮西之事，纔得出「文武一體，出將入相」八字。《北夢瑣言》知道裴度對唐世之重要性及其功業之重點，之所以未多敘述，應與宋太祖開國即推行之「抑武」政策有關：

15　唐・韋絢撰，陽羨生校點：《劉賓客嘉話錄》，收入《唐五代筆記小說大觀》，頁 798-799。此條是學者唐蘭認為原書所有者。

16　宋・孫光憲撰，俞鋼整理：《北夢瑣言》卷 14，收入《全宋筆記》第一編第一冊（鄭州：大象出版社，2003 年 10 月），頁 159。雖然《唐五代筆記小說大觀》收錄《北夢瑣言》為五代筆記，但傅璇琮在《全宋筆記・序》認為其最終成書在入宋之後，且本書〈緒論〉已界定「作者入宋為官，則屬於北宋筆記」，孫光憲入宋為黃州刺史，故本書將此書列為北宋筆記。

> 天下之所以四分五裂者，方鎮之專地也；干戈之所以交爭
> 互戰者，方鎮之專兵也；民之所以苦於賦繁役重者，方鎮
> 之專利也；民之所以苦於刑苛法者，方鎮之專殺也；朝廷
> 命令不得行於天下者，方鎮之繼襲也。太祖與趙普長慮卻
> 顧，知天下之弊源在乎此。於是以文臣知州，以朝官之
> 縣，以京朝官監臨財賦，又置運使，置通判，皆所以漸收
> 其權。[17]

尹源《唐說》：「弱唐者，諸侯也。唐既弱矣，而久不亡者，諸
侯維之也。」[18]這段話深刻地揭示中唐以來藩鎮與唐朝之關係，
藩鎮固然削弱了唐代國勢，但也因為各地藩鎮之相互牽制，唐朝
才得以苟延殘喘了一百多年。其中，只有唐憲宗用裴度，元和年
間曾短暫有效壓制藩鎮勢力。而宋太祖為避免唐代藩鎮集軍事、
賦役、律法於一的弊病，在防範武將、削減兵權之餘，令文臣任
知州，但財賦、糧食、運輸、軍事等分別由其他官員管理，另有
通判行監督之職。裴度身為文士、文官，卻「文武一體，出將入
相」，在宋代絕不可能產生，亦不必過度推崇，使人嚮往。

　　至於吳處厚成書於宋哲宗元祐二年（1087）的《青箱雜記》
曾謂：「文之神妙，莫過於詩賦。見人之志，非特詩也，而賦亦
可以見焉」，並以裴度〈鑄劍戟為農器賦〉與平淮西事為例證，

17　明・馮琦撰，明・陳邦瞻輯：《宋史紀事本末》卷 1〈收兵權〉，收入
　　《景印摛藻堂四庫全書薈要》第 210 冊（臺北：世界書局，1988 年），
　　頁 11。

18　元・脫脫撰：《宋史・尹源傳》卷 442（北京：中華書局，1997 年 9
　　月），頁 13082。

說明裴度後來之所以能成功平定淮西，早在作此賦時已立定志
向，頗見端倪：「平淮西，一天下，已見於此賦矣」[19]。此一記
載的下一條是范仲淹作〈金在鎔賦〉之「儻令區別妍媸，願為軒
鑒；若使削平禍亂，請就干將」，因此，吳處厚認為范仲淹「負
將相器業、文武全才，亦見於此賦矣。」亦由此可知，吳處厚並
論裴度〈鑄劍戟為農器賦〉及范仲淹〈金在鎔賦〉，既為了說明
賦能見人之志，同時也指出范仲淹同於裴度之文武兼備。

　　對照《宋史》稱范仲淹「仲淹為將，號令明白，愛撫士卒，
諸羌來者，推心接之不疑，故賊亦不敢輕犯其境。」[20]范仲淹雖
文武兼備，但北宋普遍具有求安穩之苟安心態，如《邵氏聞見
錄》：

> 伯溫侍長老言曰：「本朝唯真宗咸平、景德間為盛。時北
> 虜通和，兵革不用，家給人足。以洛中言之，民以車載酒
> 食聲樂，遊於通衢，謂之棚車鼓笛。仁宗天聖、明道初尚
> 如此，至寶元、康定間，元昊叛，西方用兵，天下稍多
> 事，無復有此風矣。元昊既稱臣，帝絕口不言兵。慶曆以
> 後，天下雖復太平，終不若天聖、明道之前也。」嗚呼，
> 仁宗之兵，應兵也，不得已而用之，事平不用，此所以為
> 仁歟！[21]

19　宋・吳處厚撰，尚成校點：《青箱雜記》卷 10，收入《宋元筆記小說
　　大觀》（上海：上海古籍出版社，2001 年 12 月），頁 1691。
20　元・脫脫：《宋史・范仲淹傳》卷 314，頁 10272。
21　宋・邵伯溫撰，王根林校點：《邵氏聞見錄》卷 3，收入《宋元筆記小
　　說大觀》，頁 1713。

也就是說，北宋文人基本上肯定軍事是不得已而為之事，只要是承平無事，就不用兵，甚至不需要軍備，如《青箱雜記》稱范仲淹「在寶元、康定間遇邊鄙震聳，則驟加進擢，及後晏靜，則置而不用」[22]。配合《澠水燕談錄》談及宋仁宗景祐年間（寶元之前）的事：

> 景祐中，趙元昊尚修職貢，蔡州進士趙禹庶明言元昊必反，請為邊備。宰相以為狂言，流禹建州。明年，元昊果反，禹逃歸京，上書自理。宰相益怒，下禹開封府獄。是時，陳希亮為司錄，言禹可賞不可罪，宰相不從，希亮爭不已，卒從希亮言，以禹為徐州推官。[23]

也就是說，趙禹有先見之明，認為元昊必反，請為邊備，卻遭流放，甚至元昊果反，也未獲贊揚，反致牢獄之災。可見，籌備兵事於未萌，或主張戰事，都易觸及上位者之敏感神經，易遭致災禍。因此，縱使范仲淹同於裴度兼備文武，卻不易受重用，而裴度的文武兼備在北宋亦不適合再被標榜。

（二）博學廣識的李德裕

　　類似裴度平定淮西一事，李德裕的好奇廣識亦為晚唐五代筆記喜聞樂見，但北宋筆記卻罕有所聞，如段成式（803？-863）

22　宋·吳處厚撰，尚成校點：《青箱雜記》卷 10，收入《宋元筆記小說大觀》，頁 1691。
23　宋·王闢之撰，韓谷校點：《澠水燕談錄》卷 1，收入《宋元筆記小說大觀》，頁 1231。

曾為李德裕的浙西、荊南幕府從事，《酉陽雜俎》中即記載了十七則關於李德裕在動植物方面的博學廣識：

> 衛公幼時，常於明州見一水族，有兩足，觜似雞，身如魚。（續集卷8〈支動〉）
>
> 衛公年十一，過瞿塘，波中覩一物，狀如嬰兒，有翼，翼如鸚鵡。公知其怪，即時不言，晚風大起方說。（續集卷8〈支動〉）
>
> 衛公言：「鵝警鬼，鴝鵒厭火，孔雀辟惡。」（續集卷8〈支動〉）
>
> 衛公畫得峽中異蝶，翅闊四寸餘，深褐色，每翅上有二金眼。（續集卷8〈支動〉）
>
> （衛）公又說：「道書中言，獐鹿無魂，故可食。」（續集卷8〈支動〉）
>
> 衛公平泉莊，有黃辛夷、紫丁香。（續集卷9〈支植上〉）
>
> 衛公言：「桂花三月開，黃而不白。」〈大庾詩〉皆稱「桂花耐日」。又張曲江詩「桂華秋皎潔」，妄矣。（續集卷9〈支植上〉）
>
> 衛公言：「滑州櫻桃，十二枚長一尺。」（續集卷9〈支植上〉）
>
> 衛公又言：「衡山舊無棘，彌境草木無有傷者。曾錄知江南，地本無棘，潤州倉庫或要固牆隙，植薔薇枝而已。」（續集卷9〈支植上〉）
>
> 衛公言：「有《蜀花鳥圖》，花有金粟、石闌、水禮、獨

用將軍、藥管。石闞葉甚奇，根似櫻，葉大。凡木葉，脈皆有一脊，唯桂葉三脊。近見菝葜，亦三脊。」（續集卷9〈支植上〉）

衛公言：「迴紇草鼓，如鼓。及難，果能菜。」（續集卷9〈支植上〉）

衛公言：「蜀中石竹，有碧花。」（續集卷9〈支植上〉）

又言：「貞元中，牡丹已貴。柳渾詩：『近來無奈牡丹何，數十千錢買一窠。今朝始得分明見，也共戎葵校幾多。』」成式又嘗見衛公圖中有馮紹正雞圖，當時已畫牡丹矣。（續集卷9〈支植上〉）

衛公莊上，舊有同心蒂木芙蓉。（續集卷9〈支植上〉）

衛公言：「金錢花損眼。」（續集卷9〈支植上〉）

衛公言：「石榴甜者，謂之天漿，能已乳石毒。」（續集卷9〈支植上〉）

衛公言：「三鬣松與孔雀松別。」又云：「欲松不長，以石抵其直下根，便不必千年方偃。」（續集卷9〈支植上〉）[24]

段成式「研精苦學，祕閣書籍，批閱皆遍」[25]，亦是博學之人，但《酉陽雜俎》一再記載李德裕的動植物知識，足見段成式對其

---

[24] 唐・段成式撰，許逸民校箋：《酉陽雜俎》續集卷 8、續集卷 9（北京：中華書局，2015 年 7 月），頁 2014、2015、2021、2029、2069、2084、2086、2089、2090、2095、2098、2100、2101、2103、2108。

[25] 後晉・劉昫：《舊唐書・段成式傳》卷 117，頁 4369。

見識廣博之驚嘆。

　　由於博學，李德裕不輕易崇信傳聞，凡事小心求證，如《大唐傳載》所述：

> 寶曆中，亳州云出聖水，服之愈宿疾，亦無一差者。自洛已來，及江西數郡中人，爭施金貨衣服以飲焉，獲利千萬，人轉相惑。李贊皇德裕在浙西也，命於大市集人置金，取其水，於市司取豬肉五斤煮，云：「若聖水也，肉當如故。」逡巡肉熟爛。自此人心稍定，妖者尋而敗露。[26]

李德裕有效地以當眾徵驗的方式破除妖者散佈的謠言、百姓愚昧的崇信，使民心趨於安定。此一特點對李德裕出任諸鎮節度，處理政事亦有所助益，符合《舊唐書》「德裕所歷征鎮，以政績聞」之評語。[27]

　　晚唐《玉泉子》敘述李德裕無其他嗜好，唯好惠山泉，但長途運水，勞民傷財，議論漸生，而僧人提議為李德裕通水脈，讓長安城昊天觀常住庫後的井水能汲出惠山泉。對此，李德裕一開始認為荒唐，並不相信，但經過當場驗證，證實昊天觀井水與常州惠山泉脈相通，則水遞停止，議論遂停。[28]由此可見，李德裕雖然博聞，但並不盲目自信，對於自己不確知或不懂之事，李德

26　唐・佚名撰，恆鶴校點：《大唐傳載》，收入《唐五代筆記小說大觀》，頁893。

27　後晉・劉昫：《舊唐書・李德裕傳》卷124，頁4519。

28　唐・闕名撰，陽羨生校點：《玉泉子》，收入《唐五代筆記小說大觀》，頁1435。

裕並非立刻不假思索、全盤接受，也非不願接納、抗拒排斥，而是小心求證，展現出對自己所不知之事的好奇心性。

晚唐《松窗雜錄》亦有其好奇之記載：

> 衛公長慶中在浙右，會有漁人於秦淮垂機網下深處，忽覺力舉異於當時。及斂就水次，卒不獲一鱗。忽得古銅鏡可尺餘，光浮於水際。漁人驚取照之，歷歷盡見五臟六腑，營脈動，竦駭神魄，因腕戰而墜。漁人偶話於舍傍，遂乃聞之於公，盡周歲萬計窮索水底，終不復得。[29]

李德裕偶然聽聞秦淮河底有能照見人五臟六腑的古銅鏡，並非僅當成異聞傳錄而已，反而是耗費一整年的時間想盡方法在水底尋覓，雖終不可得，但由此可見李德裕對於自己不了解之事有著旺盛的探索欲望。同樣地，《玉泉子》內，記載李德裕聽聞盧太傅曾見到壽州當地人為摘取一朵碧蓮，竟然使得刀刃損傷，好奇心大熾，令人再去該荷花池及周圍水邊找尋，卻始終求之不得。[30]

　　由於好奇心發達、兼能小心求證，長久下來更能增廣見識，《玉泉子》內有一則記載即能說明。李德裕從理論上知道好的天柱峰茶可以消酒、消食，於是付諸實驗：將一杯天柱峰茶澆灌於肉食內；等到次日清晨，不易消化的肉類竟然化成了水，足以驗證李德裕所知：好的天柱峰茶有消食的功效。而眾人原本不知天

29　唐・李濬編，陽羨生校點：《松窗雜錄》，收入《唐五代筆記小說大觀》，頁 1217。

30　唐・闕名撰，陽羨生校點：《玉泉子》，收入《唐五代筆記小說大觀》，頁 1439。

柱峰茶之功用，經此一事，更「服其廣識」。[31]此事亦見於南唐《中朝故事》，並說：「贊皇公李德裕，博達之士也。」[32]

《中朝故事》另記載一事：

> 居廟廊日，有親知奉使於京口，李曰：「還日金山下揚子江中泠水與取一壺來。」其人舉棹日醉而忘之，泛舟上石城下方憶及，汲一瓶於江中，歸京獻之。李公飲後驚訝非常，曰：「江表水味有異於頃歲矣。此水頗似建業石城下水。」其人謝過，不敢隱也。[33]

李德裕不僅愛惠山泉水，就連各地水味亦能辨別，甚至同一條江水流經不同地區時有不同滋味，李德裕一飲即知，因此尉遲偓（937 左右在世）感嘆「古者五行官守皆不失其職，聲色香味俱能別之」，亦可見李德裕之博識。此事被馮夢龍（1574-1646）〈王安石三難蘇學士〉吸收，成為蘇軾取瞿峽下峽水偽為中峽水，以矇哄王安石之「取水試茶」情節。[34]

由於李德裕天生好奇、博學廣識，常收集古遠奇特之物，如張彥遠（815-907）《歷代名畫記》列出「蓄聚之家」、「圖書

31　唐・闕名撰，陽羨生校點：《玉泉子》，收入《唐五代筆記小說大觀》，頁 1441。

32　五代・尉遲偓撰，恒鶴校點：《中朝故事》卷上，收入《唐五代筆記小說大觀》，頁 1784。

33　五代・尉遲偓撰，恒鶴校點：《中朝故事》卷上，收入《唐五代筆記小說大觀》，頁 1784。

34　明・馮夢龍編，嚴敦易校注：《警世通言》（臺北：里仁書局，1991年 5 月），頁 31-33。

之府」時，李德裕便名列其中；[35]康駢《劇談錄》亦記載李德裕
頗識收羅奇玩：

> 朱崖李相國德裕宅，在安邑坊東南隅，桑道茂謂為玉椀。
> 舍宇不甚宏侈，而制度奇巧，其間怪石古松，儼若圖畫。
> 在文宗武宗朝，方秉化權，威勢與恩澤無比。每好搜掇殊
> 異，朝野歸附者多求寶玩獻之。嘗因暇日休浣，邀同列宰
> 相及朝士宴語。時畏景赫曦，咸有鬱蒸之病。軒蓋候門，
> 已及亭午，縉紳名士，交扇不暇，將期憩息於清涼之所。
> 既而延於小齋，不甚高敞，四壁施設，皆古書名畫，俱有
> 炎爍之患未已。及列坐開樽，煩暑都盡。良久，覺清飆爽
> 氣，凜若高秋。備設酒肴，及昏而罷。出戶則火雲烈日，
> 熇然焦灼。有好事者求親信問之，云：「此日唯以金盆貯
> 水，漬白龍皮，置於座末。」[36]

以「金」盆浸泡「白」龍皮，以四時配五行，為「秋」之屬，皆
具寒涼的性質，正合文中「凜若高『秋』」之意。小說通過室內
以金盆貯水浸泡白龍皮，「清飆爽氣，凜若高秋」，但戶外則
「火雲烈日，熇然焦灼」，對比之下，突顯白龍皮實為異物。與
上述《中朝故事》所稱「古者五行官守皆不失其職，聲色香味俱
能別之」，頗為相應。其後，加入了白龍皮的來歷：初為漁戶得

---

[35] 唐‧張彥遠撰，明‧毛晉校訂：《歷代名畫記》卷 2〈論鑒識收藏購求閱玩〉（臺北：廣文書局，1992 年 6 月再版），頁 79。

[36] 唐‧康駢撰，蕭逸校點：《劇談錄》卷上，收入《唐五代筆記小說大觀》，頁 1480。

之，後來轉手至海旁有居者，而新羅僧知李德裕好奇，遂以金帛贖之而獻。足見，李德裕不僅廣識、識寶，其喜好收羅奇玩的聲名亦遠播。

嚴子休（889 前後在世）《桂苑叢談‧方竹柱杖》便記載李德裕所私藏寶愛的方竹柱杖：

> 太尉朱崖公兩出鎮於浙右，前任罷日遊甘露寺，因訪別於老僧院公曰：「弟子奉詔西行，祇別和尚。」老僧者熟於祇接，至於談話多空教所長，不甚對以他事，由是公憐而敬之。啜茗既終，將欲辭去。公曰：「昔有客遺筇竹杖一條，聊與師贈別。」亟令取之，須臾而至。其杖雖竹而方，所持向上，節眼鬚牙四面對出，天生可愛。且朱崖所寶之物即可知也。別後不數歲，再領朱方，居三日，復因到院，問前時柱杖何在。曰：「至今寶之。」公請出觀之，則老僧規圓而漆之矣。公嗟嘆再彌日，自此不復目其僧矣。太尉多蓄古遠之物，云是大宛國人所遺竹，唯此一莖而方者也。[37]

此方竹柱杖是大宛國人所贈，且僅此一枝是方竹，足見珍奇；李德裕贈與甘露寺老僧後，老僧因李德裕所贈而視作珍寶，遂將之削磨成圓，為之上漆。可見老僧不懂此物之珍貴乃在稀奇特殊，錯以李德裕所贈當成珍貴之處，實為俗人，難怪李德裕一見之

---

[37]　五代‧嚴子休撰，陽羨生校點：《桂苑叢談》，收入《唐五代筆記小說大觀》，頁 1562。

下，心痛不已：「嗟嘆再彌日，自此不復目其僧」。

　　由上述《酉陽雜俎》、《大唐傳載》、《松窗雜錄》、《玉泉子》、《劇談錄》、《桂苑叢談》、《中朝故事》來看，李德裕好奇廣識的記載在晚唐五代筆記小說中，為數甚多。北宋筆記所記述之李德裕故事頗多，但與此相關者，卻唯有宋初《南部新書》一事：「李德裕幼時嘗於明州見一水族，有兩足，嘴如雞，魚身，終莫辨之。」[38]且特別說李德裕無法辨識此一水族，足見北宋文人並不著意李德裕廣識博學，所關注的焦點在其他事上。

　　中晚唐、五代筆記對裴度事功彪炳、李德裕博聞廣識之記載頗豐，但北宋筆記卻對此二者排除不談，前者僅宋初《北夢瑣言》簡略稱許裴度「文武一體，出將入相」，或北宋哲宗《青箱雜記》藉裴度〈鑄劍戟為農器賦〉論及范仲淹；後者亦只有《南部新書》談及李德裕不識一怪奇水族較為相關。可見，北宋文人因時代需求並不推崇裴度之文武兼備，而圍繞在李德裕身上有其他更令北宋文人關注的事件。

二、強調簡省，專一觀點

　　北宋筆記對前代所記載之裴度軍事功績，無所採納，但對於其他事件卻多所採用，並生發新評價。李德裕身陷晚唐牛李黨爭之中，晚唐、五代筆記角度較多，且頗多批判，北宋筆記則專採特定觀點，敘述故事。

---

[38]　宋・錢易撰，尚成校點：《南部新書》卷庚，收入《宋元筆記小說大觀》，頁351。

（一）裴度的識人能力

宋初《南部新書》敘述裴度遇事不亂且器量宏廣：

> 晉公在中書，左右忽白以印失所在，聞之者莫不失色。度
> 即命張筵舉樂，人不曉其故，竊怪之。夜半宴酣，左右復
> 白以印存焉。度不答，極歡而罷。或問度以故，度曰：
> 「此出於胥徒盜印書券耳，緩之則存，急之則投水火，不
> 復更得之矣。」時人服其宏量。[39]

宋初《太平廣記》亦有此記載，註明出處為晚唐《玉泉子》[40]，
今本《玉泉子》自《稗海》本出，確有此一記載[41]，北宋晚期
《唐語林·雅量》也據《玉泉子》收錄此事。[42]對比《玉泉
子》系統及《南部新書》的記載，兩者文字幾乎全部相同，《玉泉
子》系統僅多出末句「臨事不撓」。由於裴度不急於尋覓失物、
捉拿竊賊，當左右莫不慌亂時，他反其道而行，舉行宴會，果然
官印被放回原處。雖然分析竊賊大概身分、取印目的，需要才
智，但更重要的是，裴度臨事能鎮定，所以才能冷靜分析，不慌

---

39 宋·錢易撰，尚成校點：《南部新書》卷辛，收入《宋元筆記小說大
觀》，頁365。

40 宋·李昉編：《太平廣記》卷177引《玉泉子》，據談氏初印本附錄
（北京：中華書局，2003年6月），頁1316。

41 唐·闕名撰，陽羨生校點：《玉泉子》，收入《唐五代筆記小說大
觀》，頁1422。

42 宋·王讜撰，周勛初校證：《唐語林校證·雅量》卷3（北京：中華書
局，1997年12月），頁236。

不亂。既已分析出竊賊身分，並不急於捉捕賊盜，能耐心等候竊
賊主動將印放回原位，展現其寬廣之器量；兩者皆將重點放在裴
度器量寬宏、處事鎮定的氣度。不過，北宋中後期《續世說》敘
述此事，說：「服其識量」，可見，除了鎮定的氣度及寬宏的器
量外，《續世說》增加了對故事中裴度才識的稱贊。

　　關於裴度見識之故實，《唐語林・識鑒》內有一則記載：

> 裴晉公為相，布衣交友、受恩子弟，報恩獎引不暫忘。大
> 臣中有重德寡言者，忽曰：「某與一二人皆受知裴公。白
> 衣時，約他日顯達，彼此引重。某仕宦所得已多，然晉公
> 有異於初，不以輔佐相許。」晉公聞之，笑曰：「實負初
> 心。」乃問人曰：「曾見靈芝、珊瑚否？」曰：「此皆希
> 世之寶。」又曰：「曾遊山水否？」曰：「名山數遊，唯
> 廬山瀑布狀如天漢，天下無之。」晉公曰：「圖畫尚可悅
> 目，何況親觀？然靈芝、珊瑚，為瑞為寶可矣，用於廣
> 廈，須杞、梓、樟、楠；瀑布可以圖畫，而無濟於人，若
> 以溉良田，激碾磑，其功莫若長河之水。某公德行文學、
> 器度標準，為大臣儀表，望之可敬；然長厚有餘，心無機
> 術，傷於畏怯，剸割多疑。前古人民質樸，征賦未分，地
> 不過數千里，官不過一百員，內無權倖，外絕姦詐。畫地
> 為獄，人不敢逃；以赭染衣，人不敢犯。雖曰列郡建國，
> 侯伯分理，當時國之大者，不及今之一縣，易為匡濟。今
> 天子設官一萬八千，列郡三百五十，四十六連帥，八十萬
> 甲兵，禮樂文物，軒裳士流，盛於前古。材非王佐，安敢

　　許人！」[43]

識寶是難得之才能，識人亦是，裴度以靈芝、珊瑚等珍寶來比喻
某官，藉此說明某官並非不好，裴度亦非辜負眼前良才，而是任
官必須適材適用，由此可見裴度具識人之明，深知同僚的長才與
短處：「某公德行文學、器度標準，為大臣儀表，望之可敬；然
長厚有餘，心無機術，傷於畏怯，剸割多疑。」同時，亦可以看
出裴度為人之正直，引重某官卻不許以王佐，寧可自己辜負友
人，也不願將國家之事視作兒戲。

　　《唐語林》另有一則談及裴度見識之記載：

相國晉公裴度出鎮興元，因入覲，值范陽節度使朱克融囚
春衣使，奏曰：「使者傲，賜衣惡，軍士皆無衣，兼請
之。又聞車駕幸東都，請以丁匠五千，先理宮寢。」敬宗
召公問，公對曰：「克融兇駿者，此將滅之徵也。欲挫
之，則曰：『所遣工役當令供待，速行也。』若欲緩之，
則發一詔曰：『聞中官慢易，俟歸，當痛責之。春服，所
司之制，我已罪之也。瀍洛之幸，職司所供，固不煩士卒
也。三軍請衣，吾無所愛，但非徵役例。』」克融卻出
使，宴賂命回，乃齎瑞寶以獻。不數月，克融果死。[44]

43　宋・王讜撰，周勛初校證：《唐語林校證》卷 3，頁 260-261。周勛
　　初：「本條不知原出何書」。
44　宋・王讜撰，周勛初校證：《唐語林校證》卷 1，頁 69。

朱克融囚禁朝廷所派的春衣使，並於覲見唐敬宗時，狀告春衣使所賜春衣粗陋，且聽說敬宗欲東幸洛陽，請領丁匠五千往洛陽、理宮寢。唐敬宗面對朱克融的無禮，不知該如何處理，便召裴度詢問。裴度通過此事，評論朱克融是兇惡痴愚之人，將自取滅亡。

此事亦載於《舊唐書》：「朱克融執留賜春衣使楊文端，奏稱衣段疏薄；又奏今歲三軍春衣不足，擬於度支請給一季春衣，約三十萬端匹；又請助丁匠五千修東都」，唐敬宗對朱克融的不恭無禮而煩憂，裴度為唐敬宗設想處置方法：

> 克融家本凶族，無故又行凌悖，必將滅亡，陛下不足為慮。譬如一豺虎，於山林間自吼自躍，但不以為事，則自無能為。此賊祇敢於巢穴中無禮，動即不得。今亦不須遣使宣慰，亦不要索所留敕使，但更緩旬日已來，與一詔云：「聞中官到彼稍失去就，待到，我當有處分。所賜卿春衣，有司製造不謹，我甚要知之，已令科處。」所請丁匠五千人及兵馬赴東都，固是虛語。臣料賊中，必出不得。今欲直挫其姦意，即報云：「卿所請丁匠修宮闕，可速遣來，已敕魏博等道，令所在排比供擬。」料得此詔，必章惶失計。若未能如此，猶示含容，則報云：「東都宮闕，所要修葺，事在有司，不假卿遣丁匠遠來。又所言三軍春衣，自是本道常事。比來朝廷或有事賜與，皆緣徵發，須是優恩，若尋常則無此例。我固不惜三二十萬端疋，祇是事體不可獨與范陽。卿宜知悉。」祇如此處分即

得，陛下更不要介意。[45]

首先，裴度掌握朱克融自身性格及情勢，勸慰皇帝無需憂慮；其次，針對春衣不足及扣留使者一事，認為唐敬宗不必再遣使也不要索要春衣使，十日以後再下詔說明春衣製造及中官失職，將會處分；至於朱克融請助丁匠五千修東都，裴度直言是虛語，料定朱克融無法派人前來，不如答應他：「卿所請丁匠修宮闕，可速遣來」，讓他措手不及，倉皇失計，藉此戳破他的詭計。倘若朱克融並未因此恐懼無措，再展現上位者的寬容器度：洛陽修繕自有專責職司處理，不必遠遣丁匠；至於春衣，歷來都是朝廷優恩，並非常例，且若要處置，「固不惜三二十萬端疋，祇是事體不可獨與范陽。」[46]兩者相較，既可以發現《唐語林》所記較史傳簡單許多；且《舊唐書》說：「上從之，遂進詔草，至皆如度所料。不旬日，幽州殺克融并其二子。」而《唐語林》稱唐敬宗拒絕朱克融領丁匠使洛陽後，朱克融仍不顧君令，逕自帶兵前往洛陽，還大肆張揚，且宴且賂，並在洛陽索取財寶，帶回長安獻予敬宗，益加突顯朱克融的自大愚蠢。[47]

---

[45] 後晉・劉昫：《舊唐書・裴度傳》卷 170：「朱克融、史憲誠各請以丁匠五千，助修東都，帝遂停東幸。」（北京：中華書局，1997 年 9 月），頁 4428-4429。

[46] 後晉・劉昫：《舊唐書・裴度傳》卷 170，頁 4429。

[47] 宋・王讜撰，周勛初校證：《唐語林・前言》，頁 16。周勛初校證《唐語林》時，不僅發現作者王讜「對有些條文大幅度地進行改寫」，且保持原始完整文字記載的條目，集中在前兩卷四門之中，後面幾卷「錄引的文字很少，而且對此逕加刪節或改寫」。只是本條目，周勛初「不知原出何書」。

　　《唐語林》雖然較《舊唐書》之敘事更簡單，但加入最後朱克融不顧君令，仍率人前往洛陽，並且張揚聲勢、齎寶以獻，更能呼應裴度對他的看法「兇驗」，並以數月後朱克融即死之結局照應開頭裴度所說的「將滅之徵」，具體展現裴度「見識」或「識人」的能力。

　　上述三事，與前代或宋初《南部新書》相較，可以看出《續世說》、《唐語林》重述裴度故事時，從舊有故事中汲取前代並無特別點出的「見識」或「識人」觀點，加以強調。這或者與北宋仁宗以後士人以關注國計民生、參與政事為尚之風氣相關[48]，哲宗時宰相劉摯（1030-1098）教其子孫，「先行實，後文藝」，且說：「士當以器識為先，一號為文人，無足觀矣。」[49]特別標舉出「器識」二字。《宋史》記載士人推舉或品評他人時，亦往往以「器識」稱量其政事能力，如王安石（1021-1086）舉薦劉摯，「極稱卿器識」；[50]蘇軾（1037-1101）推薦陳師錫（1057-1125），亦稱「學術淵源，行己潔素，議論剛正，器識靖深」；[51]至於孫升（1038-1099）批評蘇軾不足以為一國之宰輔，理由為「今蘇軾文章學問，中外所服，然德業器識，有所不足。為翰林學士，已極其任矣。」[52]秦觀（1049-1100）說明蘇軾為政治家時，亦特別說：「器足以任重，識足以

---

[48]　李強：《北宋慶曆士風與文學研究》（上海：上海書店出版社，2011年1月），頁216-217。

[49]　元·脫脫：《宋史·劉摯傳》卷340，頁10858。

[50]　元·脫脫：《宋史·劉摯傳》卷340，頁10850。

[51]　元·脫脫：《宋史·陳師錫傳》卷346，頁10972。

[52]　元·脫脫：《宋史·孫升傳》卷347，頁11010-11011。

致遠」[53]，姑且不論王安石、蘇軾、孫升、秦觀之評議是否確切，但北宋士人以報國淑世為實現自我價值的情況下，「器識」確實成為對士人之重要評斷標準。北宋筆記在裴度故事中，保留「器」的看法，再強調其中的「識」，從而展現北宋文人對裴度在中晚唐政治成就上的正面評價。

（二）李德裕改革科舉

晚唐五代筆記《玉泉子》述及李德裕因一意改革科舉，而身陷中晚唐的黨爭：

> 李德裕以己非由科第，恆嫉進士舉者。及居相位，權要束手。德裕嘗為藩府從事日，同院李評事以詞科進，適與德裕官同。時有舉子投文軸，誤與德裕。舉子既誤，復請之曰：「其文軸當與及第李評事，非與公也。」由是德裕志在排斥。[54]

《玉泉子》稱李德裕因門第為官，非進士出身，又聽聞舉子特地對他說投卷之作要投「及第李評事」，並非是他，從此以後，李德裕出於嫉妒，對於進士出身者「志在排斥」。[55]但事實上，李

---

[53] 宋・秦觀撰，徐培均箋注：《淮海集箋注・答傅彬老簡》卷 3（上海：上海古籍出版社，1994 年 10 月），頁 981。

[54] 唐・闕名撰，陽羨生校點：《玉泉子》，收入《唐五代筆記小說大觀》，頁 1423。

[55] 陳寅恪曾論述《玉泉子》此條「不可信」，並對李德裕拔引孤寒、「新興階級浮薄之士藉進士科舉制度座主門生同門等關係締結」之朋黨，有

德裕並非看不起寒門舉子，而一意要以門蔭舉士之人，同樣在
《玉泉子》內，也有李德裕提拔寒門之記載：

> 李相德裕，抑退浮薄，獎拔孤寒，於時朝貴朋黨，德裕破
> 之。由是結怨而絕於附會，門無賓客。惟進士盧肇，宜春
> 人，有奇才，德裕嘗左宦宜陽，肇投以文卷，由此見知。
> 後隨計京師，每謁見，待以優禮。舊制：禮部放榜，先呈
> 宰相。會昌三年，王起知舉，問德裕所欲，答曰：「安問
> 所欲？如盧肇、丁稜、姚鵠，豈可不與及第耶？」起於是
> 依其次而放。[56]

綜合兩則記載，可見李德裕並非嫉妒進士，反而因獎拔孤寒，使
得士族權要束手，卻也因為反對進士浮薄之風，與朝貴朋黨結
怨，最後絕於附會，門無賓客。

　　《唐摭言》之〈慈恩寺題名遊賞賦詠雜紀〉亦說，李德裕為
改革官吏藉國家公器施賞個人私恩，不欲及第進士稱主管考官為
座主，希望可以廢止由「座主─門生」而發展為朋黨之陋習：

> 會昌三年，贊皇公為上相，其年十一月十九日，敕諫議大
> 夫陳商守本官，權知貢舉。後因奏對不稱旨，十二月十七
> 日，宰臣遂奏：依前命左僕射兼太常卿王起主文。二十二

　　所討論。見氏著：《唐代政治史述論稿》中篇〈政治革命及黨派分野〉
　　（北京：三聯書店，2001 年 4 月），頁 261-318。
56　唐・闕名撰，陽羨生校點：《玉泉子》，收入《唐五代筆記小說大
　　觀》，頁 1422。

日，中書覆奏：「奏宣旨，不欲令及第進士呼有司為座主，趨附其門。兼題名、局席等條疏進來者。伏以國家設文學之科，求貞正之士，所宜行敦風俗，義本君親，然後申於朝廷，必為國器。豈可懷賞拔之私惠，忘教化之根源！自謂門生，遂成膠固。所以時風浸薄，臣節何施樹黨背公，靡不由此。臣等商量，今日已後，進士及第任一度參見有司，向後不得聚集參謁，及於有司宅置宴。其曲江大會朝官及題名、局席，並望勒停。緣初獲美名，實皆少雋；既遇春節，難阻良遊。三五人自為宴樂，並無所禁，惟不得聚集同年進士，廣為宴會。仍委御史臺察訪聞奏。謹具如前。」奉敕：「宜依。」[57]

其中，一則認為士風與朋黨具密切關係，「座主—門生」現象將使得臣子們「樹黨背公」；二則，新科進士宴會題名的舊例，也值得商榷，畢竟「同年進士，廣為宴會」，也將促成彼此結黨。《唐摭言》評論此事，並非稱許李德裕為破除朋黨、改革科舉之決心，而是認為李德裕因自己無參與科考、進士及第入朝而禁止此一習尚：「蓋贊皇公不由科第，故設法以排之。」

甚至晚唐張固（873 年後在世）《幽閒鼓吹》中記載李德裕因自己「有辭學而不由科第於今怏怏」之事：

朱崖李相在維揚，封川李相在湖州，拜賓客分司。朱崖大

---

[57] 五代・王定保撰，陽羨生校點：《唐摭言》卷 3，收入《唐五代筆記小說大觀》，頁 1597-1598。

懼，遣專使厚致信好。封川不受，取路江西而過。非久，
朱崖入相，過洛。封川憂懼，多方求厚善者致書，乞一
見，欲解紛，復書曰：「怨即不怨，見即無端。」初，朱
崖、封川早相善，在中外致力。及位高，稍稍相傾。及封
川在位，朱崖為兵部尚書，自得岐路，必當大拜。封川多
方阻之未效，朱崖知而憂之。邠公杜相即封川黨，時為京
兆尹。一日謁封川，封川深念，杜公進曰：「何戚戚
也？」封川曰：「君揣我何念？」杜公曰：「非大戎
乎？」曰：「是也。何以相救？」曰：「某即有策，顧相
公必不能用耳。」曰：「請言之。」杜曰：「大戎有辭學
而不由科第，於今怏怏。若與知舉，則必喜矣。」封川默
然良久，曰：「更思其次。」曰：「更有一官，亦可平治
慊恨。」曰：「何官？」曰：「御史大夫。」封川曰：
「此即得。」邠公再三與約，乃馳詣安邑門。門人報杜尹
來，朱崖迎揖曰：「安得訪此寂寞？」對曰：「靖安相公
有意旨，令某傳達。」遂言亞相之拜，朱崖驚喜，雙淚邊
落，曰：「大門官，小子豈敢當此薦拔？」寄謝重疊。杜
遽告封川，封川與虔州議之，竟為所賺，終至後禍。[58]

先敘述李德裕（朱崖李相）一直以自己不因科第為官而耿耿於
懷，再通過杜悰（794-873，邠公杜相）與李宗閔（783？-846，
封川李相）共謀，時為兵部尚書的李德裕得知李宗閔有意舉薦他

---

[58] 唐・張固撰，恒鶴校點：《幽閒鼓吹》，收入《唐五代筆記小說大
觀》，頁 1451-1452。

為御史大夫時，對當時是京兆尹的杜悰自稱「小子」，甚至「驚喜，雙淚遽落」；此一描寫，明顯可見《幽閒鼓吹》詆毀李德裕之立場。因此，北宋胡寅（1098-1156）《讀史管見》說：「德裕豈有是哉！杜悰，李宗閔之黨，故造此語以陋文饒，史掇取之。以文饒為人大概觀焉，無此事必矣。」[59]

　　事實上，李德裕本欲革除的是投卷所帶來的「座主—門生」關係，認為此即朋黨之根源；李德裕真正深惡痛絕的實為朋黨，其〈朋黨論〉一文，陳述得極為清楚：

> 治平之世，教化興行。群臣和於朝，百姓和於野，人自砥礪，無所是非。天下焉有朋黨哉？仲長統所謂「同異生是非，愛憎生朋黨，朋黨致怨隙」是也。東漢桓靈之朝，政在閹寺，綱紀以亂，風教浸衰，黨錮之士始以議論疵物，於是危言危行，刺譏當世，其志在於維持名教，斥遠佞邪。雖乖大道，猶不失正。今之朋黨者，皆依倚倖臣，誣陷君子；鼓天下之動以養交遊，竊儒家之術以資大盜。（原注：大盜謂倖臣也。）……漢之黨錮，為理世之罪人矣；今之朋邪，又黨錮之罪人矣。……大道之行，當齏粉矣。[60]

---

[59] 宋・王應麟著，清・翁元圻等注，樂保羣、田松青、呂宗力校點：《困學紀聞》卷 14〈考史〉（上海：上海古籍出版社，2013 年 1 月），頁1600。

[60] 清・董誥等編：《全唐文》卷 709，頁 3227。

李德裕對比當世的朋黨與東漢之黨錮，說明東漢是名士為維持名教，諷刺閹寺，雖然是治世的罪人，但那是名士行正道無可奈何的手段，然而當今的朋黨卻反過來「依倚倖臣，誣陷君子」，與宦官交善，「竊儒家之術」，再反過來助長宦官之勢。當今之世倘能推行大道，朋黨之徒皆當粉身碎骨、無容身之處了。李德裕之痛恨朋黨，亦可見於唐代親牛黨的裴庭裕（846 前後在世）《東觀奏記》卷上：李德裕「文學過人，性孤峭，嫉朋黨如仇讎」[61]。而李德裕為破除朋黨之源，認為必須革除科舉投卷之風所帶來的「座主—門生」關係，唯有進行科考改革，才能限制宰相對錄取進士名單上下其手的權力[62]，使得清貧卻有才能之應試舉子有登第晉身的機會。因此，呂讓（793-855）過世後，其子呂煥特別提及「故相國趙國李公德裕以公孤介，欲授文柄者數矣，寒苦道藝之士，引領而望。」[63]可見，李德裕「嫉朋黨如仇」實為允論，但也因為如此，既使文人新貴怨恨，又使士族文人埋怨，唯有寒門舉子對他由衷感念。晚唐范攄（880 前後在世）《雲溪友議》敘述李德裕貶謫失勢，孤寒士子有著「齊下淚」的強烈反應：

61 　唐・裴庭裕撰，田廷柱點校：《東觀奏記》卷上（北京：中華書局，1994 年 9 月），頁 90。

62 　傅璇琮：《李德裕年譜・原序》（石家莊：河北教育出版社，2001 年 11 月），頁 8-9。

63 　唐・呂煥撰：〈唐故中散大夫秘書監致仕上柱國賜紫金魚袋贈左散騎常侍東平呂府君墓誌銘并序〉，收入周紹良主編：《唐代墓誌彙編》（上海：上海古籍出版社，1992 年 11 月），頁 2334-2335。

> 或問贊皇公之秉鈞衡也，毀譽如之何？削禍亂之階，闢孤
> 寒之路；好奇而不奢，好學而不倦；勛業素高，瑕疵不
> 顧。是以結怨豪門，取尤群彥。後之文場困辱者，若周人
> 之思鄉焉，皆曰：「八百孤寒齊下淚，一時回首望崖
> 州。」[64]

以「八百孤寒齊下淚，一時回首望崖州」對比「結怨豪門，取尤
群彥」，呼應「闢孤寒之路」及「削禍亂之階」，可見，「禍亂
之階」即為以「座主—門生」關係進而結為朋黨。

　　由此可見，晚唐、五代筆記對李德裕對待科考進士之記載
上，較為混亂片段，亦有其個人之傾向與立場：李德裕本欲革除
的是投卷所帶來的「座主—門生」關係，認為此即朋黨之根源，
在當時的政治環境下，卻被誣為因自己非進士出身而嫉妒進士。
不論這些筆記的立場或批評或同情李德裕，記載之內容或說明李
德裕為獎拔孤寒而與士族朝貴結怨，或說明李德裕因改革科舉而
為人誣指自己非進士而嫉斥進士，反而都突顯出士族、朝貴之
「朋黨」確實存在。至於舉子之所以不投卷給李德裕，亦非全因
李德裕不由科第出身，實與李德裕改革科舉有關。然而，這項改
革影響朝中勢力發展，等到李德裕被貶失勢，又故態復萌，「八
百孤寒齊下淚，一時回首望崖州」、「寒苦道藝之士，引領而
望」也是因此而來。

　　自宋太祖鑒於唐代取士時，座主與門生關係之弊端，明令

64　唐・范攄撰，陽羨生校點：《雲溪友議》卷中，收入《唐五代筆記小說
　　大觀》，頁1299。

「及第舉人不得呼知舉官為恩門、師門及自稱門生」[65]，認為
「向者登科名級，多為勢家所取，致塞孤寒之路，甚無謂也。今
朕躬親臨試，以可否進退，盡革疇昔之弊矣。」[66]即以皇帝作為
天下士子之師，來革除「座主—門生」的朋黨弊端。

　　在此風氣下，宋初筆記《北夢瑣言》敘述李德裕明白白居易
有文才，深恐自己將為其文翰所影響，刻意不閱白居易之文，以
遏抑白居易，排除「座主—門生」結為朋黨之可能：

> 白少傅居易，文章冠世，不躋大位。先是，劉禹錫大和中
> 為賓客時，李太尉德裕同分司東都。禹錫謁於德裕曰：
> 「近曾得白居易文集否？」德裕曰：「累有相示，別令收
> 貯，然未一披，今日為吾子覽之。」及取看，盈其箱笥，
> 沒於塵埃，既啟之而復卷之，謂禹錫曰：「吾於此人，不
> 足久矣。其文章精絕，何必覽焉。但恐迴吾之心，所以不
> 欲看覽。」其見抑也如此。衣冠之士，並皆忌之，咸曰：
> 「有學士才，非宰臣器。」識者於其答制中見經綸之用，
> 為時所排，比賈誼在漢文之朝，不為卿相知，人皆惜之。
> 葆光子曰：「李衛公之抑忌白少傅，舉類而知也。初，文
> 宗命德裕論朝中朋黨，首以楊虞卿、牛僧孺為言。楊、
> 牛，即白公密友也。其不引翼，義在於斯。非抑文章也，

65　宋・李燾撰，上海師範大學古籍整理研究所、華東師範大學古籍整理研
　　究所點校：《續資治通鑑長編》卷 3（北京：中華書局，2004 年 9
　　月），頁 71。

66　宋・李燾撰，上海師範大學古籍整理研究所、華東師範大學古籍整理研
　　究所點校：《續資治通鑑長編》卷 16，頁 336。

慮其朋比而制掣也。」[67]

《北夢瑣言》文末為李德裕辯駁：李德裕之所以不引薦白居易，是因為楊虞卿、牛僧孺為白居易密友，擔心他們結黨營私，甚至黨同伐異，影響政事之推動，因此「非抑文章也，慮其朋比而制掣也」。足見李德裕對於朋黨一事的深惡痛絕，為革除此一陋習，不惜有所犧牲取捨。其次，《北夢瑣言》以漢文帝時賈誼不被當時的公卿所理解，遭受排擠，來比擬李德裕亦因此被認為無宰臣之容人雅量，而承受「衣冠之士，並皆忌之」的不平待遇。

至於宋初《南部新書》卷乙亦有此事，但敘述較為簡省：

> 白傅與贊皇不協，白每有所寄文章，李緘之一篋，未嘗開。劉三復或請之，曰：「見詞翰，則迴吾心矣。」[68]

兩者相較，《南部新書》過度簡省，難免讓人同情白居易，而對遏抑白居易的李德裕感到不諒解。配合《北夢瑣言》之詳細說明，則可以理解李德裕並非針對白居易，而是貫徹其「去朋黨」的改革理念。

再比較上述《北夢瑣言》及《南部新書》對於此事之記載，《北夢瑣言》說李德裕身邊之人為劉禹錫，但《南部新書》改為

---

[67]　宋・孫光憲撰，俞鋼整理：《北夢瑣言》卷 1，收入《全宋筆記》第一編第一冊，頁 19。

[68]　宋・錢易撰，尚成校點：《南部新書》卷乙，收入《宋元筆記小說大觀》，頁 306。

劉三復。劉三復曾在李德裕浙西幕府，為李德裕草撰謝御書表，
而李德裕頗知劉三復，《南部新書》有簡單記述：

> 李德裕鎮浙西，劉三復在幕。一旦令草謝御書表，謂之
> 曰：「立構也，歸創之。」三復曰：「文理貴中，不貴其
> 速。」贊皇以為當。[69]

此事同樣記載於《北夢瑣言》中，也更為詳細：

> 唐大和中，李德裕鎮浙西，有劉三復者，少貧，苦學有才
> 思。時中人賫御書至，以賜德裕。德裕試其所為，謂曰：
> 「子可為我草表，能立就，或歸以創之。」三復曰：「文
> 理貴中，不貴其速。」德裕以為當言。三復又請曰：「漁
> 歌樵唱，皆傳公述作，願以文集見示。」德裕出數軸與
> 之。三復乃體而為表，德裕嘉之，因遣詣闕求試。果登
> 第，歷任臺閣。[70]

《北夢瑣言》前半部即《南部新書》所載之事，但敘述詳細，本
末更為清楚。後半部更可以看出李德裕器重任用人才不看其出身
寒門或高門，也鼓勵有才者參加科考，絕非因自己非進士出身即
嫉恨舉子。

69　宋·錢易撰，尚成校點：《南部新書》卷丙，收入《宋元筆記小說大
　　觀》，頁 314。
70　宋·孫光憲撰，俞鋼整理：《北夢瑣言》卷 1，收入《全宋筆記》第一
　　編第一冊，頁 20-21。

李德裕對於牛僧孺所延攬的門客亦唯才是任，並不排斥：

> 柳仲郢為牛僧孺辟客，李德裕知其無私，奏為京兆尹。仲郢謝曰：「自不期太尉恩獎及此，仰報盛德，敢不如奇章公門館？」德裕不以為嫌，仲郢常感德裕之知。[71]

可見李德裕心中並無結為朋黨的想法，只是為改革科舉，使得「衣冠之士，並皆忌之」，而寒門士子卻「引領而望」；也因為李德裕「性孤峭」，不喜結黨，「嫉朋黨如仇讎」，改革科舉亦為人說成「有辭學而不由科第於今怏怏」，甚至「以己非由科第，恆嫉進士舉者」。

這種不結朋黨的做法，《北夢瑣言》稱之為「獨秀」：

> 李德裕太尉，未出學院，盛有詞藻，而不樂應舉。吉甫相俾親表勉之，掌武曰：「好騾馬不入行。」由是以品子敘官也。吉甫相與武相元衡同列，事多不叶，每退，公詞色不懌，掌武啟白曰：「此出之何難？」乃請修狄梁公廟，於是武相漸求出鎮，智計已聞於早成矣。愚曾覽太尉《三朝獻替錄》，真可謂英才。竟罹朋黨，亦獨秀之所致也。[72]

---

[71] 宋・孔平仲撰，錢熙祚校：《續世說》卷 1，收入《四部備要》第 423 冊（臺北：臺灣中華書局，1965 年），頁 5。

[72] 宋・孫光憲撰，俞鋼整理：《北夢瑣言》卷 6，收入《全宋筆記》第一編第一冊，頁 75。

《類說》引《北夢瑣言》：「李德裕不樂應舉，父勉之，答曰：『好驢馬不入行。』由是以品子敘官。」[73]亦見於《唐語林》：「李德裕太尉未出學院，盛有詞藻，而不樂應舉。吉甫相，俾親表勉之，衛公曰：『好驢馬不入行。』由是以品子敘官也。」[74]首先揭示李德裕不由科舉為官，是「不樂應舉」，是不為而非不能；不論是好驥馬或好驢馬，皆表現出李德裕主動不欲進入進士之列，非考不上進士，是自視甚高而自主不欲與進士為伍。其次，《北夢瑣言》說李德裕之所以捲入黨爭，是因其「獨秀」，因此，呈現出弔詭的情況：李德裕痛恨朋黨，自視亦高，因而「獨秀」，但也因為改革科舉，且不與人結黨，反而成為衣冠權貴忌恨的對象，遭受朋黨之牽累。[75]

李德裕的孤峭獨秀性格，自幼如此，如《北夢瑣言》：

> 太尉李德裕幼神俊，憲宗賞之，坐於膝上。父吉甫，每以敏辯誇於同列。武相元衡召之，謂曰：「吾子在家，所嗜何書？」意欲探其志也。德裕不應。翌日，元衡具告吉甫，因戲曰：「公誠涉大癡耳。」吉甫歸以責之，德裕曰：「武公身為帝弼，不問理國調陰陽，而問所嗜書。書

73　宋・曾慥編纂，王汝濤等校注：《類說校注》卷 43（福州：福建人民出版社，1996 年 1 月），頁 1293。

74　宋・王讜撰，周勛初校證：《唐語林校證》卷 1，頁 50。

75　錢振宇以「君子個體政治」稱呼李德裕的主張，認為李德裕以君子自居，但認為宰相應該保持個體的獨立性，以取信於君主，但也因為獨秀不群，又打擊朝廷中的朋黨，使得自己「門無賓客」。見錢振宇：〈黨爭背景下的「君子群體政治」與「君子個體政治」——以中晚唐政局為中心〉，《中國文化研究》2014 年夏之卷（2014 年 5 月），頁 70-73。

者，成均、禮部之職也。其言不當，所以不應。」吉甫復
告，元衡大慚。由是振名。[76]

《唐語林》亦有相關記載：

> 李衛公幼時，憲宗賞之，坐於前。吉甫每以敏捷誇於同
> 列。武相元衡召之，謂曰：「吾子在家，所嗜何書？」德
> 裕不應。翌日，元衡具告，吉甫歸以責之。德裕曰：「武
> 公身為宰相，不問理國調陰陽，而問所嗜書。其言不當，
> 所以不應。」[77]

可見，李德裕自幼時起，即知身為宰相，為國之輔弼，應當如
何；但為人處世卻不夠圓融，武元衡既是宰相，也是長輩，對於
不該問或不想答的問題，李德裕直接不理不應，亢直不屈。這種
性格後來則展現為不阿世結黨，無所諱忌，以致孤介獨秀。

　　北宋筆記在重述裴度故事時，通常較前代記載更為簡單，但
在舊有故事中，北宋筆記發展出不見於前代的「見識」或「識
人」觀點，並加以強調。在李德裕對待科考進士的記載上，晚
唐、五代筆記處於混亂之狀況，既記錄了李德裕為獎拔孤寒而與
朝貴朋黨結怨，為破除朋黨而欲改革科舉，又十分矛盾地認為李
德裕因自己非進士而嫉斥進士；可見，晚唐、五代筆記在當時的
政治環境下，有其個人之傾向與立場。相較之下，或許由於宋太

---

[76] 宋・孫光憲撰，俞鋼整理：《北夢瑣言》卷 1，收入《全宋筆記》第一
　　編第一冊，頁 15-16。

[77] 宋・王讜撰，周勛初校證：《唐語林校證》卷 3，頁 314。

祖認為「向者登科名級，多為勢家所取，致塞孤寒之路」，與李德裕獎拔孤寒、改革科舉主張相合，北宋筆記則將焦點集中在李德裕痛恨朋黨，故首先破除科考制度中「座主—門生」關係；而李德裕痛恨朋黨又捲入黨爭之中，北宋筆記自晚唐、五代筆記所說的「性孤峭」提煉出「獨秀」之說，突顯李德裕改革科舉又不阿世結黨，反而成為衣冠權貴忌恨的對象，身陷黨爭。對於李德裕非進士出身之事，亦出現李德裕主動不參與科考、加入進士行列中之故事。

三、無所依憑，新創故事

中晚唐、五代筆記記載裴度及李德裕之事，數量頗豐，但北宋筆記仍出現了一批前代所無的故事，這些創編的新故事往往更能表達北宋的時代風貌及文人趨尚。

（一）裴度的生活風貌

裴度生於唐代宗年間，歷經德宗、順宗、憲宗、穆宗、敬宗、文宗六朝，雖然在憲宗元和年間任宰相平淮西，但穆宗、敬宗時短暫為相，卻無甚建樹，又眼見憲宗、敬宗、文宗接連被宦官殺害，便於洛陽建綠野堂，寄情詩酒。這段時期，裴度與白居易、劉禹錫多所往來，留下許多詩句，但中晚唐、五代筆記未有記載，《舊唐書》反而詳細描寫裴度的洛陽府邸及午橋別墅：

> 自是，中官用事，衣冠道喪。度以年及懸輿，王綱版蕩，不復以出處為意。東都立第於集賢里，築山穿池，竹木叢

萃，有風亭水榭，梯橋架閣，島嶼迴環，極都城之勝概。
又於午橋創別墅，花木萬株，中起涼臺暑館，名曰綠野
堂。引甘水貫其中，釃引脈分，映帶左右。度視事之隙，
與詩人白居易、劉禹錫酣宴終日，高歌放言，以詩酒琴書
自樂，當時名士，皆從之遊。每有人士自都還京，文宗必
先問之曰：「卿見裴度否？」[78]

至北宋，《新唐書》亦有所述：

時閹豎擅威，天子擁虛器，搢紳道喪，度不復有經濟
意，乃治第東都集賢里，沼石林叢，岑繚幽勝。午橋作
別墅，具煖館涼臺，號綠野堂，激波其下。度野服蕭
散，與白居易、劉禹錫為文章、把酒，窮晝夜相歡，不
問人間事。而帝知度年雖及，神明不衰，每大臣自洛來，
必問度安否。[79]

對照兩《唐書》之敘述，可以發現《新唐書》對於洛陽府邸及午
橋別墅的景致描畫得較少，而較多著墨於裴度之閒雅風度：「野
服蕭散」、「窮晝夜相歡，不問人間事」等，足見北宋轉而關注
裴度逍遙閒散的心態與講究情味的生活細節。

北宋初期筆記《清異錄》：「裴晉公盛冬常以魚兒酒飲
客。其法用龍腦凝結，刻成小魚形狀，每用沸酒一盞，投一魚其

---

[78] 後晉・劉昫：《舊唐書・裴度傳》卷 170，頁 4432。
[79] 宋・歐陽修：《新唐書・裴度傳》卷 173，頁 5218。

中。」[80]盛冬時節飲用沸酒，其中加入氣味清涼的龍腦，在溫度上不斷造成極端差異又調節中和的效果；況且結晶的龍腦還需先刻成小魚形狀纜入於酒，則又增加了賞玩魚兒在酒水中吐泡之趣味。其實，盛冬飲用沸酒就算不加入龍腦亦無妨，龍腦不雕成小魚形狀也無礙，只是加入龍腦使得在氣味上增添了清涼感，刻成小魚形狀則在視覺上造成額外的妙趣。

又如《雲仙散錄》：「午橋莊小兒坡茂草盈里。晉公每使數羣白羊散於坡上，曰：『芳草多情，賴此妝點也。』」[81]茂草長滿小兒坡，碧綠蒼翠，但單一顏色長時間賞看難免單調呆板，因此裴度驅使白羊散布於坡上，藉星星點點的「白」羊裝飾如茵的綠草，色彩產生變化；同時，羊群會移動，小兒坡的景致便隨著白羊的活動而產生變化，增添了生趣。這些都是北宋筆記對於裴度講求生活情趣之描寫。[82]

另外，生活中有許多瑣細小事，如飲饌、焚香等，《雲仙散錄》亦有記錄：「裴晉公於藍田得一大筍，破之，有三四眼睛而香美過甚。」[83]及裴度守歲時，以商陸此一草本植物投於火爐中，在取暖之餘，別有香氣：「裴度除夜嘆老，迨曉不寐，爐中

---

80 宋・陶穀撰，鄭村聲、俞鋼整理：《清異錄》卷下，收入《全宋筆記》第一編第二冊（鄭州：大象出版社，2003 年 10 月），頁 94。關於《清異錄》之撰作時間及作者，本書第五章將論及。

81 舊題後唐・馮贄編，張力偉點校：《雲仙散錄》（北京：中華書局，1998 年 2 月），頁 50。

82 筆者曾經論述《雲仙散錄》應成書於北宋仁宗至徽宗間，見趙修霈：〈《雲仙散錄》之撰作時代：由書中所錄之唐人詩文才華故實析論〉，《東吳中文學報》第 34 期（2017 年 11 月），頁 29-54。

83 舊題五代・馮贄編，張力偉點校：《雲仙散錄》，頁 90。

商陸火凡數添。」[84]不論是藍田大筍的香甜美味或空氣中的商陸氣味，多為生活中的瑣細小事，對照唐代《因話錄》記述裴度的豁達心態：「生老病死，時至則行」，有所不同。尤其從《雲仙散錄》「歡老守歲」一事來看，唐代《因話錄》談及生老病死之人生大事，雖然展現裴度之器量風度，但北宋筆記記載「歡老守歲」時，裴度仍過著自然而然，不多思多慮的日常，無須標榜、沒有高言，更能顯現其日常情味。

　　《雲仙散錄》又有「晉公午橋莊有文杏百株，其處立碎錦坊。」[85]另有《六一詩話》稱：「裴晉公綠野堂在午橋南，往時嘗屬張僕射齊賢家。僕射罷相歸洛，日與賓客吟宴於其間，惟鄭工部文寶一聯最警絕，云：『水暖鳧鷖行哺子，溪深桃李臥開花』。」[86]皆是關於裴度的洛陽午橋莊、綠野堂之記載。表面上看來，午橋莊、綠野堂似乎是兩處不同的園林，但從唐代白居易詩〈奉和裴令公新成午橋莊綠野堂即事〉，即可看出兩者實在一處：

> 舊徑開桃李，新池鑿鳳皇。只添丞相閣，不改午橋莊。遠處塵埃少，閒中日月長。青山為外屏，綠野是前堂。……[87]

可見綠野堂在午橋莊內，為午橋莊的前堂。

84　舊題五代・馮贄編，張力偉點校：《雲仙散錄》，頁 62。
85　舊題五代・馮贄編，張力偉點校：《雲仙散錄》，頁 67。
86　宋・歐陽修著：《六一詩話》，收入清・何文煥輯：《歷代詩話》（北京：中華書局，2001 年 10 月），頁 270。
87　清・彭定求等編：《全唐詩》卷 456，頁 5164。

宋初，裴度午橋莊為張齊賢（943-1014）所有：

> 三年，出判河陽，從祀汾陰還，進左僕射。五年，代還，
> 請老，以司空致仕。入辭便坐，方拜而仆，上遽止之，許
> 二子扶掖升殿，命益坐茵為三。歸洛，得裴度午橋莊，有
> 池榭松竹之盛，日與親舊觴詠其間，意甚曠適。七年夏，
> 薨，年七十二。贈司徒，諡文定。[88]

張齊賢年邁致仕歸隱於午橋莊，一年多後便過世，午橋莊生活可
以說是張齊賢一生最悠閒曠適的時光。北宋筆記《玉壺清話》亦
敘及此：

> 張司空齊賢致仕歸洛，康寧富壽，先得裴晉公午橋莊，鑿
> 渠周堂，花竹照映，日與故舊乘小車攜觴遊釣，榜於門
> 曰：「老夫已毀裂軒冕，或公綬垂訪，不敢拜見。」造一
> 臥輦，以視田稼。醉則憩於木陰，酒醒則起。嘗以詩戲示
> 故人：「午橋今得晉公廬，花竹煙雲興有餘。師亮白頭心
> 已足，四登兩府九尚書。」[89]

不論史書或筆記，在談及張齊賢飲酒、釣魚、遊賞、詠詩的午橋
莊生活時，都不忘一再說明此莊原為裴度所有，藉此標榜自己與

---

[88]　元·脫脫：《宋史·張齊賢傳》卷 265，頁 9158。

[89]　宋·文瑩撰，黃益元校點：《玉壺清話》卷 3，見《宋元筆記小說大
　　　觀》，頁 1468。

裴度同樣具有告老辭官、遠離名利的逍遙閒散心態。[90]

　　李格非（約 1045-約 1105）《洛陽名園記》為洛陽園林作記，盛贊裴度的午橋莊：

> 洛人云園圃之勝不能相兼者六。務宏大者，少幽邃；人力勝者，少蒼古；多水泉者，艱眺望。兼此六者，惟湖園而已。予嘗游之，信然。在唐，為裴晉公宅園。園中有湖，湖中有堂，曰百花洲，名蓋舊，堂蓋新也。湖北之大堂曰四並堂，名蓋不足，勝蓋有餘也。其四達而當東西之蹊者，桂堂也。截然出於湖之右者，迎暉亭也。過橫地，披林莽，曲徑而後得者，梅臺知止庵也。自竹逕望之超然，登之翛然者，環翠亭也。眇眇重邃，猶擅花卉之盛，而前據池亭之勝者，翠樾軒也。其大略如此。若夫百花酣而白晝眩，青蘋動而林陰合，水靜而跳魚鳴，木落而群峰出，雖四時不同，而景物皆好，則又其不可殫記者也。[91]

雖然午橋莊在裴度之後，應幾番易主，李格非所見湖園或非唐時

---

[90] 學者多由詩歌切入，討論北宋洛陽文人群體所歌詠的洛陽及其心態，由此亦可側面理解北宋筆記新創裴度洛陽午橋莊及其情趣氣度的原由。劉豔萍：〈唐宋洛陽分司長官對文人群體的影響——以裴度、錢惟演、文彥博、韓絳為中心〉，《河南科技大學學報（社會科學版）》第 31 卷第 4 期（2013 年 8 月），頁 11-15。龐明啟：〈唐詩中的洛陽形象——以宋神宗朝居洛文人群為例〉，《洛陽師範學院學報》第 38 卷第 1 期（2019 年 1 月），頁 16-21、47。

[91] 宋・李格非：《洛陽名園記》，收入《筆記小說大觀》第 13 編（臺北：新興書局，1984 年 6 月），頁 2680-2681。

裴度午橋莊面貌，但通過上述諸文，有小兒坡、池榭松竹、花竹煙雲、白居易詩：「舊徑開桃李，新池鑿鳳皇」、《南唐近事》之：「水暖鳧鷖行哺子，溪深桃李臥開花」，可見園內既多水泉又有高處能眺望，既視線宏大遼闊又深邃幽靜；配合姚合〈和裴令公新成綠野堂即事〉詩，則兼具人工造型及自然蒼古之美：

> 結構立嘉名，軒窗四面明。丘牆高莫比，蕭宅僻還清。池際龜潛戲，庭前藥旋生。樹深簷稍邃，石峭徑難平。道曠襟情遠，神閒視聽精。古今功獨出，大小隱俱成。曙雨新苔色，秋風長桂聲。攜詩就竹寫，取酒對花傾。古寺招僧飯，方塘看鶴行。人間無此貴，半仗暮歸城。[92]

以此觀之，李格非所謂湖園兼有宏大、幽邃、人力、蒼古、水泉、眺望等六種園圃之勝，實自唐代裴度午橋莊即具備此規模。

《雲仙散錄》內，記載了裴度臨終時的三大恨事，其中有兩事與午橋莊有關：「吾死無所繫，但午橋莊松雲嶺未成，軟碧池繡尾魚未長，注《漢書》未終篇，為可恨爾。」[93]與北宋劉淵材所說的「吾平生無所恨，所恨者五事耳」相比：「第一恨鰣魚多骨，第二恨金橘大酸，第三恨蓴菜性冷，第四恨海棠無香，第五恨曾子固不能作詩。」[94]此「五恨」中的前四恨是人力所無法改變的，鰣魚、金橘、蓴菜、海棠本來如此，就連第五恨曾鞏不能

---

[92]　清·彭定求等編：《全唐詩》卷 501，頁 5694。

[93]　舊題後唐·馮贄編，張力偉點校：《雲仙散錄》，頁 10。

[94]　宋·惠洪撰，李保民校點：《冷齋夜話》卷 9，收入《宋元筆記小說大觀》，頁 2215-2216。

作詩，也無法因自己的心情喜惡而有所變化，因此是「平生所恨」。然而，裴度的「三恨」卻都是自身有能力改變而不再遺憾的事，倘若裴度再多活一年，午橋莊松雲嶺可能已成、軟碧池繡尾魚也許已長，甚至再多活上一兩年，或許注《漢書》亦可終篇，因此才是「臨終恨事」。而這些使得裴度「死有所繫」之事，不在功業、不在子孫、不在政治上的鬥爭成敗，充分展現其心態氣度與生活情趣。

此外，北宋筆記《北夢瑣言》將裴度描述為能自我解嘲之人：

> 唐裴晉公度，風貌不揚，自撰真讚【贊】云：「爾身不長，爾貌不揚。胡為而將？胡為而相？」幕下從事遜以美之，且曰：「明公以內相為優。」公笑曰：「諸賢好信謙也。」幕僚皆悚而退。[95]

五代筆記《唐摭言》說「裴晉公質狀眇小」，是為了強調裴度原本「相不入貴」，但經過「還帶」一事後積了陰功，才有後來之顯達。[96] 北宋則更聚焦於相貌上，說裴度自我解嘲「風貌不揚」，甚至自撰〈真贊〉：「爾身不長，爾貌不揚。胡為而將？胡為而相？」孫光憲此段文字中，裴度前半部是自我解嘲，後半部則是嘲弄幕下從事阿諛逢迎自己。北宋筆記同樣書寫裴度器量

---

95 宋・孫光憲撰，俞鋼整理：《北夢瑣言》卷 10，收入《全宋筆記》第一編第一冊，頁 121。

96 五代・王定保撰，陽羨生校點：《唐摭言》卷 4，收入《唐五代筆記小說大觀》，頁 1611。

弘大，但不全由朝廷、同僚或待人接物等方面著墨，反而出於對
自己外貌的自嘲。

　　由此可見，北宋筆記創作的裴度故事，少了「將相」高高在
上的面貌，多書寫其日常生活中的小事，如沸酒中的龍腦小魚、
大笋的香甜美味、嘆老守歲時的商陸氣味，及描寫綠野堂、午橋
莊風景，刻畫裴度講究生活細節情趣的一面；敘述裴度臨終三大
恨事、自嘲風貌不揚或守歲時的嘆老，都自然的展現其無所掛慮
的氣度心態與生活情味，頗不同於晚唐、五代筆記之記載。

（二）李德裕歿於崖州

　　北宋筆記頗為關注身陷晚唐黨爭的李德裕，首先，掌握前有
所本之李德裕排斥朋黨、改革科舉、任人唯才的主題，敷衍故
事，如《唐語林》有幾則故事，記載李德裕提拔寒門：

> 劉侍郎三復，初為金壇尉，李衛公鎮浙西，三復代草表
> 云：「山名北固，長懷戀闕之心；地接東溟，卻羨朝宗之
> 路。」衛公嘉嘆，遂闢為賓佐。[97]

> 李衛公頗升寒素。舊府解有等第，衛公既貶，崔少保龜從
> 在省，子殷夢為府解元。廣文諸生為詩曰：「省司府局正
> 綢繆，殷夢元知作解頭。三百孤寒齊下淚，一時南望李崖
> 州。」盧渥司徒以府元為第五人，自此廢等第。[98]

97　宋・王讜撰，周勛初校證：《唐語林校證》卷 3，頁 279。
98　宋・王讜撰，周勛初校證：《唐語林校證》卷 7，頁 614。

> 盧肇、黃頗同遊李衛公門下。王起再知貢舉，訪二人之
> 能。或曰：「盧有文學，黃能詩。」起遂以盧為狀頭，黃
> 第三人。[99]

值得注意的是，《唐語林》綜採五十種書中材料而成，且大多數是唐人著作，有的雖是宋人所作，但內容亦是彙纂唐人著作；[100]這幾則記載，周勛初校證《唐語林》，皆稱「木條不知原出何書」，而第二則故事中的詩作，在上節所引之《唐摭言》曾有引述，但故事並不相同。由此可見，這些故事或許首先掌握了李德裕任用人才不看其出身寒門或高門，只看個人才能，有才者必定獎掖之記載；再進行故事編創，直接書寫李德裕雖然要破除「座主—門生」關係、進士浮華之風，但對於善文能詩、進士出身者，亦頗能接納，樂於引薦任用。

　　《南部新書》又敘述一則故事，說明李德裕入相，朝中忠良皆喜，但小人甚怕：

> 李太尉大和七年自西川還，入相。上謂王涯：「今日除德
> 裕，人情怕否？」對曰：「忠良甚喜，其中小人亦有怕
> 者。」再言曰：「須怕也。」涯時為鹽鐵使也。[101]

其中，標榜小人、忠良的對比，配合李德裕〈朋黨論〉中「今之

---

[99] 宋·王讜撰，周勛初校證：《唐語林校證》卷3，頁302。

[100] 宋·王讜撰，周勛初校證：《唐語林校證·前言》，頁4-9。

[101] 宋·錢易撰，尚成校點：《南部新書》卷戊，收入《宋元筆記小說大觀》，頁329。

朋黨者，皆依倚倖臣，誣陷君子；鼓天下之動以養交遊，竊儒家
之術以資大盜。（原注：大盜謂倖臣也。）」即可以明白小人與
忠良相對、倖臣則與君子相對，雖然此時尚未將朋黨之說與小
人、君子議題作連結，但仍可以推知小人是倖臣，相對於君子、
忠良，亦只有小人才會結為朋黨，排除異己，因私廢公。因此，
《南部新書》此一故事，提及李德裕入朝為相，小人不喜且恐
懼，從側面表現出李德裕嫉惡如仇、痛恨朋比、用人無私的性
格，也是其得罪人且身陷黨爭的原由。

　　另外，錢易（968-1026）此說，承襲《論語》以來一貫認為
「君子不黨」[102]、「君子矜而不爭，群而不黨」[103]的說法，西
漢劉向亦認為君子相對於小人而「忠於為國，無邪心也」[104]；
然而，自歐陽修作〈朋黨論〉則提出君子亦有朋黨：「君子與君
子以同道為朋，小人與小人以同利為朋」[105]，范仲淹、蘇軾、
秦觀等繼而承續君子朋、小人朋的說法作〈朋黨論〉，解釋北宋
中期以降政治上的黨爭。[106]可見，錢易身在北宋前期，此說仍

---

[102] 魏・何晏集解，宋・邢昺疏：《論語注疏・述而》卷 7（臺北：藝文印
　　　書館，1997 年，《十三經注疏》本），頁 64。

[103] 魏・何晏集解，宋・邢昺疏：《論語注疏・衛靈公》卷 15，《十三經
　　　注疏》本，頁 140。

[104] 漢・班固撰：《漢書・劉向傳》卷 36：「是以羣小窺見間隙，緣飾文
　　　字，巧言醜詆，流言飛文，譁於民間。故詩云：『憂心悄悄，慍於羣
　　　小。』小人成羣，誠足慍也。昔孔子與顏淵、子貢更相稱譽，不為朋
　　　黨；禹、稷與皋陶傳相汲引，不為比周。何則？忠於為國，無邪心
　　　也。」（北京：中華書局，1997 年 9 月），頁 1945。

[105] 宋・歐陽修著，李逸安點校：《歐陽修全集》卷 17（北京：中華書
　　　局，2001 年 3 月），頁 297。

[106] 范仲淹之朋黨論，如宋・司馬光撰，王根林校點：《涑水紀聞》卷

較接近於李德裕之〈朋黨論〉。

　　除了探討李德裕卓然不群、身陷黨爭的原因，北宋筆記亦多注意李德裕最後為唐宣宗貶至崖州，甚至最後死於崖州之事。[107]《南部新書》有多則相關故事，如以記實手法敘述李德裕被貶崖州者，卷戊：「李太尉以大中二年正月三日，貶潮州司馬。當年十月十六日，再貶崖州司戶。大中三年十二月十日，卒於貶

10：「慶曆四年四月戊戌，上與執政論及朋黨事，參知政事范仲淹對曰：『方以類聚，物以群分。自古以來，邪正在朝，未嘗不各為一黨，不可禁也，在聖鑒辨之耳。誠使君子相朋為善，其於國家何害？』」收入《宋元筆記小說大觀》，頁 874。蘇軾〈續歐陽子朋黨論〉：「君子如嘉禾也，封殖之甚難，而去之甚易；小人如惡草也，不種而生，去之復蕃。世未有小人不除而治者也，然去之為最難。斥其一則援之者眾，盡其類則眾之致怨也深。小者復用而肆威，大者得志而竊國。善人為之掃地，世主為之屏息。譬斷蛇不死，剌虎不斃，其傷人則愈多矣。齊田氏、魯季孫是已。齊、魯之執事，莫非田、季之黨也，歷數君不忘其誅，而卒之簡公弒，昭、哀失國。小人之黨，其不可忽也如此。而漢黨錮之獄，唐白馬之禍，忠義之士，斥死無余。君子之黨，其易盡也如此。」收入曾棗莊、舒大剛主編：《蘇東坡全集》文集卷 102（北京：中華書局，2021 年 5 月），頁 2602。秦觀〈朋黨上〉：「臣聞朋黨者，君子小人所不免也。人主御羣臣之術，不務嫉朋黨，辨邪正而已。」宋・秦觀撰，徐培均箋注：《淮海集箋注》卷 13，頁 539-547。

[107] 晚唐張讀《宣室志》曾敘述一則老僧預言李德裕食萬羊而遭貶死之事，李劍國亦論及此則實身為牛僧孺外孫的張讀「醜詆李德裕之言，羊影牛黨之諸楊。」晚唐、五代筆記敘述李德裕貶死於崖州之事，數量較少，且屬於單純記載或具政治目的，與北宋筆記不同。唐・張讀撰，蕭逸校點：《宣室志》卷 9，收入《唐五代筆記小說大觀》，頁 1063-1064。李劍國：《唐五代志怪傳奇敘錄》（天津：南開大學出版社，1998 年 9 月），頁 823。

所，年六十四。」[108]與《舊唐書》所記之時間，大致相符[109]，之所以不厭其煩地書寫「貶」、「再貶」、「貶所」，實為表達李德裕晚年被唐宣宗一貶再貶，最後竟死於崖州，因此卷丁有「大中中，李太尉三貶至朱崖」[110]，同樣通過「三貶」一詞，表達唐宣宗朝李德裕之遭遇。卷庚甚至敘述李德裕死後託夢令狐綯請求歸葬故里：

> 咸通中令狐綯嘗夢李德裕訴云：「吾獲罪先朝，過亦非大，已得請於帝矣。子方持衡柄，誠為吾請，俾窮荒孤骨得歸葬洛陽，斯無恨矣。」他日，令狐率同列上奏，懿皇允納，卒獲歸葬。[111]

---

108 宋・錢易撰，尚成校點：《南部新書》卷戊，收入《宋元筆記小說大觀》，頁 329。

109 後晉・劉昫：《舊唐書・李德裕傳》卷 174：「大中元年秋。尋再貶潮州司馬。……明年冬，又貶潮州司戶。……其年（大中二年）冬，至潮陽，又貶崖州司戶。至三年正月，方達珠崖郡。十二月卒，時年六十三。」頁 4528。陳寅恪：〈李德裕貶死年月及歸葬傳說辨證〉參考正史、筆記記載，說明「關於李德裕享年之數，當時社會即有六十三及六十四不同之二說。其所以致此歧說者，殆因德裕大中三年之年終，卒於海外，其死聞達至京洛、普傳社會之時，必已逾歲，而在大中四年矣。」「享年六十四之說之不可信」。收於氏著：《金明館叢稿二編》（北京：三聯書店，2001 年 7 月），頁 9-26。

110 宋・錢易撰，尚成校點：《南部新書》卷丁，收入《宋元筆記小說大觀》，頁 315。

111 宋・錢易撰，尚成校點：《南部新書》卷庚，收入《宋元筆記小說大觀》，頁 346。

晚唐筆記《東觀奏記》卷中同樣有李德裕死後託夢給令狐綯，請求能歸葬故里：「某委骨海上，思還故里，與相公有舊，幸憫而許之。」[112]兩者相較，《東觀奏記》敘事較為平直，但《南部新書》先說自己「獲罪先朝，過亦非大」，因非大過錯，而自己貶死於異鄉，更顯得其情可憫。接著，再採哀婉之辭：「俾窮荒孤骨得歸葬洛陽，斯無恨矣」，表達自己並不過分的唯一要求。配合《南部新書》一再書寫李德裕故實，更可見《南部新書》對李德裕在宣宗朝被三貶至崖州，並死於崖州的遭遇，較晚唐筆記更感同情。

其中，亦書寫與李德裕貶死崖州相關之神異故實，如《南部新書》卷丙稱「李德裕三鎮遷改，皆有異人為言之。惟投南荒，未嘗先覺。」[113]此事可與李德裕〈冥數有報論〉合觀：「余嘗三遇異人，非卜祝之流，皆遁世者也。……唯再謫南服，未嘗有前知者為余言之。豈禍患不可移者，神道所秘，莫得預聞乎？」[114]李德裕一生因黨爭數度遭貶斥離開京師，但唯有最後貶至崖州未有人事先示警，因此就連李德裕自己都曾懷疑「豈禍患不可前告，神道所秘，莫得預聞乎？」

雖然有此說法，但北宋張洎（933-996）《賈氏談錄》記有李德裕將因白馬而罹難的預言：

> 李贊皇初掌北門奏記，有相者謂公他日位極人臣，但厄在

---

[112] 唐・裴庭裕撰，田廷柱點校：《東觀奏記》卷中，頁114。

[113] 宋・錢易撰，尚成校點：《南部新書》卷丙，收入《宋元筆記小說大觀》，頁314。

[114] 清・董誥等編：《全唐文》卷710，頁3230。

白馬耳。及登相位，雖親族亦未嘗有畜白馬者。會昌初，再入廟堂，專持國柄，平上黨，破回鶻，立功殊異，策拜太尉，封衛國公。然性多忌刻，當途之士有不協者必遭譴逐。翰林學士白敏中大懼，遂調。給事中韋弘景上言，相府不合兼領三司錢谷，專政太甚。武宗由是疑之。及宣宗即位，出德裕為荊南節度使，旋屬淮海。李紳有吳汝納之獄，上命刑部侍郎馬植專鞫其事，盡得德裕黨庇之惡。由是坐罪，竄南海，歿而不返。厄在白馬，其信乎！[115]

此事亦被收錄於《南部新書》卷己：「李德裕少時，有人倫鑒者，謂曰：『公主忌白馬。』凡親戚之間，皆不畜之。至崖州之命，則白敏中在中書，以公議排之。馬植按淮南獄。」[116]所謂「厄在白馬」，實為預言李德裕因白敏中、馬植兩人至南海，最後死在崖州之事。北宋筆記既有李德裕貶崖州未有人事先示警之說，又有李德裕有「厄在白馬」之預言且貶死崖州，雖然看似矛盾，但其實都是針對李德裕死於崖州而開展的神異故事，且這些故事在晚唐、五代筆記內全無提及。

甚至《楊文公談苑》談及丁謂面相時，亦及李德裕：

呂洞賓者，多游人間，頗有見之者。丁謂通判饒州日，洞賓往見之，語謂曰：「君狀貌頗似李德裕，它日富貴皆如

---

115 宋・張洎撰，孔一校點：《賈氏談錄》，收入《宋元筆記小說大觀》，頁 240。

116 宋・錢易撰，尚成校點：《南部新書》卷己，收入《宋元筆記小說大觀》，頁 336。

之。」[117]

雖然呂洞賓是看丁謂面相，卻不直接摹寫丁謂樣貌，改採譬喻手法：「君狀貌頗似李德裕」，但北宋人實不可能知道李德裕長相，以此為喻看似毫無意義，不過由「富貴皆如之」，可知重在說明丁謂將如李德裕一樣富貴，包括丁謂在宋仁宗乾興元年被貶為崖州司戶參軍[118]，亦與李德裕相同。宋仁宗天聖五年（1027）南郊，「中外以為丁謂復還」時，陳琰上書稱「李德裕止因朋黨，不獲生還」，並列舉丁謂惡行：「因緣險佞，據竊公台。賄賂包苴，盈於私室；威權請謁，行彼公朝。引巫師妖術，厭魅宮闈；易神寢龍岡，冀消王氣。」[119]與李德裕相較，丁謂更為罪大惡極，不該被赦免。足見李德裕被貶崖州一事，北宋人頗為熟悉，欲預言丁謂仕途、談及丁謂下場，皆可取李德裕為比擬對象。

　　此外，《唐語林》記載甘露寺僧允躬對待李德裕之事：

　　李衛公歷三朝，大權出門下者多矣，及南竄，怨嫌並集。途中感憤，有「十五餘年車馬客，無人相送到崖州」之句。又書稱「天下窮人，物情所棄。」鎮浙西，甘露寺僧允躬頗受知。允躬迫於物議，不得已送至謫所。及歸作書，言天厭神怒，百禍皆作，金幣為鱷魚所溺，室宇為天

117　宋・楊億口述，宋・黃鑒筆錄，宋・宋庠整理，李裕民輯校：《楊文公談苑》，收入《宋元筆記小說大觀》，頁 528。

118　元・脫脫撰：《宋史》卷 9、283，頁 176、9570。

119　元・脫脫撰：《宋史・陳琰傳》卷 301，頁 9994。

> 火所焚。談者藉以傳布，由允躬背恩所致。衛公既歿，子
> 煜自象州武仙尉量移郴州郴尉，亦死貶所。劉相鄴為諫
> 官，先世受恩，獨上疏請復官爵，乞歸葬。衛公門人，惟
> 蹇士能報其德。[120]

劉鄴（830-881）為劉三復之子，因劉三復受李德裕拔擢，因此
上疏唐懿宗予以追復贈卹；此事附在整則故事最末，且篇幅短
小，並以「衛公門人，惟蹇士能報其德」為評議，可見，實為對
比前半部，甘露寺僧允躬為「不能報其德」者。允躬受知於李德
裕，卻在李德裕被貶崖州時，先是「迫於物議，不得已送至謫
所」，甚至，歸浙西後還著書誹謗李德裕：「天厭神怒，百禍皆
作，金幣為鱷魚所溺，室宇為天火所焚」，讓謗議之辭廣傳，李
德裕聲名有損，因此《唐語林》說「由允躬背恩所致」。對照開
頭敘述李德裕相三朝，拔擢無數人才，卻在遭貶崖州時，感到
「怨嫌並集」，而寫下詩句「十五餘年車馬客，無人相送到崖
州」及「天下窮人，物情所棄」；自籠統虛寫眾人，再具體集中
於允躬一人，表達出李德裕被貶甚至死於崖州時，備嘗人情冷
暖、世態炎涼的心情。

　　《唐語林》尚有關於允躬及李德裕之事：

> 李德裕自金陵追入朝，且欲大用，慮為人所先，且欲急
> 行。至平泉別墅，一夕秉燭周遊，不暇久留。及南貶，有
> 甘露寺僧允躬者記其行事，空言無行實，盡仇怨假托為

之。[121]

允躬與李德裕來往密切，若撰寫李德裕事，當有許多具體事蹟，不致「空言無行實」，由此可見，所謂允躬記李德裕之事應是出於仇怨，「假托為之」，並非實情。再配合上述《唐語林》認為僧允躬「背恩」：在李德裕南貶後，著書稱李德裕「天厭神怒，百禍皆作」，可知，李德裕南貶之後，著書謗李者，或為與其有仇怨者，或為僧允躬本人，但無論如何，這些誹謗之言絕非李德裕實情。

　　此兩則故事，周勛初校證《唐語林》，皆注明「本條不知原出何書」，王讜（1102　前後在世）或許通過李德裕被貶崖州，新撰允躬故事，以寄寓北宋人情。北宋元祐以後，黨爭不再如熙寧、元豐時期因推行新政而有的政見之爭，轉為意氣之爭；[122]其中，支持變法、主持烏臺詩案打擊對手的蔡確，哲宗即位後，亦因車蓋亭詩案為高太皇太后貶至嶺南新州。北宋末《侯鯖錄》描述蔡確謫新州：

　　　蔡持正謫新州，侍兒從焉，名琵琶。嘗養一鸚鵡，甚慧，丞相呼琵琶，即扣一響板，鸚鵡傳呼之。琵琶逝後，誤扣響板，鸚鵡猶傳言，丞相大慟，感疾不起，嘗為詩云：「鸚鵡言猶在，琵琶事已非。傷心瘴江水，同渡不同

---

[121] 宋・王讜撰，周勛初校證：《唐語林校證》卷7，頁616。

[122] 沈松勤：《北宋文人與黨爭——中國士大夫群體研究之一》（北京：人民出版社，1998年12月），頁57-180。田耕宇：《中唐至北宋文學轉型之研究》（北京：中國社會科學出版社，2009年7月），頁76-83。

　　歸。」[123]

雖是傷悼侍兒琵琶之詞，但從中可見感時憂生的自傷之情；最後，蔡確亦死於新州。蔡確貶官嶺南一事，開北宋貶官至嶺南之先例，後來蘇軾被貶謫至儋州，蘇軾門人秦觀被貶雷州，皆如李德裕受朋黨牽累，同樣貶至嶺南（崖州）。

　　蘇軾〈到昌化軍謝表〉[124]，其中說道：「并鬼門而東鶩，浮瘴海以南遷。生無還期，死有餘責。」「子孫慟哭於江邊，已為死別；魑魅逢迎於海上，寧許生還。」[125]認為自己遭貶至窮惡州軍，大約九死一生，可見其悲涼苦痛之心情。秦觀於雷州曾〈自作輓詞〉，中有：「嬰釁徙窮荒，茹哀與世辭」、「奇禍一朝作，飄零至於斯」，說明自己因獲罪而至此嶺南遠惡窮荒之地，只有鳥獸悲鳴及陰風苦雨：「歲晚瘴江急，鳥獸鳴聲悲。空濛寒雨零，慘淡陰風吹」，不僅內心恐懼，連歸葬之事都不敢多想，「孤魂不敢歸，惴惴猶在茲」、「弱孤未堪事，返骨定何時」，甚至就算死去也只有自撰的輓詞而無人做法事祭拜，「無人設薄奠，誰與飯黃緇。亦無挽歌者，空有挽歌辭」。[126]雖然詩中呈現出死後的淒涼，但由於是自撰輓詞，更展現生時的悲苦

---

[123] 宋‧趙令時撰，孔凡禮點校：《侯鯖錄》卷 2（北京：中華書局，2002年 9 月），頁 63。

[124] 元‧脫脫撰：《宋史‧哲宗本紀》卷 18：「蘇軾責授瓊州別駕，移昌化軍安置。」頁 346。元‧脫脫撰：《宋史‧地理志六》卷 90：「南寧軍，舊昌化軍，同下州。本儋州，熙寧六年，廢州為軍。」頁 2245。

[125] 曾棗莊、舒大剛主編：《蘇東坡全集》文集卷 17，頁 1362-1363。

[126] 宋‧秦觀撰，徐培均箋注：《淮海集箋注》卷 40，頁 1323。

哀嘆。何薳（1077-1145）《春渚紀聞》記載蘇軾及秦觀渡海相遇時的談話，秦觀呈〈自作輓詞〉予蘇軾，蘇軾亦稱自己「嘗自為誌墓文，封付從者」，只是不讓兒子蘇過知道自己的自傷之情。[127] 最後，蘇軾及秦觀皆在遇赦北歸時死於途中。

因黨爭之故，李德裕被貶崖州，並死於崖州，北宋蔡確、蘇軾、秦觀同樣被貶至嶺南，新黨也好，舊黨也罷，皆因黨爭而貶死。而王讜之所以通過李德裕被貶崖州之史實，新編故事，應與其身處北宋黨爭最為劇烈的時期，且為哲宗時期宰相呂大防女婿，又與蘇軾有兩代交情，其從兄王銑在黨爭中與蘇軾同進退，可知其與蘇軾及門下學友關係深厚，目睹黨爭影響之劇。[128] 因此，對這種結為朋黨、相互排擊傾軋，甚至造作誹謗言論，有所感慨。

《唐語林》針對李德裕卒於崖州另有一故事：

> 李衛公在珠崖郡，北亭謂之望闕亭。公每登臨，未嘗不北睇悲咽。題詩云：「獨上江亭望帝京，鳥飛猶是半年程。碧山也恐人歸去，百匝千遭繞郡城。」又郡有一古寺，公因步遊之，至一老禪院，坐久，見其內壁掛十餘葫蘆，指曰：「中有藥物乎？弟子頗足疲，願得以救。」僧嘆曰：「此非藥也，皆人骼灰耳！此太尉當朝時，為私憾黜於此者，貧道憫之，因收其骸焚之，以貯其灰，俟其子孫來訪

---

127 宋‧何薳撰，張明華點校：《春渚紀聞》卷 6（北京：中華書局，1997 年 12 月），頁 91-92。

128 宋‧王讜撰，周勛初校證：《唐語林校證‧前言》，頁 1-2。

　　耳！」公悵然如失，返步心痛。是夜卒。[129]

前半部的詩作，在宋初《南部新書》卷己亦有：「李太尉之在崖
州也，郡有北亭子，謂之『望闕亭』。太尉每登臨，未嘗不北睇
悲咽。有詩曰：『獨上江亭望帝京，鳥飛猶是半年程。青山也恐
人歸去，百匝千遭繞郡城。』今傳太尉崖州之詩，皆仇家所作，
只此一首親作也。昔崖州，今瓊州是也。」[130]《唐語林》此部
分較為簡省。《唐語林》重點置於其所新增且篇幅較大之後半
部，以此說明李德裕死於崖州的原因：當李德裕身在崖州，更明
白遭貶至崖州之官員的無奈與絕望：與長安相距遙遠，「鳥飛猶
是半年程」，更何況得翻山越嶺的行人；且珠崖郡城被群山環
伺，人彷彿被囚禁其中，永無脫身之期。又得知過去數十年間有
十多位官員因與自己政見不同而被貶至崖州，最後死於崖州，甚
至骨灰仍待子孫前來乞回，更覺得迷惘，一則傷感過去作為，二
則感到前途無望，當夜即卒。此則故事雖然不長，亦不見於前
書，但刻畫李德裕被貶崖州及死前心情，頗為深刻。可以看出王
讜對於黨爭傾軋、相互攻訐、黨同伐異下，無人是贏家，眾人皆
輸的深切體會。

　　北宋筆記不論是書寫裴度或李德裕之事，皆出現了前代所沒
有、屬於新創的故事，在裴度身上，展現出裴度的生活面貌，飲
食、園林等細微瑣事，雖沒有「將相」高貴的樣貌，但卻充滿生
活情味及開闊氣度。晚唐、五代筆記中，李德裕因唐宣宗不喜而

---

[129] 宋・王讜撰，周勛初校證：《唐語林校證》卷7，頁619。

[130] 宋・錢易撰，尚成校點：《南部新書》卷己，收入《宋元筆記小說大
　　觀》，頁340。

被貶崖州之記載甚稀少，但北宋筆記創造出許多故實，關注其因
嫉惡如仇、痛恨朋比而身陷晚唐黨爭，書寫其貶並死於崖州之故
事，其中既揣摩李德裕身在崖州之苦悶心情，也寄寓了北宋文人
面對元祐以降愈加劇烈之黨爭傾軋的無奈哀傷。簡言之，前者展
現北宋文人的欣賞與嚮往，後者表露北宋文人的同情與寄託。

結　語

北宋末葉夢得（1077-1148）對於李德裕身陷黨爭有所評論：

> 李德裕是唐中世第一等人物，其才遠過裴晉公。錯綜力
> 務，應變開闔，可與姚崇並立，而不至為崇之權譎任數。
> 使武宗之材如明皇之初，則開元不難致。其卒不能免禍，
> 而唐亦不競者，特怨恩太深，善惡太明，及墮朋黨之累
> 也。推其源流，亦自其家法使然。彼吉甫於裴洎尚以恩為
> 怨，況牛僧孺、李宗閔輩，實相與為勝負者哉？故知房、
> 杜誠不易得。天下唯不爭長、不爭功，則無事不可為，而
> 房、杜實履之。[131]

首先，可以看出葉夢得將裴度、李德裕並舉，而此二人確為北宋
筆記內最受關注的中晚唐政治家；其次，葉夢得認為李德裕原可
以如姚崇輔佐唐玄宗般輔佐唐武宗，締造盛世，但因為身陷晚唐

---

131 宋・葉夢得撰，徐時儀校點：《避暑錄話》卷 2，收入《宋元筆記小說
　　大觀》，頁 2621。

黨爭，所以不僅無法建立功業，甚至遭禍致死。之所以有黨爭，則因好為勝負，若當時牛僧孺、李宗閔等人能如唐太宗時房玄齡、杜如晦不爭長、不爭功，則武宗或亦能成就貞觀之治。又如尹洙（1001-1047）身陷北宋仁宗時期因與西夏之和戰情勢，是否要進行水洛城修築工程之論爭中，以牛李黨爭為喻，自謂「水洛修與不修，亦所見之異耳。李文饒、牛思黯爭維州事，是非至今有不同者，亦何必不修為是，修者為非。」[132]尹洙、葉夢得皆說明論爭或黨爭雖然有立場或觀點之差異，但真正造成「爭」的原因在於好為勝負，並非哪個觀點真的優於另一個。第三，葉夢得雖出於蔡京（1047-1126）之門，與章惇（1035-1106）為姻親，與北宋哲宗時期的新黨關係較為密切，但成書於南宋紹興五年的《避暑錄話》基本上認為黨爭多半源於個人的恩怨之爭，不利於天下。《避暑錄話》由這個角度談及李德裕，應與南宋高宗以「最愛元祐」為號召，視新黨、新法為靖康之亂的根源有關。可見，北宋士人談及李德裕或牛李黨爭，實往往有所寄託。

　　裴度、李德裕二人雖相差二十歲，但自葉夢得《避暑錄話》以來，屢屢被並稱，如明代王世貞《弇州山人稿》：「余嘗怪唐中興以後，稱賢相者，獨舉裴晉公，不及李文饒，以為不可解。……文饒佐武宗，通點戛斯，破回鶻，平太原，定澤潞，若振槁千里之外，披膽待燭，百萬之眾，俯首而聽，一言之指麾，國勢尊，主威振，即不啻屣裴公而上之。」[133]清代王士禎《池

---

[132] 宋·尹洙：〈與水洛城董士廉第三書〉，收入曾棗莊、劉琳主編：《全宋文》卷 585（成都：巴蜀書社，1991 年 1 月），頁 345。

[133] 明·王世貞：《弇州四部稿·讀會昌一品集》卷 118，收入《景印文淵閣四庫全書》第 1280 冊（臺北：臺灣商務印書館，1983 年），頁 766。

北偶談》：「李衛公一代偉人，功業與裴晉公相伯仲」[134]，可知兩人同為中晚唐有名的政治家，在治事能力、政事功業上確有共同點。

　　本章以裴度、李德裕為例，觀察北宋筆記，發現有三種書寫情況：「前代焦點，隻字不提」、「強調簡省，專一觀點」、「無所依憑，新創故事」。就裴度而言，中晚唐、五代筆記對裴度事功彪炳之記載頗豐，但北宋文人並不感興趣，北宋筆記重述前代裴度故事時，一則保留舊有故事中的「器量」之說，再強調前代未特別關注的「見識」或「識人」觀點，符合北宋仁宗後衡量士人之「器識」標準；北宋筆記創作的裴度故事，則多關注日常小事、刻畫生活情趣及突顯氣度心態。簡而言之，中晚唐、五代筆記談裴度兼及軍事才能，而北宋以降專寫政治能力，甚至創作致仕退隱的悠閒開闊心境。

　　至於李德裕，晚唐、五代筆記不少書寫李德裕博聞廣識之篇什，但北宋筆記並不關注此事；晚唐、五代筆記因當時的政治環境，對李德裕在科考或進士的記載上處於混亂之狀況，但北宋筆記將焦點集中在李德裕痛恨朋黨、性格孤峭獨秀上，記載其改革科舉又不阿世結黨，因而成為衣冠權貴忌恨的對象，身陷黨爭；北宋筆記創作的李德裕故事，除了承襲嫉惡如仇、痛恨朋比而身陷晚唐黨爭之主題外，又關注其貶死於崖州之故事，從而寄寓了北宋文人的思想情感。

---

[134] 清・王士禎著：《池北偶談》卷17（濟南：齊魯書社，2007年7月），頁340。

第四章　編撰當時文人之事實

前　言

　　許多學者將北宋筆記視為近史實之材料，十分重視筆記之史料價值，甚至將筆記當成第一手資料，以此討論北宋政治、社會情況；[1]或者視北宋筆記為文學研究之材料，通過筆記記載論述杜甫、韓愈、王安石、蘇軾等文人形象，這類研究亦多將筆記資料視為紀實。[2]然而，經過以上兩章的討論，可以發現北宋筆記

---

[1]　丁海燕：〈宋人史料筆記研究——從《四庫全書總目》對宋代史料筆記的評價談起〉，《中州學刊》2004 年 1 期（2004 年 1 月），頁 112-116。宋馥香：〈兩宋歷史筆記的編纂特點〉，《華中科技大學學報（社會科學版）》2007 年第 2 期（2007 年 3 月），頁 72-76。曹祥金：《宋代筆記中的小說史料研究》，山東大學碩士論文，2010 年。丁海燕：〈從宋人史料筆記看歷史資料的二重性〉，《史學理論與史學史學刊》，2010 年 11 月，頁 211-220。王梅：〈宋人筆記中的黨爭及其士風——以「舊黨」筆記為例〉，《首都師範大學學報（社會科學版）》2011 年增刊 1 期（2011 年 2 月），頁 75-79。羅昌繁：〈北宋初期筆記小說中的五代十國君臣形象〉，《許昌學院學報》第 31 卷第 4 期（2012 年 7 月），頁 59-62。蔣金芳：〈從《四庫總目》評語看宋人筆記與北宋黨爭〉，《科教文匯》中旬刊（2018 年 6 月），頁 154-155。

[2]　任樹民：〈從宋人筆記看王安石的人格〉，《撫州師專學報》第 20 卷第 1 期（2001 年 3 月），頁 1-4。彭波：《從宋人筆記看北宋士人風

在「紀實」的包裝下，表面上記事及詩卻具有編創成分，書寫唐代裴度、李德裕亦有所改創，其中多寄寓了北宋文人的思想情感，運用「指事陳情」的小說手法。

本章鎖定筆記所記載之北宋人事，觀察北宋人親身經歷或耳聞的當時人物、事件，在不同筆記內之記載是否相同或有所矛盾；這些不確定的，甚至荒誕怪異的內容，反而呈現出筆記條目製造事件且產生意義之情況。其中，北宋筆記對陶穀、蘇軾、王安石的記載甚為多樣，無法納入本章一併進行討論，因此分別於第五、六章進行個別論述。本章就其他北宋人事，由以下三個層次進行分析：「模仿引用之述作」，討論筆記取材類似時事並進行模仿式創作；「組織成形之敘述」，則是將時事進行組織，使之成為完整且出色的故事；「批判戲謔之效果」，是以批判戲謔方式對時人加以評論。

一、模仿引用之述作

傳奇雜事小說集《雲齋廣錄》卷 1 為「士林清話」，雜錄文人軼事筆記，共十二則。其中，共有八則見於《東軒筆錄》，佔

貌》，四川大學碩士論文，2005 年。陽繁華、唐成可：〈論宋人筆記小說中王安石的負面形象〉，《合肥學院學報（社會科學版）》第 29 卷第 2 期（2012 年 3 月），頁 32-35。翟璐：《宋代筆記中的蘇軾》，河南大學碩士論文，2013 年。宋娟：〈宋人筆記中蘇軾文學批評軼事及其價值〉，《文藝評論》（2015 年 12 月），頁 94-97。胡鵬：〈論宋人筆記中士大夫形象的建構——以宋初宰相陳堯佐為例〉，《天中學刊》第 35 卷第 3 期（2020 年 6 月），頁 82-87。

三分之二：[3]八則之中，〈王平甫〉、〈王內翰〉故事又不同於其他六則，內容不與《東軒筆錄》全同，可進一步就其差異進行觀察。本節先就〈王平甫〉進行討論，〈王內翰〉留待第三節再論述。

（一）王安國「靈芝宮」故事

　　〈王平甫〉記載宋神宗熙寧六年，王安國（1028-1074）夢人邀他一同前往海上，見到海中宮殿「靈芝宮」，但美人因「時未至」而阻止王安國前往，並稱「他日迎之」。王安國「頗自負其不凡」，不僅醒後作詩紀錄：「萬頃波濤木葉飛，笙簫宮殿號靈芝。揮毫不似人間世，長樂聲鐘夢覺時。」也將此事告知家人。四年後，王安國因病過世，家人用錢占卜其是否前往靈芝宮，得到肯定的回答。兩年後，太常寺丞曾阜夢見王安國，王安國始終微笑，旁邊一人說他「已列仙宮矣。其樂非處世之比也。」[4]

　　王安國夢往靈芝宮為仙的故事，除了《雲齋廣錄》外，稍早的《冷齋夜話》、《東軒筆錄》、《侯鯖錄》及《墨客揮犀》皆有此記載，而《墨客揮犀》與《冷齋夜話》相同，唯少數一二字略有差異，因此舉《冷齋夜話》為代表。[5]以下先比較《冷齋夜

3　第二章曾述《雲齋廣錄》卷 2「詩話錄」〈王荊公〉、〈蘇內翰〉兩則，參考《東軒筆錄》故事。

4　宋・李獻民：《雲齋廣錄》卷 1，收入《全宋筆記》第九編第一冊（鄭州：大象出版社，2018 年 3 月），頁 285-286。

5　宋・彭□輯撰，孔凡禮點校：《墨客揮犀》（北京：中華書局，2002年 9 月），頁 345-346。

話》、《東軒筆錄》之記載：

> 王平甫熙寧癸丑歲，直宿崇文館，夢有人挾之至海上。見
> 海中央宮殿甚盛，其中作樂，笙簫鼓吹之伎甚眾，題其宮
> 曰「靈芝宮」。平甫欲與俱往，有人在宮側，謂曰：「時
> 未至，且令去，他日當迎之。」至此恍然夢覺，時禁中已
> 鐘鳴。平甫頗自負不凡，為詩記之曰：「萬頃波濤木葉
> 飛，笙歌宮殿號靈芝。揮毫不似人間世，長樂鐘來夢覺
> 時。」[6]

> 王安國，熙寧六年冬直宿崇文院，夢有邀之，至海上，見
> 海中宮殿甚盛，其中樂作笙簫鼓吹之伎甚眾，題其宮曰
> 「靈芝宮」，邀平甫者，欲與之俱往。有人在宮側，隔水
> 止之曰：「時未至，且令去，他日迎之至此。」平甫恍然
> 夢覺，禁中已鳴鐘矣。平甫頗自負其不凡，為詩以紀之
> 曰：「萬頃波濤木葉飛，笙簫宮殿號靈芝。揮毫不似人間
> 世，長樂鐘來夢覺時。」後四年，平甫病卒，其家哭，訊
> 之曰：「君嘗夢往靈芝宮，其果然乎，當以兆告我。」是
> 夕暮奠，若有音聲接於人者，其家復哭，以錢卜之曰：
> 「往靈芝宮，其果然乎？」卜曰：「然。」又三年，太常
> 寺曾阜夢與平甫會，因語之曰：「平甫不幸早世，今所處
> 良苦如何？」但見平甫笑不止，傍一人曰：「平甫已列仙

---

6 宋・惠洪撰，李保民校點：《冷齋夜話》卷 2，收入《宋元筆記小說大
  觀》（上海：上海古籍出版社，2001 年 12 月），頁 2178。

官矣，其樂非塵世比也。」阜方喜甚而寤。[7]

《冷齋夜話》、《東軒筆錄》與《雲齋廣錄》相較，《冷齋夜話》差別較大，僅記載王安國夢至「靈芝宮」、夢醒做詩誌之，對於王安國後來過世、成仙皆未有紀錄。《東軒筆錄》與《雲齋廣錄》的差異較小，唯《雲齋廣錄》在王安國做夢、過世及曾阜夢工安國之間，加入白居易「樂天之院」的記載：「昔有人至海上蓬萊，見宮殿中有題曰『樂天之院』，樂天自為詩，以誌其事，與此夢實相似。」而《東軒筆錄》無白居易之事。

白居易「樂天之院」事，首見於晚唐五代《逸史》：

唐會昌元年，李師稷中丞為浙東觀察使，有商客遭風飄蕩，不知所止，月餘，至一大山，瑞雲奇花，白鶴異樹，盡非人間所覩。山側有人迎問曰：「安得至此？」具言之，令維舟上岸，云：「須謁天師。」遂引至一處，若大寺觀，通一道入，道士鬚眉悉白，侍衛數十，坐大殿上，與語曰：「汝中國人，茲地有緣方得一到，此蓬萊山也。既至，莫要看否？」遣左右引於宮內遊觀。玉臺翠樹，光彩奪目，院宇數十，皆有名號。至一院，扃鑰甚嚴，因窺之，眾花滿庭，堂有裀褥，焚香階下。客問之，答曰：「此是白樂天院。樂天在中國未來耳。」乃潛記之。遂別之歸。旬日至越，具白廉使，李公盡錄以報白公。先是，

　　　白公平生唯修上坐〔生〕業，及覽李公所報，乃自為詩二
　　　首，以記其事；及〈答李浙東〉云：「近有人從海上回，
　　　海山深處見樓臺。中有仙籠〔龕〕開一室，皆言此待樂天
　　　來。」又曰：「吾學空門非學仙，恐君此說是虛傳。海山
　　　不是吾歸處，歸即應歸兜率天。」然白公脫屣煙埃，投棄
　　　軒冕，與夫昧昧者固不同也，安知非謫仙哉？[8]

可見，商客見海上蓬萊山中有「白樂天院」，白居易詩〈答李浙
東〉誌其事：「近有人從海上回，海山深處見樓臺。中有仙籠
〔龕〕開一室，皆言此待樂天來。」說明自白居易尚在人世時，
便有仙山上有「白樂天院」、白居易死後將成仙之傳說，《逸
史》亦因此以為白居易或為謫仙下凡。[9]至於北宋傳奇〈白龜
年〉透過仙人李白稱白居易已然成仙：「臺上功德所，從昔日之
志也」[10]，而《青瑣高議・劉煇》敘述劉煇常至佛舍中白樂天影

<hr />

8　宋・李昉等編：《太平廣記》卷48（北京：中華書局，2003年6月），
　　頁299。

9　關於白居易成仙的說法，參見趙修霈：〈《雲仙散錄》之撰作時代：由
　　書中所錄之唐人詩文才華故實析論〉，《東吳中文學報》第 34 期
　　（2017 年 11 月），頁 41-43。

10　〈白龜年〉出自劉斧《翰府名談》，但原書不傳，只有節文。程毅中
　　《古體小說鈔・宋元卷》據《類說》卷 52，題為〈嵩山見李白〉；李
　　劍國《宋代傳奇集》據古籍文學刊行社影印本《類說》卷 52 摘錄之
　　《翰府名談》內容，並採《三洞群仙錄》卷 10、《玉芝堂談薈》卷 8 所
　　引內容校補。此據《宋代傳奇集》題為〈白龜年〉。程毅中：《古體小
　　說鈔・宋元卷》（北京：中華書局，1995 年 11 月），頁 196-197；李
　　劍國：《宋代傳奇集》（北京：中華書局，2001 年 11 月），頁 281-
　　282。

堂薦果默禱，終見白居易現形告知劉煇：「子亦有祿，科名極巍
峨。」[11]可見，北宋中晚期劉斧以降，白居易因文才或成仙或成
佛的說法已被廣泛接受，才能成為〈白龜年〉、〈劉煇〉、〈王
平甫〉等故事的旁證或基礎。

同是北宋晚期之作《侯鯖錄》，亦述及「樂天之宮」，表達
天才之人必不同於一般人的觀點：

> 昔人至海上蓬萊，見樓臺中有待「樂天之宮」，樂天為詩
> 以誌，與平甫夢蓋相似。二人皆天才逸發，其精神所寓，
> 必有異者，蓋有之而不可窮也。[12]

《雲齋廣錄》亦稱：「蓋二人皆天才秀逸，則精神所寓，必有異
者」，雖然《雲齋廣錄》及《侯鯖錄》有「樂天之院」、「樂天
之宮」一字之差，但兩書在插敘「樂天之院」、「樂天之宮」
後，皆肯定白居易及王安國為天才秀逸之人，因宿有仙才，表現
必不同於一般人。

關於這個觀點，還可與南北宋之交的葉夢得（1077-1148）
《避暑錄話》進行對照：

> 唐小說事多誕，此既自見於樂天詩，當不謬。近世多傳王
> 平甫館宿，夢至靈芝宮，亦自為詩紀之曰：「萬頃波濤木

---

11 宋・劉斧撰，施林良校點：《青瑣高議》後集卷 6（上海：上海古籍出
　　版社，2012 年 12 月），頁 101。
12 宋・趙令畤撰，孔凡禮點校：《侯鯖錄》卷 4（北京：中華書局，2002
　　年 9 月），頁 113-114。

葉飛，笙簫宮殿號靈芝。揮毫不似人間世，長樂鐘聲夢覺
時。」與白樂天事絕相類，乃知天地間英靈之氣亦無幾，
為人為仙，不在此則在彼，更去迭來無足怪者。[13]

《避暑錄話》先述白居易「樂天之院」故事，雖然認為「唐小說
事多誕」，但此故事見於白居易詩，「當不謬」；既然如此，王
安國事與「與白樂天事絕相類」，亦當不謬。由《避暑錄話》的
說法，可以推測《侯鯖錄》、《雲齋廣錄》敘述王安國成仙故事
時，插敘白居易事，實為增強王安國事的可信度。而葉夢得將白
居易「樂天院」與王安國「靈芝宮」兩故事並列，除了說明兩者
非常類似，亦得出一結論：世間英靈之氣並不多，人間失去一英
才，則仙境多一仙人，有才者能成仙，有才者亦天上仙人謫凡；
且「更去迭來無足怪者」，配合《侯鯖錄》之「蓋有之而不可窮
也」，強調白居易及王安國成仙的故事歷歷可考，不必詳加追
究，也不必大驚小怪。

　　至於天才與成仙的關係，則可以由〈王平甫〉所敘述的情節
來進一步觀察。王安國夢見自己將往「靈芝宮」，絲毫不感到恐
懼，反而「頗自負其不凡」。之所以如此，或許與北宋流傳的李
賀（790-816）臨終傳說有關。李賀成仙的白玉樓傳說首見於李
商隱（813-858）〈李賀小傳〉：「帝成白玉樓，立召君為記。
天上差樂不苦也。」[14]稍晚的張讀（833-889）《宣室志》進一

13　宋・葉夢得：《避暑錄話》卷 1，收入《宋元筆記小說大觀》，頁
　　2587。

14　劉學鍇、余恕誠著：《李商隱文編年校注》（北京：中華書局，2002
　　年 3 月），頁 2265-2266。

步創作，讓成仙後的李賀現身，說明自己並非真正的死亡，而是成仙：

> 隴西李賀，字長吉，唐鄭王之孫。……其先夫人鄭氏，念其子深，及賀卒，夫人哀不自解。一夕，夢賀來，如平生時，白夫人曰：「某幸得為夫人子，而夫人念某且深，故從小奉親命，能詩書，為文章。所以然者，非止求一位而自飾也，且欲求大門族，上報夫人恩。豈期一日死，不得奉晨夕之養，得非天哉？然某雖死，非死也，乃上帝命。」夫人訊其事，賀曰：「上帝，神仙之君也。近者遷都於月圃，構新宮，命曰『白瑤』，以某榮於詞，故召某與文士數輩，共為新宮記。帝又作凝虛殿，使某輩纂樂章。今為神仙中人，甚樂。願夫人無以為念。」既而告去。夫人寤，甚異其夢，自是哀少解。[15]

既說明李賀之所以能成仙，是因為李賀「榮於詞」，且李賀成仙後，心情「甚樂」，將死亡的恐懼及早夭的悲傷盡數消除。至北宋，「李賀成仙」之說與白玉樓傳說已然被廣泛接受及完成，其中，北宋仁宗時傳奇〈書仙傳〉[16]直接利用李賀臨終傳說，設想

---

15 宋・李昉等編：《太平廣記》卷49，引唐・張讀《宣室志》，頁304。

16 李劍國：《宋代傳奇集》，頁 138-139。〈書仙傳〉為北宋作品，作於：「慶曆甲申（1044）上元日」，今《麗情集》不存此文，但曾收入《麗情集》中，可見張君房（965？-1045？）臨終前不久將〈書仙傳〉編入《麗情集》內。見李劍國：《宋代志怪傳奇敘錄》（天津：南開大學出版社，2000 年 6 月），頁 77-85。南宋薛季宣曾在〈李長吉詩集

主角曹文姬因具文才、書才而有「書仙」之譽,上天為李賀書白
玉樓記;米芾(1051-1107)《畫史》也說:「因知天才神不能
化,天生是物,自然而生,自乘秀氣而成才也,天不能資,神不
能化,所以玉樓成必李賀記也。」[17]可見,北宋重視有才華的文
士,成仙者必得有才之士纔足以擔當。[18]為此,靈芝宮仙女對王
安國許諾「他日迎之」,即是從側面展現對王安國文才之肯定,
因此王安國不但不恐懼,反而感到自負不凡。

及南宋趙與峕(1175-1231)《賓退錄》談到黃伯思(1076-
1118)文才極高卻四十歲而卒[19],亦提及李伯紀(李綱,1083-
1140)為黃伯思撰〈故祕書省祕書郎黃公墓誌銘〉[20],不僅有
「白玉樓成,上帝有詔,往司文翰,脫屣塵淖」,還稱「其事頗
與李長吉、王平甫同」[21]。其間既用了李賀白玉樓傳說,亦記述

序〉提及〈書仙傳〉曹文姬事:「前世任信臣者,又記書仙事實之。」
以「前世」說明〈書仙傳〉創作時代在北宋,又同時點明了〈書仙傳〉
的作者,即任信臣,可知〈書仙傳〉末句「余」即為作者任信臣之自
稱,而〈書仙傳〉中與書仙曹文姬配合之「任生」,或與之相關。詳見
趙修霈:《深覆典雅:北宋敷衍故實傳奇析論》(臺北:臺灣學生書
局,2016年6月),頁128。

[17] 宋‧米芾:《畫史》,收入《中國書畫全書》第1冊(上海:上海書畫
出版社,1993年10月),頁987。

[18] 以上關於李賀成仙的討論,詳見趙修霈:《深覆典雅:北宋敷衍故實傳
奇析論》,頁133-134、151-152。

[19] 元‧脫脫:《宋史‧黃伯思傳》卷443(北京:中華書局,1997年11
月),頁13105-13106。

[20] 宋‧趙與峕撰,傅成校點:《賓退錄》卷6,收入《宋元筆記小說大
觀》,頁4199。

[21] 宋‧李綱:《梁谿集》卷168,收入《景印文淵閣四庫全書》第1126冊

王安國往靈芝宮為仙之事。

　　王安國是王安石弟，四十七歲卒[22]，曾鞏（1019-1083）〈王平甫文集序〉稱之：「自少已傑然以材高見於世。為文思若決河，語出驚人，一時爭傳誦之。」[23]魏泰（1040 以後-約1107）亦為之作輓詞二首：「平甫天下之奇才，黜非其罪，而又不壽，世甚歎息。……余嘗為輓詞二首，頗道其事，云：『海內文章傑，朝廷亮直聞。黃瓊起處士，子夏遽修文。貝錦生遷怒，江湖久離群。傷心王佐略，不得致華勛。』」[24]《宋史》則稱其「幼敏悟，未嘗從學，而文詞天成。年十二，以所為詩、銘、論、賦數十篇示人，語皆警拔，遂以文章稱于世，士大夫交口譽之。」[25]可見王安國自幼才華不凡，但天年不永，而北宋對於早逝英才往往有成仙的想像[26]，反過來說，死後成仙亦成為對人才華之肯定，所以李綱將李賀「白玉樓」傳說、王安國「靈芝宮」故事與黃伯思並提，藉此肯定黃伯思文才。由此可知，《雲齋廣錄》敘述王安國知道自己即將往「靈芝宮」為仙，非但不恐懼死亡，反而自負不凡的理由所在。

　　《雲齋廣錄》除了藉著死後成仙，脫離塵世之苦，模仿李賀成仙故事；再引述「樂天之院」，明指白居易成仙故事外；最後

　　　（臺北：臺灣商務印書館，1983 年），頁 758。
[22]　元·脫脫：《宋史·王安國傳》卷 327，頁 10557-10558。
[23]　宋·曾鞏撰，陳杏珍、晁繼周點校：《曾鞏集》卷 12（北京：中華書局，1984 年 11 月），頁 201-202。
[24]　宋·魏泰撰，李裕民點校：《東軒筆錄》卷 5，頁 52。
[25]　元·脫脫：《宋史·王安國傳》卷 327，頁 10557。
[26]　趙修霈：《深覆典雅：北宋敷衍故實傳奇析論》，頁 160-162。

又書寫家人哭訴、曾阜夢見王安國事。這一部分，實則綜合《侯鯖錄》及《東軒筆錄》之內容。《侯鯖錄》稱自己記載王平甫靈芝宮事，是「其家哭請書其事」，以家人親往哭訴來證明此事不假，而《東軒筆錄》敘述太常寺丞曾阜夢見王安國，說明此事為真。兩者所要證明者，其實是作者據王安國本人或家人所述而載錄，亦即作者並無假冒編造作偽之情事；反觀《雲齋廣錄》，不僅書寫家人哭訴、曾阜夢見王安國事，更直接申明「然則靈芝之夢，果然無疑矣。」所要證明的，不是自己據實載錄，而是王安國成仙之事的可信度。換句話說，《雲齋廣錄》一再證明王安國成仙之「果然無疑」、真實不虛；之所以如此，應與〈王平甫〉列入雜錄文人軼事的「士林清話」有關，且配合其〈序〉云：

> 國朝楊文公以《談苑》行，歐陽文忠公亦以《歸田錄》行，其次則存中之《筆談》，師聃之《雜紀》類，……其論次有紀，辭事相稱，品章不紊，非良史之才，曷以臻此哉？[27]

可見，「士林清話」一類故事，被認為是良史之才、補史之闕，信實可徵為其中重要特色，所以證明王安國成仙事之「果然無疑」、真實不虛對於《雲齋廣錄》極為重要。

　　不過，不論是《宣室志》記李賀白玉樓事，或《逸史》說白居易有樂天之院，或〈書仙傳〉記曹文姬上天書白玉樓記，或

27　宋・李獻民：《雲齋廣錄》，收入《全宋筆記》第九編第一冊，頁282。

〈白龜年〉稱白居易在臺上功德所為仙，皆為唐宋小說家傳寫奇事；而《雲齋廣錄》以雜錄軼事筆記「紀實」外表，模仿引述李賀、白居易成仙故事，以證明王安國靈芝宮事，實借小說家言佐證〈王平甫〉之不誣，無異於緣木求魚。所以，南宋初《能改齋漫錄》談及《雲齋廣錄》所記王安國靈芝宮事，先說：「靈芝之號，不特世間有也。」申明此靈芝宮在天上而非人間，王安國實往靈芝宮為仙；同時，得進一步強調自己曾經看過王安國女干茂石刻及曾鞏舊有〈夢記〉，皆述其事[28]，以現實人間親友之說、實有之物，證明此事並非虛構。

（二）歐陽脩「神清之洞」故事

傳奇志怪雜事小說集《青瑣高議》前集卷 8〈歐陽參政〉敘述歐陽脩與梅堯臣同遊嵩山，歐陽脩見西峰巨崖之巔有丹書「神清之洞」，但同行之梅堯臣卻一無所見，直到歐陽脩告老歸田想起此四字，便做詩一首：「四字丹書萬仞崖，神清之洞鎖樓臺。煙霞極目無人到，猿鶴今應待我來。」詩成不久即過世。[29]

此詩實為歐陽脩七古〈戲石唐山隱者〉的後半段，全詩為：

> 石唐仙室紫雲深，潁陽真人此算心。真人已去升寥廓，歲歲巖花自開落。我昔曾為洛陽客，偶向巖前坐盤石。四字

---

[28]　宋・吳曾撰，劉宇整理：《能改齋漫錄・仙家亦有靈芝殿》卷 18，收入《全宋筆記》第五編第四冊（鄭州：大象出版社，2012 年 1 月），頁 224-225。

[29]　宋・劉斧撰，施林良校點：《青瑣高議》，頁 55。

丹書萬仞崖，神清之洞鎖樓臺。雲深路絕無人到，鸞鶴今
應待我來。[30]

《青瑣高議》完全不提詩題〈戲石唐山隱者〉及前六句，僅就後
四句內容撰作此事，由於其中有「神清之洞鎖樓臺」詩句，遂稱
歐陽脩見嵩山上有「神清之洞」四字。最後，特別註明「以公之
才學，乃神仙中人也」，既然有一專為歐陽脩而設、專待他到來
的「神清之洞」，說明歐陽脩原本應為神仙中人，並以此證明歐
陽脩才學之高。與上文之李賀「白玉樓」、白居易「樂天之
院」、王安國「靈芝宮」頗為雷同，符合北宋重視才學，成仙者
必得有才之士纔足以擔當的想法。[31]甚至稍晚的《仇池筆記》亦
記載「神清洞」事，敘述蘇轍之婿曹煥於嵩山遇老劉道士，自稱
與歐陽脩同年、所穿衣袍得於歐陽脩，並說：「汝豈不知神清洞
事乎？」[32]可見，至北宋中後期，神清洞事與歐陽脩已緊密連
結。

　　由此可見，《青瑣高議》通過詩句，模仿北宋故實（如〈書
仙傳〉）中有才者成仙的想法，引述〈戲石唐山隱者〉詩句，並
以筆記載錄形式書寫，創作歐陽脩為神仙中人故事，用以肯定歐
陽脩之高才。

　　由〈王平甫〉及〈歐陽參政〉，可見北宋雜事筆記模仿李賀

---

[30]　宋·歐陽修著，李逸安點校：《歐陽修全集·居士集》卷9（北京：中
　　華書局，2001年3月），頁148。

[31]　詳見趙修霈：《深覆典雅：北宋敷衍故實傳奇析論》，頁149-163。

[32]　宋·蘇軾撰，孔凡禮整理：《仇池筆記》，收入《全宋筆記》第九編第
　　一冊（鄭州：大象出版社，2017年1月），頁229。

「白玉樓」、白居易「樂天之院」的故事，再吸納當時書仙曹文
姬因書才升仙等類似時事，進行創作，重在稱揚王安國、歐陽脩
文才之高。由於北宋筆記中一再出現這類故事，使其更具取信於
人之效力。

二、組織成形之敘述

（一）重組曹覲及趙師旦抵抗儂寇故事

　　《雲齋廣錄》卷 2〈曹封州〉，簡略敘述曹覲（1018-1052）
「皇祐年守封州日，為儂寇所害，臨死不屈，嫚罵其賊，忠義之
節，世所共聞。」曹覲過世後多有士大夫贈詩，但《雲齋廣錄》
認為「惟元絳厚之一篇最為奇絕，無復有繼者。近得從事郎李擇
思中詩一首，方與厚之才氣相敵矣。」因此引錄二公之詩。[33]此
事亦見於《青瑣高議》前集卷 10〈曹太守傳〉，但《青瑣高
議》敘事較詳盡：

　　　　曹覲，字覲道，東魯人也。以詩禮名家，中高第，行
　　義恢偉，所至有美聲。皇祐年，為康州刺史。會蠻獠儂智
　　高乘天下久太平，二廣無武備，泉邑泛舟，旌旗鐃鼓，震
　　川而下。守令倉卒不暇支吾，皆棄城竄伏山谷。獠賊若入
　　無人之境，所至燒屠，居民流散，被其害者甚眾。惟公謂
　　左右曰：「刺史吾職也，義不可去。使吾得數百人，抽腸

33　宋・李獻民：《雲齋廣錄》，收入《全宋筆記》第九編第一冊，頁
　　290。

灒血，必破此賊。」乃募城中兵民願行者，誘以重賞，無一人應者。

賊壓境，舉州官民潰散，惟一主簿泣在公旁，公曰：「汝有家，宜去。汝死於賊，親孰依倚？可急去避禍，無留也。」主簿又泣曰：「公以一身，又安能禦賊？願公避之。今避者非公一人也，公何苦若是？公以一身死賊，無益於事。」又泣告。公曰：「吾受命守此州，安可臨難而自免？起有天子吏避賊者乎？子有親，急去，無空守吾也。」比至，主簿泣而去。洎賊入府，公乃厲聲謂賊曰：「天子封汝等官，歲以繒絮幣帛加賜與汝，汝等以歲入朝貢，朝廷亦甚嘉美汝等，何敢無故輒離巢穴，剽掠郡縣，殺害民吏，驚恐邊幅。一旦天子怒，命一將將兵數千，斷汝歸路，汝等俱死銳兵之下，雖欲歸城，安可得也！爾等可相率醜類，亟還巢穴。」公乃瞋目振怒叱之。兵少卻，公怒罵不止，竟為亂兵所殺。至死大罵不息。

公之生子方數月，賊入府，妻乃遁，棄其子於府後竹園中。後三日賊過，其妻還視其子，尚呱呱然泣於草中，乃復乳育之。天子加美嗟嘆，以重爵加其子，欲延納之，旌其忠以大其門。後贈公之詩者甚眾，惟魯公參政之詩，格老氣勁，傑出眾詩之上。詩曰：

款軍譙門日再晡，空拳猶自把戈鈇。身垂虎口方安坐，命若鴻毛竟敗呼。柱下杲卿曾斷骨，袴中杵臼得遺孤。可憐三尺英雄氣，不怕山西士大夫。[34]

---

[34]　宋·劉斧撰，施林良校點：《青瑣高議》前集卷10，頁66-67。

首先，與《雲齋廣錄・曹封州》相較，《雲齋廣錄》僅以「為儂
寇所害，臨死不屈，嫚罵其賊」一句帶過，《青瑣高議・曹太守
傳》對曹覲的言行記載刻畫詳盡，生動細膩。對照〈弔曹覲〉詩
與《雲齋廣錄》之記載，可以發現《雲齋廣錄》因敘事過度簡
略，詩作內容未能於記事中一一提及，如「得遺孤」事；反觀
《青瑣高議》，詩與所述情節則密切相關。其次，《雲齋廣錄》
引錄兩詩，第一首同於《青瑣高議》，但《青瑣高議》稱詩為曾
公亮（魯公參政，999-1078）所作，《全宋詩》亦收此詩〈弔曹
覲〉，並註出「宋劉斧《青瑣高議》」；[35]有學者考證此詩作於
宋仁宗皇祐四年（1052）五月至九月間。[36]不過，《雲齋廣錄》
卻稱此詩為元絳（1009-1083）所作，南宋祝穆、吳儆也都題為
元絳詩[37]，《全宋詩》同樣收錄此詩，題作〈趙潛叔殉節詩〉，
並註出宋阮閱《詩話總龜》引《雲齋廣錄》。[38]因此，關於此
詩，實有兩大疑點：作者到底是元絳或曾公亮？故事主角是趙師
旦或曹覲？

　　儂智高叛亂，除了在封州遇曹覲不屈，在康州亦有趙師旦
（？-1052）視死如歸的抵抗：「當智高之反，乘嶺南無備，州

---

[35]　北京大學古文獻研究所編：《全宋詩》卷 226〈弔曹覲〉（北京：北京
　　　大學出版社，1991 年 7 月），頁 2642。

[36]　莊麗麗、張小平：〈北宋名相曾公亮詩文繫年〉，《遼東學院學報（社
　　　會科學版）》第 13 卷第 2 期（2011 年 4 月），頁 123-124。

[37]　宋・祝穆：《古今事文類聚》別集卷 23，收入《景印文淵閣四庫全
　　　書》第 927 冊，頁 888。宋・吳儆：《竹洲集・讀曹氏世濟錄書其後》
　　　卷 14，收入《景印文淵閣四庫全書》第 1142 冊，頁 271-272。

[38]　北京大學古文獻研究所編：《全宋詩》卷 353，頁 4378。

縣吏往往望風竄匿，故賊所向輒下，獨覿與孔宗旦、趙師旦能以死守。」可知，曹覿及趙師旦皆因抵抗儂智高而殉節。史傳所載事蹟如下：

> 曹覿字仲賓，曹修禮子也。叔修古卒，無子，天章閣待制杜杞為言于朝，授覿建州司戶參軍，為修古後。皇祐中，以太子中舍知封州。儂智高叛，攻陷邕管，趨廣州。行至封州，州人未嘗知兵，士卒纔百人，不任戰鬥，又無城隍以守，或勸覿遁去，覿正色叱之曰：「吾守臣也，有死而已，敢言避賊者斬。」[39]

> 儂智高破邕州，順流東下，師旦使人覘賊，還報曰：「諸州守皆棄城走矣！」師旦叱曰：「汝亦欲吾走矣。」乃大索，得諜者三人，斬以徇。而賊已薄城下，師旦止有兵三百，開門迎戰，殺數十人。會暮，賊稍却，師旦語其妻，取州印佩之，使負其子以匿，曰：「明日賊必大至，吾知不敵，然不可以去，爾留，死無益也。」遂與監押馬貴部士卒固守州城。召貴食，貴不能食，師旦獨飽如平時；至夜，貴臥不安席，師旦即臥內大鼾。遲明，賊攻城愈急，左右請少避，師旦曰：「戰死與戮死何如？」眾皆曰：「願為國家死。」至城破無一人逃者。[40]

---

39 元‧脫脫：《宋史‧曹覿傳》卷 446，頁 13153。

40 元‧脫脫：《宋史‧趙師旦傳》卷 446，頁 13155。

可見史傳並未提及曹覲「得遺孤」事，但記載了趙師旦令妻負子藏匿的故事。刊於北宋哲宗紹聖二年（1095 年）的《澠水燕談錄》與《青瑣高議》差不多時間，而略早於《雲齋廣錄》，亦有趙師旦女的記載：

> 皇祐四年五月，儂智高寇二廣，諸郡皆棄城避賊，獨贊善大夫知康州趙師旦、太子中舍知封州曹覲城守死。方賊之至康州也，贊善閱兵，得羸兵二百餘人，扼戰，斬賊十人。明日，兵盡城破，詬賊，賊度不可屈，害之。時方暑，越三日，屍不可視，獨姿色如生。初夫人王氏避賊，女生始三日，棄之草間，信宿回視，無苦，人以謂忠義之感。賊平，朝廷贈光祿少卿，而康民立祠以祀。丞相王荊公誌其葬，博士梅聖俞表其墓尤悉。所棄女，予子采婦也。[41]

趙師旦夫人當時棄於草間的女嬰，後為王闢之（1032- ？）的兒媳，可以確知，「得遺孤」實為趙師旦故事，與曹覲毫不相關；《澠水燕談錄》亦記載趙師旦罵賊的事。與《澠水燕談錄》成書時間相近的《倦遊雜錄》，對兩人抗賊之事亦有所記載及考辨：

> 儂賊破邕州，偶江漲，遂乘桴沿流入番禺。時贊善大夫趙師旦知康州，到任始一日，賊既迫境，諭官屬吏民使避

---

[41] 宋・王闢之撰，韓谷校點：《澠水燕談錄》卷 4，收入《宋元筆記小說大觀》，頁 1249-1250。

賊，謂曰：「吾固知斯城不可守，守城而死，乃監兵洎吾
之職也。若曹無預禍。」賊既至，率弱卒不滿百，御之，
半日，城陷，趙與監兵者皆死之，士卒得免者無一二。先
是，一日，趙方出其妻，藏於山谷，道上生一子，棄草
中。賊去凡三日，復歸視之，尚生，人謂忠義之感。有曹
覲者，以太子中舍知封州，賊既至，乃易服遁去，未十餘
里，為賊所擒。賊首謂曰：「汝乃好罵我南人作蠻者也，
今日猶不拜邪？」曹竟不屈，至晚，積薪燔死於江壖。時
本路主漕運者，與曹有舊，仍移師旦事，勒詩於石。朝廷
贈覲太常少卿，子孫弟姪洎女子受官賞命服者數人。趙贈
衛尉少卿，一子得殿直。趙史君之事，嶺外率知之，康人
為之立祠堂，至今祭祀不絕。[42]

對照《澠水燕談錄》、《倦遊雜錄》及《青瑣高議》、《雲齋廣
錄》之記載，可以發現趙師旦及曹覲的故實極為相近，然而，妻
棄子於草中者，《澠水燕談錄》、《倦遊雜錄》皆記為趙師旦；
《澠水燕談錄》又記趙師旦罵賊，《倦遊雜錄》另記其勸屬吏離
開自保，《青瑣高議》則盡歸於曹覲。

　　趙師旦事蹟之所以被挪移至曹覲身上，《倦遊雜錄》認為是
「時本路主漕運者，與曹有舊，仍移師旦事，勒詩於石。」因
此，在此之後，原本屬於趙師旦的事蹟則化為曹覲故實，才產生
〈弔曹覲〉詩中所謂的「身垂虎口方安坐，命若鴻毛竟敗呼。桂

---

[42] 宋・張師正撰，李裕民輯校：《倦遊雜錄》，收入《宋元筆記小說大
觀》，頁 744-745。

下杲卿曾斷骨，袴中杵臼得遺孤」，及《青瑣高議》之記載。由
於「得遺孤」實為趙師旦故事，與曹覲毫不相關，因此，以〈弔
曹覲〉為詩題較不恰當，應題為〈趙潛叔殉節詩〉。且《倦遊雜
錄》記載趙師旦因忠勇守城，「嶺外率知之，康人為之立祠堂，
至今祭祀不絕。」此一祠堂應為《方輿勝覽》之「德慶府忠景
廟」[43]，其後收錄北宋郭祥正（1035-1113）〈題趙康州石磬編
後〉詩：「一賊鳴銅鼓，孤城隕使星。形骸糜矢石，忠義貫冄
青。皎皎張巡傳，新新季子銘。吾詩愧涓滴，何以助南溟。」
《青瑣高議》或將當時流傳的詩作及事蹟綜合敷衍為曹覲故事，
而《雲齋廣錄》則據當時流傳之曹覲事蹟簡述，重點在補入李思
中（李擇）詩一首：「賊壯兵孤眾膽驚，忠臣此日見專城。負君
罪大寧如死，守土誠堅不問生。報國寸心無自愧，呼天洪氣幾時
平。潺湲多少英雄淚，千古封江不斷聲。」

　　更有趣的是，北宋末阮閱《詩總》卷 1 引錄《雲齋廣錄》：

> 趙師旦潛叔，皇祐中守康州，儂賊犯城，死。於是士大夫
> 作詩者眾，而元厚之、李擇思中詩最佳。元詩云：「轉戰
> 譙門日再晡，空拳猶自冒戈殳。身垂虎口方安坐，命棄鴻
> 毛更疾呼。柱下杲卿存斷節，袴間杵臼得遺孤。可憐三尺
> 英雄氣，不愧西山士大夫。」李詩云：「賊壯兵孤眾膽

---

[43] 秦屬南海郡。漢置蒼梧郡、端溪縣。隋廢郡，以端溪縣為端州，煬帝時
　　屬信安郡。唐高祖置南康州，又置康州；太宗改晉康郡，復為康州。北
　　宋為端州，又改回康州。南宋高宗時為德慶府。宋・祝穆撰、祝洙增
　　訂，施和金點校：《方輿勝覽》卷 35（北京：中華書局，2003 年 6
　　月），頁 625-626。

驚，忠臣此日見專城。負君罪大寧如死，守土誠堅不問
生。報國存心惟自愧，呼天壯氣幾時平！潺湲多少英雄
淚，千古封江不斷聲。」⁴⁴

後半部與《雲齋廣錄·曹封州》引錄元絳及李擇詩作完全相同，
前半段也頗為類似：《雲齋廣錄》稱曹封州「為儂寇所害，臨死
不屈，嫚罵其賊」，《詩總》敘述趙師旦為「皇祐中守康州，儂
賊犯城，死」，兩者差異唯在所記人物：《雲齋廣錄》之故事主
角為守封州的曹覲，《詩總》引《雲齋廣錄》則將主角重新恢復
為趙師旦，敘述趙師旦守康州，抵抗儂寇。因此，兩者故事內容
幾乎全同，但主角實分別為兩人。不過，《詩總》稱兩詩故實出
自《雲齋廣錄》，而今之《雲齋廣錄》並無〈趙師旦〉故事。且
《雲齋廣錄》增加的李擇詩，有「潺湲多少英雄淚，千古封江不
斷聲」詩句，雖然「封江」一詞令人直接聯想至封州，但宋代封
州有「封溪」卻無「封江」，至於可以稱「江」的應為「西
江」；⁴⁵「西江」既流經封州，亦流經康州。倘若詩中「封江」
實為「西江」，則此詩未必為堅守封州的曹覲所作，亦有可能是
《詩總》所稱之趙師旦。

　　總而言之，北宋末的曹覲及趙師旦皆有抵抗儂寇之事，在與
曹覲有舊之本路主漕運者「移師旦事，勒詩於石」後，兩人事蹟
產生若干混淆；《青瑣高議》重新組織兩人事蹟，成為完整故

44　宋·阮閱編，周本淳校點：《詩話總龜》前集卷 1（北京：人民文學出
　　版社，1987 年 8 月），頁 4。

45　宋·祝穆撰、祝洙增訂，施和金點校：《方輿勝覽》卷 35，頁 626-
　　628。

事，《青瑣高議》、《雲齋廣錄》兩書皆出現將趙師旦的事蹟化為曹覲故實之記載。所謂曾公亮〈弔曹覲〉詩僅記載於《青瑣高議》，不如北宋阮閱及南宋祝穆、劉克莊、吳儆等人記載〈趙潛叔殉節詩〉作者為元絳，可信度高。至於「袴中杵臼得遺孤」及「千古封江不斷聲」詩句，亦同時由趙師旦事蹟，轉為詠曹覲詩中典故。

（二）重組「芙蓉城」故事

《默記》提及北宋盛傳的「芙蓉城」故事，即王迥（王子高）遇女仙周瑤英事，而未敘述故事內容，但北宋胡微之撰傳奇〈王子高芙蓉城傳〉，蘇軾亦作〈芙蓉城〉詩，並稱「世傳王迥子高與仙人周瑤英遊芙蓉城。元豐元年三月，余始識子高，問之信然。乃作此詩」。[46]因此，以下先借胡微之傳奇及蘇軾詩，敘述此事。

首先，虞部員外郎王路次子王迥見華冠盛服女子主動欲與其同寢，王迥先「疑其為妖」，所以「正色遠之」；後來發現女子躺在他的床上，「懼欲去」；女子坦白：「我於人間嗜欲未盡，緣以冥契，當侍巾幘。是以奉尋，非一朝一夕之分也。君勿避。」王迥仍「懼不從」。三日後女子再次前來，王迥即與之合。[47]此處通過女子主動暗示同寢、直接躺在床上、徹底剖白心跡，對比王迥「遠之」、「欲去」、「不從」，運用「三疊式結

46　曾棗莊、舒大剛主編：《蘇東坡全集》（北京：中華書局，2021 年 5月），頁 296-297。

47　李劍國：《宋代傳奇集》，頁 143-145。

構」[48]的書寫模式，襯托王迥絕非品性不端的急色之人，呼應蘇軾〈芙蓉城・序〉所謂的「極其情而歸之正，亦變《風》止乎禮義之意也」。

後來，周瑤英朝去暮來，經過一百多日，取藥給王迥服食，並作詩：「陰魄陽精寶鍊成，服之一日可長生。芙蓉闕下多仙侶，休羨人間利與名。」暗示王迥服藥後得以長生，可上天與周瑤英同列仙侶，不必執著人世間的功名。一日，王迥又夢周瑤英身著道服，領之飛昇至芙蓉城，即蘇軾〈芙蓉城〉詩所形容的：「仙宮洞房本不扃，夢中同躡鳳凰翎。徑渡萬里如奔霆，玉樓浮空聳亭亭。天書雲篆誰所銘，繞樓飛步高竛竮。」至於〈芙蓉城〉詩最後：「願君收視觀三庭，勿與嘉穀生蝗螟。從渠一念三千齡，下作人間尹與邢。」亦呼應周瑤英詩對王迥之叮嚀。

最後，仙凡終要一別，〈王子高芙蓉城傳〉敘述：

> 春花秋月，悽悽悲泣而去。周臨別，留詩云：「久事屏幃
> 不暫閑，今朝離意尚闌珊。臨行惟有相思淚，滴在羅衣一
> 半斑。」

---

[48] 所謂「三疊式結構」，「是指故事描寫人物、事件時，前後三次的重疊變化，如孫悟空三打白骨精、孔明三氣周瑜、呂洞賓三戲白牡丹、狄青三取珍珠旗、三顧茅廬等故事情節結構形式，層遞、往環地製造情節的高潮，以反覆加深讀者的印象，吸引讀者的興趣。」鄭文惠：〈新形式典範與共同體圖景──陶淵明〈桃花源記并詩〉的美學結構與樂園想像〉，《文學與圖像的文化美學──想像共同體的樂園論述》（臺北：里仁書局，2005 年 9 月），頁 191。

描述兩人情意之真切，非為一時興起或貪求長生等目的。而蘇軾〈芙蓉城〉詩亦有「仙風鏘然韻流鈴，蓬蓬形開如酒醒，芳卿寄謝空丁寧。一朝覆水不返瓶，羅巾別淚空熒熒。」

　　除了胡微之〈王子高芙蓉城傳〉及蘇軾〈芙蓉城詩並序〉或小說或詩歌詳述「芙蓉城」故事外，北宋張舜民（?-約 1105）《畫墁錄》及南北宋之交的葉夢得（1077-1148）《避暑錄話》亦提及此事。前者說明當時或有〈六么〉傳此事，「或薦工迴於荊公，介甫唯唯，既而曰：『奈奇俊何？』客不喻。或哂曰：此介甫諧也。王迴字子高，有遇仙事，〈六么〉云：奇俊，王家郎也。」[49]而葉夢得《避暑錄話》則說，因蘇軾〈芙蓉城詩並序〉，王迴事遂為人所信，王安石雖和蘇軾此詩，但自認為只是「戲」，故不欲人傳誦，因而只有首兩句為人所記：「神仙出沒藏杳冥，帝遣萬鬼驅六丁。」[50]足見此事確為當時盛傳，與王迴同時之人亦以此事為談資，多以為可信。

　　迄南宋，王明清（1127-?）《玉照新志》不僅重申其事可信度：「王子高遇芙蓉仙人事，舉世皆知之。子高初名迴，後以傳其詞遍國中，於是改名蘧，易字子開。與蘇、黃遊甚稔，見於尺牘，東坡先生又作〈芙蓉城詩〉。」又續述王迴與芙蓉女仙之姻緣：

　　　　「訣別之時，芙蓉授神丹一粒，告曰：『無戚戚，後當偕

49　宋・張舜民撰，丁如明校點：《畫墁錄》，收入《宋元筆記小說大觀》，頁 1554-1555。

50　宋・葉夢得撰，徐時儀校點：《避暑錄話》卷 2，收入《宋元筆記小說大觀》，頁 2627。

老於澄江之上。』」初所未喻。子開時方十八九，已而結
婚向氏，十年而鰥居。年四十，再娶江陰巨室之女，方二
十矣。合巹之後，視其妻則倩盼冶容，修短合度，與前所
遇無纖毫之異。詢以前語，則惘然莫曉。而澄江，江陰之
里名也。子開由是遂為澄江人焉。服其丹，年八十餘，康
強無疾。明清壬午歲，從外舅帥淮西，子開之孫明之讞在
幕府，相與遊從，每以見語如此。此事與《雲溪友議》玉
簫事絕相類。[51]

《玉照新志》敘述女仙周瑤英後來轉生為江陰巨室之女，與王迴
為夫婦，並說此事與《雲溪友議》玉簫事相類。而《雲溪友議》
卷中〈玉簫化〉描述唐代韋皋未仕時，與侍婢玉簫有情，留玉指
環及詩定情，約定最多七年必定歸來。韋皋愆期不至，玉簫留贈
〈玉環詩〉、絕食而卒。十二年後，玉簫轉世，再為韋皋侍妾。
[52]所謂兩者相類，指的應是女子轉世以了結前世姻緣。

　　趙彥衛（約 1195 前後在世）《雲麓漫鈔》綜合〈王子高芙
蓉城傳〉、〈六么〉、〈芙蓉城詩並序〉及王安石等相關資料，
輔以自己過去「常見其行狀」，因此認為此事可信：

王迴字子高，族弟子立，為蘇黃門婿，故兄弟皆從二蘇
遊。子高後受學於荊公。舊有周瓊姬事，胡微之為作傳，

51　宋・王明清撰，汪新森、朱菊如校點：《玉照新志》卷 1，收入《宋元
　　筆記小說大觀》，頁 3903-3904。

52　唐・范攄撰，陽羨生校點：《雲溪友議》，收入《唐五代筆記小說大
　　觀》（上海：上海古籍出版社，2000 年 3 月），頁 1277-1278。

或用其傳作〈六么〉，東坡復作〈芙蓉城詩〉，以實其
事。迴後改名迴，字子開，宅在江陰。予曩居江陰，常見
其行狀，著受學荊公甚詳。[53]

　　揆諸宋代筆記所記之「芙蓉城」故事，除了胡微之〈王子高
芙蓉城傳〉及蘇軾〈芙蓉城〉詩詳細敘述故事外，其餘多為聲明
其事可信，王明清《玉照新志》進一步記載兩人情緣的後續發
展，而葉夢得《避暑錄話》藉此敘述韓宗武類似的遇仙故事。基
本上，都不脫王迴遇女仙的範疇。

　　唯有王銍（約 1083-1140）《默記》，重點迥異於上述諸
書：開頭先說明「世傳王迴遇女仙周瑤英事，或言非實，託寓而
為之爾。是誠不然。當斯時，盛傳天下，禁中亦知。」[54]一則同
樣聲明其事可信，二則說此事廣傳天下，就連宮內亦知。因而其
後導入重點，敘述晏殊（991-1055）召來王迴父親王璐（路），
要他回去請王迴問女仙關於宋仁宗子嗣之問題：

　　是時，皇儲屢夭。晏元獻為相，一日，遣人請召迴之父郎
　　官王璐至私第，款密久之。王璐不測其意。忽問曰：「賢
　　郎與神仙游，其人名在帝所，果否？」王璐驚惶，不知所
　　對，徐曰：「此子心疾，為妖鬼所憑，為家中之害，所不
　　勝言。」晏曰：「無深諱。不知每與賢郎言未來之事，有

53　宋・趙彥衛撰，傅根清點校：《雲麓漫鈔》卷 10（北京：中華書局，
　　1996 年 8 月），頁 168。
54　宋・王銍撰，孔一校點：《默記》，收入《宋元筆記小說大觀》，頁
　　4537-4538。

驗否？」王璥對曰：「間有後驗，而未嘗問也。」晏曰：
「此上旨也。上令殊呼郎中密託令似，以皇子屢夭，深軫
上心，試於帝所問早晚之期與後來皇子還得定否？」王璥
曰：「不敢辭。」後數日，來云：「密言謾令小子問之。
小子言其人親到九天，見主典簿籍者，言聖上若以族從為
嗣，即聖祚綿久，未見誕育之期也。雖其言若此，願相公
勿以為信，以保家族。」晏公默然。其後聞所奏者，亦不
敢盡言。富鄭公，乃晏婿也。富公為宰相，皇子猶未降，
故與文潞公、劉丞相、王文忠首進建儲之議，蓋本諸此。

王璥轉告晏殊上天答覆：欲宋仁宗「以族從為嗣」，又說「富公
為宰相，皇子猶未降，故與文潞公、劉丞相、王文忠首進建儲之
議，蓋本諸此」，呼應《宋史》所載，宋仁宗立英宗為太子，且
始於富弼、文彥博、王堯臣（文忠）等人諫議：

初，仁宗之不豫也，彥博與富弼等乞立儲嗣。仁宗許焉，
而後宮將有就館者，故其事緩。已而彥博去位，其後弼亦
以憂去。彥博既服闋，復以故官判河南，有詔入覲。英宗
曰：「朕之立，卿之力也。」彥博竦然對曰：「陛下入繼
大統，乃先帝聖意，皇太后協贊之力，臣何力之有？兼陛
下登儲纂極之時，臣方在外，皆韓琦等承聖志受顧命，臣
無與焉。」帝曰：「備聞始議，卿於朕有恩。」彥博遜避
不敢當。[55]

---

[55] 元‧脫脫：《宋史‧文彥博傳》卷313，頁10261。

> 元豐三年，王堯臣之子同老上言：「故父參知政事時，當
> 仁宗服藥，嘗與弼及文彥博議立儲嗣，會翌日有瘳，其事
> 遂寢。」帝以問彥博，對與同老合，帝始知至和時事。[56]

宋仁宗景祐二年（1035），趙曙四歲，便養於宮中，但直至嘉祐
七年（1062）才立為皇子，次年仁宗崩逝。[57]可見，宋仁宗始終
未下定決心要過繼姪子為皇子，直到大限將至，不得已才立趙曙
為太子，而此議確實起於富弼、文彥博、王堯臣等人。

　　由此可見，《默記》利用北宋所盛傳的「芙蓉城」故事，轉
而敘述關於宋仁宗立儲之事；且藉著晏殊與富弼（1004-1083）
的翁婿關係，讓立儲之議提早開始思考。宋人運用詩、文、筆
記、傳奇等多種文類廣傳「芙蓉城」故事，但《默記》這樣的寫
法，卻未曾有過，實為《默記》借用時人廣知的故事，進行重述
與創造。王銍身在北宋、南宋之交，一則重新組織「芙蓉城」故
事，創造王迥問女仙關於仁宗的皇嗣問題，同時，宋哲宗[58]、高
宗亦無嗣[59]，面對與仁宗同樣「皇子屢夭，深軫上心」之憂慮。

56　元・脫脫：《宋史・富弼傳》卷 313，頁 10256。

57　元・脫脫：《宋史・英宗本紀》卷 13，頁 253-254。

58　宋哲宗無子，元・脫脫：《宋史・徽宗本紀》卷 19：「元符三年正月
　　己卯，哲宗崩，皇太后垂簾，哭謂宰臣曰：『家國不幸，大行皇帝無
　　子，天下事須早定。』」頁 357。元・脫脫：《宋史・獻愍太子茂傳》
　　卷 246：「哲宗一子：獻愍太子茂，昭懷劉皇后為賢妃時所生。帝未有
　　子，而中宮虛位，后因是得立。然纔三月而夭，追封越王，諡沖獻。崇
　　寧元年，改諡獻愍。」頁 8724。

59　宋高宗無子，元・脫脫：《宋史・元懿太子旉傳》卷 246：「元懿太子
　　諱旉，高宗子也，母潘賢妃。建炎元年六月，生于南京。拜檢校少保、

《默記》或許藉著宋仁宗晚期富弼、文彥博、王堯臣的立儲之議，及「芙蓉城」故事強調上天簿籍所載，「若以族從為嗣，即聖祚綿久」，為徽宗繼位或孝宗繼位提供依據。而《默記》提及王璐轉告晏殊此事時，還懇求「雖其言若此，願相公勿以為信，以保家族。」畢竟涉及皇嗣之事，深懼惹禍上身，可知王銍表面上以「芙蓉城」故事敘述宋仁宗立儲之事，卻另有所指，實深懼妄議皇嗣而惹禍上身。

北宋末的曹覲及趙師旦皆有抵抗儂寇之事，但不久後，兩人事蹟便產生若干混淆，《青瑣高議‧曹太守傳》首先重新組織兩人事蹟，成為完整故事。北宋「芙蓉城」故事運用傳奇、詩歌、筆記等形式，或敘述故事，或聲明可信，使得故事頗為廣傳；南宋《玉照新志》或《避暑錄話》則在此基礎上，新增故事，亦不脫遇仙一事。只有《默記》，重新組織「芙蓉城」故事，轉而討論討論宋仁宗立儲之事，甚至組織仁宗「以族從為嗣」之事，思考南宋高宗無嗣、孝宗繼位的問題。

三、批判戲謔之效果

本章第一節曾述及《雲齋廣錄》卷1「士林清話」12則中，有8則見於《東軒筆錄》，且其中6則見於《東軒筆錄》卷3。

集慶軍節度使，封魏國公。金人侵淮南，帝幸臨安，會苗傅、劉正彥作亂，逼帝禪位于旉，改元明受。既而傅等伏誅，帝復位，乃以旉為皇太子，從幸建康。太子立，屬疾，宮人誤蹴地上金鑪有聲，太子驚悸，疾轉劇，薨，諡元懿。」頁 8730。元‧脫脫：《宋史‧孝宗本紀》卷33：「及元懿太子薨，高宗未有後。」頁615。

其中，〈王平甫〉、〈王內翰〉兩事不僅不見於《東軒筆錄》卷
3，內容亦不似其他條目與《東軒筆錄》幾乎全同；第一節曾討
論〈王平甫〉，本節則就〈王內翰〉進一步觀察《雲齋廣錄》內
雜事筆記的小說手法。

（一）嘲諷王禹偁「剛簡傲物」故事

〈工內翰〉記錄王禹偁（954-1001）囚「剛簡傲物」而被嘲
諷之事。王禹偁曾對僚屬說：「三班奉職，其卑賤可知。」不
料，後來自己被貶解州團練使後，見一人「衣紫袍，貌甚端麗，
舉止可觀，秉笏而立於佛殿之側」，便認為此人「官資崇重」。
沒想到此人回答王禹偁：「某即可知也」[60]，是借王禹偁「三班
奉職，其卑賤可知」之語，說明自己官為奉職，即是「可知」。
《東軒筆錄》也記載了此事：

> 太宗欲周知天下之事，雖踈遠小臣，苟欲詢訪，皆得登
> 對。王禹偁大以為不可，上疏，畧曰：「至如三班奉職，
> 其卑賤可知，比因使還，亦得上殿。」【云云】當時盛傳
> 此語，未幾，王坐論妖尼道安、救徐鉉事，責為商州團練
> 副使。一日，從太守赴國忌行香，天未明，彷彿見一人紫
> 袍秉笏，立於佛殿之側，王意恐官高，欲與之敘位，其人
> 欲板曰：「某即可知也。」王不曉其言而問之，其人曰：
> 「公嘗上疏云：『三班奉職，卑賤可知』，某今官為借

---

60 宋・李獻民：《雲齋廣錄》，收入《全宋筆記》第九編第一冊，頁283-
284。

職，是即可知也。」王憮然自失，聞者莫不笑。[61]

相比之下，《東軒筆錄》稍加詳盡，首先說明王禹偁說此話的原因：宋太宗為詳細掌握天下之事，就算是官職較小的臣屬，面見皇帝亦能登對；但王禹偁反對，上疏太宗：「至如三班奉職，其卑賤可知，比因使還，亦得上殿。」與《雲齋廣錄》稱王禹偁對僚屬說此話的情境不同：上疏太宗，有身為臣下據理直陳的理由，但對僚屬說，則是背後論人長短的劣行。

其次，《東軒筆錄》對王禹偁被貶官的原因，亦較《雲齋廣錄》之「公坐罪，貶為解州團練使」敘述得更詳細：坐論妖尼道安、救徐鉉事，此事亦載於《宋史‧王禹偁傳》：「未幾，判大理寺，廬州妖尼道安誣訟徐鉉，道安當反坐，有詔勿治。禹偁抗疏雪鉉，請論道安罪，坐貶商州團練副使，歲餘移解州。」[62]可知，《東軒筆錄》稱王禹偁被貶商州團練副使、《雲齋廣錄》稱其貶為解州團練使皆是，只是時間先後之別；至於被貶官，實因王禹偁個性剛直，認為道安既誣訟徐鉉，應受到誣告他人的反坐之罪，以雪徐鉉之冤屈，自己則因此被波及連累。

第三，根據《宋史‧職官志九》列述「武臣三班借職至節度使敘遷之制」：由三班借職、三班奉職、右班殿直、左班殿直、右侍禁、左侍禁，……團練使、遙郡防禦使、防禦使、觀察使、節度觀察留後、節度使[63]，《墨客揮犀》稱三班奉職「月俸錢七百驛券，肉半斤。」故有人題詩：「三班奉職實堪悲，卑賤孤寒

---

[61] 宋‧魏泰撰，李裕民點校：《東軒筆錄》卷2，頁17。

[62] 元‧脫脫：《宋史‧王禹偁傳》卷293，頁9794。

[63] 元‧脫脫：《宋史‧職官志九》卷169，頁4029-4032。

即可知。七百料錢何日富，半斤羊肉幾時肥。」[64]可見，三班奉職的「卑賤」實因官階俸祿而起。而《東軒筆錄》稱紫袍秉笏者為較三班奉職更低一階的三班借職，王禹偁既然認為三班奉職「卑賤可知」，則三班借職更為卑賤，故自稱「可知」以嘲諷王禹偁。《雲齋廣錄》改稱紫袍人官為奉職，「即是可知」則更為直接曉暢。

雖然兩者略有差異，但基本情節相同，一為說明王禹偁對於低階武官的刻板印象，未嘗深入瞭解，便認為「卑賤可知」；且同時說明王禹偁對於儀表穿著的刻板印象，「紫袍秉笏」、「衣紫袍，貌甚端麗，舉止可觀，秉笏而立」便是官高、官資崇重。當前後兩次刻板印象共同發生於一人身上時，就會造成既官階俸祿卑賤卻衣飾高貴的巨大差距與矛盾，從而產生變形或扭曲的異樣感。至於對方「某即可知也」的正經回應或知官階高低的「歛板」動作，更凸顯出王禹偁認知三班奉職卑賤，與對方舉止知禮間存在巨大落差，因而其間雖然全出以不苟言笑的文字，但嘲謔調侃之意卻躍然紙上，才能造成「聞者莫不發笑」之效果。至於王禹偁，不論是「憮然自失」或「為之憮然」，實對自己一直以來所堅信的想法產生疑惑，因而表現出迷惘悵然且若有所失的神態。

《玉壺清話》亦記載宋太宗曾對王禹偁感慨：「卿聰明，文章在有唐不下韓、柳之列，但剛不容物，人多沮卿，使朕難庇」[65]，可見，王禹偁性格剛直、不知變通，確為當時人所共知；此

---

[64] 宋・彭□輯撰，孔凡禮點校：《墨客揮犀》卷 1，頁 285。
[65] 宋・文瑩撰，黃益元校點：《玉壺清話》卷 4，見《宋元筆記小說大觀》，頁 1480。

雖為性格上的缺點，但實非道德上的瑕疵。不過，當《雲齋廣錄》將「三班奉職，其卑賤可知」改為王禹偁對僚屬所說，呈現出背後論人長短的劣行，又對王禹偁「坐罪，貶為解州團練使」的原因隻字未提，無法展現《東軒筆錄》中其為徐鉉洗雪冤屈而受波及連累之剛正性格，使得王禹偁的形象益加負面，被嘲諷的意味更顯濃厚。可見，《雲齋廣錄》雖然文字較《東軒筆錄》更為簡潔，較易以為信實，但更具批判戲嘲效果。

（二）嘲諷王安石「拗相公」故事

北宋黨爭劇烈，筆記中雖然記載頗多王安石故實，但許多記載因黨爭影響所及，或挾私洩憤，或曲為回護，而有不同之立場，如沈括（1031-1095）《夢溪筆談》、魏泰《東軒筆錄》即對新黨多有褒揚之語，而如司馬光（1019-1086）《涑水紀聞》、邵伯溫（1057-1134）《邵氏聞見錄》則對舊黨人物多所贊美。因此，此處論述將儘量同時援用兩類筆記，輔以小心判斷其中褒貶用語，綜合討論後世嘲戲王安石「拗相公」之形象[66]從

---

[66] 宋・無名氏撰，程毅中等校點：《拗相公》，收入《京本通俗小說等五種》（南京：江蘇古籍出版社，1994 年 5 月），頁 50-63。關於《拗相公》之時代，《京本通俗小說・前言》認為「問題較多」，其中有南宋、元代、明代之語言特徵，「宋元話本的情況十分複雜，作為說話人的底本，在傳說、傳鈔、傳刻中往往經過不斷的增訂修改，就像被挖掘者擾亂了的土層，很難清理出古代文化堆積的年代。《拗相公》也許可以算是一個典型的例證。」頁 4-6。此外，關於《京本通俗小說》的成書時代問題，學界仍有許多質疑及討論，如長澤規矩也：〈京本通俗小說の真偽〉，《書誌學論考：安井先生頌壽記念》（東京：汲古書院，1982 年 8 月），頁 131-140。馬幼垣、馬泰來：〈京本通俗小說各篇的

何而來。

　　首先，屬於新黨筆記之《夢溪筆談》、《東軒筆錄》皆記載
王安石外貌黧黑之事：

　　王荊公病喘，藥用紫團山人蔘，不可得，時薛師政自河東

年代及其真偽問題〉，《清華學報》新第 5 卷第 1 期（1965 年 7 月），
頁 14-32。胡萬川：〈「京本通俗小說」的新發現〉，《中華文化復興
月刊》第 10 卷第 10 期（1977 年 10 月），頁 37-43。蘇興：〈《京本通
俗小說》辨疑〉，《文物》1978 年第 3 期（1978 年 4 月），頁 71-74。
Levy, Andre 著，吳圳義譯：〈京本通俗小說真偽考〉，《中國古典小
說研究專集》第 1 期（1979 年 8 月），頁 109-121。蘇興：〈《京本通
俗小說》外志〉，《吉林師大學報》1979 年第 4 期（1979 年 8 月），
頁 102-105。轟恩彥：〈《京本通俗小說》探考〉，《山西師院學報
（社會科學版）》1982 年第 1 期（1982 年 4 月），頁 31-36。轟恩彥：
〈《京本通俗小說》再探考〉，《山西師院學報（社會科學版）》1982
年第 4 期（1982 年 12 月），頁 4-9。蘇興：〈再談《京本通俗小說》
的問題〉，《社會科學戰線》1983 年第 4 期（1983 年 8 月），頁 268-
274。轟恩彥：〈再考《京本通俗小說》——兼與蘇興同志商榷〉，
《社會科學戰線》1986 年第 3 期（1986 年 6 月），頁 320-321。張志
合：〈也談《京本通俗小說》——敬質轟恩彥同志〉，《青丘師專學報
（社會科學版）》1988 年第 1 期（1988 年 4 月），頁 82-85。石麟：
〈論馮夢龍對舊話本小說的改造——兼談《京本通俗小說》的成書時
間〉，《湖北師範學院學報（哲學社會科學）》第 17 卷第 1 期（1997
年 2 月），頁 20-25。周楞伽、周允中：〈談談《京本通俗小說》的作
偽〉，《文史雜志》2022 年第 4 期（2022 年 7 月），頁 80-82。以上諸
文，大多認為《拗相公》是民初繆荃孫所偽造，也有人主張是南宋之
作。不過，由於明代馮夢龍《警世通言》中有〈拗相公飲恨半山堂〉，
王安石「拗相公」的稱號至少在明代即已出現。明・馮夢龍編，嚴敦易
校注：《警世通言》（臺北：里仁書局，1991 年 5 月）。

還，適有之，贈公數兩，不受，人有勸公曰：「公之疾非此藥不可治，疾可憂，藥不足辭。」公曰：「平生無紫團蔘亦活到今日。」竟不受。公面黧黑，門人憂之，以問醫。醫曰：「此垢汗，非疾也。」進澡豆令公頮面。公曰：「天生黑於予，澡豆其如予何！」[67]

呂惠卿嘗語王荊公曰：「公面有野，用圓荽洗之當去。」荊公曰：「吾面黑耳，非野也。」呂曰：「圓荽亦能去黑。」荊公笑曰：「天生黑於予，圓荽其如予何！」[68]

時間稍早的《墨客揮犀》與《夢溪筆談》之記載相同：

王荊公患喘，藥用紫團山人參不可得。時薛師政自河東還，適有之，贈公數兩，不受。人有勸公曰：「公之疾，非此藥不可治，疾可憂，藥不足辭。」公曰：「平生無紫團參，亦活到今日。」竟不受。公面黧黑，門人憂之，以問醫人，曰：「此垢汗，非疾也。」進澡豆，令公洗面，公曰：「天生黑於予，澡豆其如予何？」[69]

三者俱刻畫王安石性格真率，承認並接受自己「天生黑於予」，不論使用澡豆或圓荽都無法改變天生膚色。不過，《墨客揮犀》

---

[67]　宋・沈括撰：《夢溪筆談》卷 9（上海：上海書店出版社，2003 年 3 月），頁 84。

[68]　宋・魏泰撰，李裕民點校：《東軒筆錄》卷 12，頁 135。

[69]　宋・彭□輯撰，孔凡禮點校：《墨客揮犀》卷 10，頁 392-393。

及《夢溪筆談》皆提到醫者說王安石面部黧黑是垢汗所致，並非生病，因此要王安石以澡豆洗面，卻被王安石以天生為由而推拒。其實，王安石不愛洗澡的故事，不僅於此二則：

> 王荊公性不善緣飾，經歲不洗沐，衣服雖弊，亦不浣濯。與吳沖卿同為群牧判官，韓持國在館中，三數人尤厚善，無日不過從。因相約：每一兩月即相率洗沐。定力院家，各更出新衣，為荊公番，號「拆洗」。王介甫云：出浴見新衣輒服之，亦不問所從來也。[70]

葉夢得出自蔡京（1047-1126）之門，與章惇（1035-1106）為姻親，和新黨關係密切，亦說王安石不常洗澡、也不換衣服，同事們相約一同洗沐，且為王安石準備新衣更換；而「拆洗」一詞，亦說明王安石經此內外煥然一新。由此看來，《墨客揮犀》及《夢溪筆談》說醫者判斷王安石面部黧黑是垢汗所致，確有可能，而王安石不僅排斥以澡豆洗面，還推說是天生如此，實是不愛洗沐，乃至有些固執。

《東軒筆錄》描寫王安石剛正莊重：

> 熙寧八年，王荊公再秉政，既逐呂惠卿，而門下之人復為諛媚以自安。而荊公上告求去尤切，有練亨甫者謂中丞鄧綰曰：「公何不言於上，以殊禮待宰相，則庶幾可留也。

---

[70] 宋・葉夢得撰，宋・宇文紹奕考異，穆公校點：《石林燕語》卷 10，收入《宋元筆記小說大觀》，頁 2571-2572。

所謂殊禮者，以丞相之子雱為樞密使，諸弟皆為兩制，婿
姪皆館職，京師賜第宅田邸，則為禮備矣。」綰一一如所
戒而言，上察知其阿黨，亦領之而已。一日，荊公復於上
前求去，上曰：「卿勉為朕留，朕當一一如卿所欲，但未
有一穩便第宅耳。」荊公駭曰：「臣有何欲，而何為賜
第？」上笑而不答。翌日，荊公懇請其由，上出綰所上
章，荊公即乞推劾。[71]

王荊公初為參知政事，閒日因閱讀晏元獻公小詞而笑曰：
「為宰相而作小詞，可乎？」[72]

前者敘述呂惠卿（1032-1111）之黨鄧綰（1028-1086）、練亨甫
（1073 年後在世）見風轉舵，為阿諛討好王安石，上書神宗賜
王安石宅第及其子、弟、婿、姪晉官，而王安石不僅不接受，還
彈劾二人。後者說明王安石認為晏殊身為一國執宰不當作婉麗小
詞，表現他剛正莊重的思想。兩者皆可與上述《墨客揮犀》、
《夢溪筆談》刻畫王安石不收受其他官員所贈紫團山人蔘合觀，
展現王安石性格剛直之形象。

王安石剛正莊重的形象，在屬於舊黨之筆記《涑水紀聞》、
《侯鯖錄》等亦有記載：

王安國字平甫，介甫之弟也，常非其兄所為。為西京國子

---

71 宋·魏泰撰，李裕民點校：《東軒筆錄》卷 6，頁 69。
72 宋·魏泰撰，李裕民點校：《東軒筆錄》卷 5，頁 52。

監教授，溺於聲色。介甫在相位，以書戒之曰：「宜放鄭聲。」[73]

王介甫詭詐不通外除，自金陵過揚州，劉原父作守，以州郡禮邀之，遂留。方營妓列庭下，介甫作色，不肯就坐。原父辨論久之，遂去營妓，顧介甫曰：「燒車與船。」延之上坐。[74]

不論是勸說自己的弟弟王安國勿耽溺於聲色，或不欲與營妓同坐，皆說明王安石之不近聲色、剛正莊重。不過，過度自持莊重，則易予人不近人情（「不通」）之形象，如《邵氏聞見錄》所記：

司馬溫公嘗曰：「昔與王介甫同為群牧司判官，包孝肅公為使，時號清嚴。一日，群牧司牡丹盛開，包公置酒賞之。公舉酒相勸，某素不喜酒，亦強飲，介甫終席不飲，包公不能強也。某以此知其不屈。」[75]

司馬光敘述過去曾與王安石同為包公所掌群牧司之判官，因牡丹盛開，包公設下酒宴；席間，包公勸司馬光及王安石飲酒，司馬

73　宋・司馬光撰，王根林校點：《涑水紀聞》卷 16，收入《宋元筆記小說大觀》，頁 944。
74　宋・趙令畤撰，孔凡禮點校：《侯鯖錄》卷3，頁 93。
75　宋・邵伯溫撰，王根林校點：《邵氏聞見錄》卷 10，收入《宋元筆記小說大觀》，頁 1764。

光雖平日不飲，卻因上司所勸而勉強喝下，但王安石始終不飲，展現其固執倔強之性格。

　　至於《墨客揮犀》、《邵氏聞見錄》，記載王安石好學之事：

> 舒王性酷嗜書，雖寢食間。手不釋卷，晝或宴居默坐，研究經旨。知常州，對客語，未嘗有笑容。一日，大會賓佐，倡優在庭，公忽大笑，人頗怪之。乃共呼優人厚遺之，曰：「汝之藝能使太守開顏，其可賞也。」有一人竊疑公笑不由此，因乘間啟公，公曰：「疇日席上，偶思咸、恆二卦，豁悟微旨，自喜有得，故不覺發笑耳。」[76]

> 韓魏公自樞密副使以資政殿學士知揚州，王荊公初及第為僉判，每讀書至達旦，略假寐，日已高，急上府，多不及盥漱。[77]

前者記載一般人參加宴席往往為倡優演出而笑樂，但王安石身在宴會席上卻心不在此，仍在思索學問，又因豁然有得，喜而發笑。後者說王安石往往通宵讀書，天明才眄睡，常因此來不及盥漱便要至府衙。

　　不過，喜好讀書而無接納不同意見的器量，則易淪為剛愎自用之人，如《涑水紀聞》、《邵氏聞見錄》記載王安石與韓琦之

76　宋・彭□輯撰，孔凡禮點校：《墨客揮犀》卷4，頁318。

77　宋・邵伯溫撰，王根林校點：《邵氏聞見錄》卷9，收入《宋元筆記小說大觀》，頁1755。

事：

> 初，韓公知揚州，介甫以新進士簽書判官事，韓公雖重其
> 文學，而不以吏事許之。介甫數引古義爭公事，其言迂
> 闊，韓公多不從。介甫秩滿去，會有上韓公書者，多用古
> 字，韓公笑而謂僚屬曰：「惜乎王廷評不在此，此人頗識
> 難字。」介甫聞之，以韓公為輕己，由是怨之。[78]

> 韓魏公自樞密副使以資政殿學士知揚州，王荊公初及第為
> 僉判，每讀書至達旦，略假寐，日已高，急上府，多不及
> 盥漱。魏公見荊公少年，疑夜飲放逸。一日，從容謂荊公
> 曰：「君少年，無廢書，不可自棄。」荊公不答，退而言
> 曰：「韓公非知我者。」魏公後知荊公之賢，欲收之門
> 下，荊公終不屈，如召試館職不就之類是也。[79]

兩則故事都肯定王安石好學，且說明王安石心胸狹窄，對韓琦心
生怨恨的原因。但細論之，前者說王安石多引古事來處理當時
事，不切實際，表現出王安石不知與時變通之迂闊；後者則敘述
韓琦不知道王安石通宵讀書的實情，勸他要持續進德修業，不
過，後來明白王安石之賢能後，欲用之，王安石卻不肯順從其
意，亦展現王安石之性情倔強、性格固執。

---

[78] 宋・司馬光撰，王根林校點：《涑水紀聞》卷 16，收入《宋元筆記小
說大觀》，頁 941。

[79] 宋・邵伯溫撰，王根林校點：《邵氏聞見錄》卷 9，收入《宋元筆記小
說大觀》，頁 1755。

　　綜合以上諸記載，北宋筆記中的王安石有率性剛直、不好聲色、莊重好學等正面形象[80]，但這些故事亦不約而同地暗指出王安石固執倔強、不通人情的另一面。北宋筆記明白指出此一特點者，如《邵氏聞見錄》：

> 帝（神宗）方勵精求治，一日，紫宸早朝，二府奏事久，日刻宴，例隔登對官於後殿，須上更衣復坐，以次贊引。獻可待對於崇政，司馬溫公為翰林學士，侍讀延英閣，亦趨贊善堂待召，相遇朝路，並行而北。溫公密問曰：「今日請對，何所言？」獻可舉手曰：「袖中彈文，乃新參政也。」溫公愕然曰：「王介甫素有學行，命下之日，眾皆喜於得人，奈何論之？」獻可正色曰：「君實亦為此言耶？安石雖有時名，好執偏見，不通物情，輕信奸回，喜人佞己。聽其言則美，施於用則疏。若在侍從，猶或可容；置諸宰輔，天下必受其禍矣！」[81]

這是神宗時呂誨（獻可，1014-1071）彈劾王安石時，對王安石的評論。由於英宗時，呂誨便彈劾歐陽脩、韓琦、曾公亮等人推尊濮安懿王，引發濮議，此時又要彈劾王安石，可見，此人不曲

---

[80] 討論王安石形象之論文，如任樹民：〈從宋人筆記看王安石的人格〉，《撫州師專學報》第 20 卷第 1 期（2001 年 3 月），頁 1-4。陽繁華、唐成可：〈論宋人筆記小說中王安石的負面形象〉，《合肥學院學報（社會科學版）》第 29 卷第 2 期（2012 年 3 月），頁 32-35。

[81] 宋‧邵伯溫撰，王根林校點：《邵氏聞見錄》卷 10，收入《宋元筆記小說大觀》，頁 1762。

附權貴，論人亦相對中肯。其中，呂誨談及王安石的性格：「好執偏見，不通物情」，即認為王安石固執、不知變通。

司馬光亦明白王安石絲毫不願順從的性格：

> 蓋荊公初相，以師臣自居，神宗待遇之禮甚厚。再相，帝滋不悅，議論多異同，故以後《日錄》卞歝，神宗匿之。今見於世止七十餘卷，陳瑩中所謂「尊祕史以壓宗廟」者也。伯溫竊謂，荊公聞溫公入相則曰：「司馬十二作相矣。」蓋二公素相善，荊公以行新法作相，溫公以不行新法辭樞密使，反覆相辯論，三書而後絕。荊公知溫公長者，不修怨也。至荊公薨，溫公在病告中聞之，簡呂申公曰：「介甫無他，但執拗耳。贈恤之典宜厚。」大哉！溫公之盛德不可及矣。[82]

在推行新法上，司馬光與王安石雖然立場相左，但兩人始終保持理性論辯，就事論事，不僅不涉及人身攻擊，甚至王安石尊敬司馬光年長，不出惡言；王安石過世時，司馬光在病中仍指示撫恤應當從優。由於兩人立場對立又能時常反覆論辯，司馬光可謂了解王安石，評論「介甫無他，但執拗耳」，應為公允。

程顥（1032-1085）與王安石同時，見王安石實行新法失敗，認為問題出在「用人」上：

---

[82] 宋‧邵伯溫撰，王根林校點：《邵氏聞見錄》卷 12，收入《宋元筆記小說大觀》，頁 1776。

> 程伯淳先生嘗曰：「熙寧初，王介甫行新法，並用君子小
> 人。君子正直不合，介甫以為俗學不通世務，斥去；小人
> 苟容諂佞，介甫以為有材能知變通，用之。君子如司馬君
> 實不拜同知樞密院以去，范堯夫辭同修《起居注》得罪，
> 張天祺自監察御史面折介甫被謫。介甫性狠愎，眾人以為
> 不可，則執之愈堅。君子既去，所用皆小人，爭為刻薄，
> 故害天下益深。……」[83]

雖然王安石欲並用君子及小人，但因為自己獨斷獨行，當君子提
出意見，王安石無法接納，將君子一一貶去；小人則討好諂媚自
己，因此身邊所用者皆為小人。文中所謂「眾人以為不可，則執
之愈堅」，即王安石所說的「人言不足恤」[84]，而此處以「狠
愎」一詞指出王安石性格上的特色：固執己見，倔強獨斷。甚
至，王安國力諫其兄王安石，亦不為王安石接受：

> 安國嘗力諫其兄，以天下汹汹，不樂新法，皆歸咎於公，
> 恐為家禍。介甫不聽，安國哭於影堂，曰：「吾家滅門
> 矣！」[85]

雖然此事為司馬光借王安國之口，表達對王安石堅持新法、不願

---

[83] 宋·邵伯溫撰，王根林校點：《邵氏聞見錄》卷 15，收入《宋元筆記
小說大觀》，頁 1798-1799。

[84] 元·脫脫：《宋史·王安石傳》卷 327，頁 10550。

[85] 宋·司馬光撰，王根林校點：《涑水紀聞》卷 16，收入《宋元筆記小
說大觀》，頁 944。

退讓之批評，但姑且不論在執行新法之政見上的差異，由「介甫不聽」，亦可以看出王安石無法接納他人的不同意見，固執己見。北宋末《道山清話》[86]亦通過司馬光，說王安石執拗：「天資僻執好勝，不曉事」[87]，意即王安石性格乖張、偏執、要強，且不明事理、不知變通。因此，《宋史》評論王安石「性強忮，遇事無可否，自信所見，執意不回。至議變法，而在廷交執不可，安石傅經義，出己意，辯論輒數百言，眾不能詘。」[88]亦應出於上述北宋筆記對王安石固執倔強的記載。

　　由此可見，北宋筆記內多次提及王安石之固執倔強性格，但此時並無「拗相公」的稱號，那麼，後世小說中之「拗相公」，究竟從何而來。《侯鯖錄》卷 8〈東坡云醉夢中應廣利王召賦詩〉記載蘇軾故事：

　　　　予（東坡）飲少輒醉，臥則鼻鼾如雷，傍舍為厭，而已不知也。一日，因醉臥，有魚頭鬼身者，自海中來告，云：「廣利王來請端明。」予被褐草履黃冠而去，亦不知身步在水中，但聞風雷聲如觸石，意亦在深水處。有頃，豁然明白，真所謂水晶宮殿相照耀也。其下則有驪目夜光，文

---

[86]　《四庫全書總目》雖稱「不記撰人」，但其中又說：「所記終於崇寧五年，則成書當在徽宗時。」清・永瑢等撰：《四庫全書總目》卷 141（臺北：藝文印書館，1989 年 1 月），頁 2763。孔一校點時，亦持此說。見宋・佚名撰，孔一校點：《道山清話・校點說明》，收入《宋元筆記小說大觀》，頁 2923。

[87]　宋・佚名撰，孔一校點：《道山清話》，收入《宋元筆記小說大觀》，頁 2943。

[88]　元・脫脫：《宋史・王安石傳》卷 327，頁 10550。

犀尺璧，南金文齊，眩目不可仰視，而琥珀、珊瑚，又不
知多少也。廣利少間，佩劍冠服而出，從以二青衣。予對
以海上逐客，重煩邀命。廣利且歡且笑。有頃，南溟夫人
亦造焉，東華真人亦造焉，自知不在人世。少間，出素鮫
綃丈餘，命予題詩，予乃賦之曰：

> 「天地雖虛廓，惟海為最大。聖王時祀事，位尊河伯
> 拜。祝融為異號，恍惚聚百怪。三氣變流光，萬里風
> 雲快。靈旗搖虹蠆，赤虯噴滂湃。家近玉皇樓，彤光
> 照無界。若得明月珠，可償逐客債。」

寫竟，進廣利，諸仙遞看咸稱妙。獨廣利傍一冠篸水族謂
之鱉相公進言：「蘇軾不避忌諱，祝融字犯王諱。」王大
怒。予退而嘆曰：「到處被相公廝壞。」[89]

此事亦記載於蘇軾過世後，後人搜輯其雜文、雜帖、劄記而成之
《仇池筆記》[90]卷下，兩書之刊行時間接近[91]，不論此則是否確
為蘇軾所撰，至少是兩宋之交文人所撰。唐代天寶十年正月，唐

---

[89] 宋·趙令時撰，孔凡禮點校：《侯鯖錄》卷8，頁198。

[90] 《仇池筆記》刊行不久，即為南北宋之交的曾慥收入《類說》卷9、
10，可知《仇池筆記》應刊行於北宋末或南宋高宗紹興之初。見宋·蘇
軾撰，孔凡禮整理：《仇池筆記·校點說明》，收入《全宋筆記》第九
編第一冊，頁187、231。宋·曾慥編纂，王汝濤等校注：《類說校
注》卷10（福州：福建人民出版社，1996年1月），頁324-325。

[91] 《侯鯖錄》完成於北宋末、南宋初中原及江南板蕩之際，而刊刻在南宋
初形勢相對穩定之時。宋·趙令時撰，孔凡禮點校：《侯鯖錄·點校說
明》，頁7。

玄宗封四海為王，並派官員祭祀，其中，南海海神即廣利王。[92]
蘇軾自言醉遊水晶龍宮，見南海海神廣利王，銜命賦詩，詩中提
及南方、南海之神「祝融」的名號，不料鱉相公進言「蘇軾不避
忌諱，祝融字犯王諱」，令廣利王大怒。於是，蘇軾感嘆「到處
被相公廝壞。」表面上，蘇軾的感嘆是針對水晶龍宮之鱉相公而
發，但倘若僅此一次，就沒有「到處」一說，可知蘇軾不只一次
遇上「相公」使壞。醉夢中的鱉相公為子虛烏有，故真正令蘇軾
傷筋動骨的實為現實中的「相公」：神宗熙寧時期宰相王安石。
尤其，王安石性格固執「拗」拗，又與「鱉」相公音近，因此，
此事應是藉鱉相公隱喻王安石，表面上是蘇軾對自己的嘲弄，同
時亦是對王安石的嘲弄。

　　南北宋之交的胡仔（1110-1170）《苕溪漁隱叢話》引《仇
池筆記》此則〈廣利王召〉，末曰：「此事恍惚怪誕，殆類傳奇
異聞所載。又其詩亦淺近，不似東坡平日語，疑好事者為之，以
附託其名耳。」[93]也就是說，此則未必出於蘇軾之手，實北宋末
南宋初人假借蘇軾口吻語氣寫入《仇池筆記》，隨即，南北宋之
交胡仔亦收入《苕溪漁隱叢話》；而「鱉相公」的稱呼最早應出
現於北宋末、南宋初。

　　上述北宋筆記《墨客揮犀》、《夢溪筆談》、《東軒筆

---

[92]　後晉・劉昫：《舊唐書・禮儀志四》卷 24：「太子中允李隨祭東海廣
　　　德王，義王府長史張九章祭南海廣利王，太子中允柳奕祭西海廣潤王，
　　　太子洗馬李齊榮祭北海廣澤王。」（北京：中華書局，1997 年 9 月），
　　　頁 934。

[93]　宋・胡仔：《苕溪漁隱叢話》前集卷 39，收入《筆記小說大觀》第 35
　　　編第 1 冊（臺北：新興書局，1983 年 10 月），頁 269。

錄》、《涑水紀聞》、《邵氏聞見錄》、《侯鯖錄》、《道山清
話》等，不論政治立場趨向，皆在刻畫王安石率性剛直、不好
聲色、莊重好學等形象外，或明謂或暗指，展現王安石固執倔
強、不通人情的一面。及北宋末、南宋初《侯鯖錄》、《仇池筆
記》、《苕溪漁隱叢話》皆記載「鱉相公」之稱號，以此暗示王
安石為執拗或彆拗的「彆相公」。至南宋，高宗全面否定王安石
及變法，既稱「朕最愛元祐」[94]，又「罷王安石配享神宗廟庭」
[95]、「毀王安石舒王告」[96]，且因陳公輔上書：「今日之禍，實
由公卿大夫無氣節忠義，不能維持天下國家，平時既無忠言直
道，緩急詎肯伏節死義，豈非王安石學術壞之邪？」[97]予以嘉
獎。宋孝宗認為「王安石所謂『人言不足恤』者，所以為誤國
也。」[98]宋理宗亦因王安石所說的「天命不足畏，祖宗不足法，
人言不足恤」，為萬世罪人，認為不當「從祀孔子廟庭，黜
之」。[99]可知，南宋初期三位君主對於王安石之執拗倔強、剛愎
獨斷、無接納不同意見的器量，最為反感，認為因此釀成誤國亡
國之罪。故「彆相公」稱呼或因風氣所及，南宋以後大行其道；
廣傳於後世的「拗相公」稱號，或與此相關。

　　由北宋筆記中對王禹偁、王安石之記載，可知筆記在記事之

---

[94]　宋・李心傳撰：《建炎以來繫年要錄》卷 79，收入《叢書集成初編》
　　　（北京：中華書局，1985 年），頁 1289。

[95]　元・脫脫：《宋史・高宗本紀》卷 25，頁 466。

[96]　元・脫脫：《宋史・高宗本紀》卷 27，頁 511。

[97]　元・脫脫：《宋史・張栻傳》卷 379，頁 11694。

[98]　元・脫脫：《宋史・張栻傳》卷 429，頁 12773。

[99]　元・脫脫：《宋史・理宗本紀》卷 42，頁 822。

餘，亦採批判戲謔之方式，表達當時人之評議。

結　語

　　北宋筆記記載了許多文人的遺聞軼事，自陶穀、李昉等自五代入宋者，乃至王禹偁、晏殊、王迥、歐陽脩、王安石、王安國、蘇軾及曹覲、趙師旦等文臣，但同時他們的形象也被北宋筆記所塑造。除了陶穀、蘇軾、王安石將於以下兩章分別專門討論外，本章通過比對不同筆記中北宋當時人事之記載，可以發現北宋筆記有運用「模仿引用」、「組織成形」、「批判戲謔」等手法，重新敘事以產生新意義。

　　「模仿引用之述作」一節，探討王安國「靈芝宮」、歐陽脩「神清之洞」故事，模仿引用了李賀「白玉樓」及白居易「樂天之院」傳說，再吸收當時書仙曹文姬因書才升仙等類似時事，以稱贊王安國、歐陽脩文才之高。

　　曹覲及趙師旦皆具抵抗儂寇之事實，但北宋筆記中兩人故事被重新組織，令原本趙師旦的事蹟，轉為歌詠曹覲之詩中典故。北宋傳奇〈王子高芙蓉城傳〉、〈芙蓉城〉詩及筆記《畫墁錄》、《避暑錄話》，乃至南宋《玉照新志》、《雲麓漫鈔》皆記載北宋所盛傳的「芙蓉城」故事；其中，唯有南北宋之交《默記》組織時人廣知的「芙蓉城」故事及兩宋仁宗、哲宗、高宗皆面對的皇嗣問題，進行重述與創造。兩事皆屬於「組織成形之敘述」。

　　《宋史》稱王禹偁「詞學敏贍，遇事敢言，意臧否人物，以直躬行道為己任。……其為文著書，多涉規諷，以是頗為流俗所

不容，故屢見擯斥。」[100]在北宋筆記所記錄之王禹偁「剛簡傲物」故事中，既可見其「憙臧否人物」之性格，亦可見「頗為流俗所不容」之嘲諷。至於王安石後世廣傳之「拗相公」稱號，北宋筆記雖不可見，但不論政治立場趨向近於新、舊黨之《墨客揮犀》、《夢溪筆談》、《東軒筆錄》或《涑水紀聞》、《邵氏聞見錄》、《侯鯖錄》、《道山清話》等，皆指出王安石之固執倔強、不通人情。北宋末、南宋初《侯鯖錄》、《仇池筆記》、《苕溪漁隱叢話》則出現了蘇軾與「鱉相公」之諧謔故事，以此暗示王安石為執拗或彆拗的「彆相公」。而北宋筆記之「批判戲謔之效果」亦可通過此兩事展現。

---

[100] 元・脫脫：《宋史・王禹偁傳》卷293，頁9799。

第五章 文人評騭：
陶穀形象之轉變

前　言

北宋初期的錢易（968-1026）《南部新書》曾記載李濤（898-961）寫信給陶穀（903-970）：「每至河源，即思令德」[1]，這是稱許陶穀德性之美。至南宋《綠窗新話・党家妓不識雪景》引宋無名氏《湘江近事》，則暗指陶穀之人品低俗：

> 陶穀學士，嘗買得党太尉家故妓。過定陶，取雪水烹團茶，謂妓曰：「党太尉家應不識此。」妓曰：「彼粗人也，安有此景？但能銷金煖帳下，淺斟低唱，飲羊羔美酒耳。」穀愧其言。[2]

党太尉實為不識風雅的粗人，在宋初江休復（1005？-1060）

---

[1] 宋・錢易撰，尚成校點：《南部新書》卷癸，收入《宋元筆記小說大觀》（上海：上海古籍出版社，2001年12月），頁392。

[2] 宋・皇都風月主人編：《綠窗新話》（臺北：世界書局，1975年10月），頁139-140。

《江鄰幾雜志》曾記載党太尉怒詰畫師：「我前面大蟲，猶用金箔貼眼。我便不消得一對金眼睛！」[3]陶穀以為自己比党太尉高尚文雅，遂開口嘲弄党太尉，卻被一家妓從側面反譏：党太尉從不取雪水烹茶，因為他既不懂得也不以此為享樂，他所享用的是「銷金煖帳下，淺斟低唱，飲羊羔美酒」，對比之下，陶穀的雪水烹茶實不值得一提，頗有敝帚自珍的書生窮酸氣。另一方面，党太尉的「銷金煖帳下，淺斟低唱，飲羊羔美酒」是從容安閒、悠然遣興、自得其樂，毫不介懷他人，而陶穀雪水烹茶還不忘與人比較爭勝，更顯得俗氣而故作風雅。可見，陶穀不僅不如一掌管軍事的太尉家居日常自然展現的風流蘊藉，還自認為高人一等、出口嘲笑，更可看出陶穀輕慢自大的人品；甚至最後是由家妓點明此事以反譏陶穀，導致他窘迫、「愧其言」。僅此兩事，陶穀形象之差異不可謂不大，因此，本章首先欲藉北宋筆記之記載，分析其中陶穀形象之轉變。

其次，陶穀病逝於開寶三年（970）[4]，《清異錄》卻記載了數則南唐李煜之事，如〈龍潤〉、〈偎紅倚翠大師〉皆謂：「李煜在國」，〈小蓬萊〉稱李煜為「違命侯」，〈紫風流〉、〈綠耳梯〉皆稱「江南後主」，其中，「李煜在國」的敘述或「違命侯」的稱呼都應在李煜被俘入汴後，時在開寶九年（976）後。[5]

3　宋・江休復撰，孔一校點：《江鄰幾雜志》，收入《宋元筆記小說大觀》，頁 574。

4　元・脫脫撰：《宋史・陶穀傳》卷 269：「開寶三年，卒，年六十八。」（北京：中華書局，1997 年 11 月），頁 9238。

5　元・脫脫撰：《宋史・太祖本紀》卷 3：「九年春正月辛未，御明德門，見李煜于樓下，不用獻俘儀。壬申，大赦，減死罪一等。乙亥，封

至於「江南後主」的稱呼，一方面得在開寶四年（971）南漢被宋所滅、李煜去國號以「江南國主」自稱之後[6]，另一方面「後主」之稱又得見於太平興國三年（978）李煜死後。此外，〈小南強〉一則提及南漢「銀主面縛，偽臣到闕」之事，後主劉銀被縛、南漢被滅在開寶四年（971）；宋太祖卒於開寶九年（976），〈的乳三神仙〉卻稱「太祖」廟號。以上諸事或用語所當出現之時間皆較陶穀過世時間更晚，這些記載確實令人懷疑《清異錄》的作者是否為陶穀[7]，而《少室山房筆叢》、《四庫全書總目》仍斬釘截鐵地聲稱「非穀不能」、「即穀所造」。[8]因此，本章也將討論筆記《清異錄》之特色，進一步闡發「非穀不能」、「即穀所造」之原因，亦即討論陶穀在北宋筆記內之形象與《清異錄》風格之關聯性。

李煜為違命侯。」頁46。

[6] 元·脫脫撰：《宋史·南唐李氏世家傳》卷 478：「會嶺南平，煜懼，上表，遂改唐國主為江南國主，唐國印為江南國印。又上表請所賜詔呼名，許之。煜又貶損制度，下書稱教；改中書門下省為左右內史府，尚書省為司會府，御史臺為司憲府，翰林為文館，樞密院為光政院；降封諸王為國公，官號多所改易。」頁 13858-13859。

[7] 除了本文所列七則外，李瑞林亦考辨《清異錄》中時代不符及口吻不符者。見李瑞林：《《清異錄》文獻研究》，南京大學中國古典文獻學碩士論文，2014 年，頁 32-38。

[8] 明·胡應麟：《少室山房筆叢》卷 32（上海：上海書店出版社，2001年 8 月），頁 321。清·永瑢等撰：《四庫全書總目》卷 142（臺北：藝文印書館，1989 年 1 月），頁 2807。

一、逐漸成為有才無行之人物

陶穀的有才博識是其既定形象：「強記嗜學，博通經史，諸子佛老，咸所總覽。」[9]北宋初期的筆記談及陶穀，多針對其才學立說，如北宋初楊億（974-1020）《楊文公談苑·陶穀草祭文》：

> 陶穀，開運中為詞臣，時北戎來侵晉，楊光遠以青州叛，大將為節帥卒。少帝命草文以祭之，穀立具草以奏，曰：「漠北有不賓之寇，山東起伐叛之師。雲陣未收，將星先落。」少帝甚激賞。[10]

可知後晉少帝激賞陶穀的文采，而後周世宗任用陶穀亦因其文采：

> 湯悅父殷舉，唐末有才名。悅本名崇義，仕江南為宰相。建隆初，避宣祖諱，改姓湯。初在吳為舍人，受詔撰揚州孝先寺碑，世宗親往，駐蹕此寺，讀其文賞歎。畫江後，中主遣悅入貢，世宗為之加禮。自淮上用兵，凡書詔多悅之作，特為典贍，切於事情。世宗每覽江南文字，形於嗟重，當時朝臣沈遇、馬士元皆以不稱職，改授他官。復用

9　元·脫脫撰：《宋史·陶穀傳》卷269，頁9238。

10　宋·楊億口述，宋·黃鑒筆錄，宋·宋庠整理，李裕民點校：《楊文公談苑》，收入《宋元筆記小說大觀》，頁478。

　　陶穀、李昉為舍人，其後擢用扈載，率由此也。[11]

周世宗柴榮甚喜湯悅的文字，因此南唐中主特別任命湯悅至北方
朝貢，也用湯悅書詔行文後周，使「世宗為之加禮」、「世宗每
覽江南文字，形於嗟重」；而周世宗的朝臣沈遇、馬士元「以不
稱職，改授他官」，改「用陶穀、李昉為舍人，其後擢用扈
載」，也與周世宗喜愛湯悅「特為典贍，切於事情」之書詔風格
有關。可見，陶穀確實文采不凡，否則無法為周世宗所用。
　　北宋中期筆記同樣認為陶穀是博學之人，如歐陽脩（1007-
1072）《歸田錄》記錄了宋太祖重文士的緣由：

　　建隆末，將議改元。語宰相勿用前世舊號，於是改元乾
　　德。其後因於禁中見內人鏡背有「乾德」之號，以問學士
　　陶穀，穀曰：「此偽蜀時年號也。」因問內人，乃是故蜀
　　王時人。太祖由是益重儒士，而嘆宰相寡聞也。[12]

宋太祖改年號時特別交待宰相「勿用前世舊號」，豈料宰相寡
聞，仍用了五代前蜀後主王衍的年號，而陶穀能指出此事，足見
其博學廣識。甚至，陶穀在禮儀、曆法、星象上皆有才能：

　　乾德三年再郊，范魯公質為大禮使，以鹵簿青油隊舊有甲

11　宋・楊億口述，宋・黃鑒筆錄，宋・宋庠整理，李裕民校點：《楊文公
　　談苑・湯悅》，收入《宋元筆記小說大觀》，頁 525。
12　宋・歐陽修撰，韓谷校點：《歸田錄》，收入《宋元筆記小說大觀》，
　　頁 606。

> 騎盡聚於武庫，磨鋥堅厚，精明可畏，於禮容有所不順。
> 陶穀尚書為禮儀使，出意蒐之以青綠畫黃絹為甲文，青巾
> 裹之。綠青絹為下裙，絳皮為絡，長短至膝，加珂紋銅
> 鈴，繞前膺及後鞦，至今用焉。穀本姓唐，避晉祖諱易
> 之。明博該敏，尤工曆象。時偽晉虜勢方熾，謂所親曰：
> 「五星數夜連珠於西南，已累累大明，吾輩無左衽之憂，
> 有真主已在漢地。觀虜帳騰蛇氣纏之，虜主必不歸國。」
> 未幾，德光薨於漢。又孛東起，芒侵於北，穀曰：「胡雛
> 非久，自相吞噬，安能亂華？」後皆盡然。[13]

此一記載出於北宋中晚期文瑩於宋神宗元豐元年（1078）所作的
《玉壺清話》[14]，其中敘述兩事：第一事記載陶穀為了宋太祖乾
德三年的郊祀，重新制定原不合禮的禮容服飾，直至北宋神宗時
期仍用此法。第二事則敘述石敬瑭為滅後唐而向契丹求援，受契
丹冊立為大晉皇帝，陶穀既以星象「五星數夜連珠於西南，已累
累大明，吾輩無左衽之憂，有真主已在漢地」，預測劉知遠將
興；又說「觀虜帳騰蛇氣纏之，虜主必不歸國」、「孛東起，芒
侵於北」，預知耶律德光將薨於漢地及契丹內鬥、無力亂華，可
見陶穀在曆象上的才能。

　　除了博才之外，陶岳成書於北宋真宗大中祥符五年（1012）
的《五代史補》，稱「陶穀為尚書，素好詼諧」：

13　宋・文瑩撰，黃益元校點：《玉壺清話》卷 2，收入《宋元筆記小說大
　　觀》，頁 1463-1464。
14　宋・文瑩撰，黃益元校點：《玉壺清話・自序》：「書成於元豐戊午歲
　　八月十日」，收入《宋元筆記小說大觀》，頁 1451。

王尚書仁裕，乾祐初放一榜二百一十四人，乃自為詩云：
「二百一十四門生，春風初動羽毛輕。擲金換却天邊桂，
鑿壁偷將榜上名。」陶穀為尚書，素好詼諧，見詩伴聲
曰：「大奇，大奇！不意王仁裕今日做賊頭也。」聞者皆
大笑。[15]

從陶穀調笑王仁裕的話語來看，全是單純開玩笑，並無絲毫尖刻
嘲諷意味，而《五代史補》所謂的「詼諧」，亦是純粹說明陶穀
素來言談風趣幽默。

　　不過，這些情況在北宋王闢之（1032-？）成書於哲宗紹聖
二年（1095）的《澠水燕談錄》[16]、葉夢得（1077-1148）始撰
於徽宗宣和五年（1123）的《石林燕語》[17]卻產生了變化，兩書
提及陶穀對宋初官制之影響時，同時也舉出陶穀所犯之錯誤：

國初，趙普為相，朝廷欲用薛居正、呂餘慶同政事而不欲
令與普齊，難其名號。詔問，陶穀曰：「唐有參知政事、
知樞務，下宰相一等。」故以命居正等參知政事，然不押
班，不知印。案唐裴寂以僕射參知政事，郭待舉以資任
淺，於中書、門下同受承進止平章事，然則平章下於參

15　宋・陶岳撰：《五代史補》卷 4，收入《全宋筆記》第八編第八冊（鄭
　　州：大象出版社，2017 年 6 月），頁 124。
16　宋・王闢之，韓谷校點：《澠水燕談錄・序》，收入《宋元筆記小說大
　　觀》，頁 1226。
17　宋・葉夢得，宋・宇文紹奕考異，穆公校點：《石林燕語・序》，收入
　　《宋元筆記小說大觀》，頁 2469。

政，穀乃以為參政下宰相一等，失之遠矣。其後因之不改，迫官制更革始罷。[18]

本朝太祖始以趙中令獨相，久欲拜薛文惠公等為之副而難其名，召學士陶穀問：「下丞相一等有何官？」穀以「唐有參知政事」對，遂以命之。不知此名本自高於平章事，輕重失倫，後遂沿習莫能改云。[19]

宋初欲仰賴薛居正、呂餘慶之才能，卻不能與趙普同為宰相，在官職名號上頗為犯難，陶穀稱唐代在宰相下「有參知政事知樞務」，使得皇帝命薛居正、呂餘慶為參知政事；雖然，此事是陶穀將唐代「平章下於參政」誤以為「參政下宰相一等」，誤解了唐代官制，但宋初無人能解決此事，後來也無人能指出陶穀錯誤，只能因襲陶穀此說，等到後世「官制更革」才予以改正。一方面可見宋初之時，陶穀確實較他人博學，並為人所知；然而到了北宋晚期《澠水燕談錄》、《石林燕語》論及陶穀博學時，即直陳其失：「失之遠矣」、「輕重失倫」，雖未直接否定陶穀之博學，但帶有言外之意：陶穀的博學只是與同時之人比較而顯現出來的，並非真正博學，這種「化絕對為相對」的寫法令陶穀的博學形象大打折扣。甚至南宋李燾（1115-1184）《續資治通鑑長編》敘述前文《歸田錄》「誤用蜀乾德年號」一事時，宋太祖

---

[18]　宋・王闢之撰，韓谷校點：《澠水燕談錄》卷5，收入《宋元筆記小說大觀》，頁1264。

[19]　宋・葉夢得，宋・宇文紹奕考異，穆公校點：《石林燕語》卷3，收入《宋元筆記小說大觀》，頁2496-2497。

召學士陶穀、竇儀來問，指出「此必蜀物，昔偽蜀王衍有此號，當是其歲所鑄也」的是竇儀，而非陶穀。[20]可見，時至南宋，關於北宋初期陶穀博學之故事已有重大的改變。

雖然陶穀博學、有文才，卻不受宋太祖重用，北宋中期以後的筆記對此有許多闡述，如司馬光（1019-1086）《涑水紀聞》：

> 太祖將受禪，未有禪文，翰林學士承旨陶穀在旁，出諸懷中進之，而曰：「已成矣。」太祖由是薄其為人。[21]

可見，陶穀善於揣度宋太祖心意，但逢迎太過，反而使其人品為太祖所鄙薄。北宋英宗初年（1063）題為夷門君玉所撰的《國老談苑》[22]，敘述了陶穀在五代周世宗時，不被任命為宰相的理由：

> 周世宗嘗欲以竇儀、陶穀並命為宰相，以問范質。質曰：

20　宋・李燾撰，上海師範大學古籍整理研究所、華東師範大學古籍整理研究所點校：《續資治通鑑長編》卷 7（北京：中華書局，2004 年 9 月），頁 171。

21　宋・司馬光撰，王根林校點：《涑水紀聞》卷 1，收入《宋元筆記小說大觀》，頁 778。

22　舊題夷門隱叟王君玉撰，楊倩描、徐立群點校：《國老談苑》卷 1（北京：中華書局，2012 年 6 月），頁 56-57。《宋史・藝文志》作《國老閒談》，且稱「夷門君玉撰」，因此《四庫全書總目》認為書名為後人所改，作者「王」字亦為後人所增。點校者認為此書成書於北宋英宗初年，作者當為王琪。元・脫脫撰：《宋史・藝文志五》卷 206，頁 5226。

「縠有才無行，儀執而不通。」遂寢其事。

北宋初期只見陶縠「有才」，「無行」卻不可見，至北宋中期筆記則出現了陶縠「有才無行」之說。又如北宋中晚期的魏泰《東軒筆錄》亦有一說：

> 陶縠，自五代至國初，文翰為一時之冠。然其為人，傾險狠媚，自漢初始得用，即致李崧赤族之禍，由是縉紳莫不畏而忌之。太祖雖不喜，然藉其詞章足用，故尚寘於翰苑。縠自以久次舊人，意希大用。建隆以後，為宰相者，往往不由文翰，而聞望皆出縠下。縠不能平，乃俾其黨與，因事薦引，以為久在詞禁，宣力實多，亦以微伺上旨。太祖笑曰：「頗聞翰林草制，皆檢前人舊本，改換詞語，此乃俗所謂依樣畫葫蘆耳，何宣力之有？」縠聞之，乃作詩，書於玉堂之壁，曰：「官職須由生處有，才能不管用時無。堪笑翰林陶學士，年年依樣畫葫蘆。」太祖益薄其怨望，遂決意不用矣。[23]

其中，提及陶縠因「自五代至國初，文翰為一時之冠」，宋太祖雖然並不喜歡陶縠，仍得在詞章上仰賴之，「尚寘於翰苑」，沒想到陶縠竟然認為自己「宣力實多」，所以一則令其黨羽薦舉為宰相，二則擅自揣測皇帝意旨。太祖知道後，嗤笑陶縠：翰林草

---

[23]　宋・魏泰撰，李裕民點校：《東軒筆錄》卷 1（北京：中華書局，1983年 10 月），頁 5。

制不過就是「依樣畫葫蘆」罷了，「何宣力之有？」而陶穀竟也
公然作詩自嘲，語帶埋怨：「官職須由生處有，才能不管用時
無。堪笑翰林陶學士，年年依樣畫葫蘆。」由於陶穀自視甚高，
認為自己的才能及聲望皆不下於任宰相的那些人，卻不受皇帝重
視，只能一直待在翰林院草制詔書，心有不平，使得太祖益加鄙
視陶穀，更決意不重用他。陶穀「微伺上旨」的舉動，與《涑水
紀聞》記載陶穀事先為宋太祖準備好禪文，頗為類似；同時，又
可見陶穀自恃才高，對於不受重用頗有怨言，甚至頗有公然討要
官職的意味，其輕浮自大形象庶幾形成。

北宋張舜民《畫墁錄》另有一則記載提及陶穀：

> 東水門外覺照院，元祐末，予緣幹適彼，與寺僧縱步道
> 旁，指一壙云：「此陶穀墳也。」墓門洞開，其間無一
> 物，因諷寺僧為掩覆。僧曰：「屢掩屢開，不可曉。十餘
> 年前，有陶姓人作寒食，爾後不復來。」陶為人輕檢，嘗
> 指其頭曰：「必戴貂蟬。」今則髑髏亦不復見矣。[24]

張舜民所記之事發生在北宋晚期哲宗元祐末（1094），他對陶穀
的印象是「為人輕檢」，言行不甚約束，以致輕浮，因此感嘆陶
穀自視頗高，誇耀自己必能戴貂蟬冠、位列三公[25]，可是死後卻

---

[24] 宋・張舜民撰，丁如明校點：《畫墁錄》，收入《宋元筆記小說大
觀》，頁 1540。

[25] 元・脫脫撰：《宋史・輿服志四》：「朝服：一曰進賢冠，二曰貂蟬
冠，三曰獬豸冠，皆朱衣朱裳。……貂蟬冠一名籠巾，織藤漆之，形正
方，如平巾幘。飾以銀，前有銀花，上綴玳瑁蟬，左右為三小蟬，銜玉

墓門洞開，十餘年來子孫未來掃墓，寺僧為其墓掩覆卻屢掩屢開，連髑髏都消失不見。此則記載，同樣被邵伯溫（1056-1134）《邵氏聞見錄》所引述：

> （陶）穀墓在京師東門外覺昭寺，已洞開，空無一物。寺僧云：「屢掩屢壞，不曉其故。」張舜民曰：「陶為人輕險，嘗自指其頭謂必戴貂蟬，今髑髏亦無矣。」[26]

張舜民較邵伯溫時代稍早，皆北宋中晚期人，張舜民所記之事發生於北宋哲年元祐末，邵伯溫直接引述張舜民之評價，可見撰寫時間更晚；但邵伯溫將張舜民之「輕檢」變為「輕險」，更增加陰狠之意，若非傳寫產生誤差，即又增益上述《東軒筆錄》提及陶穀為人「傾險狠媚」內涵。

　　《東軒筆錄》提及陶穀為人「傾險狠媚」，並說陶穀在後漢初開始受重用，隨即導致「李崧赤族之禍」；同時之人孔平仲（1044-1111）《續世說》敘述此事更為詳細：

> 五代漢時，陶穀先為李崧所引用，穀從而譖之。崧為蘇逢吉所殺。他日，秘書郎李昉詣穀，穀曰：「君於李侍中遠近？」昉曰：「族叔父。」穀曰：「李氏之禍，穀有力

　　鼻，左插貂尾。三公、親王侍祠大朝會，則加于進賢冠而服之。」頁3550-3558。

[26] 宋·邵伯溫撰，王根林校點：《邵氏聞見錄》卷 1，收入《宋元筆記小說大觀》，頁 1699。

焉。」昉聞之汗出。[27]

綜合上文所引《楊文公談苑・湯悅》敘述後周世宗喜愛湯悅典贍的文字風格，遂「用陶穀、李昉為舍人」來看，陶穀原為後漢時李昉族叔父李崧所引薦舉用，由此進入後周、北宋初之朝廷。只是沒想到，陶穀竟然恩將仇報，利用李崧與蘇逢吉的心結：「高祖平汴、洛，乃以崧之居第賜蘇逢吉，第中宿藏之物，皆為逢吉所有。……嘗以宅券獻蘇逢吉，不悅。崧二弟嶼、㠖，酗酒無識，與楊邠、蘇逢吉子弟杯酒之間，時言及奪我居第，逢吉知之。」[28]促成李氏之禍：「為吏所鞫，乃自誣伏罪，舉家遇害，少長悉尸於市，人士冤之。」[29]更不可思議的是，陶穀竟然在李昉面前坦言：「李氏之禍，穀有力焉。」語氣帶有幸災樂禍、得意洋洋的意味，若非自視甚高且品行低下，怎會特別在李昉面前炫耀自己也參與陷害其族叔父一事，更可見陶穀此人的輕浮狡黠。

《國老談苑》亦有關於陶穀輕險狡獪之記載：

> 權某為翰林待詔，有良馬日馳數百里。陶穀欲取之，累言於權。權曰：「學士要，誠合拜獻。某年老有足疾，非此馬馴良，不能出入。更俟一二年解職，必以為贄。」穀心

27　宋・孔平仲撰，錢熙祚校：《續世說》卷 12〈讒險〉，收入《四部備要》第 423 冊（臺北：臺灣中華書局，1965 年），頁 18。

28　宋・薛居正撰：《舊五代史・李崧傳》卷 108（北京：中華書局，1997年 9 月），頁 1421。

29　宋・薛居正撰：《舊五代史・李崧傳》卷 108，頁 1421。

> 銜之。後因草密詔，召權於閣中書之。穀曰：「吾嘗愛權
> 卿破體王書。寫了進本來！」權即與書之。穀突入閣中，
> 取其本，乃謂權曰：「帝王密詔，內有國家機事。未經進
> 御，輒寫一本，欲將何用？洩漏密旨，罪當不赦！」即呼
> 吏作奏牘，發其事。權不能自明，但皇恐哀訴而已。穀
> 曰：「亟將馬來！釋爾。」遂并馬券取之。[30]

陶穀不僅直接向權翰林討要其馬，不管權翰林出入的日常需求，
要其立刻拱手出讓；欲達此目的，還設計構陷權翰林，直言要以
馬交換，由此可見，陶穀之巧詐貪鄙。

　　此外，北宋初錢易（968-1026）《南部新書》記載陶穀本姓
唐，因避晉祖石敬瑭之諱而改姓：

> 陶穀小名鐵牛，李濤嘗有書與之曰：「每至河源，即思令
> 德。」唐彥謙之孫也，以石晉諱改姓焉。[31]

稍晚之《玉壺清話》亦略述「穀本姓唐，避晉祖諱易之」[32]，再
稍晚之《澠水燕談錄》亦有此說：

> 陶穀姓唐，唐宰相苕公儉之後。祖彥謙，有詩名，號鹿門

---

[30]　舊題夷門隱叟王君玉撰，楊倩描、徐立群點校：《國老談苑》卷 1，頁
　　 58。

[31]　宋・錢易：《南部新書》卷癸，收入《宋元筆記小說大觀》，頁 392。

[32]　宋・文瑩撰，黃益元校點：《玉壺清話》卷 2，收入《宋元筆記小說大
　　 觀》，頁 1463-1464。

先生。穀避晉祖名改姓陶，後歷事累朝，不復還本姓，士
大夫譏之。[33]

不過，《澠水燕談錄》較《南部新書》、《玉壺清話》記載陶穀
本姓、祖先更詳細，除了其祖為唐彥謙外，更說陶穀為初唐宰相
唐儉的後代。而史書所載之唐儉因忠心唐朝，不僅為宰相、封莒
國公，並被列入凌煙閣二十四功臣之一：

> 高祖嘉儉身沒虜庭，心存朝闕，復舊官，仍為并州道安撫
> 大使，以便宜從事，并賜獨孤懷恩田宅貲財等。使還，拜
> 禮部尚書，授天策府長史，兼檢校黃門侍郎，封莒國公，
> 與功臣等元勳恕一死，仍除遂州都督，食綿州實封六百
> 戶，圖形凌煙閣。[34]

且唐儉與陶穀同樣經歷亂世，唐儉自隋跟隨唐高祖入唐，家族
「歷北齊、隋、唐為名族」[35]，陶穀亦自五代入宋，卻拋棄原
姓，不以家族名望為榮，「歷事累朝，不復還本姓」。可見與
《南部新書》、《玉壺清話》單純記載陶穀避晉祖石敬瑭諱而改

33　宋‧王闢之，韓谷校點：《澠水燕談錄》卷 9，收入《宋元筆記小說大
　　觀》，頁 1296。

34　後晉‧劉昫：《舊唐書‧唐儉傳》卷 58（北京：中華書局，1997 年 9
　　月），頁 2306。

35　元‧脫脫：《宋史‧陶穀傳》卷 269，頁 9235。後晉‧劉昫：《舊唐
　　書‧唐儉傳》卷 58，更詳細說明唐儉為「北齊尚書左僕射邕之孫也。
　　父鑒，隋戎州刺史。」頁 2305。

姓一事相較，《澠水燕談錄》重點不在陶穀為避諱而改姓，反而重在其不復還本姓；甚至，重點也不只是不復還本姓，更重要的是，與其祖唐儉忠於唐朝，被列為凌煙閣功臣對比，陶穀累事後晉、後漢、後周、宋四朝，不肖其祖。因此，由宋初《南部新書》至成書於宋代晚期的《澠水燕談錄》，此事的重心由陶穀「改姓」轉移至「不復還本姓」，陶穀數典忘祖、輕浮放蕩的形象從而萌生，也因此為「士大夫譏之」。

　　通過北宋筆記中陶穀形象之梳理，發現北宋初期重在記載陶穀的才華博學，但北宋中期以後，不僅其博學形象被打了折扣，筆記轉而刻畫其自視甚高卻人品低下輕浮、巧獪貪鄙。甚至南宋洪遵《翰苑群書》直接比較陶穀、竇儀兩翰林學士，認為兩人實「禁林之傑者」，只是：「竇以凝重，陶以輕躁」[36]，竇儀莊重嚴肅，陶穀輕浮急躁。此或能說明上述《歸田錄》「指出誤用蜀乾德年號」者為陶穀，但南宋《續資治通鑑長編》則將其改為竇儀，應與陶穀北宋中期以後被形塑為有才無行、恃才傲物而不為人喜者有關。

二、徹底落實輕薄無恥之形象

　　北宋中晚期沈遼（1032-1085）所撰作之傳奇〈任社娘傳〉[37]，記載一則宋真宗時陶穀出使吳越國事，詳細敘述吳越王委託

36　宋・洪遵：《翰苑群書》卷8，收入《景印文淵閣四庫全書》第595冊（臺北：臺灣商務印書館，1983年），頁382。

37　〈任社娘傳〉中只稱陶侍郎，未稱名；但程毅中考察這個故事的由來，認為來自當時的傳說，並引宋代筆記說明陶侍郎即為陶穀（903-

「妙麗善歌舞，性甚巧」的名妓任社娘蠱惑神宗「深寵睠」、「文雅蘊藉，有不羈之名」的陶穀。僅此一處，便出現了三個問題：一是吳越國於宋太宗時就已歸順，「太平興國三年，詔俶來朝，俶舉族歸于京師，國除」[38]，宋真宗乾興年（1022）實不需再派使者出使吳越。二是陶穀卒於開寶三年（970），既無法受神宗「深寵睠」，亦無法出使。倘若陶穀確實出使至吳越，當在北宋顯德、乾德年間，〈任社娘傳〉所記：「乾興中，陶侍郎使吳越」，或誤將「乾德」記為「乾興」。三是作者沈遼卒於元豐八年，在〈任社娘傳〉中稱神宗廟號，亦不合理，「時間顛倒，完全不合史實。」[39]本節即由〈任社娘傳〉[40]切入，旁及與出使故事相關的筆記材料，觀察北宋諸筆記及〈任社娘傳〉的陶穀形象。

　　任社娘為蠱惑陶穀，偽裝為「居客館」的闍者女，「居窮屋，服弊衣」，並巧設一齣戲：「使者時行屏間，社故為遺其犬者，竊出捕之，悚懼，遷延戶傍」，令陶侍郎「一顧已心動」。等到傍晚，任社娘出來汲水，還駐立觀看使者的車騎甚久，陶穀

970）。見氏著：《宋元小說研究》（南京：江蘇古籍出版社，1999 年 2 月），頁 14。

[38]　宋・歐陽修：《新五代史・吳越世家》卷 67（北京：中華書局，1997 年 9 月），頁 844。

[39]　程毅中以為其中可能還有後人追改之處，見氏撰：《宋元小說研究》，頁 15。由北宋中期至南宋的陶穀形象來看，縱然有後人追改的內容，亦對於本節討論影響不大。

[40]　宋・沈遼：〈任社娘傳〉，收於李劍國《宋代傳奇集》，據《四部叢刊三編》本《沈氏三先生文集》之《雲巢集》卷 8 校正後版本（北京：中華書局，2001 年 11 月），頁 193-194。

出現後，任社娘也不曾抬起頭來看陶穀一眼。直到第二天，在吳越王慰勞陶侍郎的筵席上，任社娘「少為塗飾，雜群女往來」，而陶穀因此「逸蕩其性，既數目社，因劇飲為歡笑」，可見任社娘靦腆羞怯的純潔少女形象令陶穀印象深刻。

爾後，陶穀假意醉酒，或利誘或威脅任社娘：「令汝不死」、「敢動者死」，強迫任社娘遂其所願：「強持其手」、「強引入閨中，排置榻上」：

> 方陶意已不自持，乃呼謂社曰：「遺我一盃水來。」社四顧，已為望見使者，乃大驚，投罌缾，拜而走。陶疾呼，謂社曰：「吾渴甚，疾持入來。」社為羞澀畏人，久之方進。使者曰：「汝何為乃自汲？」頷動不應。復問之，社又故作吳語曰：「王令國中，有敢邀使客語者，罪至死矣。」陶曰：「汝必死，復何憚我也？令汝不死。」迺強持其手曰：「我閨中故靜，我與汝一觀。」社固辭不敢。即強引入閨中，排置榻上，曰：「敢動者死。」社即佯噤不敢語。陶即出呼吏，喜曰：「持燭來。」吏進奉燭，燭來已具，吏引闔其戶而去。社曰：「我賤，不可，我歸矣。」比其就寢，甚艱難。已而畫漏且下，社曰：「我安從歸？」陶曰：「我送汝矣。然明日復來，我以金帛為好也。」社曰：「我家貧，受使者金帛，是速我死。然我生平好歌，為我度曲為詞，使我為好，足矣。」陶許諾，乃為送至其家，然尚不知其為倡也。

次日，陶侍郎為任社娘度曲為詞，並書以贈之，表達情意：「好

因緣，惡因緣，奈何天。秪得郵亭幾夜眠，別神仙。　琵琶撥斷相思調，知音少。待得鸞膠續斷絃，是何年？」翌日，當吳越王召陶侍郎曲宴時，任社娘恢復歌妓身分，身在眾歌妓之中，但由於與「闇者女」的裝扮差異頗大，陶侍郎一時無法分辨，直到吳越王令任社娘鄭重地出拜，陶侍郎「熟視而笑，知其為王所蠱，亦不以為意」，而任社娘「歌其詞，飲酒甚樂」，王亦大樂，賜任社娘千金。不論是從小說中的「逸蕩其性」或「強持其手」、「強引入閨中，排置榻上」，或後來為任社娘度曲為詞、書以贈之，皆可見此部分重在刻畫陶穀對任社娘的一見鍾情、情不自禁。

　　由陶穀出使一事及其詞作來看，早在宋初鄭文寶（953-1013）《南唐近事》已有記載：

> 陶穀學士奉使，恃上國勢，下視江左，辭色毅然不可犯。韓熙載命妓秦弱蘭詐為驛卒女，每日弊衣持帚埽地，陶悅之與狎，因贈一詞名〈風光好〉云：「好因緣，惡因緣，只得郵亭一夜眠。別神仙，琵琶撥盡相思調，知音少。待得鸞膠續斷絃，是何年？」明日後主設宴，陶辭色如前，乃命弱蘭歌此詞勸酒，陶大沮，即日北歸。[41]

兩者相較，可知〈任社娘傳〉與《南唐近事》所記實為一事，〈任社娘傳〉之陶侍郎應為陶穀無疑；但《南唐近事》記載陶穀

41　宋・鄭文寶，張劍光整理：《南唐近事》卷 2，收入《全宋筆記》第一編第二冊（鄭州：大象出版社，2003 年 10 月），頁 281。

出使南唐，與〈任社娘傳〉之出使吳越不同，而南唐後主與韓熙載所命娼妓為秦弱蘭，亦非任社娘。不過，進一步來看，後周顯德五年（958），南唐中主李璟因對周戰事失利，下令去帝號，稱「唐國主」、「奉周正朔」[42]；清代吳任臣（1632-1689）《十國春秋・南唐二・元宗本紀》記載「是時（中興元年，958）十二月……是月，周兵部侍郎陶穀來聘」，同時，下有案語敘述韓熙載安排秦弱蘭為驛吏女事，並稱出自《南唐拾遺記》。[43]可見陶穀應於此時出使南唐。而北宋建隆二年（961）李煜才即位，《南唐近事》稱「明日後主設宴」，實應如《十國春秋》所引晚明毛先舒（1620-1688）纂《南唐拾遺記》「中主燕穀」，而為「中主設宴」才是。

《玉壺清話》即敘述南唐中主時，陶穀出使，韓熙載遣秦弱蘭惑之事：

> 先是，朝廷遣陶穀使江南，以假書為名，實使覘之。李相密遺熙載書曰：「吾之名從五柳公，驕而喜奉，宜善待之。」至，果爾容色凜然，崖岸高峻，燕席談笑，未嘗啟齒。熙載謂所親曰：「吾輩綿歷久矣，豈煩至是耶？觀秀實公非端介正人，其守可隳，諸君請觀。」因令宿留，俟寫六朝書畢。館泊半年，熙載遣歌人秦弱蘭者，詐為驛卒之女以中之。弊衣竹釵，旦暮擁帚灑掃驛庭。蘭之容止，宮掖殆無。五柳乘隙因詢其跡，蘭曰：「妾不幸夫亡無

---

[42] 宋・歐陽修：《新五代史・南唐世家》卷62，頁776。

[43] 清・吳任臣撰：《十國春秋》卷16（臺北：國光書局，1962年12月），頁24。

歸，託身父母，即守驛翁嫗是也。」情既瀆，失慎獨之
戒。將行翌日，又以一闋贈之。後數日，宴於澄心堂，李
中主命玻璃巨鍾滿酌之，穀穀然不顧，威不少霽。出蘭於
席，歌前闋以侑之，穀慚笑捧腹，簪珥幾委，不敢不釂。
釂罷復灌，幾類漏卮，倒載吐茵，尚未許罷。後大為主禮
所薄，還朝日，止遣數小吏攜壺漿薄餞於郊。迨歸京，鶯
膠之曲之喧，陶因是竟不大用。其詞〈春光好〉云：「好
因緣，惡因緣，奈何天，只得郵亭一夜眠。別神仙，瑟琶
撥盡相思調，知音少。待得鶯膠續斷絃，是何年？」[44]

和《南唐近事》相較，《玉壺清話》所描述的細節更為詳盡清
楚，但基本情節相仿：陶穀一開始皆是容色高毅、凜然不可犯的
模樣，展現出北方大國使臣的驕傲：「辭色毅然不可犯」（《南
唐近事》）、「容色凜然，崖岸高峻，燕席談笑，未嘗啟齒」
（《玉壺清話》）；當南唐中主（《玉壺清話》）或後主（《南
唐近事》）設宴，陶穀依然不假辭色：「辭色如前」（《南唐近
事》）、「毅然不顧，威不少霽」（《玉壺清話》）。後來韓熙
載遣秦弱蘭詐為驛卒之女，蠱惑陶穀，折辱北方來的使臣，為南
唐人出一口氣。果然陶穀私下獨處時無法堅守行為謹慎不苟且的
「慎獨之戒」，並贈秦弱蘭一詞；之後參加南唐宴會，陶穀原表
現得和過去一樣，不苟言笑，沒想到秦弱蘭出場並唱陶穀所贈之
詞，讓陶穀大為頹喪。這種戲弄，陶穀既不能當場憤而離席、拂

44　宋·文瑩撰，黃益元校點：《玉壺清話》卷 4，收入《宋元筆記小說大
　　觀》，頁 1481-1482。

袖而去，亦不能稟報大宋朝廷，對南唐進行報復，實無傷大雅卻能令陶穀有苦難言。於是宋初《南唐近事》形容陶穀「大沮，即日北歸」，而北宋中晚期的《玉壺清話》極力刻畫其失態：「慚笑捧腹，簪珥幾委，不敢不釂。釂罷復灌，幾類漏卮，倒載吐茵，尚未許罷。」既誇張大笑至簪珥欲落，且狂飲至酒醉嘔吐、弄髒墊毯，甚至仍不知節制。因此，「大為主禮所薄」，直到陶穀北返之日，南唐朝廷只遣數名小吏攜壺漿薄餞於城郊送行；而陶穀也由於令國家顏面盡失，「竟不大用」。

　　再進一步比較《南唐近事》、《玉壺清話》與〈任社娘傳〉，可以發現〈任社娘傳〉增加了陶穀第二次出使吳越國之記載，即再以另一種形式對陶穀進行嘲諷。〈任社娘傳〉敘述陶穀兩次出使，第一次如前所述，揭露任社娘是吳越國王特意安排迷惑陶穀之人，陶穀表現出「熟視而笑，知其為王所蠱，亦不以為意」的態度。次年，陶穀再度出使而來，主動要求再見社娘，一見面便出語嘲弄：「昔謂何如，今乃桃符」，為社娘反譏「桃符正為客屬所畏」後，又嘲弄曰：「社如龜筴，何客不鑽」，任社娘再應聲反譏「客兆得遊魂，請眠其文」，最後使得陶穀「大慙」。而陶穀嘲弄任社娘的話：「昔謂何如，今乃桃符」、「社如龜筴，何客不鑽」，前者將任社娘比喻為桃符，正是嘲笑其迎新送舊、送往迎來的歌妓生活；後者又將任社娘比作用於占卜的龜筴，必先在灼卜前「鑽」孔，用「何客不鑽」諷刺任社娘入幕之賓多不勝數，兩者皆針對任社娘歌妓的身分及工作而發，欲令任社娘受窘。

　　由此可見，〈任社娘傳〉特別加入第二次出使的故事情節，為的是突顯陶穀對於任社娘前一年的設計「不以為意」，實是故

作豁達，並非毫不在意；甚至時隔一年，仍耿耿於懷，故主動要
求再見任社娘，且一見面就出言諷刺，欲報復當年的戲弄。再由
陶穀的譏刺之語「昔謂何如，今乃桃符」、「社如龜筮，何客不
鑽」亦先採暗喻、後用明喻，無不可見陶穀已漸失從容氣度，因
此成為被嗤笑的對象。經此改寫，則將陶穀原本單純自視甚高的
形象，進而呈現為心胸並不寬大的文士面孔，甚至自視甚高的陶
穀竟被自己所輕視的歌妓所嘲弄。而陶穀受辱後的反應，由宋初
《南唐近事》形容陶穀「大沮，即日北歸」，至北宋中晚期《玉
壺清話》詳細刻畫其失態、〈任社娘傳〉創作二次出使情節，陶
穀再被嗤笑而「大慙」，亦可以與上一節所論述之北宋中期以後
陶穀不為人喜的形象相呼應。

　　進一步比較其他宋代關於陶穀出使及其詞作事的記載，還有
南北宋之交的彭□《續墨客揮犀》[45]、董弅《侍兒小名錄拾
遺》，及南宋周輝（1127-？）《清波雜誌》、皇都風月主人
《綠窗新話》。[46]《續墨客揮犀》刊行於南宋建炎二年（1128）
至紹興六年（1136）間[47]，其〈陶穀使江南〉記載：

---

[45] 本書第一章〈緒論〉曾述，孔凡禮曾對《墨客揮犀》輯撰者進行考辨，
　　認為「實出自惠洪族人彭姓某人之手……今以彭□當之。」《續墨客揮
　　犀》與《墨客揮犀》同。宋・彭□輯撰，孔凡禮點校：《墨客揮犀》
　　（北京：中華書局，2002 年 9 月），頁 263-266。

[46] 宋・胡仔撰：《苕溪漁隱叢話》前集卷 24 稱北宋後期的龍袞
　　（1094-？）《江南野錄》亦有關於〈風光好〉詞之記載，說是「曹翰
　　使江南贈娼妓詞」，收入《筆記小說大觀》第 35 編（臺北：新興書
　　局，1983 年 10 月），頁 166。不過，由於此事主角已非陶穀，本文不
　　對此進行討論。

[47] 見於孔凡禮〈點校說明〉，收於宋・彭□輯撰，孔凡禮點校：《續墨客

> 國初，朝廷遣陶穀使江南，以假書為名，實使覘之。丞相
> 李巘以書抵韓熙載，曰：「五柳公驕甚，其善待之。」穀
> 至，果如李所言。熙載謂所親曰：「陶秀實非端介者，其
> 守可隳，當使諸君一笑。」因令宿驛舍，俟騰六朝書，半
> 月乃畢。熙載使歌姬秦弱蘭衣弊衣為驛卒女，穀見之而
> 喜，遂犯慎獨之戒，作長短句贈之。明日，中主燕客，穀
> 凜然不可犯。中主持觥，使弱蘭歌續斷絃之曲侑之，穀大
> 慚而罷。[48]

所謂「續斷絃之曲」，即是〈風光好〉詞，以末句「待得鸞膠續
斷絃，是何年？」的「續斷絃」代稱之；而此事的用語、敘述皆
與《玉壺清話》非常接近。至於《侍兒小名錄拾遺》[49]，內容及
文字皆與《續墨客揮犀》相近，最後錄出〈風光好〉全詞，又與
《玉壺清話》相同：

揮犀》（北京：中華書局，2002 年 9 月），頁 409。

48 宋・彭□輯撰，孔凡禮點校：《續墨客揮犀》卷 5，頁 466。

49 陶穀與秦弱蘭事亦見於重編《說郛》本（宛委山堂本）的《侍兒小名
錄》，今《全宋筆記》據此點校，但根據羅寧之研究，認為《侍兒小名
錄》實是雜取《稗海》本的《侍兒小名錄拾遺》、《補侍兒小名錄》、
《續補侍兒小名錄》三書而成，「其條目排列順序也與《稗海》本三書
各自的順序相同。」既然如此，本文不將《侍兒小名錄》列入其中。
宋・洪炎：《侍兒小名錄》，收入《全宋筆記》第九編第一冊（鄭州：
大象出版社，2018 年 3 月），頁 136。另外，關於《侍兒小名錄拾遺》
作者，羅寧引用宋人陳振孫、清人吳騫之說，認為應是董弅。詳見羅
寧、張克然：〈《侍兒小名錄》書考〉，《第六屆宋代文學國際研討會
論文集》（成都：巴蜀書社，2011 年 5 月），頁 609-613。

國初朝廷遣陶穀使江南，以假書為名，實使覘之。丞相李
獻以書抵韓熙載曰：「五柳公驕甚，其善待之。」穀至，
果如李所言。熙載謂所親曰：「陶秀實非端介者，其守可
隳，當使諸君一笑。」因令宿，俟騰六朝書，半年乃畢。
熙載使歌姬秦蒻蘭衣弊衣為驛卒女，穀見之而喜，遂犯慎
獨之戒，作長短句贈之。明日中主燕客，穀凜然不可犯。
中主持觥立，使蒻蘭歌續斷絃之曲侑觴，穀大慚而罷。詞
名〈風光好〉：「好因緣，惡因緣，只得郵亭一夜眠。別
神仙，瑟琶撥盡相思調，知音少。待得鸞膠續斷絃，是何
年？」[50]

此則底下有小字注曰：「《冷齋夜話》」，今本釋惠洪（1071-
1128）《冷齋夜話》雖不載此詞，但南宋胡仔（1095-1170）
《苕溪漁隱叢話》前集曾提及〈春光好〉：「《冷齋夜話》謂是
陶穀使江南贈韓熙載歌姬詞」，可知北宋時《冷齋夜話》尚有此
則記載，與《南唐近事》、《玉壺清話》、《續墨客揮犀》、
《侍兒小名錄拾遺》等為同一類故事。同樣地，南宋周煇《清波
雜誌》所記載陶穀及〈風光好〉一事，情節近於《玉壺清話》：

陶尚書穀奉使江南，恃才凌忽，議論間殆應接不暇。有善
謀者，選籍中豔麗，詐為釋卒孀女，布裙荊釵，日擁篲於
庭。穀一見喜之，久而與之狎，贈以長短句。一日，國主

50　宋・董弅：《侍兒小名錄拾遺》，收入《叢書集成初編》（北京：中華
　　書局，1985 年），頁 4。《叢書集成初編》據《稗海》本排印，作者題
　　為張邦畿。

開宴，立妓於前，歌所贈〈郵亭一夜眠〉之詞，穀大慚
沮，滿引致醉，頓失前日簡倨之容。歸朝，坐此抵罪。[51]

而《綠窗新話》所載陶穀此事，題名為〈陶奉使犯釋卒女〉，其
後亦注曰：「出《玉壺清話》」[52]。

　　由此可知，宋代陶穀出使江南並贈歌姬詞之故事，雖然諸書
記載或繁或簡，內容略有出入，但無不重在借歌妓揭露陶穀表裡
不一的性格，且表現南方小國藉此折辱北方大國使臣，因此歸國
之後才有「迨歸京，鸞膠之曲之喧，陶因是竟不大用」、「歸
朝，坐此抵罪」之說。相較於諸書，〈任社娘傳〉不僅敘述了陶
穀表裡不一之性格、蕩檢踰閑之行徑，也特別通過陶穀的第二次
出使，著墨其自視甚高、無法忍受被南方小國或歌妓嘲弄的形
象，既不同於宋代其他同類型故事，又符合北宋中後期以後筆記
所刻畫的陶穀，自視甚高卻人品低下輕浮，同時亦呈現出心胸並
不寬大的小氣記恨文士面孔。

　　另外，成書於北宋仁宗天聖二年（1024）的《聖宋掇遺》，
記載一則與陶穀出使吳越國有關的故事：

陶穀奉使吳越，忠懿王宴之，因食蝤蛑，詢其族類。忠懿
命自蝤蛑至蟹胥，凡十餘種以進。穀曰：「真所謂一代不
如一代也。」[53]

南宋戴埴（1238 前後）《鼠璞》考辨《艾子》一書，說此書收錄許多有所本的戲語，其中一則引述《聖宋掇遺》：「世傳《艾子》為坡仙所作，皆一時戲語，亦有所本。其說一蟹不如一蟹，出《聖宋掇遺》。陶穀奉使吳越，因食蝤蛑，詢其族類，忠懿命自蝤蛑至蟹凡十餘種以進，穀曰：真所謂一代不如一代也。」[54] 兩則內容相近而敘述略有不同，合而觀之，可見陶穀在吳越後王錢俶接待使臣的國宴上，吃到了蝤蛑，想知道江南其他與蝤蛑相似的水族種類，於是吳越王令人進呈十多種蟹，以滿足使臣陶穀的口腹及好奇。沒想到陶穀卻通過「一蟹不如一蟹」，嘲諷吳越國君一代不如一代。雖然吳越國是一小國，但錢俶仍是一國之君，且賓客受主人款待卻當著主人的面出言諷刺的行徑，實為自大無禮。可見，北宋中期筆記所刻畫的陶穀輕浮自大、無恥無行之形象。

　　再配合陶穀出使吳越國，在吳越王的接待宴會上，與王同行酒令，更可見陶穀的自大無禮：

　　白玉石，碧波亭上迎仙客。（王）
　　口耳王，聖朝天子要錢塘。（穀）[55]

注》卷 45（福州：福建人民出版社，1996 年 1 月），頁 1376。

[54]　宋・戴埴：《鼠璞》，收入《景印文淵閣四庫全書》第 854 冊，頁 88。

[55]　宋・吳曾：《能改齋漫錄》卷 14，收入《全宋筆記》第五編第四冊（鄭州：大象出版社，2012 年 1 月），頁 127。清・彭定求等編：《全唐詩・吳越王與陶穀酒令（穀使吳越，共舉酒令云云）》卷 879（北京：中華書局，2003 年 7 月），頁 9954。

吳越王款待陶穀，尊稱陶穀為「仙客」，足見禮遇，但陶穀卻展現頤指氣使的態度，毫不客氣地直說：我們大宋要你們的國家，充滿對吳越的輕蔑之意。

異於上述記載，《國老談苑》敘述兩則陶穀奉使兩浙的故事：其一，陶穀「獻詩二十韻於錢俶。其末云：『此生頭已白，無路掃王門。』時穀官是丞郎，職為學士，奉命小邦，獻詩已是失體，復有『掃門』之句，何辱命之甚也！」[56]雖然此則沒有歌妓及贈詞之事，但不因美人計，陶穀卻主動獻詩給吳越王，展現其未經他人刻意設計，即主動降低格調之模樣；其中，「此生頭已白，無路掃王門」詩句，更表達出陶穀年事已高，無法報效吳越王的遺憾心境，更是有辱大宋使臣的身分，大失國體。其二，參加宴會時，陶穀見以金鐘為行酒令之罰酒酒杯，則稱病臥床，吳越王派人慰問，陶穀竟開口索要金鐘，甚至在獲贈十副金鐘後，作詩「乞與金鐘病眼明」表達謝意。及出境，又在郵亭賦詩：「井蛙休恃重溟險，澤馬曾嘶九曲濱」，令人傳誦，欲掩飾之前所作有失身分（「此生頭已白，無路掃王門」）或無恥討要財物（「乞與金鐘病眼明」）的詩句。

由此可見，自北宋之《南唐近事》、《玉壺清話》、《冷齋夜話》至南宋《續墨客揮犀》、《侍兒小名錄拾遺》、《清波雜誌》、《綠窗新話》等，基本為同一類故事，皆敘述陶穀出使江南並贈歌姬詞之事，重在借歌妓揭露陶穀表裡不一、蕩檢踰閑的性格。〈任社娘傳〉增加了陶穀第二次出使之記載，不僅強調陶

56　舊題夷門隱叟王君玉撰，楊倩描、徐立群點校：《國老談苑》卷 1，頁 58。

穀自視甚高，具身為北方大國使臣的驕傲，同時亦呈現出實際上器量狹窄之文士樣貌。至於《國老談苑》，異於上述故事，完全沒有歌妓及贈詞故事，卻更可以看出陶穀之厚顏無恥。因此，圍繞著陶穀出使一事上，北宋諸筆記及〈任社娘傳〉記敘故事或繁或簡，內容或有出入，甚至歌妓或有或無，不論著重哪一方面，皆為落實陶穀人品輕薄無恥之形象。

三、《清異錄》雅戲嘲謔之特色

由上述兩節之討論，可知北宋中期以後筆記已完成陶穀博聞多才卻人品輕浮自大之形象塑造，而這種自視甚高、輕蔑他人之性格，具體表現於外即為言語刻薄、喜好嘲諷不如自己之人。而筆記《清異錄》，《四庫全書總目》認為其表面上記錄實事，卻多虛構自撰內容；[57]其中，最不同於載錄實事之寫法，在於其編撰故事時多運用「戲」字或多運用詩詞典故嘲笑人，立場鮮明，風格顯著，非單純記事而已。綜觀全書，卷上、卷下帶有「戲」字的條目約各有十則，另有數則用「鬧」、「滑稽」、「嘲」、「玩」、「笑」者；又有運用詩詞典故嘲人者十數則，仿擬雅正文體為竹子作「記」、為刺青圖作「史」、為嗜睡者撰「譜」等近二十則，數量甚夥。以下先就《清異錄》對帝王或王侯官員的嘲戲進行分析。

如《清異錄》卷上〈避賢招難存三奉五皇帝〉記載唐昭宗為

57　清・永瑢等撰：《四庫全書總目》卷144在明代李琪枝《清異續錄》提要內提及：「是雖蒐羅實事，轉不如陶穀之多構虛詞矣。」頁2854。

人戲上尊號「避賢招難存三奉五皇帝」，首先，此尊號包括「避
賢招難」、「存三奉五」二部分：所謂「避賢招難」，《清異
錄》引用唐昭宗自述說明：「朕東西所至，禍難隨之，願避賢者
路。」說的是唐昭宗在位十六年卻三次出逃長安之事。而「存三
奉五」，《清異錄》約略提及「三謂三主：帝后及楊柳、昭儀，
五謂全忠、行瑜、克用、茂貞、韓建」[58]，此說刻畫出唐昭宗無
力悲劇的人生：唐昭宗欲有效剷除藩鎮，卻被李克用所敗[59]，又
因此被李茂貞嘲弄[60]，被韓建恐嚇挾持[61]，被王行瑜聯合李茂

---

[58] 宋・陶穀撰，鄭村聲、俞鋼整理：《清異錄》，收入《全宋筆記》第一
編第二冊，頁 18。關於《清異錄》之版本及源流，可參考鄧瑞全、李
開升：〈《清異錄》版本源流考〉，《古籍整理研究學刊》2008 年第 4
期（2008 年 7 月），頁 48-55。根據本文，現代點校本中，《全宋筆
記》點校本優於《宋元筆記小說大觀》標點本，故本節以《全宋筆記》
本為底本進行研究。

[59] 後晉・劉昫：《舊唐書・昭宗本紀》卷 20 上：「李克用攻陷雲州，執
大同防禦使赫連鐸，以其牙將薛志勤守雲中。」頁 751。

[60] 宋・歐陽修：《新五代史・李茂貞傳》卷 40：「茂貞不奉詔，上表自
論曰：『未審乘輿播越，自此何之！』昭宗以茂貞表辭不遜，不能
忍」，頁 430。

[61] 後晉・劉昫：《舊唐書・昭宗本紀》卷 20 上：「華州韓建遣子充奉表
起居，請駐蹕華州，乃授建京畿都指揮、安撫制置、催促諸道綱運等
使。詔謂建曰：『啟途之行，已在河東，今且幸鄜時。』甲午，次富
平。韓建來朝，泣奏曰：『藩臣倔強，非止茂貞。雖太原勤王，無宜巡
幸。臣之鎮守，控扼關畿，兵力雖微，足以自固。陛下若輕捨近畿，遠
巡極塞，去園陵宗廟，寧不痛心；失魏闕金湯，又非良算。若興駕渡
河，必難再復，謀苟不臧，悔之寧及。願陛下且駐三峯，以圖恢
復。』」頁 759。

貞、韓建謀廢[62]，最後被朱溫（全忠）監控[63]，所以此五人為昭宗所奉，稱為「奉五」。而昭宗在九死一生之際，依靠三人，尚能苟且存活，是為「三主」：一是何皇后，曾在宦官劉季述挾持昭宗時，為保住昭宗性命，說：「軍容長官護官家，勿至驚恐，有事取軍容商量」；[64]至於楊柳，指的是朱溫，朱溫解救昭宗後，讓他不必受宦官欺凌，因此昭宗封朱溫為梁王，並御筆〈楊柳詞〉五首贈予朱溫[65]，但只是苟延殘喘，唐代朝廷已為朱溫所把持；第三，「昭儀」是昭儀李漸榮，當朱溫派蔣玄暉入宮殺皇帝時，昭儀李漸榮不僅出言：「院使莫傷官家，寧殺我輩」，甚

---

[62] 後晉・劉昫：《舊唐書・昭宗本紀》卷 20 上：乾寧二年五月「李茂貞、王行瑜、韓建等各率精甲數千人入覲，京師大恐，人皆亡竄，吏不能止。……貶宰相韋昭度、李磎，尋殺之於都亭驛，殺內官數人而去。王行瑜留弟行約，茂貞留假子閬主，各以兵二千人宿衛。時三帥同謀廢昭宗立吉王，聞太原起軍乃止，留兵宿衛而還。」頁 753。同年七月，「李克用舉軍渡河，以討王行瑜、李茂貞、韓建等稱兵詣闕之罪。」頁 754。

[63] 後晉・劉昫：《舊唐書・昭宗本紀》卷 20 上：天祐元年春正月「全忠率師屯河中，遣牙將寇彥卿奉表請車駕遷都洛陽。全忠令長安居人按籍遷居，徹屋木，自渭浮河而下，連甍號哭，月餘不息。」迨及四月，「帝遣晉國夫人可證傳詔諭全忠，言中宮誕蓐未安，取十月入洛陽宮。全忠意上遷留俟變，怒甚，謂牙將寇彥卿曰：『亟往陝州，到日便促官家發來！』」頁 778。

[64] 後晉・劉昫：《舊唐書・昭宗本紀》卷 20 上，頁 770。

[65] 後晉・劉昫：《舊唐書・昭宗本紀》卷 20 上：天復三年二月，昭宗制賜全忠「迴天再造竭忠守正功臣」，頁 776：十八日後，「昭宗御延喜樓送之，既醉，遣內臣賜帝御製楊柳詞五首。」見宋・薛居正撰：《舊五代史・梁書二・太祖朱溫紀》卷 2，頁 33。

至為保護昭宗，最後伏於昭宗身上被殺。[66]

可見，所謂「避賢招難存三奉五皇帝」尊號，不僅沒有絲毫尊敬之意，還充滿詼諧嗤笑意味，而嗤笑之所以成功，在於典故所造成意在言外之效果。此外，《清異錄》運用「戲」字，使得敘述唐昭宗尊號一事時，產生變形或扭曲的異樣感，從而提示讀者注意到唐昭宗「尊號」內容的不莊重成分，及不被尊重的態度；倘若不理解「避賢招難」、「存三奉五」與唐昭宗乖舛人生之關係，單單從「戲上尊號」一詞的「戲」、「尊」二字，亦可以體會出當中的語言張力：通過一個「戲」字，使得「尊」的顯貴高位被降低、敬重態度被弱化，足見「戲」字的力量。

卷上〈百和參軍〉也同樣可以見到這種調笑、隨意、不莊重的「戲」。〈百和參軍〉敘述袁象先判衢州時的幕客謝平子「癖於焚香，至忘形廢事」，同僚蘇收特地準備一封名帖，專門等到謝平子亡逝後才投入香爐之中，稱之為：「鼎炷郎守馥州百和參軍謝平子」。[67]其中，不論是「鼎炷郎」、「馥州」都和「焚香」有關；至於「百和參軍」，又呼應文中提及之謝平子幕客身分，及因「癖於焚香」而「忘形廢事」，終致「百和」。原本拜訪人所用的「刺」、「札」、「帖」都應正式且恭敬，而謝平子過世亦應哀戚，但「戲刺一札」之「戲」字、「伺其亡也而投之」的「伺」字，卻充分展現出不莊重、不正式、不恭敬的神態。

「戲」字的不恭敬、不莊重被強化後，便由單純開玩笑轉而帶有嘲笑之意味，如卷上〈黑鳳凰〉敘述禮部郎康凝有畏妻之

66　後晉・劉昫：《舊唐書・昭宗本紀》卷 20 上，頁 782-783。

67　宋・陶穀撰，鄭村聲、俞鋼整理：《清異錄》，收入《全宋筆記》第一編第二冊，頁 20。

名，因妻子生病，需要以烏鴉為藥，但積雪未消，甚難捕捉，於是妻子怒而欲以木杖捶打康凝；康凝懼怕，只好踏著未融的雪泥至郊外誘捕烏鴉，好不容易才得到一隻。康凝的同僚劉尚賢「戲之曰」：「聖人以鳳凰來儀為瑞，君獲此免禍，可謂黑鳳凰矣。」[68]烏鴉與鳳凰本不同物，且一惡徵一祥瑞[69]，品級高下有所差異，但康凝卻因烏鴉而免於被妻子責打，與古人認為鳳凰來舞是祥瑞徵兆，又頗雷同，因此烏鴉也有了「黑鳳凰」之稱號。其中，將烏鴉比作鳳凰，一下一上，差異立顯，突兀所造成的張力也隨之呈現，因此「黑鳳凰」此一「戲」稱，是通過表面上抬升烏鴉品級，促使人注意到由致災、遭禍至「免禍」、「避災」的意義挪移，進而令人聚焦於康凝畏妻之事，可知此一戲稱實為取笑康凝懼內，帶有嘲謔調侃之意。

　　至於卷下〈高密侯〉一則，更在嘲笑戲謔之外，帶有譏笑嗤鄙意味：

68　宋・陶穀撰，鄭村聲、俞鋼整理：《清異錄》，收入《全宋筆記》第一編第二冊，頁 54。

69　宋・歐陽修、宋祁撰：《新唐書・五行志一》卷 34「羽蟲之孽」記載 15 則與烏鴉相關的災徵，如「景龍四年六月辛巳朔，烏集太極殿梁，驅之不去。」「寶曆元年十一月丙申，羣烏夜鳴。」「天復二年，帝在鳳翔，十一月丁巳，日南至，夜驟風，有烏數千，迄明飛噪，數日不止。自車駕在岐，常有烏數萬棲殿前諸樹，岐人謂之神鴉。」（北京：中華書局，1997 年 9 月），頁 889、890、892。至於鳳凰為祥瑞之說，自古即有，因此前蜀王建為證明天命而屢出瑞應，其中便有鳳凰，歐陽修在《新五代史》說：「嗚呼，自秦、漢以來，學者多言祥瑞，雖有善辨之士，不能祛其惑也！予讀蜀書，至於龜、龍、麟、鳳、騶虞之類世所謂王者之嘉瑞，莫不畢出於其國，異哉！」見宋・歐陽修撰：《新五代史・前蜀世家第三・王建》卷 3，頁 794-795。

江南周則少賤，以造雨傘為業。其後戚連椒閫，後主戲問
之，言：「臣急於米鹽，日造二傘貨之，惟霖雨連月，則
道大亨。後生理微溫，至於遭遇盛明，遂捨舊業。」後主
曰：「非我用卿而富貴，乃高密侯提攜而起家也。」明年
當封，特以為高密侯，實誚之耳。[70]

首先，因《爾雅‧釋山》：「山如堂者密」，郭璞注曰：「形如
堂室者」[71]，可知「密」指的是山形如堂室，而傘形如山，因此
「高密侯」之封號暗指「傘」；其次，《清異錄》先敘述李煜
「戲問」周則，再明說周則依靠「高密侯提攜而起家」，最後直
接封周則為「高密侯」，使得此一封號飽含李煜對周則以造傘發
家致富之鄙薄嘲笑意味，故文末說：「實誚之」。

「戲」字的語言塑造雖然有著由不恭敬、不莊重至嘲笑、輕
視的程度差異，但是細究起來，無不是小說語境對於詞語「尊
號」、「皇帝」、「剌札」、「參軍」、「鳳凰」、「祥瑞」、
「封侯」等的明顯歪曲所造成，在「戲」字的作用下，能指與所
指產生斷裂，詞語的意義產生扭曲與變形，隱喻與反諷也就從而
發生。進一步思考，不論是唐昭宗的遭遇、謝平子的癖好、康凝
的性格、周則的發跡，雖因獨特而易為小說家注意收錄，但單純
「蒐羅實事」之筆記不至於如《清異錄》充滿調笑、諧謔、嘲弄
的話語，即可以明白《四庫全書總目》所謂「多構虛詞」的意

---

[70] 宋‧陶穀撰，鄭村聲、俞鋼整理：《清異錄》，收入《全宋筆記》第一
編第二冊，頁86-87。

[71] 晉‧郭璞注，宋‧邢昺疏：《爾雅注疏‧釋山》卷7（臺北：藝文印書
館，1997年，《十三經注疏》本），頁117-1。

義，也可見《清異錄》的特色。

　　此外，《清異錄》尚有用「戲」字表達對文章的仿擬之意者，如卷上〈花經九品九命〉：「張翊者，世本長安，因亂南來，先主擢置上列，特拜西平昌令，卒。翊好學多思致，嘗戲造《花經》，以九品九命升降次第之，時服其允當。」然後，模仿官階爵位將花由一品九命排至九品一命：

一品九命　蘭、牡丹、蠟梅、酴醾、紫風流

二品八命　瓊花、蕙、嚴桂、茉莉、含笑

三品七命　芍藥、蓮、蘑卜、丁香、碧桃、垂絲海棠、千
　　　　　葉梅

四品六命　菊、杏、辛夷、豆蔻、後庭、忘憂、櫻桃、林
　　　　　禽、梅

五品五命　楊花、月紅、梨花、千葉李、桃花、石榴

六品四命　聚八仙、金沙、寶相、紫薇、凌霄、海棠

七品三命　散水、真珠、粉團、郁李、薔薇、米囊、木
　　　　　瓜、山茶、迎春、玫瑰、金燈、木筆、金鳳、夜合、
　　　　　躑躅、金錢、錦帶、石蟬

八品二命　杜鵑、大清、滴露、刺桐、木蘭、雞冠、錦被
　　　　　堆

九品一命　芙蓉、牽牛、木槿、葵、胡葵、鼓子、石竹、
　　　　　金蓮[72]

72　宋‧陶穀撰，鄭村聲、俞鋼整理：《清異錄》，收入《全宋筆記》第一
　　編第二冊，頁 39-40。

《花經》雖為張翊所造，但《清異錄》加上「戲」字，成為「戲造」；「經」本應具有典範之意義，且委任排列官爵品第通常是國君之權責，但經《清異錄》點出「戲造」後，冠上「經」之名的嚴肅或排列九品九命次第的崇高意義一併被消解。[73]

　　同樣地，卷上的〈水族加恩簿〉也是「吳越功德判官毛勝」因「雅戲」而「造」，封浙地所產三十多種魚蝦海物為各式官職，並以此「各揚乃德，各敘所材，然後總材德形容之美」，如蛤名仲肩，原為合州刺史，改封為甘松左右丞，其「重負雙宅，閉藏不發」；以「仲肩」意即居中的門戶，配合「重負雙宅，閉藏不發」，聯想蛤的形體；「合州刺史」的官職，則可聯想至其雙殼開合的動作。䲙是「長尾先生」，與其尾柄尖細的形體特徵有關；至於受封為「典醬大夫」，則因「吳越人以謂用先生治醬，華夏無敵」。烏賊原是「甘盤校尉」，因「吐墨自衛，白事有聲」，遂升官為「噀墨將軍」。龜名「元介卿」，與其名列有甲殼的龜鱉一類動物之首有關；為「通幽博士」，則與古代利用龜甲占卜以知吉凶，彷彿龜本身即具有洞徹通曉幽深道理之能力：「卜灼之效，吉凶了然，所主大矣」。蜆，與蛤相似有介殼，但形體較小，因而名為「蓋頑」，授官「表堅郎」；生活在

---

[73] 趙修霈：《深覆典雅：北宋敷衍故實傳奇析論》（臺北：臺灣學生書局，2016年6月），頁106-107。書中考察北宋傳奇〈梅妃傳〉時，為說明以楊花為象徵的楊貴妃不如以梅花為象徵的梅妃，曾引用此則資料及其他詩詞，說明北宋人對梅花的推崇，同時，楊花地位遠不及梅花。如楊花與梅花在九品九命中的地位，從楊花被列於五品五命，而梅花不論是一品九命的蠟梅、三品七命的千葉梅、四品六命的梅，皆高於楊花。「時服其允當」或即此類。

溪河泥沙之中，所以說「生乎泥沙，薄有可採」。[74]其中，「刺史」、「左右丞」、「大夫」、「校尉」、「將軍」、「博士」、「郎」等皆為正式官職名稱，擔任官職者卻為浙地水族；且有權責任用丞相、大夫、將軍、博士者應為帝王，而毛勝之所以作〈水族加恩簿〉，分封水族官位職銜，實是自己「生居水國，饜享群鮮，常以天饞居士自名」，也就是說，由於毛勝嗜食，才忍不住品評各式水族之鮮美特色，因此要讀者　笑置之，千萬不要責備自己太輕浮、不莊重：「觀此簿者，宜不責而笑也」。這種說法呼應了開頭所說的「雅戲」一詞，「戲」字充分表達出不莊重、遊戲閒耍的內涵，而「雅」字一方面印證了〈加恩簿〉及封贈官爵的莊嚴鄭重，另一方面，「雅」字也表現出水族命名與官爵運用了許多典故；兩字合用後，產生不莊重與莊重的相互對峙，同時，這種「戲」又必須通過理解其中的「雅」才能相互作用造成效果，產生語言的張力。由此可知，《清異錄》之「戲」首先必須立基於博學多聞、雅正莊重，才能有效顯示其變形和扭曲，造成差異和張力。

　　《清異錄》中亦收錄不少仿擬雅正文體之篇章，既用典以展現博學典雅，又收諧謔狎戲之效。如卷下收錄南唐李煜弟宜春王從謙所撰的〈夏清侯傳〉，模仿韓愈〈下邳侯革華傳〉手法而書寫。〈夏清侯傳〉的上半篇寫的是綠竹，「秀」、「聳」、「碧虛」、「挺」、「凌雲」、「太清」等詞語，皆為形容「竹」之精神風姿；至於「衣綠綬」、「佩玉玦」、「銀綠大夫」、「猗

74　宋・陶穀撰，鄭村聲、俞鋼整理：《清異錄》，收入《全宋筆記》第一編第二冊，頁 62-66。

猗」[75]等，又點出「綠」之顏色特徵：

> 保大霸主同氣曰宜春王從謙，材性夙成，製撰多不具藁，
> 擬下邳侯革華體，作《夏清侯傳》云：侯姓干氏，諱秀，
> 字聳之，渭川人也。曾大父仲森，碧虛郎。大父挺，凌雲
> 處士。父太清，方隱於幽閒，輒以卓立卿自名，衣綠綬，
> 佩玉玦，秦王聞之，就拜銀綠大夫。秀始在胚胞，已有祖
> 父相，生而操持，面目凜然，僉曰：「鳳雛而文，虎韝而
> 斑。」斑，秀之謂也。不日間，昂霄聳壑，姿態猗猗，遠
> 勝其父。[76]

下半篇寫的是簟，先寫秦王病暑，「席溫」不合王意，接著描述
以刀剖竹製為簟的過程：「詔柄臣金開剖喻秀以革故鼎新之義，
然後剖析其材，刮削其粗，編度令合。又教其方直縝密」，自此
被封為「夏清侯」。秦王使用竹席後，「向之喘雷汗雨，隱不復
見，如超熱海，登廣寒宮」，暑氣全消，夏清侯因此獲得秦王寵
遇，其他如「偃曹侍郎」、「支頭使」、「養足功臣」等寢具皆
比不上夏清侯在秦王心中之重要。五年後，秦王有寒疾，「席
溫」重新被任用，捐棄夏清侯，夏清侯因此「上表乞骸骨，得請
以便就第」。而夏清侯的後裔皆被製為簟，不同於其祖為「處

---

[75] 漢·鄭玄箋、唐·孔穎達疏：《詩經正義·衛風·淇奧》卷 3：「瞻彼
淇奧，綠竹猗猗」（臺北：藝文印書館，1997 年，《十三經注疏》
本），頁 127-1。

[76] 宋·陶穀撰，鄭村聲、俞鋼整理：《清異錄》，收入《全宋筆記》第一
編第二冊，頁 78-80。

士」、父「卓立卿」，多用於世。

文中一方面多處運用相關典故，寫成人物傳記，但實則書寫支離綠竹以製成竹席，然後被棄置的過程；另一方面，「夏清侯」、「偓曹侍郎」、「支頭使」、「養足功臣」、「斗圍監」、「邊幅將軍」等官職名稱，都半俗半雅：既有侯、侍郎、使、功臣、監、將軍等正式職銜，又有夏清、偓曹、支頭、養足、斗圍、邊幅等「不正經」用語。

較之韓愈〈下邳侯革華傳〉寫「革履」，同樣從牛寫至履，尤其是其祖輩操持農事，被封為「大司農」，後來轉職拉引重輜，為「輕車都尉」，至革華「上念其父劬勞而死於王事，封華為下邳侯」：

> 為人善履道，別威儀，進止趨蹌，一隨人意。上將駕出遊，畋獵馳騁，球擊射禦，及禮神祭祀，交賓接賢，未嘗不召華偕往。伏事上久之，因病忽開口論議，泄露密旨，上繇是疏之，詔將作大匠治之，又命其友金十奴等令補過之。尋獻於上，上雖納之，然亦不甚見重。有泥塗賤處，方召使之，餘並不得預焉。頃之，上見其顏色憔悴，又衰憊失度，上諮嗟曰：「下邳侯老而憊，不任吾事，今棄於市，不復召子矣。」遂棄之而終。華無息，其繼者族人矣。[77]

77　清・董誥等編：《全唐文》卷 567（上海：上海古籍出版社，1995年），頁 2542。

〈下邳侯革華傳〉書寫革履為王所重用、又為王所捐棄的一生，與〈夏清侯傳〉頗為相仿。但〈下邳侯革華傳〉所提及的「大司農」、「輕車都尉」皆為史上實有的官職；「下邳」亦為自戰國即有之地名，漢代有「下邳國」之稱，因此「下邳侯」亦有正式官爵意涵，不同於〈夏清侯傳〉之「夏清侯」、「傴曹侍郎」、「支頭使」、「養足功臣」、「斗圍監」、「邊幅將軍」等夾雜「不正經」用語的官職名稱。也就是說，韓愈借用「大司農」、「輕車都尉」、「下邳侯」等史上實有的官爵名稱，與牛、履產生繫連，而〈夏清侯傳〉捨棄「實有」的官職，直接以竹或寢具的特性「造作」官名。因此，〈夏清侯傳〉開頭雖然說「擬下邳侯革華體」，但其刻意展現的「既雅且戲」特色，又稍異於韓愈〈下邳侯革華傳〉。

北宋太宗端拱元年（988）冬季，李覺（947-993）因王禹偁上奏：「覺但能通經，不當輒居史職」，遂「倣韓愈〈毛穎傳〉作〈竹穎傳〉以獻」；[78]韓愈〈毛穎傳〉藉「太史公曰」稱「秦之滅諸侯，穎與有功，賞不酬勞，以老見疏，秦真少恩哉」[79]，李覺通過毛穎髮禿，竹穎冬季亦被棄置，期望引起太宗之憐憫，果然收到效果，王禹偁奏疏遂未被太宗採用。〈夏清侯傳〉與〈毛穎傳〉同樣遭遇秦王而被棄，〈竹穎傳〉所述當與〈夏清侯傳〉同為竹製品，前者或因冬季天寒，後者則因秦王年事漸高畏寒，使得竹穎與夏清侯被捐棄不用。由此可見，雖說〈夏清侯傳〉仿韓愈〈下邳侯革華傳〉、〈竹穎傳〉仿韓愈〈毛穎傳〉，

---

[78] 元・脫脫撰：《宋史・李覺傳》卷431，頁12821。

[79] 清・董誥等編：《全唐文》卷567，頁2541-2542。

但〈竹穎傳〉之內容、手法與〈夏清侯傳〉頗為相近，若非李覺曾經見過〈夏清侯傳〉，亦可說明〈夏清侯傳〉、〈竹穎傳〉實展現五代至宋初文人的撰作習慣。

　　北宋中期以後，則稱床上可倚可臥可懷抱的竹几為「竹夫人」，如蘇軾〈次韻柳子玉二首之地爐〉：「聞道床頭惟竹几，夫人應不解卿卿。」[80]〈送竹几與謝秀才〉：「平生長物擾天真，老去歸田只此身。留我同行木上坐，贈君無語竹夫人。但隨秋扇年年在，莫鬥瓊枝夜夜新。堪笑荒唐玉川子，暮年家口若為親。」[81]張耒（1054-1114）撰〈竹夫人傳〉，替初為漢武帝所寵幸，後因秋季漸涼而失寵的竹几作傳[82]，內容頗近〈夏清侯傳〉、〈竹穎傳〉，但並非男性官爵職掌，而為北宋中期習稱的「竹夫人」。[83]

　　另外，卷上〈黑心符〉亦屬仿擬雅正文體一類文章。首段，開頭先引用《論語》、《書》、《易》、《詩》等經典，接著，列舉歷史上國君因夫綱不振而導致之禍事：春秋時代魯桓公因文姜而喪命於齊、漢高祖呂后稱制而有諸呂之亂、隋文帝因獨孤皇后行廢立之事而隋亡於煬帝之手、唐高宗寵愛武后而促使武后僭

80　曾棗莊、舒大剛主編：《蘇東坡全集》詩集卷 7（北京：中華書局，2021 年 5 月），頁 150。

81　曾棗莊、舒大剛主編：《蘇東坡全集》詩集卷 25，頁 449。

82　宋・張耒著：〈竹夫人傳〉，收入《筆記小說大觀》第五編（臺北：新興書局，1974 年），頁 1843。

83　劉季富：〈「竹夫人」詞源小考及其他〉，《安陽師範學院學報》2006 年第 6 期（2006 年 12 月），頁 69-70。此文亦考辨「竹夫人」一詞最早在文獻上出現為北宋。但實可更精確的說明在北宋中期以後，北宋初期並未有此稱呼。

號自立，以經、史來證明夫夫婦婦之道的重要。再說明繼室比起原配，更易招致禍害，如閔子騫穿著蘆絮薄衣。至此，論述、語言皆正經，為議論文典雅莊重之寫法，但之後說夫聽妻言會造成顛倒失序：「呼令殺人，則恨頭落之遲；呼令自殺，則恐刀來之晚。極口罵辱焉，迎以笑嬉；盡力決撻焉，連稱罪過。……曰舐吾痔，諾而趨；曰嘗吾便，跪而進。」又形容對妻子的敬畏神色：「彼尚且流汗積踵，吐血逾胸，悚懼憧惶，戰栗振掉，惟恐妻語之屬而色之莊也」，文辭誇張，令人噴笑。

次段則先寫婦人搬弄口舌、顛倒黑白：「婦人遂啟口為雲霧，發喉為雷霆，展身為電，轉身為風，誣春為秋，改白為黑，指吳作越，號女作男」，亦通過修辭展現綱常紊亂、是非混淆之情狀，而文辭之誇大即凸顯其超乎常理、不可思議。此後，論述夫綱不振的時間一久，將會導致晚景之淒涼，故主張要如何對待妻子，且絕不可重婚續娶，其文辭又重歸莊重認真。[84]

整體而言，〈黑心符〉先引經據典，次誇大張揚，再以誇張文詞造成威嚇效果，最後歸於嚴肅說教；既莊亦諧，既雅也謔，合乎《清異錄》「雅戲」之內涵。甚至，由末句「陶氏子孫其戒之哉」，可知《清異錄》引用于義方〈黑心符〉為「家訓」，以繼室之害警戒子孫；倘若如此，不論在文體或文字上，都應言笑不苟，但其中刻意運用誇大的修辭，顯露其不協調的內容，展現此文表面為家訓，實則在尖刻中隱含幽默、在諷刺中帶有嘲弄的手法。

---

[84] 宋・陶穀撰，鄭村聲、俞鋼整理：《清異錄》，收入《全宋筆記》第一編第二冊，頁 24-26。

可見，不論是對帝王或王侯官員的嘲戲，或對「經」、「加恩簿」、古文、家訓等雅正文章的仿擬，或引錄之篇章、或自撰之內容，《清異錄》內容多符合「雅戲嘲謔」之特點。其餘條目有未直接採用「戲、嘲、笑、鬧」等字眼，亦多運用各種嘲謔手法者，如「唐文皇虹鬚壯冠，人號『鬚聖』」[85]一類，以誇飾手法為地位顯赫者取綽號；又如「王曦紹僭號梁閩越，淫刑不道，黃崿曰：『合非永隆，恐是太昏元年。』」[86]則以永隆、太昏之對比，表達嘲諷之意；甚至如「孟蜀隳危，大軍弔伐，偽昶遣皇太子玄喆、平章事王昭遠統兵捍禦，玄喆乳臭子，昭遠僕廁材」[87]，直接出以嗤鄙笑罵。凡此種種，無不展現《清異錄》一書之雅戲嘲謔、遊戲閒耍特色。

結　語

本章討論陶穀形象，從北宋筆記及〈任社娘傳〉一類陶穀出使、作詞的故事系統兩者進行觀察：北宋筆記方面，初期重在記載陶穀的才華博學，但中期以後，不僅博學形象被打了折扣，且轉為刻畫其自視甚高卻人品低下輕浮。北宋關於陶穀出使及作詞的故事系統中，北宋《南唐近事》以降的筆記多記載同一類故

85　宋・陶穀撰，鄭村聲、俞鋼整理：《清異錄》，收入《全宋筆記》第一編第二冊，頁 67。

86　宋・陶穀撰，鄭村聲、俞鋼整理：《清異錄》，收入《全宋筆記》第一編第二冊，頁 19。

87　宋・陶穀撰，鄭村聲、俞鋼整理：《清異錄》，收入《全宋筆記》第一編第二冊，頁 19。

事，重在借歌妓揭露陶穀表裡不一、蕩檢踰閑的性格；〈任社娘傳〉所獨有的第二次出使情節，除了強調陶穀自大輕浮外，亦呈現出其器量狹窄。《國老談苑》只記載陶穀出使卻完全沒有歌妓及贈詞故事，卻更突顯陶穀之厚顏無恥。兩個故事系統雖然內容情節不同，但所刻畫之陶穀自視甚高、輕浮無恥的形象，頗為雷同。

雖然南宋陳振孫（1179-1262）《直齋書錄解題》說《清異錄》：「稱翰林學士陶穀撰。凡天文、地理、花木、飲食、器物，每事皆制為異名新說。其為書殆似《雲仙散錄》，而語不類國初人，蓋假託也」[88]，同樣地，《雲仙散錄》也被陳振孫認為是「假託」馮贄所撰：「正如世俗所行東坡《杜詩注》之類，然則所謂馮贄者及其所蓄書皆子虛烏有也，亦可謂枉用其心者矣」，另舉了「東坡《杜詩注》」作為「假託」例證。《直齋書錄解題》辨析《杜工部詩集注》時，說：「世有稱東坡《杜詩故事》者，隨事造文，一一牽合，而皆不言其所自出。且其辭氣首末若出一口，蓋妄人依托以欺亂流俗者，書坊輒剿入《集注》中，殊敗人意」[89]，可見陳振孫認為《清異錄》與《雲仙散錄》、《杜詩故事》同樣屬於依託他人所作的書。

但不少學者仍以陶穀為《清異錄》之作者，如第一位論及《清異錄》作者為陶穀者，即稍早於陳振孫的南宋樓鑰（1137-1213），其《攻媿集·白醉》詩序即有「陶內翰《清異錄》」，

---

[88] 宋·陳振孫：《直齋書錄解題》卷 11，收入《宋元明清書目題跋叢刊》宋代卷第 1 冊（北京：中華書局，2006 年 6 月），頁 687。

[89] 宋·陳振孫：《直齋書錄解題》卷 19，收入《宋元明清書目題跋叢刊》宋代卷第 1 冊，頁 795。

表示樓鑰認為《清異錄》為陶穀所作。[90]明代胡應麟亦反駁《直齋書錄解題》，認為「《清異錄》二卷，陶穀撰。或以文不類末初者，恐未然。此書命名造語皆頗入工，恐非穀不能。」《四庫全書總目》亦主張為陶穀所撰：「所記諸事，如出一手，大抵即穀所造，亦《雲仙散錄》之流，而獨不偽造書名，故後人頗引為詞藻之用。」不過，《四庫全書總目》在明代李琪枝《清異續錄》提要內，又說：「是雖蒐羅實事，轉不如陶穀之多構虛詞矣。」[91]可見，雖然《四庫全書總目》認為《清異錄》是陶穀所撰，但也認為其內容並非據前代故實採錄，而多出自虛構杜撰，亦所謂「《雲仙散錄》之流」之意。至於錢鍾書《談藝錄》，亦說《清異錄》：「依託五代遺事，巧立尖新名目」[92]、「杜撰故實，俾具本末而有來歷」[93]。

　　王國維《觀堂外集・庚辛之間讀書志》，略舉《直齋書錄解題》、《少室山房筆叢》、《四庫全書總目》對《清異錄》作者之看法後，認為「陳說良是」，《直齋書錄解題》「假託」的說法較正確。余嘉錫《四庫提要辨證》針對《四庫全書總目》懷疑〈花經九品九命〉「似江南人作」，提出「此則是雜錄舊文，刪除未盡」的可能性；又配合《清異錄》內多則故事或用語不當出現在陶穀生前，尤其指出此書第一條「李煜在國時作祈雨文」，應「去穀之卒已五年」，從而主張《少室山房筆叢》的辨駁不合

90　宋・樓鑰：《攻媿集》卷3，收入《景印文淵閣四庫全書》第1152冊，頁309。

91　清・永瑢等撰：《四庫全書總目》卷144，頁2854。

92　錢鍾書：《談藝錄》（北京：中華書局，1999年11月），頁247-249。

93　錢鍾書：《談藝錄》，頁566。

於事實。[94]不過，清代錢曾（1629-1701）《讀書敏求記》認為今本《清異錄》經元人增補[95]，其中所增補者包括天類一則，而今本《清異錄》「天文類」第一條「李煜在國時作祈雨文」，或許即因增補而造成陶穀身後記錄收入書中的情況。昌彼得亦贊同王國維說法，認為「是書非穀所著，而後人托名也。」[96]

　　雖然「文如其人」一直是文學史上頗富爭議的論題，然而《少室山房筆叢》、《四庫全書總目》眼見《清異錄》多則記載在用語或敘述上，頗不符合陶穀在世的情況，卻仍因命名造語、記事而主張《清異錄》出於陶穀，或許正是著眼於《清異錄》「雅戲」之內涵須兼具博學雅正及詼諧笑謔，唯有北宋初陶穀博學多才卻素好詼諧之形象才能相應。配合陶穀形象由北宋前期至中期以後所產生之轉變，《清異錄》內容特色與北宋前期筆記內之陶穀形象頗為相合，而不同於北宋中期以後筆記內自視甚高、鄙薄他人之形象。倘若《清異錄》非陶穀所著，「託名陶穀」的作偽之人欲將此書假託他人時，亦會設法使書籍與所假託的作者陶穀產生關聯，以求取信於人，而作偽之人所認識的陶穀是北宋前期的形象，當不作於北宋中期以後。

94　余嘉錫：《四庫提要辨證》卷 18（昆明：雲南人民出版社，2004 年 11 月），頁 984-985。

95　清·錢曾撰，清·管庭芬、章鈺校證：《讀書敏求記》卷 3 上：「（至正）二十六年又得常清靜齋藏本讎校，正訛易舛，不下三四百字，復補足喪葬、鬼、神、妖四類及天類一則、魚類三則，始為全書矣。」收入《宋元明清書目題跋叢刊》清代卷第 5 冊，頁 131。今《全宋筆記》本《清異錄》只有天文類，無天類。

96　昌彼得：《說郛考》（臺北：文史哲出版社，1979 年 12 月），頁 305-307。

　　再者，本書〈緒論〉曾述及北宋中期沈遼（1032-1085）
〈次韻酬泰叔〉詩，詩中用《清異錄》發明之新詞彙「君子觴」
為典故；本章引述〈夏清侯傳〉，符合宋初文人的撰作習慣；今
有學者考證柳永（985-1053）、黃庶（1018-1058）、張景修
（1090 前後在世）、黃庭堅（1045-1105）等人作詩皆運用《清
異錄》典故[97]，因此，《清異錄》應作於北宋前期，否則柳永等
詩人便無法使用其中造作之新詞以為故實。

　　總之，不論作者是否為陶穀本人，由北宋筆記內陶穀形象之
轉變，至少可以證明《清異錄》作於北宋前期。

---

[97] 李瑞林舉柳永〈鶴沖天（黃金榜上）〉：「煙花巷陌，依約丹青屏障。
……且恁偎紅翠，風流事，平生暢。青春都一餉。換了淺酌低唱。」
《清異錄》卷上〈偎紅倚翠大師〉：「……（李）煜乘醉大書右壁，
曰：『淺斟低唱，偎紅倚翠，大師鴛鴦寺主，傳持風流教法。』……」
黃庶〈觀雪〉：「疑是天公戲，都傾海作鹽」，《清異錄》卷上〈天公
玉戲〉即以天公玉戲比擬「雪」。黃庭堅〈謝張泰伯惠黃雀鮓〉：「蜀
王煎鵝法，醢以羊麂兔」，其自注：「俗謂亥卯未餛飩」，此命名之法
源於《清異錄》卷下〈王羹亥卯未相粥白玄黃〉；〈答永新宗令寄石
耳〉：「雁門天花不復憶，況乃桑鵝與楮雞。」「桑鵝」出自《清異
錄》卷上〈五鼎芝〉：「北方桑上生白耳，名『桑鵝』。」張景修〈瑞
香花〉：「曾向廬山睡裏聞，香風占斷世間春。竊花莫撲枝頭蝶，驚覺
南窗午夢人。」典出《清異錄》卷上〈睡香〉：「廬山瑞香花，始緣一
比丘晝寢磐石上，夢中聞花香烈酷不可名，既覺，尋香求之，因名『睡
香』。」宋・陶穀：《清異錄》，收入《全宋筆記》第一編第二冊，頁
31、16、108、47、37。李瑞林：《《清異錄》文獻研究》，南京大學
中國古典文獻學碩士論文，2014 年，頁 8-10。

第六章 政爭側寫：
蘇軾、王安石形象之形成

前 言

北宋王闢之（1032-？）《澠水燕談錄》曾敘述蘇軾（1037-1101）文才名聲不僅重於當代，且廣傳至遼國，「宿幽州館中，有題子瞻〈老人行〉於壁者。聞范陽書肆亦刻子瞻詩數十篇，謂《大蘇小集》。」[1]自蘇軾同時期文人至南宋中期的筆記，不少蘇軾之記載，如北宋何薳（1077-1145）父何去非（1090 前後在世）感念蘇軾的知遇之恩，何薳《春渚紀聞》內有一卷〈東坡事實〉專門記載與蘇軾同時代人轉述的蘇軾逸事及文辭。[2]又如司馬光《涑水記聞》、趙令時《侯鯖錄》、蘇轍《龍川略志》、孔平仲《孔氏談苑》、李廌《師友談記》等，為蘇軾同時期並與之交遊的人所撰。又或成書於蘇軾死後至南宋初期文人之手的《邵氏聞見錄》、《泊宅編》、《避暑錄話》、《獨醒雜誌》、《梁

---

[1] 宋・王闢之撰，韓谷校點：《澠水燕談錄》卷 7，見《宋元筆記小說大觀》（上海：上海古籍出版社，2001 年 12 月），頁 1284。

[2] 宋・何薳撰，張明華點校：《春渚紀聞・點校說明》（北京：中華書局，1997 年 12 月），頁 1。

溪漫志》等，及南宋中期以後的《貴耳集》、《老學庵筆記》、
《西塘集耆舊續聞》等，皆頗多關於蘇軾之故實。

　　至於《東坡志林》、《仇池筆記》，亦因蘇軾文字廣受歡
迎，後人搜集其隨筆文字而成。[3]關於前者，蘇軾在元符三年
（1100）北歸途中，致書鄭嘉會〈與鄭靖老〉之三：「《志林》
竟未成，但草得〈書傳〉十三卷」[4]，《邵氏見聞後錄》亦載：
「蘇叔黨為葉少蘊言：『東坡先生欲作《志林》百篇，才就十三
篇，而先生病，惜哉！』」[5]可見蘇軾當時並未完成全部「志
林」，所成者僅十三篇，應為今《東坡志林》卷 5 論古十三篇。
此外，蘇軾的隨筆體文字在北宋末、南宋初流傳甚多，如北宋黃
朝英《靖康緗素雜記》卷 8 有「東坡《雜記》」[6]，南宋初尤袤
《遂初堂書目》著錄《東坡雜說》[7]，高似孫《硯箋》卷 1「褪墨
硯」引錄《東坡雜說》。[8]南宋陳振孫（1179-1262）《直齋書錄
解題》卷 11 有《東坡手澤》三卷，並說此為「今俗本《大全
集》中所謂『志林』者也」；[9]也就是說，南宋理宗時，蘇軾之

3　宋‧朱弁撰，王根林校點：《曲洧舊聞》卷 8：「東坡詩文落筆，輒為
　　人所傳誦」，收入《宋元筆記小說大觀》，頁 3016。

4　曾棗莊、舒大剛主編：《蘇東坡全集》文集卷 61（北京：中華書局，
　　2021 年 5 月），頁 2040。

5　宋‧邵博撰，王根林校點：《邵氏見聞後錄》卷 14，收入《宋元筆記
　　小說大觀》，頁 1927。

6　宋‧黃朝英撰，吳企明點校：《靖康緗素雜記》卷 8（北京：中華書
　　局，2014 年 6 月），頁 64。

7　宋‧尤袤：《遂初堂書目‧小說類》，收入《宋元明清書目題跋叢刊》
　　宋代卷第 1 冊（北京：中華書局，2006 年 6 月），頁 492。

8　宋‧高似孫：《硯箋》卷 1（臺北：廣文書局，1991 年 12 月），頁 7。

9　宋‧陳振孫：《直齋書錄解題》卷 11，收入《宋元明清書目題跋叢

「志林」已有三卷，且被收入蘇軾《大全集》中。南宋度宗（1273）左圭輯刊《百川學海》，內即收錄《志林》一書。[10]今之《東坡志林》五卷，實為北宋、南宋人陸續合蘇軾隨筆體文字以為一書，而以「志林」名之[11]，《四庫全書總目》認為此五卷本較《直齋書錄解題》所記多二卷，「蓋其卷帙亦皆後人所分，故多寡各隨其意也。」[12]因此，此一《志林》之編纂雖非出於蘇軾之手，但內容應為蘇軾所作之隨筆文字。[13]

同樣地，《仇池筆記》也是蘇軾過世後，後人搜輯其雜文、雜帖、劄記等而成，因此部分文字重見於《東坡志林》；刊行不久，即為南北宋之交的曾慥收入《類說》中，可知《仇池筆記》應刊行於北宋末或南宋高宗紹興初。[14]

刊》宋代卷第 1 冊（北京：中華書局，2006 年 6 月），頁 681。

10　宋・左圭：《百川學海》丙集（北京：中國書店，1990 年 10 月），頁 202-212。

11　宋・蘇軾撰，孔凡禮整理：《東坡志林・點校說明》，收入《全宋筆記》第一編第九冊（鄭州：大象出版社，2017 年 1 月），頁 3-4。顧宏義：《宋代筆記錄考》（北京：中華書局，2021 年 1 月），頁 253-254。

12　清・永瑢等撰：《四庫全書總目》卷 120（臺北：藝文印書館，1989 年 1 月），頁 2405。

13　不過，章培垣認為五卷本《志林》實為「真偽雜糅之書」，偽的部分，有的不出於蘇軾；有的出於蘇軾，但不出於《志林》；有的在同一條中真偽交雜。參考章培垣、徐豔：〈關於五卷本《東坡志林》的真偽問題——兼談十二卷本《東坡先生志林》的可信性〉，《南京師範大學文學院學報》2002 年第 4 期（2002 年 12 月），頁 163-173。

14　宋・蘇軾撰，孔凡禮整理：《仇池筆記・點校說明》，收入《全宋筆記》第一編第九冊（鄭州：大象出版社，2017 年 1 月），頁 187-188。顧宏義：《宋代筆記錄考》，頁 254-255。宋・曾慥編纂，王汝濤等校

　　至於《艾子》[15]，南宋陳振孫《直齋書錄解題》以為：「相傳為東坡作，未必然也」[16]，明代胡應麟亦認為《艾子》不似出於蘇軾之手，應為宋人偽託[17]，清人陳景雲注錢謙益《絳雲樓書目》時，亦主張《艾子》並非蘇軾所作[18]，近人張心澂、劉尚榮、安熙珍等皆以為《艾子》是後人偽託。[19]雖然如此，但與蘇軾情誼甚密的李之儀（1038-1117）[20]，其門人周紫芝（1082-

----

注：《類說校注》卷9、10（福州：福建人民出版社，1996年1月），頁273-325。

15 《艾子》，又名《艾子雜說》、《東坡居士艾子雜說》、《東坡先生艾子雜說》。曾棗莊、舒大剛主編：《蘇東坡全集》附編《艾子雜說・敘錄》：「今本題作《艾子雜說》，其『雜說』二字，疑為後人所加」，頁4238。

16 宋・陳振孫：《直齋書錄解題》卷11，收入《宋元明清書目題跋叢刊》宋代卷第1冊，頁681。

17 明・胡應麟著：《少室山房筆叢・四部正譌下》卷32：「《艾子》世傳蘇長公作。子瞻生平善俳諧，故此類率附之。宋人贊坡嘻笑怒罵皆成文章，豈筆之於書淺俚若是乎？然此書已見《文獻通考》，蓋亦出於宋世，非後人所託也。」（上海：上海書店出版社，2001年8月），頁321。

18 清・錢謙益：《絳雲樓書目》：「《艾子》托之東坡，其實非也。昔人已辨之矣。」收入《中國著名藏書家書目匯刊》明清卷第13冊（北京：商務印書館，2005年10月），頁192。

19 張心澂編著：《偽書通考》，收入《民國叢書》第3編第43冊（上海：上海書店，1991年），頁892。本書引《少室山房筆叢》，認為非蘇軾所撰。劉尚榮：《蘇軾著作版本論叢》（成都：巴蜀書社，1988年3月），頁162。本書將《艾子雜說》列於「偽書小考」內，「疑出自偽託」。安熙珍：〈《艾子雜說》作者質疑〉，《中國蘇軾研究》第6輯（北京：學苑出版社，2016年11月），頁129-139。本文比較《艾子》與蘇軾文章之主題、特徵、詞彙，認為《艾子》可能不是蘇軾所作。

20 如蘇軾晚年北歸途中，與李之儀頻繁通信，提及自己身在船上、秦觀

1155）作有〈夜讀艾子書其尾〉詩：「萬里投荒海一隅，八年蜑子與同居。可憐金殿鑾坡日，渾在蠻烟瘴雨餘。奇怪誰書方朔傳，滑稽空著子長書。不知平日經綸意，晚作兒曹一笑娛。」[21]詩中內容與蘇軾行跡相合：哲宗紹聖元年（1094）貶至惠州，再至儋州（1097），北返途中而卒（1101），前後正好「八年」；「蜑子」是儋州少數民族；且蘇軾被貶至儋州時六十歲，自稱年老之人「艾子」亦可。[22]因此，《艾子》為蘇軾所作的說法應可信。[23]南宋戴埴（1238 前後在世）《鼠璞》亦以為蘇軾是《艾子》之作者：「世傳《艾子》為坡仙所作，皆一時戲語，亦有所本。」[24]今之學者孔凡禮、朱靖華、金周映、邱淑芬、張維芳等，亦以為《艾子》是蘇軾所作。[25]本章亦採取此一說法。

「死於道路」、問張耒舊疾是否痊癒等，足見兩人情誼甚篤。曾棗莊、舒大剛主編：《蘇東坡全集》文集卷 52，頁 1922-1925。

[21] 宋・周紫芝著，徐海梅箋釋：《太倉稊米集》卷 7（南昌：江西人民出版社，2015 年 10 月），頁 56。

[22] 顧宏義：《宋代筆記錄考》，頁 252。書中列舉《艾子》中的內容，亦認為與蘇軾行跡相合。

[23] 曾棗莊、舒大剛主編：《蘇東坡全集》附編《艾子雜說・敘錄》，頁 4237-4238。

[24] 宋・戴埴：《鼠璞》，收入《景印文淵閣四庫全書》第 854 冊（臺北：臺灣商務印書館，1983 年），頁 88。

[25] 孔凡禮：〈《艾子》是蘇軾的作品〉，《文學遺產》第 3 期（1985 年 6 月），頁 39-42。朱靖華：〈論《艾子雜說》確為東坡所作〉，《蘇東坡寓言大全詮釋》（北京：京華出版社，1998 年 10 月），頁 346-359。金周映：〈《艾子》初探〉，《東吳中文研究集刊》第 9 期（2002 年 9 月），頁 68-72。邱淑芬：《蘇軾《艾子雜說》研究》，國立彰化師範大學國文研究所國語文教學碩士論文，2008 年，頁 34-46。張維芳：《笑話型寓言艾子系列研究》，國立中興大學中國文學系碩士論文，

　　王闢之《澠水燕談錄》稱「子瞻雖才行高世而遇人溫厚，有
片善可取者，輒與之傾盡城府，論辨唱酬，間以談謔，以是尤為
士大夫所愛。」[26]說明蘇軾所以為士大夫所喜愛，實因其具備
「遇人溫厚」的寬厚胸襟、「傾盡城府」的豁達思想及「間以談
謔」的語言風格。本章第一節先就與蘇軾同時或稍晚的文人筆記
內，所記載之蘇軾嘲弄他人的文字，觀察其「間以談謔」的語言
風格；第二節再以蘇軾撰著之文字為主，除了隨筆外，亦將小說
《艾子》納為旁證，俾能完整掌握其「傾盡城府」的豁達思想，
及被人嘲弄或自嘲時所展現的不羈性格。亦即藉著王闢之所述的
後兩點，觀察北宋筆記所形塑的蘇軾形象。

　　王安石雖無筆記著作，但兩宋筆記頗多其人其事之相關記
載，如《涑水記聞》、《邵氏聞見錄》、《邵氏聞見後錄》等，
這類筆記對王安石多作批判，作者多為反對新法者；而屬於新黨
者的筆記，如《萍州可談》、《揮麈錄》、《清波雜志》等，亦
可能因新黨內部的鬥爭而詆毀王安石；至於《東軒筆錄》、《畫
墁錄》、《侯鯖錄》、《墨客揮犀》等，則對新、舊黨各有褒
貶。這些筆記內容之差異，除了與作者立場相關外，亦可聯繫到
寫作當時的政治風氣上。因此，本章第三節將勾勒王安石在北宋
筆記中的多元面貌，及南宋初所呈現之單一負面形象，藉此說明
由北宋入南宋為王安石形象之形成期。

　　2010 年 2 月，頁 9-12。

[26] 宋·王闢之撰，韓谷校點：《澠水燕談錄》卷 4，收入《宋元筆記小說
　　大觀》，頁 1254。

一、蘇軾「間以談謔」的語言風格

本章〈前言〉所引《澠水燕談錄》稱蘇軾「論辨唱酬，間以談謔，以是尤為士大夫所愛」，北宋筆記確實記載頗多蘇軾及友人間的雅謔故事，充分展現知己好友之間才思迸發、互相嘲戲的親近日常。

如趙令畤（1064 1134）《侯鯖錄》：

> 歐公閒居汝陰時，一妓甚韻文，公歌詞盡記之。筵上戲約他年當來作守。後數年，公自維揚果移汝陰，其人已不復見矣。視事之明日，飲同官湖上，種黃楊樹子，有詩〈留纈芳亭〉云：「柳絮已將春去遠，海棠應恨我來遲。」後三十年東坡作守，見詩笑曰：「杜牧之綠葉成陰之句耶？」[27]

歐陽脩在皇祐元年（1049）知潁州[28]，潁州城西有個汝陰西湖，作詩〈初至潁州西湖，種瑞蓮、黃楊，寄淮南轉運呂度支、發運許主客〉：「平湖十頃碧琉璃，四面清陰乍合時。柳絮已將春去遠，海棠應恨我來遲。啼禽似與遊人語，明月閒撐野艇隨。每到最佳堪樂處，卻思君共把芳卮。」[29]雖然與《侯鯖錄》同樣有

---

[27]　宋‧趙令畤撰，孔凡禮點校：《侯鯖錄》卷 1（北京：中華書局，2002年 9 月），頁 48。

[28]　元‧脫脫撰：《宋史‧歐陽脩傳》卷 319（北京：中華書局，1997 年 11月），頁 10378。

[29]　宋‧歐陽修著，李逸安點校：《歐陽修全集‧居士集》卷 11（北京：中華書局，2001 年 3 月），頁 188。

「柳絮已將春去遠，海棠應恨我來遲」詩句，但詩題與《侯鯖錄》所記之〈留繡芳亭〉不同。其次，熙寧四年（1071），歐陽脩致仕，未歸家鄉，居於潁州[30]，可見歐陽脩先於皇祐元年知潁州，並留下詩作「初至潁州西湖」，熙寧四年致仕閒居潁州，並非《侯鯖錄》所稱先閒居於此，之後再來作守。

蘇軾知潁州則在宋哲宗元祐六年（1091）[31]，晚於歐陽脩四十二年，亦非《侯鯖錄》所稱三十年；至於蘇軾稱歐陽脩此二句有杜牧「綠葉成陰」意味，指的是杜牧所作〈歎花〉詩：「自恨尋芳到已遲，往年曾見未開時。如今風擺花狼藉，綠葉成陰子滿枝」[32]，感嘆春去花殘，夏樹已亭亭如蓋。對照歐陽脩〈初至潁州西湖〉詩的海棠、柳絮都是春分以後才出現的徵候，「柳絮已將春去遠，海棠應恨我來遲」意謂著春天已然過去，配合前兩句「平湖十頃碧琉璃，四面清陰乍合時」明寫歐陽脩夏季至潁州西湖，兩者確實頗為相合。

然而，晚唐高彥休（854-？）《唐闕史》記載一則杜牧軼事：杜牧愆期往見十四年前許諾要迎娶的女子，因超過所盟約的十年之期，女子已嫁人生子，因此作詩「自是尋春去校遲，不須惆悵怨芳時。狂風落盡深紅色，綠葉成陰子滿枝。」[33]〈歎花〉

---

[30] 宋·朱弁撰，王根林校點：《曲洧舊聞》卷 9，收入《宋元筆記小說大觀》，頁 3022。

[31] 元·脫脫撰：《宋史·蘇軾傳》卷 338，頁 10814。

[32] 清·彭定求等編：《全唐詩》卷 524（北京：中華書局，2003 年 7 月），頁 5999。

[33] 唐·高彥休撰，陽羡生校點：《唐闕史》卷上，收入《唐五代筆記小說大觀》（上海：上海古籍出版社，2000 年 3 月），頁 1340。

詩就詩面解，藉著「綠葉成陰子滿枝」感嘆遊春已晚，繁花落盡
而「綠葉成陰」；《唐闕史》則藉春季花期比喻女子的青春花
朝，錯過了女子的花季，再見已嫁人生子。對照歐陽脩〈初至潁
州西湖〉，原意亦寫春去夏至的風光，蘇軾卻藉涵義相近的杜牧
詩及前代編創之詩事取笑調侃歐陽脩，《侯鯖錄》進而藉此生發
歐陽脩先閒居汝陰，並與妓戲約之事。此類文人軼事作為蘇軾笑
謔的題材，多運用典故以造成既雅且謔的手法，使得戲笑嘲謔不
顯得低級露骨。

　　《侯鯖錄》亦載孫覺因懼內（程宣徽女）被蘇軾嘲謔：

> 孫公素畏內，眾所共知。嘗求坡公書扇，坡題云：「披扇
> 當年笑溫嶠，握刀晚歲戰劉郎。不須戚戚如馮衍，但與時
> 時說李陽。」公素昔為程宣徽門賓，後娶程公之女，性極
> 妒悍，故云。[34]

首句「披扇當年笑溫嶠」，借《世說新語》溫嶠娶得從姑劉氏之
女，在成婚卻扇時被劉氏女所笑為「老奴」的事，說程宣徽女辛
辣直接；[35]次句「握刀晚歲戰劉郎」則談及孫夫人有孫權剛猛之

34　宋・趙令畤撰，孔凡禮點校：《侯鯖錄》卷1，頁49-50。

35　南朝宋・劉義慶著，南朝梁・劉孝標注，余嘉錫箋疏，周祖謨、余淑
　　宜、周士琦整理：《世說新語箋疏・假譎》：「溫公喪婦，從姑劉氏，
　　家值亂離散，唯有一女，甚有姿慧，姑以屬公覓婚。公密有自婚意，答
　　云：『佳婿難得，但如嶠比云何？』姑云：『喪敗之餘，乞粗存活，便
　　足慰吾餘年，何敢希汝比！』卻後少日，公報姑云：『已覓得婚處，門
　　地粗可，壻身名宦，盡不減嶠。』因下玉鏡臺一枚。姑大喜。既婚，交
　　禮，女以手披紗扇，撫掌大笑曰：『我固疑是老奴，果如所卜！』」

風，身邊侍婢近百人皆執刀侍立，使得劉備每次入室態度不敢不恭敬，藉此暗笑孫賁敬畏程氏；[36]第三句「不須戚戚如馮衍」，是指《後漢書》稱馮衍妻任氏悍忌，不許馮衍畜媵妾，老來因不得志而撰〈顯志賦〉，以此說程氏善妒；[37]末句「但與時時說李陽」，則說魏王衍有悍妻郭氏，「衍患之而不能禁」，但郭氏畏懼當時的京師大俠李陽，王衍往往以李陽名號勸服妻子，稱程氏亦潑悍。[38]蘇軾所題絕句，並未直接指名孫賁妻程氏妒悍，但四句都是關於悍妻及懼內的故實，以雅謔方式嘲弄孫賁畏內。

米芾與蘇軾交遊，嘗為蘇軾所調笑，如《侯鯖錄》卷7：

> 東坡在維陽設，客十餘人皆一時名士，米元章在焉。酒半，元章忽起立，云：「少事白吾丈，世人皆以芾為顛，

（北京：中華書局，2007年10月第二版），頁1006-1007。

[36] 晉・陳壽著，南朝宋・裴松之注：《三國志・法正傳》卷37：「亮答曰：『主公之在公安也，北畏曹公之彊，東憚孫權之逼，近則懼孫夫人生變於肘腋之下；當斯之時，進退狼跋，法孝直為之輔翼，令翻然翱翔，不可復制，如何禁止法正使不得行其意邪！』初，孫權以妹妻先主，妹才捷剛猛，有諸兄之風，侍婢百餘人，皆親執刀侍立，先主每入，衷心常凜凜。」（北京：中華書局，1997年9月），頁960。

[37] 南朝宋・范曄：《後漢書・馮衍傳》卷28下：「娶北地任氏為妻，悍忌，不得畜媵妾，兒女常自操井臼，老竟逐之，遂埳壈於時。然有大志，不戚戚於賤貧。」（北京：中華書局，1997年9月），頁1002。

[38] 唐・房玄齡：《晉書・王衍傳》卷43：「衍妻郭氏，賈后之親，藉中宮之勢，剛愎貪戾，聚斂無厭，好干預人事，衍患之而不能禁。時有鄉人幽州刺史李陽，京師大俠也，郭氏素憚之。衍謂郭曰：『非但我言卿不可，李陽亦謂不可。』」（北京：中華書局，1997年9月），頁1237。

願質之。」坡云：「吾從眾。」坐客皆笑。[39]

因世人稱米芾為米顛，米芾對此感到困惑，遂向蘇軾提出疑問，蘇軾並未直接回答，反而引用《論語》「吾從眾」[40]委婉表示自己認同世人的看法：米芾確為米顛，性格狂放。而《邵氏見聞後錄》所載秦觀因多髯而為蘇軾取笑之事亦頗類似：

> 秦少游在東坡坐中，或調其多髯者。少游曰：「君子多乎哉？」東坡笑曰：「小人樊須也。」[41]

因有人調侃秦觀多髯，秦觀借《論語》問蘇軾：「君子多乎哉？」[42]而蘇軾亦借《論語》回答秦觀的問題：「小人哉，樊須也！」[43]表面上似乎在討論《論語》或「君子」、「小人」等德性問題，但事實上兩人的問答圍繞在秦觀「多髯」此一外貌特徵

---

[39]　宋・趙令畤撰，孔凡禮點校：《侯鯖錄》卷 7，頁 181。

[40]　魏・何晏集解，宋・邢昺疏：《論語注疏・子罕》卷 9：「麻冕，禮也；今也純，儉。吾從眾。拜下，禮也；今拜乎上，泰也。雖違眾，吾從下。」（臺北：藝文印書館，1997 年，《十三經注疏》本），頁 77。

[41]　宋・邵博撰，王根林校點：《邵氏見聞後錄》卷 30，收入《宋元筆記小說大觀》，頁 2022。

[42]　魏・何晏集解，宋・邢昺疏：《論語注疏・子罕》卷 9：「吾少也賤，故多能鄙事。君子多乎哉？不多也。」《十三經注疏》本，頁 77。

[43]　魏・何晏集解，宋・邢昺疏：《論語注疏・子路》卷 13：「小人哉，樊須也！上好禮，則民莫敢不敬；上好義，則民莫敢不服；上好信，則民莫敢不用情。夫如是，則四方之民襁負其子而至矣，焉用稼？」《十三經注疏》本，頁 115。

上：秦觀利用「君子多乎哉」一語，先省略原本所談的「鄙事」，再以「髯」置換；而蘇軾所回答的「樊須」亦因音近「繁鬚」而產生雙關作用，造成會心一笑的效果。而南宋《古今事文類聚》引錄《邵氏聞見錄》此則，題名為「戲多髯」[44]，更可見此則重點確實在蘇軾對秦觀外貌的嘲戲上。

北宋歷史學者劉攽（1022-1088）博學、好開玩笑，與蘇軾交誼密切，性情相投，蘇軾亦頗嘲弄劉攽，如王闢之《澠水燕談錄》：

> 貢父晚苦風疾，鬢眉皆落，鼻梁且斷。一日，與子瞻數人小酌，各引古人語相戲。子瞻戲貢父云：「大風起兮眉飛揚，安得壯士兮守鼻梁。」座中大噱，貢父恨悵不已。[45]

劉攽患風疾（痲瘋病），「鬢眉皆落，鼻梁且斷」，蘇軾與劉攽等人「引古人語相戲」，蘇軾所說的「大風起兮眉飛揚，安得壯士兮守鼻梁」，引用劉邦歌詩「大風起兮雲飛揚，威加海內兮歸故鄉，安得猛士兮守四方。」[46]但將「雲飛揚」改為「眉飛揚」，嘲弄劉攽眉毛已隨風（疾）揚逝；改「安得猛士兮守四方」為「安得壯士兮守鼻梁」，亦取笑劉攽鼻梁無壯士可守，鼻

44 宋·祝穆：《古今事文類聚》後集卷 20，收入《景印文淵閣四庫全書》第 926 冊，頁 308。

45 宋·王闢之撰，韓谷校點：《澠水燕談錄》卷 10，見《宋元筆記小說大觀》，頁 1306。

46 漢·司馬遷撰：《史記·高祖本紀》卷 8（北京：中華書局，1997 年 11月），頁 389。

梁已然不保。

　　以上數則記載，皆為蘇軾針對友人的外貌特徵、性格軼事進行調笑，其中多運用典故，使得嘲笑較為文雅，不過於直接尖刻。

　　蘇軾才高，他人喜好與之切磋學問或詩文。如《苕溪漁隱叢話》引北宋《王直方詩話》所載故事：

> 東坡有言，世間事忍笑為易，惟讀王祈大夫詩，不笑為難。祈嘗謂東坡云：「有〈竹詩〉兩句，最為得意，因誦曰：葉垂千口劍，幹聳萬條槍。」坡曰：「好則極好，則是十條竹竿，一個葉兒也。」[47]

王祈誦讀自己的得意之作《竹詩》中兩句「葉垂千口劍，幹聳萬條槍」給蘇軾聽，蘇軾雖然先稱讚，但對詩句比喻生動、屬對工整、氣象壯麗等具體好處隻字未提，只籠統地說「好」，話鋒一轉，又以戲謔口吻點評「十條竹竿，一個葉兒」，經此一說，似乎所詠竹子姿態躍於眼前，竹林有上萬棵竹子，卻只有千片竹葉，枝葉稀疏至極，頓感形態不佳，反而令人錯愕。尤其，此條記載之開頭敘述蘇軾曾說：「世間事忍笑為易，惟讀王祈大夫詩，不笑為難」，對比之下，彷彿王祈詩作比天下所有事都來得好笑，充滿調侃意味。

　　進一步來看，蘇軾是以嚴肅莊重的態度對王祈詩句進行點

---

[47] 宋・胡仔：《苕溪漁隱叢話》前集卷 55，收入《筆記小說大觀》第 35 編（臺北：新興書局，1984 年 6 月），頁 376。

評，卻出以諧謔嘲弄的語言，亦即用諧謔嘲弄的語言表達正經的思想，以此造成莊重及諧謔的對比與拉扯，使得嚴肅的詩文評論較不直接，也就是說，諧謔的話語對詩文評論的嚴肅性進行程度上的消解。

　　王安石有《易解》十四卷、《新經書義》十三卷、《新經毛詩義》二十卷、《新經周禮義》二十二卷、《字說》二十四卷[48]，蘇軾對王安石學術亦進行了批判，如《邵氏聞見後錄》記載蘇軾〈答劉道原書〉表達王安石經解混亂之狀況：

> 　　東坡倅錢塘日，〈答劉道原書〉云：「道原要刻印七史固善，方新學經解紛然，日夜摹刻不暇，何力及此！近見京師經義題：『國異政，家殊俗。國何以言異，家何以言殊？』又『有其善喪厥善。其、厥不同，何也？』又說《易·觀卦》本是老鸛，《詩》大、小雅本是老鴉，似此類甚眾，大可痛駭。」時熙寧初，王氏之學，務為穿鑿至此。[49]

其中，「國異政，家殊俗」出自《毛詩·序》之「國異政，家殊俗，而變風變雅作矣。」唐代孔穎達（574-648）解釋：「至於王道衰，禮義廢而不行，政教施之失所，遂使諸侯國國異政，下民家家殊俗，詩人見善則美，見惡則刺之，而變風、變雅作

---

[48]　元·脫脫撰：《宋史·藝文志一》卷 155，頁 5037、5042、5046、5049、5076。

[49]　宋·邵博撰，王根林校點：《邵氏聞見後錄》卷 20，收入《宋元筆記小說大觀》，頁 1963-1964。

矣。」[50]意指諸侯「國國」異政、下民「家家」殊俗，而王安石不取宋初國子監所刊《五經正義》中的孔穎達解釋。[51]其次，「其善喪厥善」出自《尚書‧說命中》：「有其善，喪厥善；矜其能，喪厥功。」孔穎達釋曰：「人生尚謙讓而憎自取，自有其善，則人不以為善，故實善而喪其善。自誇其能，則人不以為能，故實能而喪其能。」[52]「厥」，即為「其」，兩者意義相同；但王安石卻說「其、厥不同」將兩字釋為不同意義，顯示別出新裁。至於「《易‧觀卦》本是老鸛，《詩》大、小雅本是老鴉」，《說文解字注》稱「觀」：「一義之轉移，本無二音也，而學者強為分別，乃使《周易》一卦而平去錯出，支離殆不可讀，不亦固哉。……从見雚聲。古玩切。」[53]可知，段玉裁認為「觀」讀為平聲，但確實不少人將「觀」卦讀為去聲；王安石主張去聲，又因此解釋「觀卦」為「老鸛」。《說文解字》解釋「雅」為「楚烏也。一名鸒，一名卑居。秦謂之雅。从隹牙聲。」〈注〉曰：「五下、烏加二切。」[54]宋初徐鉉（916-

---

50 漢‧鄭玄箋，唐‧孔穎達正義：《詩經正義》卷 1（臺北：藝文印書館，1997 年，《十三經注疏》本），頁 16。

51 元‧脫脫撰：《宋史‧趙安仁傳》卷 287：「雍熙二年，登進士第，補梓州榷鹽院判官，以親老弗果往。會國子監刻五經正義板本，以安仁善楷隸，遂奏留書之。」頁 9656。元‧脫脫撰：《宋史‧李覺傳》卷 431：「太宗以孔穎達五經正義刊板詔孔維與（李）覺等校定。」頁 12821。

52 漢‧孔安國傳，唐‧孔穎達正義：《尚書正義》卷 10（臺北：藝文印書館，1997 年，《十三經注疏》本），頁 141。

53 漢‧許慎著，清‧段玉裁注：《說文解字》卷 15 第 8 篇下（臺北：書銘出版，1997 年 8 月 8 版），頁 412。

54 漢‧許慎著，清‧段玉裁注：《說文解字》卷 7 第 4 篇上，頁 142。

991）特別注明：「今俗別作鴉，非是。」[55]可見宋初確有人認為「雅」即為「鴉」，但王安石將此挪用於《詩》大、小雅的「雅」上，解釋為「老鴉」。兩者皆牽強附會於《易》、《詩》之經解上，欲以此標新立異。

王安石學術往往憑己意隨意斷句、釋音、釋字，再重新賦予經典新義，對於經學義理來說，原是極為嚴重的問題，影響亦鉅；但因王安石所擁有的政治權力，其經義詮釋也從而佔有學術地位，如宋神宗熙寧八年「頒王安石詩、書、周禮義于學官」[56]，北宋筆記所記載之蘇軾嘲諷王安石學術，實是展現蘇軾的反叛精神，對王安石的政治或學術的挑戰。

兩宋之交曾慥（？-1155）《高齋漫錄》敘述一則蘇軾嘲諷王安石任意曲解字意的故事：

> 東坡聞荊公《字說》新成，戲曰：「以竹鞭馬為篤，以竹鞭犬，有何可笑？」又曰：「鳩字從九從鳥，亦有證據。《詩》曰：『鳴鳩在桑，其子七兮。』和爹和娘，恰是九箇。」[57]

根據王安石《字說》，將「篤」拆分為「竹」、「馬」，解釋為「以竹鞭馬」；蘇軾刻意模仿，將「笑」字拆分為「竹」、

---

[55] 漢・許慎記，宋・徐鉉等校定：《說文解字》卷 4 上，收入《叢書集成初編》（北京：中華書局，1985 年新一版），頁 111。

[56] 元・脫脫撰：《宋史・神宗本紀》卷 15，頁 288。

[57] 宋・曾慥撰，俞鋼、王燕華整理：《高齋漫錄》，收入《全宋筆記》第四編第五冊（鄭州：大象出版社，2008 年 9 月），頁 104。

「犬」，解釋為「以竹鞭犬」，進而故意反詰：「有何可笑？」令人察覺其中的荒謬。至於「鳩」字，王安石拆解為「九」、「鳥」，蘇軾故意援引《詩・曹風》：「鳲鳩在桑，其子七兮」[58]，說明鳲鳩在桑樹上有七隻幼鳥，加上雄、雌兩鳥，恰有九隻，故「九」、「鳥」為「鳩」；順著王安石的釋字理路，讀者更能體會其中的生硬穿鑿，雖是戲笑，但自然看出其中所蘊含之一針見血的批評。

　　詼諧戲謔也是一種批評的手段，只是不直接出於滔滔雄辯，較不嚴肅，但在戲笑之餘同樣能令人體會其中深意；蘇軾實利用談笑，傳達對於學術的思想意見。

　　雖然上文引述的北宋筆記中，有許多蘇軾對友人的外貌特徵、性格軼事、學術思想進行調笑的故事，但並非所有人被蘇軾嘲笑，都可以一笑置之或毫不在意，如《續墨客揮犀》記載一舞姬因外貌被蘇軾取笑：

> 東坡居士嘗飲一豪士家，出侍姬十餘人，皆有姿伎。其間有善舞者名媚兒，容質雖麗而軀幹甚偉，豪士特所寵幸，命乞詩於公，公戲為四句云：「舞袖蹁躚，影搖千尺龍蛇動；歌喉宛轉，聲撼半天風雨寒。」妓赧然不悅而去。[59]

媚兒因貌美且善舞為主人特別寵愛，求蘇軾為其作詩，而蘇軾所

---

[58] 漢・鄭玄箋，唐・孔穎達正義：《詩經正義》卷7，《十三經注疏》本，頁269。

[59] 宋・彭□輯撰，孔凡禮點校：《續墨客揮犀》卷6（北京：中華書局，2002年9月），頁474。

作的四句詩中，「舞袖蹁躚」是形容舞姬旋舞姿態曼妙，卻接著說「影搖千尺龍蛇動」，將燭光投射身形後的影子描述成千尺之高，旋舞搖曳彷彿龍蛇擺動；「歌喉宛轉」則說明舞姬歌聲悅耳動聽，又立刻說「聲撼半天風雨寒」，形容聲音洪亮氣壯山河，足令風雲變色。只看「舞袖蹁躚」、「歌喉宛轉」，皆是對侍姬歌舞的讚美，但加上後面的「影搖千尺龍蛇動」、「敢撼半天風雨寒」後，則成了對其「軀幹甚偉」的嘲戲，於是最後舞姬「赧然不悅而去」，清楚展現被蘇軾嘲笑後，舞姬既難為情又不高興的情緒。

　　除了舞姬外，蘇軾嘲弄英宗時宰相呂大防（微仲，1027-1097），亦毫不留情，如《苕溪漁隱叢話》引《東皋雜錄》：

> 東坡善嘲謔，以呂微仲豐碩，每戲曰：「公具有大臣體，《坤》六二所謂直方大也。」後拜相，東坡當制，有云：「果藝以達，有孔門三子之風，直方而大，得《坤》爻六二之動。」又嘗謁微仲，值其晝寢，久之方見，便坐昌陽盆畜一綠龜，坡指曰：「此易得耳，唐莊宗時有進六目龜者，敬新磨獻口號云：不要鬧，不要鬧，聽取龜兒口號，六隻眼兒睡一覺，抵別人三覺。」微仲不悅。[60]

此則可分成兩事來看：第一事敘述呂大防因體型豐碩而被蘇軾以《坤·六二》之「直方大」嘲戲。《坤·六二》的爻辭是「直方

60　宋·胡仔：《苕溪漁隱叢話》後集卷 26，收入《筆記小說大觀》第 35 編，頁 191。

大，不習無不利」，《文言》解釋：「直，其正也；方，其義也。君子敬以直內，義以方外，敬義立而德不孤。」直，是正直的品德，方，是端正的行為，所以《小象傳》曰：「六二之動，直以方也。」[61] 說明《坤・六二》爻的行動正直端方。正符合《宋史》稱呂大防「朴厚春直，不植黨朋，與范純仁並位，同心戮力，以相王室。立朝挺挺，進退百官，不可干以私，不市恩嫁怨，以邀聲譽，凡八年，始終如一。」[62] 蘇軾以《坤・六二》之「直方大」形容呂大防，實是對呂大防大肚能容、胸襟寬大的讚譽，因此說：「公具有大臣體，《坤》六二所謂直方大也」、「直方而大，得《坤》爻六二之動」。配合蘇軾後來為呂大防拜相所撰的制書，內有「果藝以達，有孔門三子之風，直方而大，得《坤》爻六二之動」，前者出自《論語・雍也》，孔子認為子路、子貢、冉求三人各具果、達、藝三項從政特質[63]，而呂大防一人兼有果、達、藝，確「有孔門三子之風」，為從政之良材。縱然蘇軾以「直方大」一語嘲戲呂大防體型豐碩，但稱其「果藝以達」且「直方而大」，可見蘇軾對呂大防的極高讚譽。

葉夢得（1077-1148）《石林燕語》亦有此一記載：

---

[61] 魏・王弼、晉・韓康伯注，唐・孔穎達疏：《周易正義・坤》卷1（臺北：藝文印書館，1997年，《十三經注疏》本），頁18-19。

[62] 元・脫脫撰：《宋史・呂大防傳》卷340，頁10843。

[63] 魏・何晏集解，宋・邢昺疏：《論語注疏・雍也》卷6：「季康子問：『仲由可使從政也與？』子曰：『由也果，於從政乎何有？』曰：『賜也可使從政也與？』曰：『賜也達，於從政乎何有？』曰：『求也可使從政也與？』曰：『求也藝，於從政乎何有？』」《十三經注疏》本，頁52。

> 呂丞相微仲，性沉厚剛果，遇事無所回屈，身幹長大而
> 方，望之偉然。初相，蘇子瞻草麻云：「果毅（宇文紹奕
> 〈考異〉：「果毅」當作「果藝」）而達，兼孔門三子之
> 風；直大以方，得《坤》爻六二之動。」蓋以戲之。微仲
> 終身以為恨，言固不可不慎也。[64]

　　《石林燕語》對呂大防的性格說明得更為清楚，更能展現蘇軾贊
譽其品性；不過，《石林燕語》稱蘇軾撰「果藝而達，兼孔門三
子之風；直方以大，得《坤》爻六二之動」，是「戲之」，並記
載呂大防因此終身為恨。僅就此處看來，蘇軾完全沒有「戲」的
意味，全是贊美；相較於《東皋雜錄》之記載，單就此事，呂大
防並無不悅；南宋宇文紹奕（1179 前後在世）〈考異〉評述：
「直方大，美之至矣，何必終身為恨乎？」[65]可見，《石林燕
語》此則記載之不合理，因而葉夢得最後的感慨：「言固不可不
慎也」，亦減低了力量。

　　不過，呂大防之不悅或恨，由《東皋雜錄》所載第二事來
看，則顯得較合情合理。後唐莊宗「尤喜音聲歌舞俳優之戲」
[66]，而當時優伶「獨新磨尤善俳，其語最著」[67]，蘇軾引述敬新

---

[64]　宋‧葉夢得撰，宋‧宇文紹奕考異，穆公校點：《石林燕語》卷 10，
　　　見《宋元筆記小說大觀》，頁 2568。

[65]　宋‧葉夢得撰，宋‧宇文紹奕考異，穆公校點：《石林燕語》卷 10，
　　　見《宋元筆記小說大觀》，頁 2568。

[66]　宋‧歐陽修：《新五代史‧唐本紀第五》卷 5（北京：中華書局，1997
　　　年 9 月），頁 41。

[67]　宋‧歐陽修：《新五代史‧敬新磨傳》卷 37，頁 399。

磨所說：「不要鬧，不要鬧，聽取龜兒口號，六隻眼兒睡一覺，抵別人三覺」，龜有六目，睡一次覺六個眼都同時休息，而一般人只有兩眼，得睡三覺才能休息六眼。蘇軾以此形容呂大防晝寢時間太長，是一般人睡三覺的時長，堪比六目龜。蘇軾表面上在說呂大防家中所畜「綠龜」，但實則嘲弄呂大防晝寢，因此，被取笑為「龜」的呂大防，就算正直，亦生氣不悅。

孫升（1086 前後在世）《孫公談圃》記載蘇軾譏諷程頤古板：

> 司馬溫公之薨，當明堂大享朝臣，以致齋不及奠，肆赦畢，蘇子瞻率同輩以往。而程頤固爭，引《論語》「子於是是日哭則不歌。」子瞻曰：「明堂乃吉禮，不可謂歌則不哭也。」頤又論司馬諸孤不得受弔。子瞻戲曰：「頤可謂燠糟鄙俚〔鏖糟陂裏〕叔孫通。」聞者笑之。[68]

邵博（？-1158）《邵氏聞見後錄》亦敘述此事：

---

[68] 宋·孫升：《孫公談圃》卷上，收入《筆記小說大觀》第 8 編（臺北：新興書局，1984 年 6 月），頁 545。南宋《能改齋漫錄》卷 10 引孫升《談圃》，仍作「鏖糟陂裏叔孫通」，至明代商刻《孫公談圃》因不知「鏖糟陂」為北宋汴京城外地名，無法解釋「鏖糟陂裏」一詞，才改為「鏖糟鄙俚」。而《筆記小說大觀》本《孫公談圃》又改作「燠糟鄙俚」，看似可以解釋，但距離蘇軾原意更遠。宋·吳曾撰，劉宇整理：《能改齋漫錄》，收入《全宋筆記》第五編第四冊（鄭州：大象出版社，2012 年 1 月），頁 27。丁傳靖輯：《宋人軼事彙編》卷 9（北京：中華書局，2003 年 12 月第二版），頁 453。

> 司馬丞相薨於位，程伊川主喪事，專用古禮。將祀明堂，
> 東坡自使所來弔，伊川止之曰：「公方預吉禮，非『哭則
> 不歌』之義，不可入。」東坡不顧以入，曰：「聞『哭則
> 不歌』，不聞『歌則不哭』也。」伊川不能敵其辨也。[69]

兩者配合，可知蘇軾並非無緣無故出言諷刺程頤，是程頤以蘇軾
甫參加明堂大典，是古禮，故引用《論語·述而》所說的「子於
是日哭，則不歌」[70]，阻止蘇軾進入弔喪。而蘇軾亦據理而論，
孔子說「哭則不歌」，並非「歌則不哭」，其中有次序之差異，
先參加喪禮，而生惻隱之心，同感哀戚，所以「子食於有喪者之
側，未嘗飽也」，更無心參加明堂吉禮；但未曾說過明堂吉禮之
後，不能參加喪禮。

　　《邵氏聞見後錄》作者邵博為邵伯溫（1056-1134）之子、
邵雍（1012-1077）之孫，而邵伯溫曾述及「康節先公既捐館，
二程先生於伯溫有不孤之意，所以教戒甚厚」[71]，據此推測《邵
氏聞見後錄》記載程頤主持司馬光喪事，並引《論語》阻止蘇軾
弔喪一事，應當確有其事。而此則單純記事，最後僅陳述程頤無
法反駁蘇軾的說法，並未提及蘇軾嘲弄程頤之事，亦應與程頤是
邵伯溫父執輩且教戒甚厚有關，故為長者隱。《孫公談圃》最後

69　宋·邵博撰，王根林校點：《邵氏聞見後錄》卷 20，收入《宋元筆記
　　小說大觀》，頁 1963。

70　魏·何晏集解，宋·邢昺疏：《論語注疏·述而》卷 7，《十三經注
　　疏》本，頁 61。

71　宋·邵伯溫撰，王根林校點：《邵氏聞見錄》卷 20，收入《宋元筆記
　　小說大觀》，頁 1836。

記載蘇軾對程頤之嘲弄：「鏖糟陂裏叔孫通」，此一嘲弄可分為兩部分來理解：一是「鏖糟陂裏」，二是「叔孫通」。前者「鏖糟陂」是北宋汴京城外地名[72]，意為髒亂之處；蘇軾曾在〈與王定國〉之書信中，寫道「近日方得雨，日夜墾闢，欲種麥。雖勞苦，卻亦有味。鄰曲相逢欣欣，欲自號『鏖糟陂裏陶靖節』」[73]，既以陶淵明自況，又帶有自嘲之意。後者「叔孫通」，為漢高祖制定符合時變的禮制，因此《史記》稱贊：「叔孫通希世度務，制禮進退，與時變化，卒為漢家儒宗。」[74]前後兩者並觀，可知蘇軾以「鏖糟陂裏叔孫通」稱程頤，意謂程頤自以為是當世之識禮儒宗，事實上卻不是廟堂之上的叔孫通，只是汴京城外「鏖糟陂裏」的叔孫通；自我標榜的形象遠超過實質，一高一低，嘲諷之意自然流露，而蘇軾對程頤的批判也由此展現。

　　至於南宋李燾（1115-1184）《續資治通鑑長編》亦記載此事：

> 明堂降赦，臣僚稱賀訖，兩省官欲往奠司馬光。是時，程頤言曰：「子於是日哭則不歌，豈可賀赦纔了，卻往弔喪？」坐客有難之曰：「孔子言哭則不歌，則不言歌則不哭。今已賀赦了卻往弔喪，於禮無害。」蘇軾遂戲程頤

---

[72] 宋·呂希哲撰，夏廣興整理：《呂氏雜記》卷下：「都城西南十五里，有地名鏖糟陂，土人惡之，自易為好草陂。至今四鄉之人猶襲舊號。」收入《全宋筆記》第一編第十冊（鄭州：大象出版社，2003 年 10月），頁 300。

[73] 曾棗莊、舒大剛主編：《蘇東坡全集》文集卷 51，頁 1904。

[74] 漢·司馬遷：《史記·劉敬叔孫通傳》卷 99，頁 2726。

云：「此乃枉死市叔孫通所制禮也。」眾皆大笑。[75]

不過，故事中反駁程頤的並非蘇軾，而是在場的「坐客」，不必是禮制或《論語》學者，一般人亦能察覺程頤所犯的謬誤。蘇軾亦不似《孫公談圃》，稱程頤為「鑿糟陂裏叔孫通」，而是「枉死市叔孫通」；上文已述，西漢大儒叔孫通為漢高祖制定適合時世之禮制，並無枉死，但蘇軾以「此乃枉死市叔孫通所制禮也」稱程頤，即說程頤冤屈了叔孫通所制之禮，亦嘲弄程頤自以為通達禮學，實為莫明其妙的叔孫通，並非大儒。蘇軾與程頤「結怨之端概自此始」，即蘇軾「戲薄程頤」。

由於蘇軾譏諷程頤之古板，二程弟子楊時（1053-1135）認為「為文要有溫柔敦厚之氣。對人主語言及章疏文字，溫柔敦厚，尤不可無。如子瞻之詩，多於譏玩，殊無惻怛愛君之意。」[76]蘇軾的嘲謔反成為他人攻擊自己的把柄。

雖然蘇軾往往通過對友人外貌特徵、性格軼事的調笑，展現友朋間的親密無間；或者利用詼諧戲謔為一種較溫和的批評手段，表達對於學術思想的意見；[77]且上文曾述《澠水燕談錄》稱

---

[75] 宋・李燾撰，上海師範大學古籍整理研究所、華東師範大學古籍整理研究所點校：《續資治通鑑長編》卷 393（北京：中華書局，2004 年 9月），頁 9569。

[76] 宋・楊時撰：《楊龜山集》卷 2，《叢書集成初編》（北京：中華書局，1985 年），頁 19-20。

[77] 關於宋代筆記所記載之蘇軾趣事，另可參考宋娟：〈宋人筆記中蘇軾文學批評軼事及其價值〉，《文藝評論》（2015 年 12 月），頁 94-97。賈濤：〈宋人筆記對蘇軾文人藝術家形象的神化與重塑〉，《藝術探索》第 34 卷第 5 期（2020 年 9 月），頁 20-29。

蘇軾「論辨唱酬，間以談謔，以是尤為士大夫所愛」，黃庭堅亦推崇蘇軾的書法及文字，認為其「落筆如風雨，雖謔弄皆有義味，真神仙中人」[78]，但事實上，蘇軾之雅謔嘲弄未必能為所有人接受喜愛。故而《晁氏客語》記載范祖禹（1041-1098）曾警告約束蘇軾太過分的笑謔之詞：「東坡好戲謔，語言或稍過，純夫必戒之。東坡每與人戲，必祝曰：『勿令范十三知。』」[79]可見，蘇軾自己亦非不自知，只是性格使然。

二、蘇軾「傾盡城府」的思辨理趣

　　明代袁中道（1570-1626）在〈答蔡觀察元履〉一文中說：「今東坡之可愛者，多其小文小說；其高文大冊，人固不深愛也。使盡去之，而獨存其高文大冊，豈復有坡公哉！」[80]雖然蘇軾生前沒有專門的筆記著作，但王闢之《澠水燕談錄》稱「其簡筆才落手，即為人藏去，有得真跡者，重於珠玉。」[81]可見，喜歡蘇軾「小文小說」之人自北宋起便搜集這些零星散佈的文字，成為後來編輯為筆記的重要資料，而蘇軾為後人喜愛也多因這些「小文小說」。

---

[78] 宋・黃庭堅撰：《豫章黃先生文集》卷 29〈題東坡字後〉，《四部叢刊》初編集部（上海：上海書店，1989 年 3 月），葉 3b。

[79] 宋・晁說之撰，黃純艷整理：《晁氏客語》，收入《全宋筆記》第一編第十冊，頁 125。

[80] 明・袁中道著，錢伯城點校：《珂雪齋集》卷 24（上海：上海古籍出版社，1989 年 1 月），頁 1045。

[81] 宋・王闢之撰，韓谷校點：《澠水燕談錄》卷 4，見《宋元筆記小說大觀》，頁 1254。

由於《東坡志林》、《仇池筆記》是後人搜輯蘇軾隨筆體文字而成，並非蘇軾有意識撰著之筆記，編排分卷亦不出於蘇軾之手，「後人輯錄有關隨筆，不完全符合坡公原意」[82]，但個別條目內容仍可視為蘇軾所作，且「真切地展示了蘇軾的性情」[83]。而蘇軾隨筆，「其間或名臣勳業，或治朝政教，或地理方域，或夢幻幽怪，或神仙伎術，片語單詞，諧謔縱浪，無不畢具。」[84]其中，「名臣勳業、治朝政教、地理方域、夢幻幽怪、神仙伎術」，指的是書中內容廣泛；「片語單詞」則是隨筆的文字性質；至於「諧謔縱浪」，說明其諧謔的語言特徵及豁達的思辨理趣。上一節曾提及蘇軾在北宋筆記中「好戲謔」的形象，本節藉其《東坡志林》、《仇池筆記》隨筆內容並旁及《艾子》，討論其議論、諧謔中「傾盡城府」的豁達思想。[85]

《東坡志林·僧文葷食名》記載一則雜事：

> 僧謂酒為「般若湯」，謂魚為「水梭花」，雞為「鑽籬菜」，竟無所益，但自欺而已，世常笑之。人有為不義而

---

[82] 陳文新：《文言小說審美發展史·宋代筆記小說》（武昌：武漢大學出版社，2002 年 10 月），頁 371。

[83] 陳文新：《文言小說審美發展史·宋代筆記小說》，頁 371。

[84] 明·趙用賢：〈刻東坡先生志林小序〉，收入宋·蘇軾撰，孔凡禮整理：《東坡志林》，收入《全宋筆記》第一編第九冊，頁 11。

[85] 關於蘇軾《東坡志林》的諧趣，可參考李芳民：〈論《東坡志林》的審美特色——兼及蘇軾筆記散文的文學史意義〉，《西北大學學報（哲學社會科學版）》第 50 卷第 1 期（2020 年 1 月），頁 158-166。徐策：〈《東坡志林》中的蘇軾之「趣」〉，《連雲港師範高等專科學校學報》2020 年第 3 期（2020 年 9 月），頁 48-53。

文之以美名者，與此何異哉！[86]

由於佛門戒律，僧人原應葷酒不沾，但僧人為酒、魚、雞另取別稱：冠上「般若」二字，酒也可以飲；「水梭花」、「鑽籬菜」既是花、是菜，魚及雞也可食，所以世人嗤笑這般行徑，認為不過是自欺欺人，戒律既破，修行亦毀，一無益處。蘇軾進一步認為世人雖然嗤笑僧侶，但其實也同樣有行不義之事卻用美名文飾的狀況，因而對世人進行嘲諷議論。

又如《仇池筆記‧看茶啜墨》亦嘲弄世人之可笑：

> 真松煤遠煙，自有龍麝氣。世之嗜者如滕達道、蘇浩然、
> 呂行甫，暇日晴暖，研墨水數合，弄筆之餘，乃啜飲之。
> 蔡君謨嗜茶，老病不能飲，但把玩而已。看茶啜墨，亦事
> 之可笑者也。[87]

人有喜好是自然而然的，但研墨是為寫字，茶是為飲用，但過度嗜好迷戀而成痴、成癖，便陷入執著，蘇軾舉當世之滕達道、蘇浩然、呂行甫取墨水啜飲，或蔡襄點茶後把玩為「事之可笑者」，勸世人不可如落入執迷。

又如《東坡志林‧記與歐公語》談及當時醫者及療方：

---

[86]　宋‧蘇軾撰，孔凡禮整理：《東坡志林》卷2，收入《全宋筆記》第一編第九冊，頁48。

[87]　宋‧蘇軾撰，孔凡禮整理：《仇池筆記》卷上，收入《全宋筆記》第一編第九冊，頁207。

> 歐陽文忠公嘗言：有患疾者，醫問其得疾之由，曰：「乘
> 船遇風，驚而得之。」醫取多年柂牙為柂工手汗所漬處，
> 刮末，雜丹砂、茯神之流，飲之而愈。今《本草注·別藥
> 性論》云：「止汗，用麻黃根節及故竹扇為末服之。」文
> 忠因言：「醫以意用藥多此比，初似兒戲，然或有驗，殆
> 未易致詰也。」予因謂公：「以筆墨燒灰飲學者，當治昏
> 惰耶？推此而廣之，則飲伯夷之盥水，可以療貪；食比干
> 之餕餘，可以已佞；舐樊噲之盾，可以治怯；䑋西子之
> 珥，可以療惡疾矣。」公遂大笑。[88]

篇末有「元祐六年（1091）閏八月十七日，舟行入潁州界，坐念
二十年前見文忠公於此，偶記一時談笑之語，聊復識之」，可以
想見蘇軾這段話，實約宋神宗熙寧四年與致仕閒居於潁州的歐陽
脩閒談說笑的情境下所說。歐陽脩認為醫者用藥，看似兒戲，但
偶爾亦能療疾，因此不知該如何質疑。蘇軾則以同樣的邏輯進行
推論：欲止汗就用竹扇之末、欲治驚船用柂牙刮末，則欲治學者
昏惰便飲筆墨燒灰，欲療人之貪婪則飲聖之清者伯夷的洗手水，
欲醫人之諂媚則食因直諫而被殺的比干吃剩的食物，欲治人之膽
怯則舐樊噲之盾，欲療人之惡疾則聞嗅西施的耳環。蘇軾刻意選
擇昏惰、貪婪、諂媚、膽怯等人性弱點來類比止汗、驚船等病
症，雖然有著本質上的差異，畢竟病症可以利用飲食藥方來治
療，但人性卻無法僅依靠食藥來矯治。然而，醫者用藥之邏輯荒

88　宋·蘇軾撰，孔凡禮整理：《東坡志林》卷 3，收入《全宋筆記》第一
　　編第九冊，頁 67-68。

謬，只是難以辯駁詰問，蘇軾刻意推而廣之、誇大其辭，亦只為了立即顯示出其中的荒唐，果然歐陽脩聽聞後即大笑。這段話雖是談笑之語，亦同樣可以看出蘇軾好諷議、重理趣之性格。

《東坡志林‧論貧士》又敘述書生文士見識淺薄：

> 俗傳書生入官庫，見錢不識。或怪而問之，生曰：「固知其為錢，但怪其不在紙裏中耳。」予偶讀淵明〈歸去來詞〉云：「幼稚盈室，瓶無儲粟。」乃知俗傳信而有徵。使瓶有儲粟，亦甚微矣，此翁平生只於瓶中見粟也耶？《馬后紀》：夫人見大練以為異物。晉惠帝問飢民何不食肉糜。細思之皆一理也，聊為好事者一笑。永叔常言：「孟郊詩：『鬢邊雖有絲，不堪織寒衣』，縱使堪織，能得多少？」[89]

書生入官庫，見到堆積如山的錢幣卻不知是錢，因為平日所見的是被紙包裹好的錢，一般人對此傳聞感到不可思議，但蘇軾從陶淵明〈歸去來辭〉所提及的「瓶無儲粟」，理解書生之貧困，用瓶儲粟，縱然有粟亦不甚多，正如平日縱然有錢，亦只是用紙包裹好的數量；入官庫後，書生因從來不曾見過如此大量的銀錢，反而不識。至於文末歐陽脩所說的「孟郊詩：『鬢邊雖有絲，不堪織寒衣』，縱使堪織，能得多少？」亦同樣說明文士之清貧，嚴冬無衣禦寒，甚至盤算至身上的三千煩惱「絲」。蘇軾進而聯

89　宋‧蘇軾撰，孔凡禮整理：《東坡志林》卷3，收入《全宋筆記》第一編第九冊，頁72-73。

想到史書所記的「夫人見大練以為異物」及「晉惠帝問飢民何不
食肉糜」兩事，前者指的是東漢明帝馬皇后「常衣大練，裙不加
緣。朔望諸姬主朝請，望見后袍衣疎麤，反以為綺縠，就視，乃
笑。」[90]大練即厚繒，非細緻的絲織品，其他夫人朝見請安時，
遠觀馬皇后身著沒見過的厚繒，反而以為是織有華美細緻花紋的
繒紗。後者即晉惠帝見「天下荒亂，百姓餓死」，反而問「何不
食肉糜」。[91]兩者敘述夫人們及晉惠帝耳目被日常富貴所蒙蔽而
不通達世情，上文的書生及陶淵明則是因日用匱乏而耳目蔽塞，
見聞不廣。蘇軾認為兩者表面上相反，道理實是一致的，皆見識
不廣，無法通達世情；雖然說「聊為好事者一笑」，但這種嗤笑
實則代表其對世情之思辨及評議。

　　《仇池筆記》內，記載蘇軾被貶惠州時之生活：

> 惠州市寥落，然每日殺一羊，不敢與在官者爭買。時囑屠
> 者買其脊，骨間亦有微肉，熟煮熟漉，若不熟，則泡水不
> 除，隨意用酒薄點鹽炙微焦食之。終日摘剔，得微肉於牙
> 綮間，如食蟹螯。率三五日一食，甚覺有補。子由三年堂
> 庖所食芻豢，滅齒而不得骨，豈復知此味乎！此雖戲語，
> 極可施用，用此法，則眾狗不悅矣。[92]

90　南朝宋・范曄：《後漢書・明德馬皇后紀》卷 10 上，頁 409。

91　唐・房玄齡：《晉書・孝惠帝紀》卷 4，頁 108。

92　宋・蘇軾撰，孔凡禮整理：《仇池筆記》卷下〈眾狗不悅〉，收入《全
　　宋筆記》第一編第九冊，頁 222。

蘇軾於宋哲宗紹聖元年（1094）被貶惠州安置[93]，發現惠州商業並不繁盛，一日只宰殺一羊，蘇軾好食卻不敢與官爭買，只能買羊脊部位，用熱水煮熟後瀝乾，加酒、些許鹽後再略烤微焦，吃脊骨之間所夾帶的些微附骨肉，雖然需要花時間慢慢吃，但彷彿吃蟹螯一般有趣。每隔三、五天就可以吃一次，時間一長也覺得吃下不少肉，精神、身體皆獲得滿足。不禁感嘆，過去三年（元祐六年起，1091-1093），蘇轍仕尚書右丞，進門下侍郎時[94]，吃堂庖內的羊肉，只有肉而無骨，著實少了些許趣味；接著，又認為這個食羊肉的方法雖然不錯，卻因與狗爭食，令原本有附骨肉可吃的狗不悅。其中，雖然頗見蘇軾隨遇而安、自得其樂之襟懷，也充滿了對自己兄弟兩人遠離朝堂、落魄困窘的調侃；但能以「眾狗不悅」直言自己此番行徑實與狗搶食，更可看出其豁達不羈。

　　由此可見，蘇軾之隨筆內容除了記錄雜事外，亦對世情進行議論感慨，展露其豁達的思想理趣。另外，其隨筆亦有表達哲思的內容，如〈如夢詞〉頗有禪思哲理：

> 泗州雍熙塔下，余戲作〈如夢令〉兩闋云：「水垢何曾相受，細看兩俱無有。寄語揩背人，盡日勞君揮肘。輕手，輕手，居士本來無垢。」又云：「自淨方能洗彼，我自汗流呀氣。寄語澡浴人，且共肉身游戲。但洗，但洗，本為人間一切。」此本唐莊宗製，名〈憶仙婆〉，嫌其不雅

---

[93]　元·脫脫撰：《宋史·蘇軾傳》卷338，頁10816。

[94]　元·脫脫撰：《宋史·蘇轍傳》卷339，頁10832。

馴，改為〈如夢〉。莊宗詞云：「如夢，如夢，和淚出門
相送。」取以為名云。[95]

蘇軾「戲作」〈如夢令〉兩闋，書寫洗浴，其一，「細看兩俱無
有」說水、垢皆無有，垢或許「無有」、看不分明，但洗浴時，
水如何無有？又說「居士本來無垢」，表面上寫洗去身上污穢，
但又暗指自己精神的清白乾淨，亦《東坡志林》所引司馬光語：
「吾無過人者，但平生所為，未嘗有不可對人言者耳」，亦蘇軾
所說：「怕人知事莫萌心」[96]，意在言外。合觀「水垢何曾相
受，細看兩俱無有」、「居士本來無垢」一句，頗有六祖慧能
「菩提本無樹，明鏡亦非台。本來無一物，何處惹塵埃」[97]禪
意。其二，從「且共肉身游戲」及「本為人間一切」，又說明既
為凡俗肉身，則須入世，但心無罣礙，自能以游戲心情，輕鬆面
對人間；不過，入世的自己，身在泗州雍熙塔下，只能「我自汗
流呀氣」，為俗事奔忙，而「自淨方能洗彼」，又表達出度己尚
且無力喘氣，更無法掙開塵鎖，跳出牽絆，無有餘力度化他人。
雖是「戲作〈如夢令〉」，實為藉洗浴此種不登大雅之堂的題
材，表現蘇軾為世間俗務奔忙的心境及思辨。

　　《東坡志林‧人生有定分》則展現蘇軾對自己碌碌無為的省

---

[95]　宋‧蘇軾撰，孔凡禮整理：《仇池筆記》卷上，收入《全宋筆記》第一
　　編第九冊，頁202。

[96]　宋‧蘇軾撰，孔凡禮整理：《東坡志林‧修身曆》卷3，收入《全宋筆
　　記》第一編第九冊，頁66。

[97]　張衛國譯：《壇經‧行由品第一》（武漢：崇文書局，2017年1月），
　　頁69。

思：

> 吾無求於世矣，所須二頃田以足饘粥耳，而所至訪問，終
> 不可得。豈吾道方艱難，無適而可耶？抑人生自有定分，
> 雖一飽亦如功名富貴不可輕得也？[98]

蘇軾知足，只要二頃田，收穫足以供煮饘粥裹腹，然而四處造
訪、漂泊多年後，發現自己連這樣微小的盼望都無法完成，懷疑
自己所堅持的「道」是否不合於當世？或是人生任何事都為命所
註定，無法勉強，就連飽食也如功名富貴一般，由天所定。因
此，看似微小的盼望，命定而無有，即為貪念奢求。

蘇軾曾在杭州人殺鵝一事上，得到啟發。如《仇池筆記・鵝
有二能》：

> 錢塘人喜殺，日屠百鵝。予自湖上夜歸，屠者之門百鵝皆
> 號，聲振衢路，若有所訴。鵝能警盜，亦能卻蛇，其糞殺
> 蛇。蜀人園池養鵝，蛇即遠去。有此二能而不能免死，又
> 有祈雨之厄，悲夫，安得人如逸少乎。[99]

養鵝則盜賊遠離、蛇不入宅，實有警盜、卻蛇兩大功能，但杭州
人卻日殺百鵝；甚至宋真宗時刊行「畫龍祈雨法」，儀式中，須

---

[98] 宋・蘇軾撰，孔凡禮整理：《東坡志林》卷 1，收入《全宋筆記》第一
　　編第九冊，頁 32。

[99] 宋・蘇軾撰，孔凡禮整理：《仇池筆記》卷上，收入《全宋筆記》第一
　　編第九冊，頁 205。

刎鵝頸取血助襀[100]，因此，蘇軾不免感嘆：「悲夫，安得人如逸少乎？」世間再無人如王羲之懂得欣賞鵝之優雅美麗，甚至，體會世間許多人與鵝亦無甚差別，並非一無是處，只是缺少王羲之識得其美好。

　　蘇軾的悲憫之心，亦可見於《東坡志林·別石塔》：

> 石塔別東坡，予云：「經過草草，恨不一見石塔。」塔起立云：「遮著是塼浮圖耶？」予云：「有縫。」塔云：「若無縫，何以容世間螻蟻？」予首肯之。[101]

此則用擬人手法書寫，蘇軾對著石塔感嘆：「恨不一見石塔」後，石塔反問蘇軾：「我不是石塔，難道是磚砌的佛塔嗎？」蘇軾說明因石塔有裂縫，非理想中無縫完整的石塔。沒想到石塔回答：「若無縫，何以容世間螻蟻？」蘇軾即頻頻點頭，理解其間的深意。此則作於「元豐八年八月二十七日」，蘇軾因元豐二年（1079）八月烏臺詩案，遭罹大獄、死裡逃生、貶至黃州，宋神

---

[100] 元·脫脫撰：《宋史·吉禮志五》卷 102：「景德三年五月旱，又以畫龍祈雨法，付有司刊行。其法擇潭洞或湫灘林木深邃之所，以庚、辛、壬、癸日，刺史、守令帥者老齋潔，先以酒脯告社令訖，築方壇三級，高二尺，闊一丈三尺，壇外二十步，界以白繩。壇上植竹枝，張畫龍。其圖以縑素，上畫黑魚左顧，環以天黿十星；中為白龍，吐雲黑色；下畫水波，有龜左顧，吐黑氣如綫，和金銀朱丹飾龍形。又設皂幡，刎鵝頸血置槃中，楊枝洒水龍上，俟雨足三日，祭以一豭，取畫龍投水中。」頁 2500。

[101] 宋·蘇軾撰，孔凡禮整理：《東坡志林》卷 1，收入《全宋筆記》第一編第九冊，頁 33。

宗崩於元豐八年（1085）三月，七月蘇軾赴登州。[102]撰寫此則時，蘇軾對於六年前處於生死關頭，自己的渺小無力，必然深刻體會、記憶猶新。六年之間，反覆思索，而產生如此豁達的哲思：蘇軾藉著與石塔的對話，進行一場思辨，說明世間的許多不起眼之處，或許貧瘠狹小（比如黃州），卻為脆弱的人們（比如當年的自己）爭取一線生機；此時，絕處逢生，又不忘提醒自己：倘若處處堅持理想完美，易對他人不留餘地。

《東坡志林‧書楊朴事》中，蘇軾直接敘述自己在湖州被逮捕的當下情況：

> 昔年過洛，見李公簡言：「真宗既東封，訪天下隱者，得杞人楊朴，能詩。及召對，自言不能。上問：『臨行有人作詩送卿否？』朴曰：『惟臣妾有一首云：更休落魄耽盃酒，且莫猖狂愛詠詩。今日捉將官裏去，這回斷送老頭皮。』上大笑，放還山。」余在湖州，坐作詩追赴詔獄，妻子送余出門，皆哭。無以語之，顧語妻曰：「獨不能如楊處士妻作詩送我乎？」妻子不覺失笑，余乃出。[103]

此則先敘述宋真宗時隱者楊朴因擅詩的名聲而被真宗召對，但楊朴卻說自己不會作詩，因此真宗問他：「是否有人在臨行前作詩送他？」楊朴回答只有妻子作了一首絕句：「且休落魄貪杯酒，

---

[102] 宋‧施宿編撰：《東坡先生年譜》，收入《蘇軾資料彙編》下編（北京：中華書局，1994 年 4 月），頁 1681-1682。

[103] 宋‧蘇軾撰，孔凡禮整理：《東坡志林》卷 2，收入《全宋筆記》第一編第九冊，頁 41。

更莫猖狂愛詠詩。今日捉將官裡去，這回斷送老頭皮。」藉妻子
叮嚀自己勿飲酒、作詩，說明自己視官場為刑場，不想為官的心
情。真宗聽完大笑，放楊朴歸鄉。而蘇軾在湖州因烏臺詩案被捕
之時，前路未知，妻子等送行之人皆哭，蘇軾反而對妻子說：
「子獨不能如楊處士妻作一詩送我乎？」實是安慰妻子：自己和
楊朴一樣，都是因作詩被皇帝召去，只是問幾句話即能歸來。蘇
軾在湖州因罪被捕入獄，生死未卜，卻能試圖以輕鬆的態度面
對，還能以笑語寬慰妻子，可見其豁達寬闊的心胸。

　　蘇軾黃州落難之時，日用匱乏，蘇軾與妻子皆能以輕鬆心情
應對，如《仇池筆記》卷上〈二紅飯〉：

> 今年東坡收大麥二十餘石，賣之價甚賤，而粳米適盡，故
> 日夜課奴婢舂以為飯，嚼之嘖嘖有聲。小兒女相調，云是
> 嚼虱子。然日中腹飢，用漿水淘食之，自然甘酸浮滑，有
> 西北村落氣味。今日復令庖人雜小豆作飯，尤有味。老妻
> 大笑曰：「此新樣二紅飯也。」[104]

蘇軾在東坡收成了大麥，但賣不了好價錢，遂「舂以為飯」，只
是麥殼纖維質多，吃起來不如米飯軟黏，因此「嘖嘖有聲」，小
兒女調笑說是「嚼虱子」；蘇軾則認為日中腹餓時加漿水當粥
吃，頗能感受「甘酸浮滑」的滋味，並認為「有西北村落氣
味」。甚至再加了紅豆煮成飯，也是在味覺上增加變化的辦法，

---

[104] 宋・蘇軾撰，孔凡禮整理：《仇池筆記》卷上，收入《全宋筆記》第一
編第九冊，頁211。

使大麥吃起來更好吃。妻子笑稱「此新樣二紅飯也」，一則可以想像黃褐色或紫褐色的大麥煮熟，顏色呈現紅褐色，與紅豆同煮可謂「二紅飯」；二則可以看出蘇軾一家日日吃大麥，持續了頗長的時間，以「新樣二紅飯」對比過去長時間所食用的「紅飯」。在物質困頓之時，蘇軾及妻子設法從吃食瑣事上發掘新的樂趣，不論是以「嚼蝨子」自嘲，或加漿水當粥，或加紅豆成新樣二紅飯，展現自得其樂的生活態度，之所以能如此，與其樂觀豁達的心態有關。

蘇軾的隨筆文字，既展現出其奔走於世間，卻因無法贏得世人之喜愛，而必須如螻蟻般在夾縫中努力生存，否則便將如鵝一樣隨時有送命的可能；同時，又能在危難或困頓的當下，嘲笑自己的失敗，再繼續以樂觀豁達的態度，面對人生。這些都是蘇軾面對世間百態所萌生的哲思體悟，展現出濃厚的理趣。

《艾子》書中對烏臺詩案或謫居黃州，則呈現出更為直接的自嘲：

> 艾子好為詩。一日，行齊、魏間，宿逆旅。夜聞鄰房人言曰：「一首也。」少間曰：「又一首也。」比曉六七首。艾子意其必詩人，清夜吟詠，兼愛其敏思。凌晨，冠帶候謁。少頃，一人出，乃商賈也，危羸若有疾者。艾子深感之，豈有是人而能詩乎？仰又不可臆度，遂問曰：「聞足下篇什甚多，敢乞一覽。」其人曰：「某負販也，安知詩為何物？」再三拒之。艾子曰：「昨夜聞君房中自鳴曰：『一首也』，須臾又曰：『一首也』，豈非詩手？」其人答言：「君誤矣。昨日，每腹疾暴下，夜黑尋紙不及，因

> 污其手，疾勢不止，殆六七污手。其言曰〔一手〕，非詩
> 也。」艾子有慚色，門人因戲之曰：「先生求騷雅，乃是
> 大儒。」[105]

蘇軾撰《艾子》，是以「艾子」為主角，承繼諸子重寓意的敘事
風格。此則故事中，艾子誤以為鄰房人作詩一首又一首，但事實
上，在鄰人處不過是一手又一手的穢物；蘇軾藉此自嘲，自己因
作詩惹來烏臺詩案，以至於現在自己不敢輕易作詩，避之惟恐不
及，如同面對汙穢不潔的東西。對照蘇軾至黃州半年時所撰〈與
參寥子二十一首之二〉：「到黃已半年，朋遊稀少，……僕罪大
責輕，謫居以來，杜門念咎而已。……比已焚筆硯，斷作詩，故
無緣屬和……」[106]，可知此一故事蓋能展現蘇軾藉戲謔口吻表
達因詩遭逢大難、謫居黃州之心境。

　　這種怕被罪責的驚懼，在借此喻彼、注重寓意的《艾子》中
亦有一事：

> 艾子浮於海，夜泊島嶼中，夜聞水下有人哭聲，復若人
> 言，遂聽之。其言曰：「昨日龍王有令：『應水族有尾者
> 斬。』吾鼉也，故懼誅而哭；汝蝦蟆無尾，何哭？」復聞
> 有言曰：「吾今幸無尾，但恐更理會蝌蚪時事也。」[107]

---

[105] 曾棗莊、舒大剛主編：《蘇東坡全集》附編〈艾子雜說・騷雅大儒〉，
頁 4252。

[106] 曾棗莊、舒大剛主編：《蘇東坡全集》文集卷 74，頁 2202。

[107] 曾棗莊、舒大剛主編：《蘇東坡全集》附編〈艾子雜說・誅有尾〉，頁
4247-4248。

蘇軾在宋哲宗紹聖元年（1094）被御史彈劾，認為他在元祐年間（1086-1094）任起居舍人、翰林學士、龍圖閣學士、翰林承旨、兵部尚書兼侍讀[108]，「坐前掌制命語涉譏訕」、「紹聖初，御史論軾掌內外制日，所作詞命，以為譏斥先朝」，最後先命蘇軾以本官知英州，又降一官，未至再貶寧遠軍節度副使，惠州安置。[109]這種情況豈不類似蝦蟆憂懼過去曾是蝌蚪有尾，如今就算無尾也要被斬？蘇軾以蝦蟆自況自嘲，令表面上可笑的寓言故事，充滿政治嘲諷意味。

上述故事，不論是隨筆或小說，或抒發禪思理趣，或表達思辨哲理，都非憑空而發、虛無飄渺，全部落實於世事人情而有所感觸，因而寄寓對世情之體悟。[110]《詩人玉屑》引蔡絛對蘇軾詩之評論：「東坡公詩天才宏放，宜與日月爭光。凡古人所不到處，發明殆盡，萬斛泉源，未為過也。然頗恨方朔極諫，時雜滑稽，故罕逢蘊藉。」[111]蘇軾詩文風格宏放、議論滔滔，且意在當世又毫無保留，少含蓄內斂的文字，將其「傾盡城府」的豁達思想、不羈性情展露無遺。

正因為如此，縱然北宋徽宗崇寧元年至三年間（1102-

---

[108] 元・脫脫撰：《宋史・蘇軾傳》卷 338，頁 10810-10815。

[109] 元・脫脫撰：《宋史・哲宗本紀》卷 18，頁 340。元・脫脫撰：《宋史・蘇軾傳》卷 338，頁 10816。

[110] 陳文新：《文言小說審美發展史・宋代筆記小說》，頁 372。陳文新談及《艾子》，稱其「改變了《笑林》『無所為而作』的宗旨，嘲諷世情，譏刺時病」，「為笑話注入了新的活力」，之所以如此，應與蘇軾性格息息相關。

[111] 宋・魏慶之編，王仲聞校勘：《詩人玉屑》卷 12（北京：中華書局，1961 年 12 月），頁 259。

1104），對元祐黨人大加打擊，銷毀出版用的板模和石碑[112]，
至徽宗宣和五年（1123）後，更具體嚴禁家藏蘇軾之書，且違者
被視為有罪；[113]蘇軾必定持續深受文人喜愛[114]，於是宋徽宗前
後期相距二十多年，必須再發禁令且規定得更為嚴格。費袞
（1190 前後在世）《梁溪漫志》記載了宣和年間朝廷嚴禁蘇軾
文字，士人卻私藏偷讀的具體情況。[115]南渡以後，蘇軾又再度

---

112 宋・李埴編：《皇宋十朝綱要》卷 16，收入《宋史資料萃編》第一輯
　　（新北：文海出版社，1980 年 1 月）。宋徽宗崇寧二年四月，「詔：焚
　　毀《蘇軾集》。」「詔：削景靈西宮元祐臣僚畫像。」「詔：焚蘇洵、
　　蘇轍、黃庭堅、張耒、晁補之、秦觀、馬涓文集、范祖禹《唐鑑》、范
　　鎮《東齋記事》諸書。」頁 355-256。崇寧三年七月，「毀蘇軾凡所撰
　　碑刻。」頁 363。

113 宋・李埴編：《皇宋十朝綱要》卷 18，收入《宋史資料萃編》第一
　　輯。「宣和五年七月甲子，中書省言：福建路印造蘇軾、司馬光文集，
　　詔令毀板。今後舉人傳習元祐學術者，以違制論。」頁 450。「宣和六
　　年閏三月乙未，手詔：申嚴元祐學術之禁。」頁 453。「宣和六年九月
　　辛卯，手詔：蘇軾、黃庭堅誣毀宗廟，義不戴天。片文隻語，並令焚毀
　　勿存。如違，以大不恭論。」頁 455。元・脫脫撰：《宋史・徽宗本
　　紀》卷 22：「宣和六年十月庚午……詔：有收藏慣用蘇、黃之文者，
　　並令焚毀，犯者以大不恭論。」頁 414。

114 宋・朱弁撰，王根林校點：《曲洧舊聞》卷 8：「崇寧、大觀間，……
　　朝廷雖嘗禁止，賞錢增至八十萬，禁愈嚴而傳愈多，往往以多相誇。士
　　大夫不能誦坡詩者，便自覺氣索，而人或謂之不韻。」收入《宋元筆記
　　小說大觀》，頁 3016。

115 宋・費袞撰，金圓校點：《梁溪漫志・禁東坡文》卷 7：「宣和間，申
　　禁東坡文字甚嚴，有士人竊攜《坡集》出城，為閽者所獲，執送有司，
　　見集後有一詩云：『文星落處天地泣，此老已亡吾道窮。才力謾超生仲
　　達，功名猶忌死姚崇。人間便覺無清氣，海內何曾識古風。平日萬篇誰
　　愛惜，六丁收拾上瑤宮。』京尹義其人，且畏累己，因陰縱之。」見

受文人熱議，「建炎以來，尚蘇氏文章，學者翕然從之，而蜀士尤盛，亦有語曰：『蘇文熟，吃羊肉；蘇文生，吃菜羹。』」[116]是以不論朝廷禁或不禁、黨爭之勝負，蘇軾因其文所展現之「傾盡城府」的思辨理趣，為兩宋士人文人所喜愛。

三、王安石「中懷狡詐」的形象發展

北宋晚期以降，王安石的遭遇與蘇軾正好相反：哲宗紹聖元年（1094），詔以王安石配饗神宗廟庭；[117]徽宗崇寧三年（1104），詔以王安石配饗孔子廟；[118]徽宗政和三年（1113），追封王安石為舒王。[119]欽宗靖康元年（1126），金兵包圍汴京時，欽宗詔「罷王安石配享孔子廟庭」；[120]至南宗，高宗建炎三年（1129），詔「罷王安石配享神宗廟庭，以司馬光配」；[121]高宗紹興四年（1134），「毀王安石舒王告」；[122]紹興六年（1136），陳公輔（1077-1141）上疏，認為王安石學術實為亂源：

《宋元筆記小說大觀》，頁 3412。

[116] 宋・陸游撰，高克勤校點：《老學庵筆記》卷 8，見《宋元筆記小說大觀》，頁 3522。

[117] 元・脫脫撰：《宋史・哲宗本紀》卷 18，頁 340。

[118] 元・脫脫撰：《宋史・徽宗本紀》卷 19，頁 369。

[119] 元・脫脫撰：《宋史・徽宗本紀》卷 21，頁 390。

[120] 元・脫脫撰：《宋史・欽宗本紀》卷 23，頁 428。

[121] 元・脫脫撰：《宋史・高宗本紀》卷 25，頁 466。

[122] 元・脫脫撰：《宋史・高宗本紀》卷 27，頁 511。

今日之禍，實由公卿大夫無氣節忠義，不能維持天下國
家，平時既無忠言直道，緩急詎肯伏節死義，豈非王安石
學術壞之邪？議者尚謂安石政事雖不善，學術尚可取。臣
謂安石學術之不善，尤甚於政事，政事害人才，學術害人
心，三經、字說詆誣聖人，破碎大道，非一端也。春秋正
名分，定褒貶，俾亂臣賊子懼，安石使學者不治春秋；
史、漢載成敗安危、存亡理亂，為聖君賢相、忠臣義士之
龜鑑，安石使學者不讀史、漢。[123]

南宋孝宗時，程氏門人李侗（1088-1158）曾論及國事：

今日三綱不振，義利不分。三綱不振，故人心邪僻，不堪
任用，是致上下之氣間隔，而中國日衰。義利不分，故自
王安石用事，陷溺人心，至今不自知覺。人趨利而不知
義，則主勢日孤，人主當於此留意，不然，則是所謂「雖
有粟，吾得而食諸」也。[124]

北宋亡國後，君臣上下不僅逐一取消曾經給王安石之尊崇，甚至
認為王安石所倡導之學術風氣敗壞人心，使得北宋末年奸臣並
出，以致亡國。[125]

---

[123] 元・脫脫撰：《宋史・陳公輔傳》卷 376，頁 11694。

[124] 元・脫脫撰：《宋史・李侗傳》卷 428，頁 12748。

[125] 關於王安石學術在兩宋時期的變化，可另外參考何湘妃：《南宋高孝兩
朝王安石評價的變遷過程與分析》，國立臺灣大學歷史研究所碩士論
文，1984 年。吳依凡：《《三經新義》與王安石新學的形成》，國立

不過，北宋筆記內的王安石，並不呈現如此一面倒的評價，既不似北宋朝廷極度推崇，亦不似南宋朝廷極力批判；甚至同一項政治措施，在不同筆記內即有全然不同的看法或立場。因此，以下將由政治措施、器量人格及學術經義三方面揭示王安石在不同筆記內的形象。

首先，王安石在北宋神宗時期，進行了各種經濟財政上的改革，如青苗法之施行：

> 王荊公當國，始建常平錢之議，以謂百姓當五穀青黃未接之時，勢多窘迫，貸錢於兼并之家，必有倍蓰之息，官於是結甲請錢，每千有二分之息，是亦濟貧民而抑兼并之道，而民間呼為青苗錢。[126]

魏泰《東軒筆錄》認為王安石推行青苗法，為的是農民在五穀青黃未接之時，往往有短時間的財務困難情形，通過政府貸款給農民，可以防止農民向豪強之家借款，負擔高額的利息，從而避免豪強之家兼并土地。

然而，實際施行後，各地官府為求績效或藉此斂財，強迫農民借貸，使農民苦不堪言，因此《東坡志林》對青苗法則有另一番描述：

政治大學中國文學研究所碩士論文，2011 年。呂依依：《王安石《周官新義》在宋代的學術影響》，國立清華大學中國文學系碩士論文，2018 年。

[126] 宋・魏泰撰，李裕民點校：《東軒筆錄》卷 4（北京：中華書局，1983年 10 月），頁 45-46。

> 儋耳進士黎子雲言：城北十五里許有唐村，莊民之老曰允
> 從者，年七十餘，問子雲言：「宰相何苦以青苗錢困我？
> 於官有益乎？」子雲言：「官患民貧富不均，富者逐什一
> 益富，貧者取倍稱，至鬻田質口不能償，故為是法以均
> 之。」允從笑曰：「貧富之不齊，自古已然，雖天公不能
> 齊也，子欲齊之乎？民之有貧富，由器用之有厚薄也。子
> 欲磨其厚，等其薄，厚者未動，而薄者先穴矣！」元符三
> 年二月二十日，子雲過予言此。負薪能談王道，正謂允從
> 輩耶？[127]

此則記載說明了王安石推動青苗法其實立意良善，希望富者不益
富，而貧者不至於鬻田質口以償還所借貸之利錢；但從一般百姓
的角度看來，施行青苗法後，富豪之家的財富尚未因此稍減，而
一般百姓卻已因青苗法更加貧困。

　　其次，王安石之人格器量，北宋筆記亦多所論述，如《默
記》記載宋仁宗慶曆二年，王安石原本被評為第一，但因卷中有
「孺子其朋」，仁宗不喜，遂名列第四；王銍認為「荊公平生未
嘗略語曾考中狀元，其氣量高大，視科第為何等事而增重耶！」
[128]又如《萍洲可談》敘述王安石甘於平淡，無退休宰相的排
場：

---

[127] 宋・蘇軾撰，孔凡禮整理：《東坡志林》卷 2〈唐村老人言〉，收入
　　《全宋筆記》第一編第九冊，頁 36-37。

[128] 宋・王銍撰，孔一校點：《默記》，收入《宋元筆記小說大觀》，頁
　　4560。

> 王荊公退居金陵，結茅鍾山下，策杖入村落。有老氓張
> 姓，最稔熟。公每步至其門，即呼「張公」，張應聲呼
> 「相公」。一日公忽大咍曰：「我作宰相許時，止與汝一
> 字不同耳！」[129]

王安石在神宗時期曾經兩度罷相、知江寧府，這則故實背景即在此時。王安石縱然曾為宰相，但退居金陵的生活頗為平淡，與村中百姓相處自然。其中，王安石行經張姓老翁家門前，還會呼喚「張公」，打聲招呼，而張姓老翁亦稱「相公」回應王安石。王安石甚至自嘲：我任宰相多年，旁人看似風光，但今日與張姓老翁同在村中，皆為老者，且一「張公」一「相公」，只有一字之差，其實無甚不同；能自嘲與村中老翁差別不大，足見王安石不以此介懷的豁達胸襟。

不過，《涑水紀聞》將王安石描述為度量狹小之人：

> 初，韓魏公知揚州，介甫以新進士簽書判官事，韓公雖重
> 其文學，而不以吏事許之。介甫數引古義爭公事，其言迂
> 闊，韓公多不從。介甫秩滿去，會有上韓公書者，多用古
> 字，韓公笑而謂僚屬曰：「惜乎王廷評不在此，其人頗識
> 難字。」介甫聞之，以韓公為輕己，由是怨之。及介甫知
> 制誥，言事復多為韓公所沮。會遭母喪，服除，時韓公猶
> 當國，介甫遂留金陵，不朝參。曾魯公知介甫怨忌韓公，

---

129 宋・朱彧撰，李偉國校點：《萍洲可談》卷 3，收入《宋元筆記小說大觀》（上海：上海古籍出版社，2001 年 12 月），頁 2330。

乃力薦介甫於上，強起之，其意欲以排韓公耳。[130]

王安石認為韓琦僅重其文學，不在政事上納用自己的意見，是對自己的輕視，因此懷恨在心，母喪除服後先不欲與韓琦共事，經由曾公亮極力推舉後，才勉強接受，後來果真排擠韓琦。此一舉動則顯得王安石小肚雞腸，氣量不宏。

人格方面，宋徽宗時被列為元祐黨人的張舜民，所撰《畫墁錄》敘述蕭注對宋神宗評價王安石：「牛形人任重而道遠」[131]；《默記》亦認為王安石隨遇而安：

> 元豐末，王荊公在蔣山野次，跨驢出入。時正盛暑，而提刑李茂直往候見，即於道左遇之。荊公捨蹇相就，與茂直坐於路次。荊公以兀子，而茂直坐胡床也。語甚久，日轉西矣，茂直令張傘，而日光正漏在荊公身上。茂直語左右，令移傘就相公。公曰：「不須。若使後世做牛，須著他與日里耕田。」[132]

曾任宰相的王安石，出入既不乘轎馬，與提刑李茂直在路上遇見，亦能以兀子坐於路邊談話，且未在傘的陰影下，卻毫不掛懷

---

130 宋・司馬光撰，王根林校點：《涑水紀聞》卷 16，收入《宋元筆記小說大觀》，頁 941。

131 宋・張舜民撰，丁如明校點：《畫墁錄》，收入《宋元筆記小說大觀》，頁 1558。

132 宋・王銍撰，孔一校點：《默記》，收入《宋元筆記小說大觀》，頁 4551。

介意。王安石藉著「若使後世做牛，須著他與日里耕田」，以牛
自喻，實是能擔負重任之人。

　　然而，《涑水紀聞》又有王安石「奸偽」之說，如：

> 上將召用介甫，訪於大臣，爭稱譽之。張安道時為承旨，
> 獨言：「安石言偽而辨，行偽而堅，用之必亂天下。」由
> 是介甫深怨之。[133]

宋神宗欲用王安石，張方平（安道，1007-1091）認為不可，認
為王安石言行詐偽，卻善於狡辯、固執己見；王安石欲推行新
法，張方平即面見神宗、欲辭官，並力陳新法之害：「民猶水
也。可以載舟，亦可以覆舟；兵猶火也，弗戢必自焚。若新法卒
行，必有覆舟、自焚之禍。」[134]

　　最後，上文曾述蘇軾對王安石學術之評議，《仇池筆記》亦
收錄一則劉邠嘲弄王安石之事：

> 王介甫多思而喜鑿，時出一新說，已而悟其非，又出一說
> 以解之，是以其學多說。嘗與劉貢父食，曰：「孔子不撤
> 薑食，何也？」貢父曰：「《本草》言薑食多損智。道非
> 明民，將以愚之。孔子以道教人者，故不撤薑食，所以愚
> 之也。」介甫欣然而笑，久之乃悟其戲也。貢父雖戲言，

---

[133] 宋・司馬光撰，王根林校點：《涑水紀聞》卷 16，收入《宋元筆記小
　　說大觀》，頁 941。

[134] 元・脫脫撰：《宋史・張方平傳》卷 318，頁 10357。

　　　　王氏之學實大類此。[135]

上文曾提及，劉邠博學、好開玩笑，與蘇軾常互相取笑，不僅如
此，對王安石學術喜愛穿鑿字義、經義，亦出言諷刺。《論語》
記錄了孔子許多飲食禁忌，如「魚餒而肉敗，不食。色惡，不
食。臭惡，不食。失飪，不食。不時，不食。割不正，不食。不
得其醬，不食。」且堅持「不撤薑食」。[136]王安石用餐時忽然
想起此事，正是「多思」的表現，於是詢問博學的劉邠；劉邠則
引用《本草》，說明「薑食多損智」，並進一步解釋：身為教人
者，孔子不欲百姓通曉道理，所以勸人食薑實為了讓百姓損智，
便於孔子欺蒙眾人。劉邠表面上是回答王安石的問題，事實上卻
暗諷王安石的學術喜好穿鑿，只有蠢笨之人才會相信，因此「其
學多說」是為了損智愚民。王安石領悟劉邠戲言的深意，亦欣然
接受。

　　王闢之《澠水燕談錄》談及王安石「三經新義」、《字說》
之影響：

　　　　荊國王文公以多聞博學為世宗師。當世學者得出其門下
　　　　者，自以為榮，一被稱與，往住名重天下。公之治經，尤
　　　　尚解字，末流務多新奇，浸成穿鑿。朝廷患之，詔學者兼
　　　　用舊傳注，不專治新經，禁援引《字解》。於是學者皆變

---

135 宋・蘇軾撰，孔凡禮整理：《仇池筆記》卷上〈薑多食損智〉，頁
　　201。
136 魏・何晏集解，宋・邢昺疏：《論語注疏・鄉黨》卷 10，《十三經注
　　疏》本，頁88。

所學，至有著書以詆公之學者，且諱稱公門人。故芸叟為
挽詞云：「今日江湖從學者，人人諱道是門生。」傳士
林。及後詔公配享神廟，贈官並諡，俾學者復治新經，用
《字解》。昔從學者，稍稍復稱公門人，有無名子改芸叟
詞云：「人人卻道是門生。」[137]

當朝廷禁止王安石新義或字說，「人人諱道是門生」；當紹聖元
年宋哲宗以王安石配饗神宗廟庭，則「人人卻道是門生」，可
見，「三經新義」、《字說》的內容，及對學術發展之意義，多
數學者並不在意，所關心的其實都在名聲、仕途上。北宋、南宋
之際的江少虞（約 1131 前後在世）編纂《宋朝事實類苑》引
《澠水燕談錄》亦記載王安石自謂：「自議新法，始終言可行
者，曾布也。言不可行者，司馬光也。餘皆前叛後附，或出或
入。」[138]多數官員對於新法的優劣好壞，或許不甚了解，亦不
見得關心，所在意的是依附或反對新法可從中獲得的好處。綜合
二事來看，更可以展現出政治力量對學術或任何事物的干涉介
入。

由此可見，撰於北宋亡國以前的筆記，對王安石的看法呈現
出多種角度，著眼於政事者，有記載其用心疏通河川航運者
[139]，或褒揚、批評新法施行狀況者；著眼於性格者，有稱讚其

---

[137] 宋・王闢之撰，韓谷校點：《澠水燕談錄》卷 10，收入《宋元筆記小
說大觀》，頁 1307-1308。

[138] 宋・江少虞撰：《宋朝事實類苑》卷 8（上海：上海古籍出版社，1981
年 7 月），頁 84。今《澠水燕談錄》未見，應為佚文。

[139] 如宋・司馬光撰，王根林校點：《涑水紀聞》卷 15：「會子淵官滿入

氣度、孝順[140]者，亦有議論其狡詐者；著眼於學術者，或出以
嘲戲，或揭示政治權力對學術之干涉，觀點多元紛呈。雖然看法
多元，但王安石死後仍得到士人文人之尊敬，因此撰於北宋哲宗
紹聖間的《孫公談圃》及南宋前期在世的周煇所撰《清波雜志》
皆敘述北宋哲宗時，「是時士大夫上荊公冢者無虛日」[141]，
「當時士大夫道金陵，未有不上荊公墳者。五十年前，彼之士
子，節序亦有往致奠者，時之風俗如此。」[142]

京師，王介甫問子淵：『濬川鐵杷、龍爪法甚善，何故不可用？』子淵
因變言：『此誠善法，但當時同官議不合耳。』介甫大喜，即除子淵都
水外監丞，置濬川司，使行其法，聽其指使二十人，給公使庫錢。子淵
乃於河上令指使分督役卒，用二物疏濬，各置厝，書其課曰：『某日以
掃疏若干步，深若干尺。』其實水深則杷不能及底，虛曳去來。水淺則
齒礙泥沙，曳之不動，卒乃反齒向上而曳之。所書之課，皆妄撰，不可
考驗也。」收入《宋元筆記小說大觀》，頁 931。宋·魏泰撰，李裕民
點校：《東軒筆錄》卷 7：「汴渠舊例，十月關口，則舟楫不行。王荊
公當國，欲通冬運，遂不令閉口，水既淺澀，舟不可行，而流冰頗損舟
楫。於是以船腳數千，前設巨碓，以搗流冰，而役夫苦寒，死者甚
眾。」頁 77。從這些記載雖然可以看出王安石之用心，但也可見王安
石用錯方法、信錯人而徒勞無功。

140　宋·王銍撰，孔一校點：《默記》：「王荊公知制誥，丁母憂，已五十
矣。哀毀過甚，不宿於家，以稿秸為薦，就廳上寢於地。是時，潘夙公
所善，方知荊南，遣人下書金陵。急足至，升廳見一人席地坐，露顏瘦
損，愕以為老兵也，呼院子令送書入宅。公遽取書，就鋪上拆以讀。急
足怒曰：『舍人書而院子自拆，可乎！』喧呼怒叫。左右曰：『此即舍
人也。』急足皇恐趨出，且曰：『好舍人！好舍人！』」收入《宋元筆
記小說大觀》，頁 4568。

141　宋·孫升：《孫公談圃》卷下，收入《筆記小說大觀》第 8 編，頁 589。

142　宋·周煇撰，秦克校點：《清波雜志》卷 12，收入《宋元筆記小說大
觀》，頁 5143。

然而，撰於北宋亡國後的筆記，情況大不相同。上文述及張方平認為王安石「言偽而辨，行偽而堅，用之必亂天下」，之所以如此，與仁宗時期王安石之表現有關，如成書於南宋的《邵氏聞見錄》敘述宋神宗熙寧二年（1069）富弼因亳州提舉常平倉趙濟言告其「沮革新法」，因此判汝州；途經南京，因張方平任地方官，遂前往拜訪：

> 張公（方平）接富公（弼）亦簡，相對屹然如山嶽。富公徐曰：「人固難知也。」張公曰：「謂王安石乎？亦豈難知者。仁宗皇祐間，某知貢舉院，或薦安石有文學，宜闢以考校，姑從之。安石者既來，凡一院之事皆欲紛更之。某惡其人，檄以出，自此未嘗與之語也。」富公俯首有愧色。蓋富公素喜王荊公，至得位亂天下，方知其奸云。[143]

由於仁宗皇祐三年，王安石兩次被舉薦入館閣，張方平所說之事應發生於此年。王安石至貢舉院後，院內所有事務皆欲革新，令張方平不滿，命其出，自此張方平不曾再與王安石說話。《宋史》記載此事，則說：「先是，館閣之命屢下，安石屢辭；士大夫謂其無意於世，恨不識其面，朝廷每欲畀以美官，惟患其不就也。」[144]刻畫出王安石因淡泊名利之形象，贏得當時士大夫之稱譽，富弼當時亦如此。《邵氏聞見錄》藉著富弼對王安石看法之前後不同，突顯王安石之詐偽，善於矯飾，並說明當時多人受

---

[143] 宋·邵伯溫撰，王根林校點：《邵氏聞見錄》卷9，收入《宋元筆記小說大觀》，頁1754。

[144] 元·脫脫撰：《宋史·王安石傳》卷327，頁10542。

到王安石之蒙蔽。

《邵氏聞見錄》多次提及呂誨早已看出王安石之狡詐：

> 神宗天資節儉，因得老宮人言祖宗時妃嬪、公主月俸至
> 微，嘆其不可及。王安石獨曰：「陛下果能理財，雖以天
> 下自奉可也。」帝始有意主青苗、助役之法矣。安石之術類
> 如此，故呂誨中丞彈章曰：「外示樸野，中懷狡詐。」[145]

> 獻可（呂誨）正色曰：「君實亦為此言耶？安石雖有時
> 名，好執偏見，不通物情，輕信奸回，喜人佞己。聽其言
> 則美，施於用則疏。若在侍從，猶或可容；置諸宰輔，天
> 下必受其禍矣！」……溫公既出，退居於洛，每慨然曰：
> 「呂獻可之先見，吾不及也。」[146]

> 呂獻可中丞於熙寧初荊公拜參知政事日，力言其奸，每指
> 荊公曰：「亂天下者，必此人也。」又曰：「天下本無
> 事，但庸人擾之耳。」司馬溫公初亦以為不然，至荊公虐
> 民亂政，溫公乃深言於上，不從，不拜樞密副使以去。[147]

---

[145] 宋・邵伯溫撰，王根林校點：《邵氏聞見錄》卷 4，收入《宋元筆記小說大觀》，頁 1721。

[146] 宋・邵伯溫撰，王根林校點：《邵氏聞見錄》卷 10，收入《宋元筆記小說大觀》，頁 1762-1763。

[147] 宋・邵伯溫撰，王根林校點：《邵氏聞見錄》卷 12，收入《宋元筆記小說大觀》，頁 1778。

第一則說王安石看出宋神宗時為財政所苦，便告知神宗與其節約宮中花費，不如設法開源，以「理財」說服神宗施行青苗法、助役法（免役法）：前者是政府貸款給農民，收取利錢；後者是農民為了免服徭役，選擇繳納免役錢。第二則故事發生於英宗即位時，呂誨要彈劾王安石，認為王安石不可任為宰輔；司馬光對王安石的看法與呂誨不同，百思不得其解，後來，司馬光屢勸王安石而不聽，不禁慨嘆呂誨有先見之明。第二則是工安石在神宗熙寧年間拜相，呂誨力陳王安石之奸，認為「亂天下者，必此人也」，與第二則所說「置諸宰輔，天下必受其禍矣」，頗為相近。

　　這些內容盡為《宋史》所摘錄：

> 王安石執政，時多謂得人。誨言其不通時事，大用之，則非所宜。著作佐郎章辟光上言，岐王顥宜遷居外邸。皇太后怒，帝令治其離間之罪。安石謂無罪。誨請下辟光吏，不從，遂上疏劾安石曰：「大姦似忠，大佞似信，安石外示朴野，中藏巧詐，陛下悅其才辨而委任之。安石初無遠略，惟務改作立異，罔上欺下，文言飾非，誤天下蒼生，必斯人也。如久居廟堂，必無安靜之理。」[148]

可見，自南宋初至元代，對王安石多所批判。不過，此一論調，在北宋神宗朝實非主流論述，呂誨既「以論王安石，罷知鄧州」[149]，

---

[148] 元·脫脫撰：《宋史·呂誨傳》卷321，頁10429。
[149] 元·脫脫撰：《宋史·神宗本紀》卷14，頁271。

《宋史》又多次贊揚呂誨洞燭機先，與當時其他人之差異，如
「若方平識王安石於辟校貢舉之時，而知其後必亂政，其先見之
明，無忝呂誨云。」[150]「鮮于侁早識安石敗事，與呂誨同見幾
先。」[151]足見北宋當世，王安石狡詐而將禍亂天下之說，實非
普遍觀點。

　　甚至，王安石在宋仁宗朝及第，始終未獲大用，《邵氏聞見
錄》稱宋仁宗早已察覺王安石狡詐之心性：

> 仁宗皇帝朝，王安石為知制誥。一日，賞花釣魚宴，內侍
> 各以金楪盛釣餌藥置几上，安石食之盡。明日，帝謂宰輔
> 曰：「王安石，詐人也。使誤食釣餌，一粒則止矣。食之
> 盡，不情也。」帝不樂之。後安石自著《日錄》，厭薄祖
> 宗，於仁宗尤甚，每以漢文帝恭儉為無足取者，其心薄仁
> 宗也。故一時大臣富弼、韓琦、文彥博，皆為其詆毀云。[152]

宋仁宗認為一般人不小心吃入釣餌，至多一粒，不可能將一碟釣
餌都食盡，王安石卻一口氣吃完，非人之常情，因此認為王安石
是虛偽之人。王安石後來亦輕視宋仁宗，將宋仁宗與推行敦樸恭
儉、與民休息的漢文帝相比，認為宋仁宗無可稱道，而仁宗朝的
大臣富弼、韓琦、文彥博亦為王安石所詆毀中傷。然而，此則之
後，《邵氏聞見錄》又舉宋仁宗時，一日天大雷震，仁宗焚香祭

---

[150]　元‧脫脫撰：《宋史‧王拱辰傳》卷318，頁10362。

[151]　元‧脫脫撰：《宋史‧馬默傳》卷344，頁10950。

[152]　宋‧邵伯溫撰，王根林校點：《邵氏聞見錄》卷2，收入《宋元筆記小
　　　說大觀》，頁1706。

拜，又退思天有此變的原因，於是說：「帝敬天之威如此，其當太平盛時享國長久，宜矣」。以此對比「熙寧大臣以『天變不足畏』說人主，以成今日之禍，悲夫！」[153]指出王安石不懂反躬自省，影響宋神宗以降之皇帝，才導致北宋末年靖康之禍。關於食釣餌一事，今之學者亦撰文考辨其妄誤[154]，可見《邵氏聞見錄》藉著造作此一故實，塑造王安石奸邪小人的形象。[155]

南宋之初，君臣反思北宋滅亡之教訓時，認為王安石難辭其咎，《邵氏聞見錄》反覆記述北宋末年金兵圍攻汴京，擄走徽宗、欽宗及宗室大臣，南宋高宗即位於南京應天府（宋州），危難之際渡江，九死一生，並認為之所以遭罹此難，實肇因於章惇、曾布、蔡京、王黼，而這些人皆效法王安石：

> 女真怒，再起兵，破京師，劫遷二帝，虜宗族大臣，取重器圖書以去。上即位於宋，遷淮揚，虜逼，上渡江，甚危，兵民溺水死驅執者不可勝數。今乘輿播越，中原之地盡失，天下之人死於兵者十之八九，悲夫！一王安石勸人

---

[153] 宋·邵伯溫撰，王根林校點：《邵氏聞見錄》卷 2，收入《宋元筆記小說大觀》，頁 1706。

[154] 顧宏義：〈《邵氏聞見錄》有關王安石若干史料辨誤〉，《河北大學學報（哲學社會科學版）》第 23 卷第 3 期（1998 年 9 月），頁 37-38。

[155] 關於《邵氏聞見錄》對王安石之記載及批判，當今學者從學術立場、南宋政治等角度進行討論，如葉菁：〈《邵氏聞見錄》與南宋初年政治——以其中有關王安石的記敘為討論中心〉，《暨南學報（哲學社會科學版）》2016 年第 8 期（2016 年 8 月），頁 19-26。宋春光：〈《邵氏聞見錄》中的「王安石敘事」〉，《中原文化研究》2021 年第 5 期（2021 年 9 月），頁 114-122。

> 主用兵，章惇、蔡京、王黼祖其說，禍至於此。因具載
> 之，以為世戒。[156]

> 宣和七年十一月，上郊天罷，方恭謝景靈宮，聞金人舉兵
> 犯京師。上下詔稱上皇，禪位於淵聖皇帝，改元靖康。李
> 邦彥主和議，遣李鄴、李邦、鄭望之使虜，割三鎮為城下
> 之盟。虜退，李邦彥罷，復不許三鎮。次年冬，虜破京
> 師，二帝北狩。今上即位於宋，幸維揚，渡江，幸餘杭。
> 嗚呼，曾布、蔡京、王黼之罪，上通於天也。具載之，以
> 為世戒。[157]

邵伯溫之子邵博（？-1158）《邵氏聞見後錄》亦敘述北宋哲宗親政，欲繼承父親神宗新政，重用新黨眾人，而章惇、曾布、蔡卞、蔡京等人將宋神宗與王安石兩人緊密綑綁，只要有人批評王安石，就被說是詆毀神宗、反對哲宗：「非貶荊公也，詆神宗也，不忠於繼述也」[158]，因此假王安石之名而行黨爭之實。

　　甚至，大約成書於南宋高宗紹興二十多年的《邵氏聞見後錄》及《鐵圍山叢談》兩書，出現王安石之出生傳說：王安石出生時有獾入室的說法。前書稱「王荊公之生也，有獾入其室，俄

---

[156] 宋・邵伯溫撰，王根林校點：《邵氏聞見錄》卷 5，收入《宋元筆記小說大觀》，頁 1724-1725。

[157] 宋・邵伯溫撰，王根林校點：《邵氏聞見錄》卷 5，收入《宋元筆記小說大觀》，頁 1726。

[158] 宋・邵博撰，王根林校點：《邵氏聞見後錄》卷 23，收入《宋元筆記小說大觀》，頁 1978。

失所在，故小字獾郎。」[159]後書所記更為詳細，稱有一異人李士寧「識介甫之初誕，故竟呼小字曰獾兒。」並記載「介甫，天上之野狐也」。前書作者邵博因父親立場而刻意以獸類（夜行性的獾）貶抑王安石，稱其狡獪；後書作者蔡絛（1097-1162？）為蔡京之子，雖然根據同樣的傳說而記錄，但藉此讚揚王安石：「彼（王安石）實靈物也，獸其形，中則聖賢爾。今峨冠佩玉，彼□人也（別木云『被於人世』），中或畜產多有焉。」[160]可見，南宋初年出現的王安石出生傳說，亦因作者立場之差異，使得筆記內容產生全然不同的解讀，並有貶抑、讚揚之價值差別。

南宋以後稱王安石「中懷狡詐」，實是針對人格進行抨擊，但論及王安石對北宋末年朝廷思想風氣、甚至禍亂天下之影響，則有待下一節進一步討論。

四、馮道「無氣節忠義」與王安石

北宋末、南宋初之際，王安石亦常與另外兩人為人並論：欽宗靖康二年（1127），汴京被金人包圍之際，北宋君臣將亡國責任置於蔡京等人身上，認為「使京尚在相位，安知其不開邊賣國如馮道輩乎？」[161]紹興元年（1131），侍御史沈與求直接認為

---

[159] 宋・邵博撰，王根林校點：《邵氏聞見後錄》卷 30，收入《宋元筆記小說大觀》，頁 2022。

[160] 宋・蔡絛撰，馮惠民、沈錫麟點校：《鐵圍山叢談》卷 4（北京：中華書局，1997 年 12 月），頁 72。

[161] 宋・徐夢莘撰：《三朝北盟會編》卷 39，據文淵閣四庫全書本影印，

王安石與馮道、揚雄類似，是非混淆，無氣節忠義：

> 王安石以己意變亂先帝法度，誤國害民，誠如聖訓。然人
> 臣立朝，未論行事之是非，先觀心術之邪正。揚雄名世大
> 儒，主盟聖道，新室之亂，乃為美新劇秦之文。馮道左右
> 賣國，得罪萬世。而安石於漢則取雄，於五代則取道，臣
> 以是知其心術不正，則奸偽百出，僭亂之萌，實由於此
> 起。自熙寧元豐以來，士皆宗安石之學，沉溺其說，節義
> 凋喪，馴致靖康之禍。[162]

紹興六年（1136），陳公輔上疏，認為王安石推崇揚雄、馮道，
使學術思想產生無氣節忠義之亂象：

> 王莽之篡，揚雄不能死，又仕之，更為劇秦美新之文。安石
> 乃曰：「雄之仕。合於孔子無可無不可之義。」五季之亂，
> 馮道事四姓八君，安石乃曰：「道在五代時最善避難以存
> 身。」使公卿大夫皆師安石之言，宜其無氣節忠義也。[163]

　　關於王安石對漢代揚雄（53B.C.-18）之看法，兩宋之交施
德操（1131 前後在世）《北窗炙輠錄》記載一事：

　　收入《中國野史集成續編》第 4 冊（成都：巴蜀書社，2000 年），頁
　　307。

[162] 宋・徐夢莘撰：《三朝北盟會編》卷 147，據文淵閣四庫全書本影印，
　　　收入《中國野史集成續編》第 5 冊，頁 207。

[163] 元・脫脫撰：《宋史・陳公輔傳》卷 376，頁 11694。

> 荊公論揚子雲投閣事，此史臣之妄耳。豈有揚子雲而投閣
> 者？又〈劇秦美新〉，亦後人誣子雲耳。子雲豈肯作此
> 文？他日見東坡，遂論及此。東坡云：「某亦疑一事。」
> 介甫曰：「疑何事？」東坡曰：「西漢果有揚子雲否？」
> 聞者皆大笑。[164]

王安石不相信《漢書》所載之揚雄投閣一事[165]，認為投閣是史
臣所撰不合事實者；也不相信揚雄撰寫〈劇秦美新〉一文討好王
莽以求自保，〈劇秦美新〉是後人為毀謗揚雄所作，可見王安石
並不認為揚雄阿諛王莽。蘇軾一日與王安石論及此事，不直接針
對王安石此兩項懷疑表達意見，反而提出另一個疑問：「西漢果
有揚子雲否？」表面上蘇軾未嘗談及看法，其實已經以迂迴的方
式表達諷刺，而一旁聽聞者亦順利接收蘇軾所傳達的訊息，理解
其中深意，進而「大笑」。

　　南宋《邵氏聞見後錄》有宋神宗與曾鞏談論王安石的記載：

> 王荊公與曾南豐平生以道義相附，神宗問南豐：「卿交王
> 安石最密，安石何如人？」南豐曰：「安石文學行義，不
> 減揚雄，以吝故不及。」神宗遽曰：「安石輕富貴，不吝

---

[164] 宋・施德操撰，王根林校點：《北窗炙輠錄》卷上，收入《宋元筆記小
　　　說大觀》，頁3304。

[165] 漢・班固撰：《漢書・揚雄傳下》卷87下：「莽誅豐父子（甄豐、甄
　　　尋），投棻四裔（劉歆、劉棻），辭所連及，便收不請。時（揚）雄校
　　　書天祿閣上，治獄使者來，欲收雄，雄恐不能自免，乃從閣上自投下，
　　　幾死。」（北京：中華書局，1997年9月），頁3584。

也。」南豐曰：「臣謂吝者，安石勇於有為，吝於改過耳。」神宗頷之。[166]

曾鞏將王安石比作揚雄，認為兩人在文學行義上相近，揚雄是著名漢賦大家，表面上是稱許王安石在文學上的表現，但事實上揚雄在道義上卻因「投閣」而有瑕疵，故曾鞏此處對王安石之評議兼有正、反兩面，也可以說，實以正面的讚美包裝負面的批評。更值得進一步玩味的是，曾鞏甚至說王安石因「吝於改過」，還不及揚雄，畢竟《漢書·揚雄傳》篇末〈贊〉曰：「及莽篡位，談說之士用符命稱功德獲封爵者甚眾，雄復不侯，以耆老久次轉為大夫，恬於勢利乃如是。」[167]證明揚雄縱然曾經「投閣」，無法慷慨就義，但最後並未阿附王莽以謀求名位權利，實勇於改過。曾鞏認為王安石「吝於改過」，宋神宗對此，亦點頭表示同意。關於此點，刊刻於南宋之初的《侯鯖錄》，亦稱王安石作《日錄》七十卷，詆毀當時名士不附己者，且「其間論法度有不便於民者，皆歸於上；可以垂耀於後世者，悉己有之」[168]，亦即王安石不肯承認自己錯誤的具體證明。

　　至於馮道（882-954），五代時期，歷仕後唐、後晉、後漢、後周四朝，任宰相二十餘年，輔佐十君，影響五代政治甚鉅。成書於宋初開寶七年（974）的《舊五代史·馮道傳》開頭即描述馮道安貧樂道的形象：「其先為農為儒，不恆其業。道少

---

[166]　宋·邵博撰，王根林校點：《邵氏聞見後錄》卷 20，收入《宋元筆記小說大觀》，頁 1961。

[167]　漢·班固撰：《漢書·揚雄傳下》卷 87 下，頁 3583。

[168]　宋·趙令畤撰，孔凡禮點校：《侯鯖錄》卷 3，頁 94。

純厚，好學能文，不恥惡衣食，負米奉親之外，唯以披誦吟諷為事，雖大雪擁戶，凝塵滿席，湛如也。」[169]又引述後唐明宗所說：「馮道性純儉，頃在德勝寨居一茅庵，與從人同器食，臥則芻藁一束，其心晏如也。及以父憂退歸鄉里，自耕樵採，與農夫雜處，略不以素貴介懷，真士大夫也。」[170]馮道與從人、農夫雜處，坦然安適，不因自己的身分而輕視他人，因此有「真士大夫」的讚譽。此事亦記載於成書時間更早的《北夢瑣言》內，且兩者文字幾乎全同；[171]《玉壺清話》亦稱馮道「德度凝厚，事累朝，體貌山立」[172]，皆是對馮道德性度量穩重之稱美。馮道當世之人皆認為其具備道德操守及見識器量，《資治通鑑》記載馮道過世時，稱「時人往往以德量推之。」[173]甚至，《資治通鑑》記載馮道對典籍保留、學術傳播亦有功於世：「唐明宗之世，宰相馮道、李愚請令判國子監田敏校正九經，刻板印賣，朝

[169] 宋・薛居正撰：《舊五代史・馮道傳》卷 126（北京：中華書局，1997年 9 月），頁 1655。

[170] 宋・薛居正撰：《舊五代史・馮道傳》卷 126，頁 1657。

[171] 宋・孫光憲撰，俞鋼整理：《北夢瑣言》卷 19：「明宗謂侍臣曰：『馮道純儉，頃在德勝寨，所居一茅庵，與從人同器而食，臥則芻槁一束，其心晏如。及以父憂退歸鄉里，自耕耘樵採，與農夫雜處，不以素貴介懷，真士大夫也！』」收入《全宋筆記》第一編第一冊（鄭州：大象出版社，2003 年 10 月），頁 199。

[172] 宋・文瑩撰，黃益元校點：《玉壺清話》卷 2，收入《宋元筆記小說大觀》，頁 1461。

[173] 宋・司馬光編著，元・胡三省音注：《資治通鑑・後周紀》卷 291（北京：中華書局，1997 年 11 月），頁 9510。

廷從之。由是，雖亂世，九經傳布甚廣。」[174]

　　北宋筆記有不少關於馮道之記載，如北宋宋庠（996-1066）整理之《楊文公談苑・馮道使虜》刻畫了馮道一心為國、「食君之祿，忠君之事」及智勇兼備的形象：

> 晉天福中，奏寶策戎衣之號，輔相中當一人為使，趙瑩、桑維翰、文崧咸懼，將命馮道，索紙書云：「道去。」遣人語妻子，不復歸家。不數日，北行，虜主以道有重名，留之，賜牛頭牙笏為殊禮，道作詩曰：「牛頭遍得賜，象笏更容持。」道凡得賜，悉市薪炭，云：「北地苦寒，老年所不堪，當為之備。」戎人頗感其意，乃遣歸。道三上表乞留，固遣始去，更住月餘。既行，所至留駐，凡兩月，出境即馳歸。左右曰：「得生還，恨無羽翼，公獨宿留，何也？」道曰：「戎人多詐，總急還，以彼筋腳，一夕即追及，亦何可脫？但徐緩，即不能測矣。」道歸作詩云：「去年今日奉皇華，只為朝廷不為家。殿上一杯天子泣，門前雙節國人嗟。龍荒冬住時時雪，兔苑春歸處處花。上下一行如骨肉，幾人身死掩風沙。」道在虜中有詩云：「朝披四襖專藏手，夜蓋三衾怯露頭。」其苦寒如此。[175]

---

[174] 宋・司馬光編著，元・胡三省音注：《資治通鑑・後周紀》卷 291，頁 9495。

[175] 宋・楊億口述，黃鑒筆錄，宋庠整理，李裕民輯校：《楊文公談苑》，收入《宋元筆記小說大觀》，頁 485-486。

後晉高祖石敬瑭欲遣使入契丹，眾人畏懼，無一宰相願意深入契丹境內，唯有馮道受命即往，《舊五代史》敘述馮道對晉高祖說：「臣受陛下恩，何有不可！」[176]文中馮道作詩「去年今日奉皇華，只為朝廷不為家。殿上一杯天子泣，門前雙節國人嗟。」足見馮道北赴契丹實是九死一生，而其忠心為國躍於紙上。馮道身在契丹時時思歸，卻不能表露於外，以免惹來禍端，因此先將得到的賞賜盡數換為薪炭，令北地人產生同情之心，將馮道放歸；離家萬里，北地苦寒，馮道不欲久留，但當能夠離開北境時，馮道再三上表乞留，出發歸國時，亦不立刻奔馳離境，似乎表現出對北地的留戀之意，藉此令契丹人不起防備之心，由此可見馮道之智識。

其次，馮道也是識人之人。《楊文公談苑・范質識大體》：

> 范質初作相，與馮道同堂，道最舊宿，意輕其新進，潛視所為。質初知印，當判事，語堂吏曰：「堂判之事，並施簽表，得以視而書之，慮臨文失誤，貽天下笑。」道聞歎曰：「真識大體，吾不如也。」質後果為名相。[177]

范質為後進，馮道原本並不很信任范質，但暗中觀察後，發現范質思慮周全、行事小心，即自嘆不如。果然如馮道所料，范質後來為北宋太祖時宰相，並獲得宋太祖「止有居第，不事生產，真宰相也」的贊譽。范質亦高度贊揚馮道「厚德稽古，宏才偉量，

---

176 宋・薛居正撰：《舊五代史・馮道傳》卷126，頁1658。
177 宋・楊億口述，黃鑒筆錄，宋庠整理，李裕民輯校：《楊文公談苑》，收入《宋元筆記小說大觀》，頁508。

雖朝代遷貿，人無間言，屹若巨山，不可轉也。」[178]既著眼於
道德、才能、識量，又說明其待人處世，沒有絲毫可以挑剔更易
之處。

北宋中期筆記《青箱雜記》稱馮道詩：「馮瀛王道，詩雖淺
近，而多諳理」[179]，與其所撰〈長樂老自敘〉對照，更足以展
現馮道身在亂世的處世原則：

> 靜思本末，慶及存亡，蓋自國恩，盡從家法，承訓誨之
> 旨，關教化之源，在孝於家，在忠於國，口無不道之言，
> 門無不義之貨。所願者下不欺於地，中不欺於人，上不欺
> 於天，以三不欺為素。賤如是，貴如是，長如是，老如
> 是，事親、事君、事長、臨人之道，曠蒙天恕，累經難而
> 獲多福，曾陷蕃而歸中華，非人之謀，是天之祐。[180]

身於五代亂世，人更顯得渺小，力量更微，因此馮道秉持忠、
孝、道、義，不欺天、地、人，而今能老安於當代，未中途夭
亡，實是上天對善人之護祐，絕非人力所能思慮謀畫的。

不過，一直以來為人稱許忠孝道義的馮道，在北宋初期《舊
五代史‧馮道傳》之「史臣曰」，即已存在兩面看法：一是高度
贊揚馮道之處世及器量：「道之履行，鬱有古人之風；道之宇

---

[178] 宋‧司馬光編著，元‧胡三省音注：《資治通鑑‧後周紀》卷 291，頁
9511。

[179] 宋‧吳處厚撰，尚成校點：《青箱雜記》卷 2，收入《宋元筆記小說大
觀》，頁 1645。

[180] 宋‧薛居正撰：《舊五代史‧馮道傳》卷 126，頁 1663。

量，深得大臣之體」，另一則對其「忠」提出懷疑：「然而事四朝，相六帝，可得為忠乎！夫一女二夫，人之不幸，況於再三者哉！」並認為最後馮道諡為文懿，而非文貞、文忠者，與此相關。[181]對比上文所述，馮道受後晉高祖之恩，為國遠去契丹時，所展現之為君、為國之忠，兩者有著內涵上的差異，足見「忠」由五代入宋後開始產生的轉變。

宋太宗之後，對於「忠」之內涵轉變為專事一朝的概念益加顯著：太宗認為得到太祖贊美「真宰相」的范質「宰輔中能循規矩、慎名器、持廉節，無出質右者」，在道德上唯一的污點，即「欠世宗一死」。[182]北宋時人對於馮道依阿詭隨、不能死節的說法漸多，如蘇轍《龍川別志》評價宋真宗時宰相王旦，亦比之以馮道：「蓋旦為人類馮道，皆偉然宰相器也。道不幸生於亂世，生死之際不能自立。旦事真宗，言聽諫從，安於勢位，亦不能以正自終，與道何異。」[183]一方面認為王旦不能直諫宋真宗行天書、封禪之事，實是安於祿位，而失去自己的原則，正類似馮道為苟安於亂世，事四朝，同樣指出馮道依阿詭隨、不能死節。另一方面，也肯定馮道、王旦「偉然宰相器」，甚至惋惜馮道「不幸生於亂世」。

成書於北宋哲宗元祐二年（1087）的《青箱雜記》，記載了當時之人對馮道之評價「世譏道依阿詭隨，事四朝十一帝，不能死節」，作者為馮道提出辯駁：

[181] 宋‧薛居正撰：《舊五代史‧馮道傳》卷126，頁1666。

[182] 元‧脫脫撰：《宋史‧范質傳》卷249，頁8796。

[183] 宋‧蘇轍撰，孔凡禮整理：《龍川別志》卷上，收入《全宋筆記》第一編第九冊（鄭州：大象出版社，2003年10月），頁318。

余嘗采道所言與其所行，參相考質，則道未嘗依阿詭隨。其所以免於亂世，蓋天幸耳。石晉之末，與虜結釁，懼無敢奉使者。宰相選人，道即批奏：「臣道自去。」舉朝失色，皆以謂墮於虎口，而道竟生還。又彭門卒以道為賣己，欲兵之，湘陰公曰：「不干此老子事。」中亦獲免。初郭威遣道迓湘陰，道語威曰：「不知此事由中否，道平生不曾妄語，莫遣道為妄語人。」及周世宗欲收河東，自謂此行若太山壓卵，道曰：「不知陛下作得山否？」凡此，皆推誠任直、委命而行，即未嘗有所顧避依阿也。又虜主嘗問道：「萬姓紛紛，何人救得？」而道發一言以對，不啻活生靈百萬。蓋俗人徒見道之跡，不知道之心，道跡濁心清，豈世俗所知耶？余嘗與富文忠公論道之為人，文忠曰：「此孟子所謂大人也。」[184]

首先，吳處厚認為馮道處亂世而能老安於世，實是「天幸」，而非「依阿詭隨」，與馮道自述〈長樂老自敘〉一致。中間舉數例說明馮道並非依阿詭隨之人，勇於為國出使契丹，亦能直言諫諍。最後則說自己曾與富弼論及馮道，富弼以「孟子所謂大人也」稱許之。《孟子》所謂「大人」：「言不必信，行不必果，惟義所在。」「不失其赤子之心者也。」[185]且「從其大體為大人，從其小體為小人。」「此天之所與我者，先立乎其大者，則

---

[184] 宋・吳處厚撰，尚成校點：《青箱雜記》卷2，收入《宋元筆記小說大觀》，頁1645。

[185] 漢・趙岐注，宋・孫奭疏：《孟子注疏・離婁下》卷8（臺北：藝文印書館，1997年，《十三經注疏》本），頁144。

其小者不能奪也。此為大人而已矣。」[186]意即馮道行事能合乎
天道，不縈懷個人嗜欲。雖然吳處厚以此力爭，但仍可以看出，
北宋晚期多數人認為馮道「依阿詭隨，事四朝十一帝，不能死
節」之觀點。

　　成書於北宋哲宗元祐九年（1094）的《東軒筆錄》則記載了
王安石及唐介對馮道的不同觀點：

> 王荊公與唐質肅公介同為參知政事，議論未嘗少合。荊公
> 雅愛馮道，嘗謂其能屈身以安人，如諸佛菩薩之行。一日
> 於上前語及此事，介曰：「道為宰相，使天下易四姓，身
> 事十主，此得為純臣乎？」荊公曰：「伊尹五就湯、五就
> 桀者，正在安人而已，豈可亦謂之非純臣也？」質肅公
> 曰：「有伊尹之志則可。」荊公為之變色。其議論不合，
> 多至相侵，率此類也。[187]

兩人之所以對馮道有著不同的看法，實出於不同的立場：王安石
推崇馮道實因在五代亂世之中，馮道能「安」，能安自身，亦能
安百姓，以避免更多更大之災難；唐介則著眼於「純臣」，也就
是必須忠於一朝一君。《宋朝事實類苑》成書於南宋高宗紹興十
五年（1145），其中亦收有此則故事，內容略有不同：

> 熙寧而來，大臣盡學術該貫，人主明博。議政罷，每留

---

[186] 漢・趙岐注，宋・孫奭疏：《孟子注疏・告子上》卷 11，《十三經注
　　疏》本，頁 203。

[187] 宋・魏泰撰，李裕民點校：《東軒筆錄》卷 9，頁 99。

之，詢講道義彌日，論及近代名臣，始終大節。時宰相有
舉馮道者，蓋言歷事四朝，不渝其守。參政唐公介曰：
「兢慎自全，道則有之。然歷君雖多，不聞以大忠致君，
亦未可謂之完人。」宰相曰：「借如伊尹，三就桀而三就
湯，非歷君之多乎？」唐公曰：「有伊尹之志則可，況擬
人必於其倫，以馮道竊比伊尹，則臣所未諭也。」率然進
說，吐詞為經，美哉！[188]

與《東軒筆錄》對照，《宋朝事實類苑》雖未直言宰相為何人，
但應為王安石無疑；其次，《宋朝事實類苑》省去推崇馮道的具
體原因：「馮道屈身以安人」之論，只將其與伊尹相比，理據較
為薄弱。相反地，略微加強了唐介之論述，並於文末表達對唐介
之說的贊揚：「率然進說，吐詞為經，美哉」。可見，成書於北
宋哲宗時的《東軒筆錄》，與成書於南宋紹興年間的《宋朝事實
類苑》，在同一事之記載上，雖僅有些微區別，但在立場上實有
明顯的差異。

　　總之，宋初《舊五代史》對馮道的評價，可說與整個北宋筆
記對馮道之看法不謀而合，也可說是為北宋時期的馮道評價定
調：既稱許馮道身為宰臣的器識，又惋惜其身在五代而歷仕四
朝、不能忠於一朝；在贊美中夾雜的是惋惜慨嘆，而非嚴厲批評。

---

[188] 此則注出《見異錄》，即《魏大諫見異錄》，但故事與魏廷式無關，為
　　熙寧間唐介事。不論從故事的時間或人物來看，皆不應出自此書，因此
　　李劍國懷疑「誤注出處」。見宋‧江少虞撰：《宋朝事實類苑》卷
　　15，頁 177-178。李劍國：《宋代志怪傳奇敘錄》（天津：南開大學出
　　版社，2000 年 6 月），頁 26。

筆記《邵氏聞見錄・序》撰於紹興二年（1132）[189]，書中提到：「今歐陽公《五代史》頒之學官，盛行於世。」[190]可見歐陽脩私修的《新五代史》自南宋初開始具有絕對的影響力。[191]因此，南宋以降，馮道的形象因歐陽修《新五代史》而產生巨大的轉變，既全面抹殺馮道在五代時期的政治貢獻，又對馮道不能忠事一君的道德操守進行否定。[192]而馮道負面評價的加深[193]，亦或與王安石對其推崇雅愛有關，兩人相互影響，如南宋《邵氏聞見後錄》：

---

[189] 宋・邵伯溫撰，王根林校點：《邵氏見聞錄》，收入《宋元筆記小說大觀》，頁 1697。

[190] 宋・邵伯溫撰，王根林校點：《邵氏見聞錄》卷 15，收入《宋元筆記小說大觀》，頁 1801。

[191] 關於《新五代史》為歐陽修私修的史書，且相較於《舊五代史》，歐陽修較看重人物的道德，因此在史料的選擇上亦多出於此一觀點，所以不僅史料上較《舊五代史》簡略，保存史料之完整度不如《舊五代史》；且欲達到借古諷今之目的，不惜運用「以論代史」、「誇張史料」、「捨棄史料」、「混淆史實」、「斷章取義」等手法著史，因此朱熹認為其著史態度是「作文」、「失實」。關於這些研究成果，可以參見張明華：〈論馮道「不知廉恥」歷史形象的塑造與傳播〉，《史學月刊》2012 年第 5 期（2012 年 5 月），頁 101-109。唐博聞：〈11 世紀與 10 世紀北宋早期史學家觀念比較——以馮道為例〉，《北方文學》第 26 期（2017 年 9 月），頁 225、241。

[192] 關於歐陽修對馮道之負面評價，可參考張明華：〈論馮道「不知廉恥」歷史形象的塑造與傳播〉，《史學月刊》2012 年第 5 期（2012 年 5 月），頁 101-109。李沛：〈歐陽修對馮道的負面評價及其原因〉，《杭州學院學報》第 32 卷第 6 期（2017 年 6 月），頁 17-20。

[193] 關於馮道形象在兩宋間的變化，可參考陳曉瑩：〈歷史與符號之間——試論兩宋對馮道的研究〉，《史學集刊》2010 年第 2 期（2010 年 3 月），頁 101-106。

> 王荊公非歐陽公貶馮道，按，道身事五主，為宰相，果不
> 加誅，何以為史？荊公〈明妃曲〉云：「漢恩自淺胡自
> 深，人生樂在相知心。」宜其取馮道也。[194]

揆諸邵博之意，馮道任居宰相高位，卻不能忠於國君，反而身事
五主，若歐陽脩著史而不對此加以批判，豈非助長此一風氣，使
人起而效尤？至於王安石作〈明妃曲〉，有「漢恩自淺胡自深，
人生樂在相知心」詩句，足見王安石並不推崇一女不事二夫的忠
貞之心，亦無明確的胡漢界線，可見其取法馮道。

　　王安石〈明妃曲〉撰於宋仁宗時期，當時文壇領袖歐陽脩曾
有和作，且認為自己的和作「〈明妃曲〉後篇，太白不能為，惟
杜子美能之；至於前篇，則子美亦不能。」而成書於南宋孝宗乾
道三年（1167）的《苕溪漁隱叢話》則說王安石的〈明妃曲〉
「辭格超逸，誠不下永叔」。[195]可見，由詩作的文學性來看，
王安石〈明妃曲〉的評價並不低；但其「漢恩自淺胡自深，人生
樂在相知心」兩句，往往由思想旨趣來解讀，南宋初年起即招致
議論。[196]先是紹興四年（1134），范沖（1067-1141）認為此二
句「壞天下人心術」[197]；成書於南宋理宗淳祐八年（1248）的

---

[194] 宋·邵博撰，王根林校點：《邵氏聞見後錄》卷 10，收入《宋元筆記
　　小說大觀》，頁 1899。

[195] 宋·胡仔：《苕溪漁隱叢話》後集卷 23，收入《筆記小說大觀》第 35
　　編，頁 166-167。《苕溪漁隱叢話》後集〈序〉署於「丁亥中秋日」，
　　時在南宋孝宗乾道三年（1167）。

[196] 關於王安石〈明妃曲〉之研究，可參考付佳：〈王安石〈明妃曲〉在宋
　　代的接受〉，《人文雜誌》2014 年第 6 期（2014 年 6 月），頁 65-71。

[197] 宋·李心傳撰：《建炎以來繫年要錄》卷 79，收入《叢書集成初編》

《鶴林玉露》亦類似上述《邵氏聞見後錄》，認為王安石「漢恩自淺胡自深，人生樂在相知心」的思想，無異於馮道：

> 其詠昭君曰：「漢恩自淺胡自深，人生樂在相知心。」推此言也，苟心不相知，臣可以叛其君，妻可以棄其夫乎？其視白樂天「黃金何日贖娥眉」之句，真天淵懸絕也。其論馮道曰：「屈己利人，有諸佛菩薩之行。」唐質肅折之曰：「道事十主，更四姓，安得謂之純臣？」荊公乃曰：「伊尹五就湯，五就桀，亦可謂之非純臣乎？」其強辨如此。又曰：「有伊尹之志，則放其君可也。有周公之志，則誅其兄可也。有周后妃之志，則求賢審官可也。」似此議論，豈特執拗而已，真悖理傷道也。荀卿立「性惡」之論、「法後王」之論，李斯得其說，遂以亡秦。今荊公議論過於荀卿，身試其說，天下既受其毒矣。章、蔡祖其說而推演之，加以兇險，安得不產靖康之禍乎！[198]

南宋羅大經（1195-1252？）認為王安石將馮道比作伊尹的說法是「強辨」、「悖理傷道」，而非上一章所引的司馬光稱其「但執拗耳」而已。其次，羅大經又批判王安石此一思想的影響，同於荀子提出「性惡」、「法後王」，影響李斯而導致秦亡；王安石有此思想，影響章惇、蔡京，釀成靖康之禍。

　　上一節曾論述，成書與北宋時期的筆記，對王安石的看法呈

現出多種角度，綜合不同立場的筆記，得以較客觀的認識王安石；但南宋以降，則呈現較為單一評價。本節配合馮道至南宋「無氣節忠義」之評價，及王安石推崇揚雄、效倣馮道，亦因此被認為造成北宋晚期風氣人心敗壞，導致北宋末年靖康之禍的根源。[199]

結　語

　　本章藉由《澠水燕談錄》評論蘇軾之「間以談謔」、「傾盡城府」兩方面分析蘇軾形象，或嘲謔他人，或豁達感慨，或發為議論，皆對事而發，為嘲諷世情、譏刺時病，即陳善（1169 前後在世）所說的「坡雖好罵，尚有事在」[200]。正因為蘇軾這樣灑脫不羈的性格，發而為文，使其雖然在北宋末徽宗時期列為元祐黨人而被大加打擊，明令其書為禁書，禁止閱讀私藏，仍一再深受文人喜愛，不僅禁而未絕，北宋、南宋之際文人還搜集其隨筆文字而編為《東坡志林》、《仇池筆記》。

---

[199] 關於今人討論宋代筆記對王安石之看法，可參考任樹民：〈從宋人筆記看王安石的人格〉，《撫州師專學報》第 20 卷第 1 期（2001 年 3 月），頁 1-4。陽繁華、唐成可：〈論宋人筆記小說中王安石的負面形象〉，《合肥學院學報（社會科學版）》第 29 卷第 2 期（2012 年 3 月），頁 32-35。程國賦、葉菁：〈北宋新舊黨爭影響下的筆記小說創作〉，《陝西師範大學學報（哲學社會科學版）》第 45 卷第 6 期（2016 年 11 月），頁 25-32。

[200] 宋・陳善撰，查清華整理：《捫蝨新話・東坡文字妙一世》卷 6，收入《全宋筆記》第五編第十冊（鄭州：大象出版社，2017 年 1 月），頁 52-53。

　　王安石在北宋晚期之朝廷遭遇，配饗神宗廟庭、配饗孔子廟、追封為舒王，但因其政治舉措、性格學術，而在筆記中呈現出多元樣貌；北宋亡國後，則成為眾矢之的，其為人及推崇馮道之思想，皆被視為道德人心敗壞的根源，導致靖康之禍。從北宋至兩宋之際的筆記來看，王安石形象變化頗大，可見政治風氣影響筆記故實之情況。不僅南宋士人所撰的筆記對王安石批評貶抑，明代馮夢龍〈拗相公飲恨半山堂〉取材北宋筆記《孫公談圃》、成書於南宋的《邵氏聞見錄》等資料[201]，對王安石的政治舉措亦大為譴責。[202]不確定撰寫時代，但具有南宋、元代、明代之語言特徵的話本小說《拗相公》，有「我宋元氣皆為熙寧變法所壞，所以有靖康之禍」[203]，亦充分表現對王安石之評價。可見，兩宋之際筆記的記載與後世王安石形象之形成，關係密切。

---

[201] 譚正璧：《三言兩拍資料》（上海：上海古籍出版社，1985 年 7 月），頁 242-246。

[202] 明·馮夢龍編，嚴敦易校注：《警世通言》（臺北：里仁書局，1991年 5 月），頁 39-49。栗文杰：〈毀譽從來不可聽　是非終究自分明——論《警世通言》中的王安石形象之轉變〉，《科教文化》2010 年上旬刊（2010 年 3 月），頁 53、58。

[203] 宋·無名氏撰，程毅中等校點：《拗相公》，收入《京本通俗小說等五種》（南京：江蘇古籍出版社，1994 年 5 月），頁 63。

第七章　結　論

前　言

　　本書研究北宋筆記之小說手法及文化面向，亦同時釐清不少文學上的爭論或提供可思考之解決方式，如今人多將「夜宿山寺」及「危樓高百尺」兩詩混為一談，遂認為詩的作者十分複雜，有李白、王禹偁、楊億、晏殊等說法。但第二章爬梳北宋筆記及詩話後，發現北宋人皆謂「夜宿山寺」為李白所作，所謂作者之歧異，實在「危樓高百尺，手可摘星辰。不敢高聲語，恐驚天上人」一詩上。北宋筆記《侯鯖錄》及詩話《竹坡詩話》始出現「危樓高百尺」詩作、詩事，是由李白「夜宿山寺」取材，藉李白之聲名傳播王禹偁、楊億、晏殊等宋初天才詩人之故事。

　　至於《全宋詩》，既據《詩總》引《雲齋廣錄》，將「聖宋非強楚，清淮異汨羅」一詩當成唐介所作，並題詩名為〈謫官渡淮舟中遇風欲覆舟而作〉；又將「夾道桃花三月暮，馬蹄無處避殘紅」收錄為李元膺「遺句」，且註出《詩話總龜》引《雲齋廣錄》，皆為相信《詩總》而造成之謬誤。

　　北宋任淵為黃庭堅詩作注時，在《山谷詩集注》卷 20〈戲答歐陽誠發奉議謝余送茶歌〉「自許詩情合得嘗」下，注：「薛能〈謝王彥威寄茶詩〉云：麤官乞與真拋却，賴有詩情合得

嘗。」然而,第二章考辨任淵所謂〈謝王彥威寄茶詩〉詩題,實是將贈茶給薛能之人、或在薛能前用「粗官」一詞作詩之人混為一談,產生錯誤,也就是說贈茶給薛能之人實非王彥威。

今人考證宋代呂洞賓傳說、論述呂洞賓詞,皆未注意到《青瑣高議》之地位與意義,但第二章發現在呂洞賓信仰的傳說中,最早出現呂洞賓填〈沁園春〉詞之故事,即在北宋《青瑣高議》內,也可以說《青瑣高議》創作呂洞賓填〈沁園春〉詞之本事。其次,《全唐五代詞》認為呂巖作〈沁園春〉詞「為北宋人所依託」,實非如此:《青瑣高議》只說〈沁園春〉是呂洞賓所作,並未與中唐呂巖混為一人;南宋吳曾《能改齋漫錄‧沁水公主園》始出現將中唐呂巖與道教神仙化的呂洞賓混淆為同一人之趨向。

又如第二章論及〈桂華明〉詞調,實以《墨莊漫錄》為第一也是唯一之記載者;且其本事,實模仿唐玄宗默記月宮中曲調作〈霓裳羽衣曲〉而創作。

第四章揭示北宋末的曹覲及趙師旦皆有抵抗儂寇之事,但在與曹覲有舊之本路主漕運者「移師旦事,勒詩於石」後,兩人事蹟產生若干混淆;而《青瑣高議》、《雲齋廣錄》將趙師旦的事蹟化為曹覲完整故實,元絳詩句「袴中杵臼得遺孤」及李擇詩句「千古封江不斷聲」,亦由趙師旦事蹟轉為〈弔曹覲〉等詠曹覲詩之典故。甚至,今有學者將〈弔曹覲〉詩當成曾公亮所作,並考察詩作於宋仁宗皇祐四年(1052)五月至九月間,更是荒謬。

至於北宋盛傳的「芙蓉城」故事,第四章揭露《默記》不同於北宋傳奇、詩歌、筆記等記載,反而利用此事,敘述關於宋仁宗立儲之事,甚至通過仁宗「以族從為嗣」之事,思考當時南宋

高宗無嗣、孝宗繼位的問題。

北宋筆記內多次提及王安石之固執倔強性格，但未嘗出現後世稱王安石為「拗相公」的說法，第四章認為「拗相公」應與出現於北宋末、南宋初之「鱉相公」的稱呼有關。

又如第五章從陶穀在北宋前期、北宋中後期之形象轉變，及《清異錄》之內容特色，說明不論《清異錄》是否為陶穀所撰，應作於北宋前期。

經過本書考察，可以說明不可輕易將北宋筆記內的每一則資料都當成實錄看待，有的是記載，但少數條目加入了些許創作成分，有不同程度之加工，須得詳加辨別。本書之重點即在分析這些少數北宋筆記條目所使用之小說手法，及探討所反映之文化面向，以下分別歸納論述。

一、小說手法

清代王夫之（1619-1692）曾說：「宋人騎兩頭馬，欲博忠直之名，又畏禍及，多作影子語，巧相彈射，然以此受禍者不少。既示人以可疑之端，則雖無所誹誚，亦可加以羅織。」並舉蘇軾烏臺詩案為例，認為是「自取之矣」。王夫之認為文人欲表達意見卻畏禍憂讒，好「作影子語」，不能直言無諱，實「可恥」、「君子所不屑久矣」。[1] 這裡的「作影子語，巧相彈射」恰能從側面證明本書所謂的「指事陳情」手法。

---

[1] 清・王夫之著，戴鴻森箋注：《薑齋詩話箋注》卷 2（北京：人民文學出版社，1981 年 9 月），頁 127。

　　北宋黃庭堅〈答洪駒父書〉：「子美作詩，退之作文，無一字無來處，蓋後人讀書少，故謂杜韓自作此語耳。」[2]宋人以讀書為標榜，好讀、善讀之成就展現在書寫上（「善用」），而北宋筆記之「敷衍故實」或「指事陳情」的小說手法即為具體表現。進一步細分，「敷衍故實」、「指事陳情」的區別，則在於後者實藉著增刪改動以彰顯其情感與寄託，前者單純改動以造成差異。

　　本書第二至四章專門分析小說手法，第五、六章雖然重點不在小說手法上，但造成故事衍生轉變的手法亦可與前三章相呼應，以下綜合論述之。

　　第二章〈編造詩文傳敘之本事〉考察北宋軼事筆記或小說集中雜纂文人詩話之條目，發現筆記內其實隱藏著不少創編之內容，且運用了三種寫法：

　　一是借既有詩句附會故事、編創作者的「編撰詩詞本事」。該節共舉六例以證明。如「危樓高百尺」詩句，北宋筆記所記載的作者有李白、王禹偁、楊億、晏殊等，不過，應以《塵史》所記李白「夜宿山寺」詩牌發現故事為最早，後來其他筆記、詩話才又附會為其他天才詩人少年或幼時之作；其中，藉李白之聲名傳播宋初詩人的天才表現，即為「指事陳情」手法之展現。至於《雲齋廣錄・詩話錄》中所列舉的五個例子，皆為單純「敷衍故實」之手法：「江神也世情，為我風色好」詩句，原出自施肩吾〈及第後過揚子江〉詩，《雲齋廣錄》編撰為馮京故事；「聖宋

2　明倫出版社編輯：《杜甫研究資料彙編》（臺北：明倫出版社，1971年 2 月），頁 120-121。

非強楚，清淮異汨羅」詩句，原出於范仲淹〈赴桐廬郡淮上遇風三首〉，《雲齋廣錄》用詩話形式將三首詩之內容編撰為本事，並將作者附會為唐介；「春風得意馬蹄疾，一日看盡長安花」詩句，實為孟郊所作〈登科後〉詩句，《雲齋廣錄》依託為鄭獬所作，並附會其「提舉鴻慶宮，卒」之故實；「夾道桃花三月暮，馬蹄無處避殘紅」詩句，原出自張公庠〈道中〉一詩，但《雲齋廣錄》不僅依託於李元膺所作，還加卜詩評「標致如此」以取信於讀者；「鶴盤遠翅投孤島，蟬曳殘聲過別枝」詩句，實出自方干〈旅次洋州寓居郝氏林亭〉詩，《雲齋廣錄》不僅附會為白昊秋日郊步所作，還說歐陽修曾贊美「誠佳句也」以取信於人。

　　二是重編已有故實的「撫拾編造故事」。該節共舉四例以說明。其中，「不與龜魚作主人」詩句、「憔悴貳卿三十六」詩句，分別為王安石、蘇易簡所作，皆記載於《東軒筆錄》中，但《雲齋廣錄・詩話錄》為配合文末評論，因此在《東軒筆錄》敘事之基礎上，稍事增改，使觀點產生差異；「粗官到底是男兒」詩句，原為唐代王彥威所作，《青瑣高議・名公詩話》將作者改為北宋符彥卿，且為了強調符彥卿的內心遺憾，又調動敘事次序。以上皆為「指事陳情」之寫法。關於「舊累危巢泥已墮」詩句及本事，早已記載於《雲溪友議》，說是章正下第時所作，但《青瑣高議・名公詩話》重編為于化茂作，即為單純「敷衍故實」之手法。

　　三是完全新創詩文及本事的「創作詩文傳說」。該節共舉三個例子，皆為「敷衍故實」手法。首先，討論呂洞賓填〈沁園春〉詞之本事，發現在呂洞賓相關傳說及眾多詩詞記錄中，《青瑣高議》創作了呂洞賓填〈沁園春〉之詞本事。其次，韓愈曾在

柳宗元過世後，撰〈祭柳子厚文〉、〈柳子厚墓誌銘〉、〈柳州羅池廟碑〉三文，《青瑣高議》則假借此事及韓愈〈柳州羅池廟碑〉內容，創作韓愈為柳宗元撰寫第四篇文章之〈柳子厚補遺〉故事。第三，〈桂華明〉詞調及本事〈關子東三夢〉皆僅記載於《墨莊漫錄》，也可以說《墨莊漫錄》通過此一本事，創作史上絕無僅有的一首〈桂華明〉詞。

　　第三章〈編創前代政治家舊事〉觀察北宋筆記中的裴度、李德裕，發現有三種書寫情況：「前代焦點，隻字不提」、「強調簡省，專一觀點」、「無所依憑，新創故事」，皆展現出北宋人之情感與寄託，實運用「指事陳情」手法。就裴度而言，中晚唐、五代筆記對裴度事功彪炳之記載頗豐，但北宋文人並不感興趣，因此「隻字不提」。重述前代裴度故事時，北宋筆記一則保留舊有故事中的「器量」之說，再強調前代未特別關注的「見識」或「識人」觀點，符合北宋仁宗後衡量士人之「器識」標準。北宋筆記新創的裴度故事，則多撰寫裴度的日常生活，包括飲食、園林等細微瑣事，刻畫生活情趣及突顯開闊氣度，展現北宋文人的欣賞與嚮往。

　　晚唐、五代筆記內有不少書寫李德裕博聞廣識之內容，但北宋筆記「隻字不提」，並不關注此事。北宋筆記著重於李德裕痛恨朋黨、改革科舉上，一改晚唐、五代筆記因當下政治環境而呈現出內容多元之狀況，即「強調簡省，專一觀點」的寫法。北宋筆記增加了李德裕貶死於崖州的故事，既揣摩李德裕身在崖州之苦悶心情，也寄寓了北宋文人面對元祐以降愈加劇烈之黨爭傾軋的無奈哀傷，表露北宋文人的同情與寄託。

　　第四章〈編撰當時文人之事實〉著眼於北宋筆記中的當時文

人遺聞軼事，既為北宋文人留下第一手的資料，也同時塑造了他們的形象；本章歸納筆記所運用的三種寫法：一是「模仿引用之述作」。藉由王安國「靈芝宮」故事、歐陽修「神清之洞」故事，說明北宋雜事筆記模仿李賀「白玉樓」、白居易「樂天之院」的故事，再吸納當時書仙曹文姬因書才升仙等類似時事，通過「指事陳情」手法稱揚王安國、歐陽脩文才之高。

二是「組織成形之敘述」。先舉曹觀及趙師旦抵抗儂寇故事為例，但北宋筆記中兩人故事被重新組織，令原本趙師旦的事蹟，轉為歌詠曹觀之詩中典故，即「敷衍故實」手法的展現。其次，「芙蓉城」故事運用傳奇、詩歌、筆記等形式，或敘述故事，或聲明可信，使得故事頗為廣傳；其中，唯有南北宋之交《默記》重新組織北宋所盛傳的「芙蓉城」故事，轉而敘述關於宋仁宗立儲之事，再進一步思考南宋高宗無嗣、孝宗繼位的問題，因妄議皇嗣，深懼惹禍上身，只能運用「指事陳情」手法書寫。

三是「批判戲謔之效果」。首先，對比《雲齋廣錄》及《東軒筆錄》中的王禹偁「剛簡傲物」故事後，發現《雲齋廣錄》運用更為簡潔的文字取信於人，卻呈現較為負面的王禹偁形象，更具批判戲嘲效果。至於王安石後世廣傳之「拗相公」稱號，北宋筆記雖不可見，但不論政治立場趨向近於新、舊黨之《墨客揮犀》、《夢溪筆談》、《東軒筆錄》或《涑水紀聞》、《邵氏聞見錄》、《侯鯖錄》、《道山清話》等，皆指出王安石之固執倔強、不通人情。至北宋末、南宋初《侯鯖錄》、《仇池筆記》、《苕溪漁隱叢話》，則出現了蘇軾與「鱉相公」之諧謔故事，以此暗示王安石為執拗或彆拗的「彆相公」。後世所出現充滿批判戲謔的「拗相公」稱號，或許由此而來。通過此兩則故事，北宋

筆記「指事陳情」手法亦得以展現。

　　至於第五章的陶穀形象，北宋初期重在記載陶穀「有才」，但中期以後其博學形象被打了折扣；北宋初期不見陶穀「無行」的評價，中期筆記才出現此一說法，甚至還增加了「傾險狠媚」；北宋初期只說陶穀「改姓」，中期以後轉移至「不復還本姓」，形塑陶穀數典忘祖的形象。這些減損、新創、轉向實與北宋中期以後所推崇的士風，密切相關（下文「文化面向」將談及），故為「指事陳情」小說手法之展現。

　　第六章討論王安石形象的形成時，說明北宋亡國以前的筆記，對王安石的看法呈現出多種角度，但撰於北宋亡國後的筆記，將王安石塑造為奸邪小人的形象，且出現禍亂天下之說。同時，亦順帶觀察馮道之形象轉變，北宋時期基本上既稱許馮道之道德、才能、識量，又惋惜慨嘆其身在五代亂世、不能忠於一朝；南宋以降，馮道的形象一則因歐陽修《新五代史》頒於學官、盛行於世，一則又因王安石對其推崇，而產生巨大的轉變。自此時起，馮道在五代時期的政治貢獻既被全面抹殺，又對馮道不能忠事一君的道德操守進行徹底否定。兩者皆為彰顯北宋末、南宋初士人之情感寄託，筆記所運用的「指事陳情」手法。

　　周勛初曾比較唐宋筆記，認為唐代筆記內容「往往真真假假，比較駁雜」，因此常用「筆記小說」一詞，因為筆記與小說不易區分；宋代筆記就「很少見到真真假假駁雜難明的情況」，甚至詩話一類著作「即使言及詩之本事，也以如實抒寫為重」。[3]

3　周勛初：〈唐宋人物軼事的不同風貌〉，《中華文史論叢》103 期（2011 年 3 月），頁 313-318。

然而，通過本書的研究，可以發現北宋筆記仍有真假夾雜的狀況，甚至「敷衍故實」或「指事陳情」之小說手法在「紀事實」的包裝下，更不易使人懷疑。進一步歸納，可以發現論述當時人事的故實多運用「指事陳情」手法，單純記述詩事則多「敷衍故實」手法；因此，王夫之稱宋人「畏禍及，作影子語，巧相彈射」，由北宋筆記來看，實為確論。

二、文化面向

（一）器識操守之標準

　　本書藉著比對多部北宋筆記中的特定故事，觀察其間的差異，說明筆記並非全然可信，不少條目運用「敷衍故實」或「指事陳情」之小說手法。有的故事或人物形象影響後代頗鉅，而北宋時期是故事發展的主要階段，就算有的故事或人物形象至南宋初期才徹底落實，成為定論，如馮道、王安石，但由於後代普遍認識或深信的論斷主要發展在北宋時期，因此也一併列入討論。

　　第五章論述北宋筆記中陶穀形象之轉變時，發現北宋初期較重視陶穀的才華博學，但中期以後，不僅博學形象被打了折扣，且將陶穀刻畫為自視甚高、人品低下輕浮之人；書寫陶穀出使南方及作詞的故事系統中，亦著重於性格的厚顏無恥、器量狹窄。陶穀素好詼諧，但在北宋中期以後的〈任社娘傳〉卻加入陶穀不能忍受他人作弄，因而記恨，出語嘲弄之情節，將其刻畫為量小刻薄之人。

　　第六章以兩個層次揭示蘇軾的好謔豁達，一是蘇軾好嘲弄他

人，二是對世情能坦然一笑置之，甚至還能自嘲；與素好詼諧的陶穀進行對比，兩人之器度格局，迥然不同。至於第三章所關注的裴度，北宋筆記重述裴度故事時，既保留了過去的「器量」之說，又強調前代未特別提及的「見識」或「識人」觀點，亦符合北宋仁宗後衡量士人之「器識」標準。

再進一步論及王安石、馮道，發現前者在北宋因筆記作者之政治立場而各有毀譽，後者既有對其器識之贊美，又惋惜慨嘆其不能忠於一朝；但南宋筆記中的兩人卻被全面否定。總而言之，陶穀輕薄無行，所以招致批評；王安石敗壞道德，所以招來非議；馮道歷事四朝，所以引起抨擊。

至於蘇軾，北宋馬永卿（1114 前後在世）評論蘇軾：「士大夫只看立朝大節如何。若大節一虧，則雖有細行，不足贖也。東坡立朝大節極可觀，才意高廣，惟己之是信。」[4]符合《澠水燕談錄》稱蘇軾「雖才行高世而遇人溫厚」[5]，高才廣識、品格溫厚，在生死危難之際仍保有節操，待人寬厚溫煦。

《侯鯖錄》記錄了一則蘇軾讀史後的感慨，頗能展現其器度胸襟：

4　宋・馬永卿輯，王崇慶解：《元城語錄解》卷上，收入《叢書集成初編》（北京：中華書局，1985 年），頁 5。

5　本書第六章曾引《澠水燕談錄》此則，論述「間以談謔」的語言風格及「傾盡城府」的思辨情趣，唯「遇人溫厚」的寬厚胸襟尚未討論，此處將加以申述。宋・王闢之撰，韓谷校點：《澠水燕談錄》卷 4，收入《宋元筆記小說大觀》（上海：上海古籍出版社，2001 年 12 月），頁 1254。

東坡云：《南史》：劉凝之為人認所著屐，即與之。後得
所失屐，復還之，不肯取。又，沈麟士亦為鄰人認所著
屐，麟士笑曰：「是卿屐耶？」即與之。後得所失屐，麟
士笑曰：「非卿屐耶？」復受之。士大夫處世，當如麟
士，不當如凝之也。[6]

《南史》記載劉凝之、沈麟士事，皆列入〈隱逸傳〉，可見著眼
於兩人不慕榮華、無所營求的高潔品格，劉凝之「嘗有人認其所
著屐，笑曰：『僕著已敗，令家中覓新者備君。』此人後田中得
所失屐，送還不肯復取。」[7]沈麟士亦有「嘗行路，隣人認其所
著屐，麟士曰：『是卿屐邪？』即跣而反。隣人得屐，送前者還
之，麟士曰：『非卿屐邪？』笑而受之。」[8]蘇軾讀史後，感慨
兩人遭遇同樣情況：為人錯認所著屐，不過，兩人的處理方式稍
有差異：前者不願意收回人所歸還的錯認之屐，後者則笑而接
納。他人誤認固然有錯，但還屐則帶有知錯認錯的意思，沈麟士
願意接受，展現其溫厚的處世態度；前後兩次「是卿屐耶？」
「非卿屐耶？」亦表現出隨和不計較的器量，是也好、非也好，
不必太執著在意、斤斤計較。因此，蘇軾認為士大夫處世當如沈
麟士，亦即前文所引《澠水燕談錄》所謂「遇人溫厚」的寬厚胸
襟。

6　宋‧趙令時撰，孔凡禮點校：《侯鯖錄》卷 7（北京：中華書局，2002
　　年 9 月），頁 185。

7　唐‧李延壽撰：《南史‧劉凝之傳》卷 75（北京：中華書局，1997 年 9
　　月），頁 1869。

8　唐‧李延壽撰：《南史‧沈麟士傳》卷 76，頁 1891。

蘇軾「遇人溫厚」之胸襟器度不僅表現在評論史事之觀點上，《侯鯖錄》記載其待人溫厚之具體舉措：

> 魯直戲東坡曰：「昔王右軍字為換鵝書，韓宗儒性饕餮，每得公一帖，於殿帥姚麟許換羊肉十數斤，可名二丈書為換羊書矣。」坡大笑。一日，公在翰苑，以聖節製撰紛冗，宗儒日作數簡，以圖報書，使人立於庭下，督索甚急，公笑謂曰：「傳語本官，今日斷屠。」[9]

黃庭堅嘲弄蘇軾，過去王羲之以字換鵝，今日韓宗儒則以蘇軾字換羊肉；蘇軾被嘲並未介懷，只是大笑，亦未立即追究韓宗儒取自己之字以換羊肉的行為。進一步對照王羲之故事，兩事稍有差異：

> 山陰有一道士，養好鵝，羲之往觀焉，意甚悅，固求市之。道士云：「為寫《道德經》，當舉羣相贈耳。」羲之欣然寫畢，籠鵝而歸，甚以為樂。其任率如此。[10]

王羲之愛鵝，養鵝的道士愛王羲之字，因此，王羲之寫《道德經》跟道士換鵝；以字換鵝，不僅不覺得侮辱斯文，甚至因攜鵝而歸，「甚以為樂」，故時人以任情率性稱許王羲之的風姿。而蘇軾字可以換羊肉，表面上也是以字換物，但實有所不同：首

9　宋・趙令畤撰，孔凡禮點校：《侯鯖錄》卷 1，頁 51。

10　唐・房玄齡：《晉書・王羲之傳》卷 80（北京：中華書局，1997 年 9 月），頁 2100。

先，故事中好羊肉者並非蘇軾，而是韓宗儒；殿帥姚麟喜好蘇軾字，韓宗儒便想方設法取得蘇軾墨蹟，向姚麟換得羊肉，換言之，蘇軾並無從中得到任何好處，甚至韓宗儒並未坦白相告。其次，一日，韓宗儒連寫數封信，期望得到蘇軾回信以換得羊肉，時蘇軾正值公務繁忙，遂請人傳語本官（該官，指韓宗儒）：「今日斷屠」，委婉地讓韓宗儒明白自己已經知道他以字換羊肉之事，所以「今日斷屠」指出今日不殺羊，實拒絕寄書予韓宗儒，以免害了羊的性命。以王羲之換鵝書，對比蘇軾之換羊書，前者任情率性，後者蘇軾更為大度，既不計較韓宗儒以己書換羊肉，滿足他個人的口腹，亦不對韓宗儒索書甚急，直接拒絕或口出惡言，而出以委婉之詞。

南北宋之交的《墨莊漫錄》亦記載一則蘇軾溫厚待人之事：

> 蘇子由在政府，子瞻為翰苑。有一故人與子由兄弟有舊者，來干子由求差遣，久而未遂。一日，來見子瞻，且云：「某有望內翰以一言為助。」公徐曰：「舊聞有人貧甚，無以為生，乃謀伐塚。遂破一墓。見一人裸而坐，曰：『爾不聞漢世楊王孫乎？裸葬以矯世，無物以濟汝也。』復鑿一塚，用力彌艱。既入，見一王者，曰：『我漢文帝也。遺制，壙中無納金玉器，皆陶瓦，何以濟汝？』復見有二塚相連，乃穿其在左者，久之方透。見一人，曰：『我伯夷也。』瘠羸，面有饑色，餓於首陽之下，『無以應汝之求。』其人嘆曰：『用力之勤，無所獲，不若更穿西塚，或冀有得也。』瘠羸者謂曰：『勸汝別謀於他所，汝視我形骸如此，舍弟叔齊豈能為人

也？』」故人大笑而去。[11]

故人先面見蘇轍謀求差事卻未能如願，再往見蘇軾，而蘇軾不願
直言拒絕故友，便以舒緩閒適的態度，向故友敘述一則故事：貧
困無力為生者，想通過盜墓所得的陪葬品致富，卻沒想到一連鑿
開楊王孫、漢文帝、伯夷之墓，卻一無所獲。故事的重點在最後：
「勸汝別謀於他所，汝視我形骸如此，舍弟叔齊豈能為人也？」
以伯夷、叔齊兄弟隱喻蘇軾、蘇轍兄弟，意謂著蘇轍既然無能為
力，蘇軾同樣無法為故友謀得差事，故「勸汝別謀於他所」。此
則筆記敘述蘇軾一連使用三典故，但不再執著於過去史家對於漢
文帝或伯夷、叔齊簡樸、節操等贊譽，反而迂迴地揭示其窮困無
力，藉此婉拒故友。此事兼能展現蘇軾之「間以談謔」及「遇人
溫厚」之人格特質，利用故事及輕鬆的態度，為朋友留有餘地、
不致困窘，也讓朋友之間的關係不因拒絕而緊張、有閒隙。

　　北宋《東皋雜錄》記載蘇軾往知登州途中，遇見當年因詩案
關押自己於御史臺之獄吏，吏見蘇軾而有愧色：

　　　　東坡元豐間繫獄，元祐初，起知登州。未幾，以禮部員外
　　　　郎召還。道遇當時獄吏，甚有愧色。東坡戲之曰：「有蛇
　　　　螫殺人，為冥官所追，議法當死。蛇前訴曰：『誠有罪，
　　　　然亦有功，可以自贖。』冥官曰：『何功也？』蛇曰：
　　　　『某有黃可治病，所活已數人。』吏驗不誣，遂免。良

---

[11]　宋‧張邦基撰，孔凡禮點校：《墨莊漫錄》卷 5（北京：中華書局，
　　　2002 年 8 月），頁 155。

久，牽一牛至，吏曰：『此觸殺人，亦當死。』牛曰：
『我亦有黃可治病，亦活數人矣。』亦得免。久之，獄吏
引一人至，曰：『此人殺人，今當還命。』其人倉黃妄言
亦有黃，冥官大怒，詰之曰：『蛇黃、牛黃皆入藥，天下
所共知。汝為人，何黃之有？』其人窘甚曰：『某別無
黃，但有些慚惶。』」[12]

蘇軾見對方慚愧汗下、無地自容，心生不忍，遂說了一個故事：
蛇黃、牛黃是蛇、牛腹中之物，可以入藥醫人，因此就算蛇螫、
牛觸以致人死，冥府亦會令蛇、牛功過相抵。不過，人無黃，無
功可抵，殺人本當償命，而此人在驚恐倉皇之際，稱自己亦有
黃，雖然不似蛇黃、牛黃是蛇、牛腹中之物，自己腹中「但有些
慚惶」，意即感到慚愧惶恐。蘇軾藉由此則故事，一則安撫獄
吏，心內慚愧便足以功過相抵，自己不會秋後算帳；二則以開玩
笑「戲之」的形式說故事，並非嚴肅說教，減低獄吏當下之不安
情緒。以此觀之，蘇軾回想起自己生命中最艱難的時刻：被關在
御史臺監獄，前路未明之際，對當時的獄吏並未遷怒，反而見獄
吏惶愧而不忍，還「間以談謔」出言安撫，化解緊張局面，更深
切展現其「遇人溫厚」之寬厚胸襟。

　　第五章曾引述《東軒筆錄》一則記載，先敘述陶穀受李崧引
薦入朝為官後，翻臉陷害，致使李崧赤族之禍；再說明陶穀認為
任宰相者名譽聲望皆在自己之下，而自己卻始終無法擔任宰相，

---

[12] 見丁傳靖輯：《宋人軼事彙編》卷12（北京：中華書局，2003年12月
第二版），頁610。

有所埋怨，不僅「微伺上旨」，甚至作詩抱怨。這種得意時陷害他人，失意時口出惡言，足見陶穀不大度、不厚道的小人行徑。對比蘇軾因黨爭而為人詬陷，幾乎送命，卻在事過境遷後，仍待人溫厚；況且，蘇軾待人溫厚，並不因人而異，上文所述之好吃羊肉的韓宗儒、故友、獄吏皆非當世赫赫有名之輩，但蘇軾仍展現隨和不計較的器度，溫和以待。因此，「遇人溫厚」之寬厚器度亦為陶穀、蘇軾兩人之差別所在。

　　成書於宋英宗時期的《歸田錄》記載「真宗好文，雖以文辭取士，然必視其器識。每御崇政賜進士及第，必召其高第三四人并列於庭，更察其形神磊落者，始賜第一人及第；或取其所試文辭有理趣者。」[13]自北宋真宗，即重視士人之器識。北宋哲宗時宰相劉摯教其子孫，「先行實，後文藝」，且說：「士當以器識為先，一號為文人，無足觀矣。」[14]而秦觀說蘇軾：「蘇氏之道，最深於性命自得之際，其次則器足以任重，識足以致遠；至於議論文章，乃其與世周旋至粗者也。」並認為傅彬老尊蘇軾卻只論及文章，反而是「卑之」。[15]點出「器識」二字，符合上述「士當以器識為先」。正因為蘇軾在「間以談謔」之餘，尚有「傾盡城府」之豁達思想，及「遇人溫厚」之器識懷抱，才能別為一格，「他人終莫能及」。因而南宋初高宗及孝宗亦特別贈蘇

13　宋‧歐陽脩撰，韓谷校點：《歸田錄》卷 1，收入《宋元筆記小說大觀》，頁 613。

14　元‧脫脫：《宋史‧劉摯傳》卷 340（北京：中華書局，1997 年 11月），頁 10858。

15　宋‧秦觀撰，徐培均箋注：《淮海集箋注‧答傅彬老簡》卷 3（上海：上海古籍出版社，1994 年 10 月），頁 981。

軾太師，且標榜其氣量、節操：「養其氣以剛大，尊所聞而高明」、「故贈太師諡文忠蘇軾，忠言讜論，立朝大節，一時廷臣，無出其右。」¹⁶

綜合北宋筆記所書寫的裴度、陶穀、蘇軾及馮道、王安石，可知北宋人在功業、文才外，更重視士大夫的器量識見、人格操守，展現出北宋士人所追求的人品高度。

（二）自造平淡之風氣

上一段曾述北宋真宗在崇政殿召見進士前三四人，先視人之器識，至於文辭之優劣，則以「理趣」為標準；《歸田錄》列舉兩例以說明「理趣」：徐奭〈鑄鼎象物賦〉「足惟下正，詎聞公餗之欹傾；鉉乃上居，實取王臣之威重」、蔡齊〈置器賦〉「安天下於覆盂，其功可大」，當時皆以為第一。¹⁷由於標榜「理趣」，不論詩詞歌賦、文章小說，皆不忘說理議論。不過，議論的形式亦不拘於一格，可自言談戲笑間雜出之，亦可以化用典故含蓄表達。這些諧趣、用典所代表的理性精神，展現出北宋的整體文化風氣。

配合本書及過去筆者研究北宋傳奇「深覆典雅」之敷衍故實現象，可以發現北宋不論傳奇或筆記皆「有意為典故」；「有意為典故」有賴於讀書博學，且刻意將典故深意藏於筆記平易的文

---

¹⁶ 四川大學中文系唐宋文學研究室編：《蘇軾資料彙編》上編〈蘇文忠公贈太師制〉及〈御制文集序〉（北京：中華書局，1994年4月），頁610-611。

¹⁷ 宋・歐陽脩撰，韓谷校點：《歸田錄》卷1，見《宋元筆記小說大觀》，頁613。

字中。筆者過去曾討論《雲齋廣錄》中的某些傳奇在情節上運用
造作故實的手法,不過,用典不僅限於情節中,在敘事或議論內
亦進行典故的曲解;雖然這些篇章不屬於筆記範疇,但與本書所
論述的文化風氣密切相關,為進行完整之觀察,以下舉三例進行
討論。

　　《雲齋廣錄》「靈怪新說」內的〈嘉林居士〉敘述嘉林居士
盧甲拜訪志傲羲皇、性樂水石的隱士張平,由其姓名「盧甲」、
雅號「嘉林居士」、外貌特徵「目圓而腰大,倨然長揖,略無卑
折」、家鄉「朔方人」等基本資料,或主角的遭遇「服氣長年之
法」、「避九江納錫之患」、「潛伏於老人床下」、「衛子之多
言」、「見其曳尾於塗中」、「寄跡於江上編戶之家」、「嘗蓄
奇藥,凡人之瞽者,治之無不瘳焉」等,暗示嘉林居士實為靈
龜。[18]果然,在故事的結尾揭露了其為龜的事實,也終於懂得開
頭盧甲拜訪張平卻對他說:「此乃不避僭易之罪」的原因了。物
老成精、與人對話的情節早在六朝志怪即出現,〈嘉林居士〉將
這些散見於《尚書·文侯之命》、《莊子·秋水》、《史記·龜
策列傳》等書中關於「龜」的典故連貫起來[19],並將這些原本發
生在不同「龜」身上的事件,藉著成精化為人形,改為盧甲一個

18　〈嘉林居士〉依李劍國《宋代傳奇集》據上海中央書店排印本《雲齋廣
　　錄》卷 4〈靈怪新說〉校正後版本。李劍國:《宋代傳奇集》(北京:
　　中華書局,2001 年 11 月),頁 373-374。

19　詳見趙修霈:《宋代傳奇小說傳奇手法研究》第二章,國立政治大學中
　　國文學系博士論文,2009 年 11 月,頁 32-36。當時討論〈嘉林居士〉
　　僅止於此,但其實〈嘉林居士〉之傳奇手法仍未論述完整,以下將進一
　　步討論。

「人」之經歷。

其次，盧甲對隱士張平講述親身經歷，張平此人看似向壁虛造，但歷史上最有名的「張平」即為留侯張良的父親；《史記》稱張良曾希望「棄人間事，欲從赤松子游耳」，且「學辟穀，道引輕身」，最後「太史公曰」有「學者多言無鬼神，然言有物。至如留侯所見老父予書，亦可怪矣。」表達張良所經歷的不可解釋之事：一是多言精怪，二是「留侯所見老父予書」。唐代司馬貞〈索隱〉引《詩緯》：「風后，黃帝師，又化為老子，以書授張良」[20]，指的正是穀城山下黃石老人授張良太公兵法事，而老人為風后所化。通過〈嘉林居士〉，不僅張良有風后化黃石老人現身指點，父親張平亦與盧甲論《易》而有異遇，因此《史記》才有「多言無鬼神，然言有物」之說；《雲齋廣錄》稱盧甲之論，「與夫黃帝、老子之書，皆造其妙」，隱然呼應司馬貞〈索隱〉稱張良得黃帝師風后授書之事。這些仍為在情節中依託遺事以杜撰故實的傳奇寫法。

當張平對盧甲表達佩服之意：「足下之學，固以見矣」，盧甲回答「吾之所蘊，無事於學。孟子所謂『良能良知』者是也。以其性中所有，故不學而能，不慮而知，此吾所以為物之靈。」盧甲為龜，是「物之靈」，可以「以性中所有，故不學而能，不慮而知」，與《易·繫辭上傳》將龜形容為「天生神物」[21]，或

---

[20] 漢·司馬遷：《史記·留侯世家》卷 55（北京：中華書局，1997 年 11 月），頁 2048-2049。

[21] 魏·王弼、晉·韓康伯注，唐·孔穎達疏：《周易正義》卷 7：「探賾索隱，鉤深致遠，以定天下之吉凶，成天下之亹亹者，莫大乎蓍龜。是故天生神物，聖人則之；天地變化，聖人效之」（臺北：藝文印書館，

《禮記‧郊特牲》稱「龜為前列，先知也」[22]，頗為近似。進一步來看，盧甲說自己「無事於學」，是「孟子所謂『良能良知』者是也」，而《孟子‧盡心上》以「人之所不學而能者」說明良能、以「不慮而知者」說明良知，之後舉「孩提之童，無不知愛其親者；及其長也，無不知敬其兄也」作為例子，並說「親親，仁也；敬長，義也」[23]，即將仁義視作天性中所具備的良知良能。以此觀之，孟子實針對道德的角度來提出良知良能，認為良知良能是人的天性，亦即人的本性有成善的可能。孟子指的是道德，重在良善的可能，而盧甲此處卻挪用來談《易》、黃帝老子之書，皆為讀書、做學問，重在「知識能力」，與《孟子》之說並不完全相應，足見刻意曲解典故之寫法。

如此一來，〈嘉林居士〉已非單純在情節安排上，發揮既有故事，編造新故實，同時，也刻意曲解典故以形成差異、彰顯新意，造成「理趣」。

《雲齋廣錄》中的傳奇〈甘陵異事〉敘述士人趙當每夜與一美婦共寢。美婦自述：「郎少年好書，每至中夜，覽究經史，雖妻子不得在左右，惟妾侍焉。其或春宵命客，月夕邀賓，妾無不預席上。」雖每夜美婦前來與趙當歡好，但始終作閨怨之詞：「一自別來音信杳，相思瘦得肌膚小。秋夜迢迢更漏長，守盡寒燈天未曉」、「世間誰有相思藥，無奈薄情棄後約。有時緩步出

1997 年，《十三經注疏》本），頁 157-1。

22 漢‧鄭玄注，唐‧孔穎達疏：《禮記正義》卷 11（臺北：藝文印書館，1997 年，《十三經注疏》本），頁 485-2。

23 漢‧趙岐注，宋‧孫奭疏：《孟子正義》卷 13 上（臺北：藝文印書館，1997 年，《十三經注疏》本），頁 232-1。

蘭房，傍人竟笑身如削」[24]，之所以如此，又與美婦實為燈檠所化有關：終夜思念遠方之人時，唯有孤燈一盞陪伴，夜夜為相思所苦，身形自然日益消瘦；且美婦為燈檠，故藉外形特徵而賦予「衣帶漸寬」的思念之詞：「瘦得肌膚小」、「身如削」。

　　美婦曾預言自己的下場而落淚：

> 妾之為人，怦靈而心诵，非愚者也，唯恐溺於恩愛，惑於情慾，終必喪身。彼大木之樗，以臃腫而全，不才之木，以拳曲而壽，蓋其無知而不靈也。

其中，所謂「大木之樗，以臃腫而全」、「不才之木，以拳曲而壽」，前者出自《莊子・逍遙遊》，是惠施藉擁腫的「樗」嘲諷莊子學說大而無用：

> 惠子謂莊子曰：「吾有大樹，人謂之樗。其大本擁腫而不中繩墨，其小枝卷曲而不中規矩，立之塗，匠者不顧。今子之言，大而無用，眾所同去也。」莊子曰：「……今子有大樹，患其無用，何不樹之於無何有之鄉，廣莫之野，彷徨乎無為其側，逍遙乎寢臥其下。不夭斤斧，物無害者，無所可用，安所困苦哉！」[25]

---

[24] 〈甘陵異事〉依李劍國《宋代傳奇集》據上海中央書店排印本《雲齋廣錄》卷 4〈靈怪新說〉校正後版本，見李劍國：《宋代傳奇集》，頁 375-376。

[25] 清・王先謙撰，沈嘯寰點校：《莊子集解・逍遙遊第一》卷 1（北京：

莊子卻認為「樗」因其無用，可以不受砍伐之傷害，得以逍遙地
生長在原野之上，人們也能自在地在其下寢臥；既然能不被斤斧
等外物傷害，就算無用，又有什麼關係呢？

　　後者出自《莊子‧人間世》，是南伯子綦見到一棵足以將千
乘車馬庇於其下的大樹，便認為這棵樹必定有其獨特之處：

> 南伯子綦遊乎商之丘，見大木焉有異，結駟千乘，隱將芘
> 其所藾。子綦曰：「此何木也哉？此必有異材夫？」仰而
> 視其細枝，則拳曲而不可以為棟梁；俯而見其大根，則軸
> 解而不可為棺槨；咶其葉，則口爛而為傷；嗅之，則使人
> 狂酲三日而不已。子綦曰：「此果不材之木也，以至於此
> 其大也。嗟夫！神人以此不材！」宋有荊氏者，宜楸、
> 柏、桑。其拱把而上者，求狙猴之杙者斬之；三圍四圍，
> 求高名之麗者斬之；七圍八圍，貴人富商之家求樿傍者斬
> 之。故未終其天年，而中道已夭於斧斤，此材之患也。故
> 解之以牛之白顙者，與豚之亢鼻者，與人有痔病者，不可
> 以適河。此皆巫祝以知之矣，所以為不祥也，此乃神人之
> 所以為大祥也。[26]

果然如此，這棵大木細枝彎曲不能做棟樑、樹幹質地鬆散不能做
棺槨、舔葉子則使人口爛、聞葉子則大醉三日，因此南伯子綦明
白大木之所以能生長得如此大，就因為它是「不材之木」。之後

　　　中華書局，1987 年 1 月），頁 7-8。

[26]　清‧王先謙撰，沈嘯寰點校：《莊子集解‧人間世第四》卷 1，頁 42-
　　　43。

舉出「有材之木」為對比：「有材之木」往往因其有材，生長至一、兩手能握或三、四圍或七、八圍即被人砍下做成小木椿、棟樑、棺槨，而無法享盡天年。木因不材能全生遠害，故神人以為不材才是大祥。

〈甘陵異事〉中，美婦引用《莊子》，認為「大木之櫟」、「不才之木」是因為「無知而不靈」才得以全壽，對比自己「性靈而心通，非愚者也」，而將為有材所害。然而，美婦之所以喪身，實乃因「溺於恩愛，惑於情慾」，且其為燈擎妖怪化身，與「性靈而心通」未必有關。其次，《莊子・山木》亦對「不材之木」進一步說明：

> 材與不材之間，似之而非也，故未免乎累。若夫乘道德而浮遊則不然。無譽無訾，一龍一蛇，與時俱化，而無肯專為；一上一下，以和為量，浮游乎萬物之祖；物物而不物於物，則胡可得而累邪！此黃帝、神農之法則也。若夫萬物之情，人倫之傳，則不然。合則離，成則毀，廉則挫，尊則議，有為則虧，賢則謀，不肖則欺，胡可得而必乎哉？悲夫！弟子志之，其唯道德之鄉乎！[27]

莊子針對弟子之問題：山中之木以不材得終天年、主人之雁以不材死，人該如何自處？進一步說明：心中有「材」或「不材」之分別，即有所執著，將因此有所「累」。要真正全生遠害，必須

---

[27]　清・王先謙撰，沈嘯寰點校：《莊子集解・山木第二十》卷5，頁167-168。

行自然之道：順其自然，與時變化，不管贊譽或謗責、不論地位上下高低，役用萬物但不執著於萬物，才能逍遙於世。如此看來，〈甘陵異事〉中所引用的《莊子》典故，實與《莊子》並不完全相應，足見片面解釋典故以形成差異、彰顯新意的寫法。

　　《雲齋廣錄》之〈丁生佳夢〉同樣重新改造既有典故，造成「理趣」。進士丁渥為赴太學參告，與新婚妻子暫別；分別數月思念不已，上巳夜晚夢見自己歸家，卻見到妻子在燈下寫信給自己，甚至醒後仍記得妻子所寫之詩，故記錄於紙上。不料，十天後接到妻子的信，信上詩的內容與夢中所見完全相同，才知上巳之夕，「生之夢乃神往」。《雲齋廣錄》故事之後有「評」：

> 《易》之語神，有曰：「不疾而速，不行而至。」非若萬物滯於形體，疾而後能速，行而後有至也。故其俛仰之間，可以再撫四夷，惚恍之際，足以經緯萬方。神之妙物，有如此者。丁生一念，瞬息千里，所記短章，悉合符節。非神往焉，曷以臻此？乃知華胥之夢，化人之遊不誣矣。[28]

其中，「非神往焉，曷以臻此」，呼應小說故事最後：「以是知生之夢乃神往矣，何其異焉！」兩者皆明白稱丁生為「神往」，並以此證明《列子》中的「華胥之夢」及「化人之遊」非虛妄不實之言：

---

[28]　〈丁生佳夢〉依李劍國《宋代傳奇集》據上海中央書店排印本《雲齋廣錄》卷 5〈麗情新說〉校正後版本，見李劍國：《宋代傳奇集》，頁383-384。

畫寢而夢，遊於華胥氏之國。華胥氏之國在弇州之西，台州之北，不知斯齊國幾千萬里；蓋非舟車足力之所及，神游而已。其國無師長，自然而已。其民無嗜慾，自然而已。不知樂生，不知惡死，故無夭殤；不知親己，不知疏物，故無愛憎；不知背逆，不知向順，故無利害；都無所愛惜，都無所畏忌。……黃帝既寤，怡然自得，召天老、力牧、太山稽，告之，曰：「朕閒居三月，齋心服形，思有以養身治物之道，弗獲其術。疲而睡，所夢若此。今知至道不可以情求矣。朕知之矣！朕得之矣！而不能以告若矣。」[29]

化人復謁王同游，所及之處，仰不見日月，俯不見河海。光影所照，王目眩不能得視；音響所來，王耳亂不能得聽。百骸六藏，悸而不凝。意迷精喪，請化人求還。化人移之，王若殞虛焉。既寤，所坐猶嚮者之處，侍御猶嚮者之人。視其前，則酒未清，肴未晞。……化人曰：「吾與王神遊也，形奚動哉？且曩之所居，奚異王之宮？曩之所游，奚異王之圃？王閒恆有，疑暫亡。變化之極，徐疾之閒，可盡模哉？」[30]

前者「華胥之夢」提到黃帝夢遊華胥之國，見華胥之國國無師長、民無嗜慾，不知樂生、不知惡死、不知親己、不知疏物、不

---

[29] 楊伯峻撰：《列子集釋·黃帝》卷 2（北京：中華書局，1979 年 10 月），頁 41-43。

[30] 楊伯峻撰：《列子集釋·周穆王》卷 3，頁 93-94。

知背逆、不知向順等情景，逐悟治國之道；後者「化人之遊」則說化人與周穆王神遊，王以為到奇境，「意迷精喪」，請求化人帶他歸返後，才知自己形體未動，仍在王宮、園圃之中。兩者皆明言「神遊」，與《雲齋廣錄》所說相應。

然而，「評」的前半段提及「《易》之語神，有曰：不疾而速，不行而至」，與《周易・繫辭上》相較，可以發現兩者之差異：「夫易，聖人之所以極深而研幾也。唯深也，故能通天下之志；唯幾也，故能成天下之務；唯神也，故不疾而速，不行而至。」[31]後者在說明《周易》有精深（深）、隱微（幾）、玄妙（神）的特質，也正因為易之神通玄妙，所以可以「不疾而速，不行而至」。《雲齋廣錄》卻將「神」當成精神，如「丁生一念，瞬息千里」、「非神往焉，曷以臻此」、「以是知生之夢乃神往矣」，而「不疾而速，不行而至」便成為對「精神」的解釋，因此才能「俛仰之間，可以再撫四夷，惚恍之際，足以經緯萬方」，也才有「非若萬物滯於形體，疾而後能速，行而後有至」的對比。可見，〈丁生佳夢〉的篇末「評」雖切合《列子》之說，卻與《周易・繫辭上》並不相應，實是片面曲解既有典故，發展新意義。

趙令畤（1064-1134）《侯鯖錄》、陸游（1125-1210）《老學庵筆記》、楊萬里（1127-1206）《誠齋詩話》皆記載蘇軾〈刑賞忠厚之至論〉「皋陶曰『殺之』三，堯曰『宥之』三」故實：歐陽修雖然不知出處，但認為「有所據」而問蘇軾，蘇軾回

---

[31] 魏・王弼、晉・韓康伯注，唐・孔穎達疏：《周易正義》卷7，頁153-1。

答：「想當然爾」[32]、「何須出處」[33]，乃「意其如此」[33]，由此可見，北宋文人實有「文必有出處」之論述風氣，否則歐陽修未必有此一問，此事亦不會成為蘇軾著名軼事之一。而蘇軾撰文，為表達自己之論述想法，不惜略微改動故實，豈不類似本書所謂「指事陳情」、上述《雲齋廣錄》三篇曲解《孟子》、《莊子》、《周易》之手法？

　　這種集表達議論又內斂含蓄於一爐的手法，即為「絢爛之極」而臻於「平淡」的境界。黃庭堅〈答洪駒父書〉稱蘇軾「文章妙天下，其短處在好罵，慎無襲其軌也。」[35]南宋羅大經說：「《莊子》之文，以無為有；《戰國策》之文，以曲作直。東坡平生熟此二書，故其為文橫說豎說，惟意所到，俊辨痛快，無復滯礙。」[36]因學問積累之深熟，讀者只能隨其嘻笑怒罵、「縱橫倏忽」，感受其氣象崢嶸，卻「莫知其所自來」，造就出不炫耀之平淡。

　　通過本書對北宋筆記之研究，可以發現其用意寄託皆包裝在據實載錄的筆記形式下；再綜合過去筆者發現北宋傳奇之「善運」特點，更可以清楚證明北宋文言小說甚至是北宋文人有一套

32　宋・趙令畤撰，孔凡禮點校：《侯鯖錄》卷 7，頁 178。

33　宋・陸游撰，高克勤校點：《老學庵筆記》卷 8，收入《宋元筆記小說大觀》，頁 3523-3524。

34　宋・楊萬里撰：《誠齋詩話》，收入丁福保輯：《歷代詩話續編》（北京：中華書局，2001 年 8 月），頁 148-149。

35　宋・黃庭堅撰：《豫章黃先生文集》卷 19，《四部叢刊》初編集部（上海：上海書店，1989 年 3 月），頁 23a。

36　宋・羅大經撰，穆公校點：《鶴林玉露》乙編卷 3，收入《宋元筆記小說大觀》，頁 5266-5267。

習慣觀看、論述事物的規則或方法。也就是說，不論是筆記之
「敷衍故實」、「指事陳情」或傳奇之「深覆典雅」，北宋文人
往往將故實或深意匿隱於文字之中，故須挖掘爬梳，才能掌握其
中旨意；讀書博學亦不出以張揚炫耀，反而深自曲隱，藉著論經
史、述哲思、記雜事，表達議論感慨，展現出「自造平淡」、
「似癯實腴」的文化底蘊。黃庭堅所謂「簡易而大巧出焉，平淡
而山高水深」[37]，正可以顯示北宋文人在平淡文字下的內涵與文
化。

---

[37]　宋・黃庭堅撰：《豫章黃先生文集》卷 19〈與王觀復書〉其二，《四
部叢刊初編》第 164 冊，頁 19。

引用書目

一、古代典籍

（一）唐五代筆記

唐・李翱撰，黃壽成校點，《卓異記》，收入《唐五代宋筆記十五種》，瀋陽：遼寧教育出版社，2000年。

唐・韋絢撰，陽羨生校點，《劉賓客嘉話錄》，收入《唐五代筆記小說大觀》，上海：上海古籍出版社，2000年。

唐・段成式撰，許逸民校箋，《酉陽雜俎》，北京：中華書局，2015年。

唐・趙璘撰，曹中孚校點，《因話錄》，收入《唐五代筆記小說大觀》，上海：上海古籍出版社，2000年。

唐・佚名撰，恆鶴校點，《大唐傳載》，收入《唐五代筆記小說大觀》，上海：上海古籍出版社，2000年。

唐・裴庭裕撰，田廷柱點校，《東觀奏記》，北京：中華書局，1994年。

唐・張讀撰，蕭逸校點，《宣室志》，收入《唐五代筆記小說大觀》，上海：上海古籍出版社，2000年。

唐・高彥休撰，陽羨生校點，《唐闕史》，收入《唐五代筆記小說大觀》，上海：上海古籍出版社，2000年。

唐・張固撰，恒鶴校點，《幽閒鼓吹》，收入《唐五代筆記小說大觀》，上海：上海古籍出版社，2000年。

唐・李濬編，陽羨生校點，《松窗雜錄》，收入《唐五代筆記小說大觀》，上海：上海古籍出版社，2000年。

唐・范攄撰，陽羨生校點，《雲溪友議》，收入《唐五代筆記小說大

　　觀》，上海：上海古籍出版社，2000年。

唐・蘇鶚撰，陽羨生校點，《杜陽雜編》，收入《唐五代筆記小說大
　　觀》，上海：上海古籍出版社，2000年。

唐・闕名撰，陽羨生校點，《玉泉子》，收入《唐五代筆記小說大觀》，
　　上海：上海古籍出版社，2000年。

唐・康駢撰，蕭逸校點，《劇談錄》，收入《唐五代筆記小說大觀》，上
　　海：上海古籍出版社，2000年。

五代・嚴子休撰，陽羨牛校點，《桂苑叢談》，收入《唐五代筆記小說大
　　觀》，上海：上海古籍出版社，2000年。

五代・王定保撰，陽羨生校點，《唐摭言》，收入《唐五代筆記小說大
　　觀》，上海：上海古籍出版社，2000年。

五代・尉遲偓撰，恒鶴校點，《中朝故事》，收入《唐五代筆記小說大
　　觀》，上海：上海古籍出版社，2000年。

（二）北宋筆記

宋・孫光憲撰，俞鋼整理，《北夢瑣言》，收入《全宋筆記》第一編第一
　　冊，鄭州：大象出版社，2003年。

宋・陶穀撰，鄭村聲、俞鋼整理，《清異錄》，收入《全宋筆記》第一編
　　第二冊，鄭州：大象出版社，2003年。

宋・張洎撰，孔一校點，《賈氏談錄》，收入《宋元筆記小說大觀》，上
　　海：上海古籍出版社，2001年。

宋・鄭文寶，張劍光整理，《南唐近事》，收入《全宋筆記》第一編第二
　　冊，鄭州：大象出版社，2003年。

宋・錢易撰，尚成校點，《南部新書》，收入《宋元筆記小說大觀》，上
　　海：上海古籍出版社，2001年。

宋・楊億口述，黃鑒筆錄，宋庠整理，李裕民輯校，《楊文公談苑》，收
　　入《宋元筆記小說大觀》，上海：上海古籍出版社，2001年。

宋・江休復撰，孔一校點，《江鄰幾雜志》，收入《宋元筆記小說大
　　觀》，上海：上海古籍出版社，2001年。

宋・歐陽脩撰，韓谷校點，《歸田錄》，見《宋元筆記小說大觀》，上

海：上海古籍出版社，2001 年。

宋・張師正撰，李裕民輯校，《倦遊雜錄》，收入《宋元筆記小說大
　　觀》，上海：上海古籍出版社，2001 年。

宋・司馬光撰，王根林校點，《涑水紀聞》，收入《宋元筆記小說大
　　觀》，上海：上海古籍出版社，2001 年。

宋・歐陽靖撰，《聖宋掇遺》，收於《全宋筆記》第 10 編第 11 冊《類說
　　選十八種》，鄭州：大象出版社，2018 年。

舊題五代・馮贄編，張力偉點校：《雲仙散錄》，北京：中華書局，1998
　　年 2 月。

宋・沈括撰，《夢溪筆談》，上海：上海書店出版社，2003 年。

宋・王闢之撰，韓谷校點，《澠水燕談錄》，見《宋元筆記小說大觀》，
　　上海：上海古籍出版社，2001 年。

宋・王得臣撰，俞宗憲校點，《麈史》，收入《宋元筆記小說大觀》，上
　　海：上海古籍出版社，2001 年。

宋・吳處厚撰，尚成校點，《青箱雜記》，收入《宋元筆記小說大觀》，
　　上海：上海古籍出版社，2001 年。

宋・蘇軾撰，孔凡禮整理，《仇池筆記》，收入《全宋筆記》第一編第九
　　冊，鄭州：大象出版社，2017 年。

宋・蘇軾撰，孔凡禮整理，《東坡志林》，收入《全宋筆記》第一編第九
　　冊，鄭州：大象出版社，2017 年。

宋・蘇轍撰，孔凡禮整理，《龍川別志》，收入《全宋筆記》第一編第九
　　冊，鄭州：大象出版社，2003 年。

宋・呂希哲撰，夏廣興整理，《呂氏雜記》，收入《全宋筆記》第一編第
　　十冊，鄭州：大象出版社，2003 年。

宋・魏泰撰，李裕民點校，《東軒筆錄》，北京：中華書局，2006 年。

宋・孔平仲，《續世說》，收入《四部備要》，臺北：臺灣中華書局，
　　1965 年。

宋・朱弁撰，王根林校點，《曲洧舊聞》，收入《宋元筆記小說大觀》，
　　上海：上海古籍出版社，2001 年。

舊題夷門隱叟王君玉撰，楊倩描、徐立群點校，《國老談苑》，北京：中

華書局，2012 年。

宋・文瑩撰，黃益元校點，《玉壺清話》，見《宋元筆記小說大觀》，上
　　海：上海古籍出版社，2001 年。

宋・晁說之撰，黃純艷整理，《晁氏客語》，收入《全宋筆記》第一編第
　　十冊，鄭州：大象出版社，2003 年。

宋・張舜民撰，丁如明校點，《畫墁錄》，收入《宋元筆記小說大觀》，
　　上海：上海古籍出版社，2001 年。

宋・邵伯溫撰，王根林校點，《邵氏聞見錄》，收入《宋元筆記小說大
　　觀》，上海：上海古籍出版社，2001 年。

宋・趙令畤撰，孔凡禮點校，《侯鯖錄》，北京：中華書局，2002 年。

宋・方勺撰，許沛藻、楊立揚點校，《泊宅編》（三卷本），北京：中華
　　書局，1997 年。

宋・朱彧撰，李偉國校點，《萍洲可談》，收入《宋元筆記小說大觀》，
　　上海：上海古籍出版社，2001 年。

宋・孫升，《孫公談圃》，收入《筆記小說大觀》第 8 編，臺北：新興書
　　局，1984 年。

宋・惠洪撰，李保民校點，《冷齋夜話》，收入《宋元筆記小說大觀》，
　　上海：上海古籍出版社，2001 年。

宋・何薳撰，張明華點校，《春渚紀聞》，北京：中華書局，1997 年。

宋・葉夢得撰，宋・宇文紹奕考異，穆公校點，《石林燕語》，收入《宋
　　元筆記小說大觀》，上海：上海古籍出版社，2001 年。

宋・葉夢得撰，徐時儀校點，《避暑錄話》，收入《宋元筆記小說大
　　觀》，上海：上海古籍出版社，2001 年。

宋・黃朝英撰，吳企明點校，《靖康緗素雜記》，北京：中華書局，2014
　　年。

宋・莊綽撰，蕭魯陽點校，《雞肋編》，北京：中華書局，2016 年。

宋・王讜撰，周勛初校證，《唐語林校證》，北京：中華書局，1997 年。

宋・佚名撰，孔一校點，《道山清話》，收入《宋元筆記小說大觀》，上
　　海：上海古籍出版社，2001 年。

宋・彭□輯撰，孔凡禮點校，《墨客揮犀》，北京：中華書局，2002 年。

宋・彭□輯撰，孔凡禮點校，《續墨客揮犀》，北京：中華書局，2002年。

宋・王銍撰，孔一校點，《默記》，收入《宋元筆記小說大觀》，上海：上海古籍出版社，2001年。

宋・張邦基撰，孔凡禮點校，《墨莊漫錄》，北京：中華書局，2002年。

宋・施德操撰，王根林校點，《北窗炙輠錄》，收入《宋元筆記小說大觀》，上海：上海古籍出版社，2001年。

宋・蔡絛撰，馮惠民、沈錫麟點校，《鐵圍山叢談》，北京；中華書局，1997年。

（三）南宋筆記

宋・曾慥撰，俞鋼、王燕華整理，《高齋漫錄》，收入《全宋筆記》第四編第五冊，鄭州：大象出版社，2008年。

宋・邵博撰，王根林校點，《邵氏聞見後錄》，收入《宋元筆記小說大觀》，上海：上海古籍出版社，2001年。

宋・胡仔，《苕溪漁隱叢話》，收入《筆記小說大觀》第35編，臺北：新興書局，1984年。

宋・洪邁著，《容齋隨筆》，上海：上海古籍出版社，1998年。

宋・陸游撰，高克勤校點，《老學庵筆記》，收入《宋元筆記小說大觀》，上海：上海古籍出版社，2001年。

宋・王明清撰，汪新森、朱菊如校點，《玉照新志》，收入《宋元筆記小說大觀》，上海：上海古籍出版社，2001年。

宋・周輝撰，秦克校點，《清波雜誌》，收入《宋元筆記小說大觀》，上海：上海古籍出版社，2001年。

宋・吳曾撰，劉宇整理，《能改齋漫錄》，收入《全宋筆記》第五編第三冊，鄭州：大象出版社，2012年。

宋・陳善撰，查清華整理，《捫蝨新話》，收入《全宋筆記》第五編第十冊，鄭州：大象出版社，2017年。

宋・孫奕撰，《示兒編》，收入《景印文淵閣四庫全書》第864冊，臺北：臺灣商務印書館，1983年。

宋・趙彥衛撰，傅根清點校，《雲麓漫鈔》，北京：中華書局，1996 年。

宋・陳鵠撰，鄭世剛校點，《西塘集耆舊續聞》，收入《宋元筆記小說大
　　觀》，上海：上海古籍出版社，2001 年。

宋・趙與峕撰，傅成校點，《賓退錄》，收入《宋元筆記小說大觀》，上
　　海：上海古籍出版社，2001 年。

宋・費袞撰，金圓校點，《梁溪漫志》，收入《宋元筆記小說大觀》，上
　　海：上海古籍出版社，2001 年。

宋・羅大經撰，穆公校點，《鶴林玉露》，收入《宋元筆記小說大觀》，
　　上海：上海古籍出版社，2001 年。

宋・戴埴，《鼠璞》，收入《景印文淵閣四庫全書》第 854 冊，臺北：臺
　　灣商務印書館，1983 年。

宋・王應麟著，清・翁元圻等注，欒保羣、田松青、呂宗力校點，《困學
　　紀聞》，上海：上海古籍出版社，2013 年。

宋・周密撰，黃益元校點，《齊東野語》，收入《宋元筆記小說大觀》，
　　上海：上海古籍出版社，2001 年。

（四）其他典籍

1.經部

漢・鄭玄箋、唐・孔穎達疏，《詩經正義》，《十三經注疏》，臺北：藝
　　文印書館，1997 年。

漢・鄭玄注，唐・孔穎達疏，《禮記正義》，《十三經注疏》，臺北：藝
　　文印書館，1997 年。

漢・趙岐注，宋・孫奭疏，《孟子正義》，《十三經注疏》，臺北：藝文
　　印書館，1997 年。

漢・孔安國傳，唐・孔穎達正義，《尚書正義》，《十三經注疏》，臺
　　北：藝文印書館，1997 年。

漢・許慎記，宋・徐鉉等校定：《說文解字》，收入《叢書集成初編》，
　　北京：中華書局，1985 年。

漢・許慎著，清・段玉裁注，《說文解字》，臺北：書銘出版，1997 年。

魏・王弼、晉・韓康伯注，唐・孔穎達疏，《周易正義》，《十三經注疏》，臺北：藝文印書館，1997 年。

魏・何晏集解，宋・邢昺疏，《論語注疏》，《十三經注疏》，臺北：藝文印書館，1997 年。

晉・郭璞注，宋・邢昺疏，《爾雅注疏》，《十三經注疏》，臺北：藝文印書館，1997 年。

2.史部

漢・司馬遷，《史記》，北京：中華書局，1997 年。

漢・班固撰，《漢書》，北京：中華書局，1997 年。

晉・陳壽著，南朝宋・裴松之注，《三國志》，北京：中華書局，1997 年。

南朝宋・范曄，《後漢書》，北京：中華書局，1997 年。

唐・房玄齡，《晉書》，北京：中華書局，1997 年。

唐・李延壽撰，《南史》，北京：中華書局，1997 年。

後晉・劉昫，《舊唐書》，北京：中華書局，1997 年。

宋・薛居正撰，《舊五代史》，北京：中華書局，1997 年。

宋・陶岳撰，《五代史補》，收入《全宋筆記》第八編第八冊，鄭州：大象出版社，2017 年。

宋・歐陽修，《新唐書》，北京：中華書局，1997 年。

宋・歐陽修，《新五代史》，北京：中華書局，1997 年。

宋・司馬光編著，元・胡三省音注，《資治通鑑》，北京：中華書局，1997 年。

宋・洪遵，《翰苑群書》，收入《景印文淵閣四庫全書》第 595 冊，臺北：臺灣商務印書館，1983 年。

宋・李燾撰，上海師範大學古籍整理研究所、華東師範大學古籍整理研究所點校，《續資治通鑑長編》，北京：中華書局，2004 年。

宋・尤袤，《遂初堂書目》，收入《宋元明清書目題跋叢刊》宋代卷第 1 冊，北京：中華書局，2006 年。

宋・徐夢莘撰，《三朝北盟會編》，收入《中國野史集成續編》第 4 冊，

　　　成都：巴蜀書社，2000 年。

宋・施宿編撰，《東坡先生年譜》，收入《蘇軾資料彙編》，北京：中華
　　　書局，1994 年。

宋・李埴編：《皇宋十朝綱要》，收入《宋史資料萃編》，新北：文海出
　　　版社，1980 年。

宋・李心傳撰，《建炎以來繫年要錄》，收入《叢書集成初編》，北京：
　　　中華書局，1985 年。

宋・陳振孫，《直齋書錄解題》，收入《宋元明清書目題跋叢刊》宋代卷
　　　第 1 冊，北京：中華書局，2006 年。

宋・祝穆撰、祝洙增訂，施和金點校，《方輿勝覽》，北京：中華書局，
　　　2003 年。

元・脫脫：《宋史》，北京：中華書局，1997 年。

明・馮琦撰，明・陳邦瞻輯，《宋史紀事本末》，收入《景印摛藻堂四庫
　　　全書薈要》第 210 冊，臺北：世界書局，1988 年。

清・錢謙益，《絳雲樓書目》，收入《中國著名藏書家書目匯刊》明清
　　　卷，北京：商務印書館，2005 年。

清・吳任臣撰，《十國春秋》，臺北：國光書局，1962 年。

清・錢曾撰，清・管庭芬、章鈺校證，《讀書敏求記》，收入《宋元明清
　　　書目題跋叢刊》清代卷第 5 冊，北京：中華書局，2006 年。

清・章學誠撰，葉瑛校注，《文史通義校注》，新北：漢京文化，1986
　　　年。

清・永瑢等撰，《四庫全書總目》，臺北：藝文印書館，1989 年。

3.子部

南朝宋・劉義慶著，南朝梁・劉孝標注，余嘉錫箋疏，周祖謨、余淑宜、
　　　周士琦整理，《世說新語箋疏》，北京：中華書局，2007 年。

唐・張彥遠撰，明・毛晉校訂，《歷代名畫記》，臺北：廣文書局，1992
　　　年。

宋・李昉編，《太平廣記》，北京：中華書局，2003 年。

宋・劉斧撰，施林良校點，《青瑣高議》，上海：上海古籍出版社，2012

年。

宋・米芾，《畫史》，收入《中國書畫全書》第 1 冊，上海：上海書畫出版社，1993 年。

宋・洪炎，《侍兒小名錄》，見《全宋筆記》第九編第一冊，鄭州：大象出版社，2018 年。

宋・江少虞撰，《宋朝事實類苑》，上海：上海古籍出版社，1981 年。

宋・李獻民，《雲齋廣錄》，收入《全宋筆記》第九編第一冊，鄭州：大象出版社，2018 年。

宋・董弅，《侍兒小名錄拾遺》，收於《叢書集成初編》，北京：中華書局，1985 年。

宋・曾慥編纂，王汝濤等校注，《類說校注》，福州：福建人民出版社，1996 年。

宋・馬永卿輯，王崇慶解，《元城語錄解》，收入《叢書集成初編》，北京：中華書局，1985 年。

宋・高似孫，《硯箋》，臺北：廣文書局，1991 年。

宋・祝穆，《古今事文類聚》，收入《景印文淵閣四庫全書》第 925-927 冊，臺北：臺灣商務印書館，1983 年。

宋・左圭，《百川學海》，北京：中國書店，1990 年。

宋・皇都風月主人編，《綠窗新話》，臺北：世界書局，1975 年。

元・趙道一，《歷代真仙體道通鑑》，收入《中國神仙傳記文獻初編》第 3 冊，臺北：捷幼出版社，1992 年。

明・胡應麟，《少室山房筆叢》，上海：上海書店出版社，2001 年。

清・王士禎著，《池北偶談》，濟南：齊魯書社，2007 年。

清・王先謙撰，沈嘯寰點校，《莊子集解》，北京：中華書局，1987 年。

4.集部

唐・張為，《詩人主客圖》，收入《歷代詩話續編》，北京：中華書局，1983 年。

宋・姚鉉：《唐文粹》，收入《四部叢刊》初編集部，上海：上海書店，1989 年。

宋・范仲淹：《范文正公集》，收入《四部叢刊》初編集部，上海：上海
　　書店，1989 年。

宋・歐陽修著，《六一詩話》，收入《歷代詩話》，北京：中華書局，
　　2001 年。

宋・歐陽修著，李逸安點校：《歐陽修全集》，北京：中華書局，2001
　　年。

宋・邵雍，《伊川擊壤集》，收入《四部叢刊》初編集部，上海：上海書
　　店，1989 年。

宋・曾鞏撰，陳杏珍、晁繼周點校，《曾鞏集》，北京：中華書局，1984
　　年。

宋・沈遼，《雲巢編》，收入《景印文淵閣四庫全書》第 1117 冊，臺北：
　　臺灣商務印書館，1983 年。

宋・黃庭堅撰，《豫章黃先生文集》，《四部叢刊》初編集部，上海：上
　　海書店，1989 年。

宋・黃庭堅撰，宋・任淵注，劉尚榮校點，《黃庭堅詩集注》，北京：中
　　華書局，2003 年。

宋・秦觀撰，徐培均箋注，《淮海集箋注》，上海：上海古籍出版社，
　　1994 年。

宋・周紫芝著，徐海梅箋釋，《太倉稊米集》，南昌：江西人民出版社，
　　2015 年。

宋・李綱，《梁谿集》，收入《景印文淵閣四庫全書》第 1126 冊，臺北：
　　臺灣商務印書館，1983 年。

宋・計有功撰，王仲鏞校箋，《唐詩紀事校箋》，北京：中華書局，2007
　　年。

宋・阮閱編，周本淳校點，《詩話總龜》，北京：人民文學出版社，1987
　　年。

宋・吳儆，《竹洲集》，收入《景印文淵閣四庫全書》第 1142 冊，臺北：
　　臺灣商務印書館，1983 年。

宋・楊萬里撰，《誠齋詩話》，收入《歷代詩話續編》，北京：中華書
　　局，2001 年。

宋・呂祖謙編，齊治平點校，《宋文鑑》，北京：中華書局，1992 年。

宋・樓鑰，《攻媿集》，收入《景印文淵閣四庫全書》第 1152 冊，臺北：臺灣商務印書館，1983 年。

宋・黃徹撰，《䂬溪詩話》，收入《歷代詩話續編》，北京：中華書局，2001 年。

宋・周紫芝著，《竹坡詩話》，收入《歷代詩話》，北京：中華書局，2001 年。

金・元好問，《中州集》，臺北：鼎文書局，1973 年。

宋・方岳，《秋崖集》，收入《景印文淵閣四庫全書》第 1182 冊，臺北：臺灣商務印書館，1983 年。

宋・釋文珦，《潛山集》，收入《景印文淵閣四庫全書》第 1186 冊，臺北：臺灣商務印書館，1983 年。

宋・魏慶之編，王仲聞校勘，《詩人玉屑》，北京：中華書局，1961 年。

宋・趙必瑑，《覆瓿集》，收入《景印文淵閣四庫全書》第 1187 冊，臺北：臺灣商務印書館，1983 年。

宋・無名氏撰，程毅中等校點，《拗相公》，收入《京本通俗小說等五種》，南京：江蘇古籍出版社，1994 年。

明・陳耀文輯，龍建國、楊有山點校：《花草粹編》，保定：河北大學出版社，2006 年。

明・王世貞，《弇州四部稿》，收入《景印文淵閣四庫全書》第 1280 冊，臺北：臺灣商務印書館，1983 年。

明・張士佩、楊慎，《升庵集》，收入《景印文淵閣四庫全書》第 1270 冊，臺北：臺灣商務印書館，1983 年。

明・袁中道著，錢伯城點校，《珂雪齋集》，上海：上海古籍出版社，1989 年。

明・馮夢龍編，嚴敦易校注，《警世通言》，臺北：里仁書局，1991 年。

清・萬樹撰，清・恩錫、杜文瀾校，《詞律》，臺北：世界書局，1974 年。

清・王夫之著，戴鴻森箋注，《薑齋詩話箋注》，北京：人民文學出版社，1981 年。

清・彭定求等編，《全唐詩》，北京：中華書局，2003 年。

清・王奕清等輯，《御定詞譜》，收入《景印文淵閣四庫全書》第 1495
　　冊，臺北：臺灣商務印書館，1983 年。

清・沈辰垣、王奕清等編，《御選歷代詩餘》，臺北：廣文書局，1972
　　年。

清・董誥等編，《全唐文》，上海：上海古籍出版社，1995 年。

二、近人論著

（一）專書

丁喜霞著，《《洛陽縉紳舊聞記》校注》，北京：中國社會科學出版社，
　　2013 年。

丁傳靖輯，《宋人軼事彙編》，北京：中華書局，2003 年。

田耕宇，《中唐至北宋文學轉型之研究》，北京：中國社會科學出版社，
　　2009 年。

北京大學古文獻研究所編，《全宋詩》，北京：北京大學出版社，1991
　　年。

朱靖華，《蘇東坡寓言大全詮釋》，北京：京華出版社，1998 年。

李強，《北宋慶曆士風與文學研究》，上海：上海書店出版社，2011 年。

李劍國，《唐五代志怪傳奇敘錄》，天津：南開大學出版社，1998 年。

李劍國，《宋代志怪傳奇敘錄》，天津：南開大學出版社，2000 年。

李劍國，《宋代傳奇集》，北京：中華書局，2001 年。

沈松勤，《北宋文人與黨爭——中國士大夫群體研究之一》，北京：人民
　　出版社，1998 年。

昌彼得，《說郛考》，臺北：文史哲出版社，1979 年。

周紹良主編，《唐代墓誌彙編》，上海：上海古籍出版社，1992 年。

周勛初主編，《唐詩大辭典》，南京：江蘇古籍出版社，1990 年。

孟瑤，《中國小說史》，臺北：傳記文學出版社，1996 年。

房銳，《孫光憲與《北夢瑣言》研究》，北京：中華書局，2006 年。

明倫出版社編輯，《杜甫研究資料彙編》，臺北：明倫出版社，1971 年。

苗壯，《筆記小說史》，杭州：浙江古籍出版社，1998 年。

唐圭璋編纂，王仲聞參訂，孔凡禮補輯，《全宋詞》，北京：中華書局，1999 年。

康來新，《發跡變泰──宋人小說學論稿》，臺北：大安出版社，2010 年。

梁太濟箋證，《《南部新書》溯源箋證》，上海：中西書局，2013 年。

張心澂編著，《偽書通考》，收入《民國叢書》，上海：上海書店，1991 年。

張衛國譯，《壇經》，武漢：崇文書局，2017 年。

陳文新，《文言小說審美發展史》，武昌：武漢大學出版社，2002 年。

陳寅恪，《金明館叢稿二編》，北京：三聯書店，2001 年。

陳寅恪，《唐代政治史述論稿》，北京：三聯書店，2001 年。

郭紹虞，《宋詩話輯佚》，臺北：華正書局，1981 年。

曾昭岷、曹濟平、王兆鵬、劉尊明編著，《全唐五代詞》，北京：中華書局，1999 年。

曾棗莊、劉琳主編，《全宋文》，成都：巴蜀書社，1991 年。

曾棗莊、舒大剛主編，《蘇東坡全集》，北京：中華書局，2021 年。

程毅中，《宋元小說研究》，南京：江蘇古籍出版社，1999 年。

傅璇琮主編，《唐才子傳校箋》，北京：中華書局，2000 年。

傅璇琮，《李德裕年譜》，石家莊：河北教育出版社，2001 年。

楊伯峻撰，《列子集釋》，北京：中華書局，1979 年。

楊亮、鍾彥飛點校，《王惲全集彙校》，北京：中華書局，2013 年。

鄒志勇，《宋代筆記詩學思想研究》，北京：中國社會科學出版社，2014 年。

新文豐出版公司編輯部編，《正統道藏》，臺北：新文豐出版公司，1988 年。

趙修霈，《深覆典雅：北宋敷衍故實傳奇析論》，臺北：臺灣學生書局，2016 年。

趙章超，《宋代文言小說研究》，重慶：重慶出版社，2005 年。

寧欣等編著，《宋人筆記中的隋唐五代史料》，北京：商務印書館，2018年。

魯迅，《中國小說史略》，杭州：浙江文藝出版社，2000年。

劉尚榮，《蘇軾著作版本論叢》，成都：巴蜀書社，1988年。

劉葉秋，《歷代筆記概述》，北京：中華書局，1980年。

劉葉秋，《古典小說筆記論叢》，天津：南開大學出版社，1985年。

劉學鍇、余恕誠著，《李商隱文編年校注》，北京：中華書局，2002年。

鄭文惠，《文學與圖像的文化美學——想像共同體的樂園論述》，臺北：里仁書局，2005年。

蕭相愷，《宋元小說史》，杭州：浙江古籍出版社，1997年。

譚正璧，《三言兩拍資料》，上海：上海古籍出版社，1985年。

顧宏義，《宋代筆記錄考》，北京：中華書局，2021年。

（英）馬克・柯里著，寧一中譯，《後現代敘事理論》，北京：北京大學出版社，2004年。

（二）學位論文

王亦妮，《《青瑣高議》與宋代傳奇小說》，西北師範大學碩士論文，2004年。

王然，《《墨莊漫錄》研究》，四川師範大學碩士論文，2017年。

王照華，《《北夢瑣言》補史意識研究》，臺灣大學中國文學研究所碩士論文，2013年。

王翰卿，《《青瑣高議》與劉斧的現實關懷》，遼寧大學碩士論文，2014年。

史曉燁，《《雲齋廣錄》的士人形象研究》，黑龍江大學碩士論文，2014年。

江琴，《宋代筆記小說中的宋詩研究》，四川師範大學碩士論文，2019年。

李世玫，《《青瑣高議》果報觀研究》，中國文化大學中國文學研究所碩士論文，2008年。

李志杰，《《南部新書》考述》，陝西師範大學碩士論文，2006年。

李東輝，《宋人筆記中的唐研究》，華中師範大學碩士論文，2016 年。

李軍，《《楊文公談苑》研究》，西北師範大學碩士論文，2017 年。

李瑞林，《《清異錄》文獻研究》，南京大學中國古典文獻學碩士論文，2014 年。

李曉林，《《清異錄》文獻研究》，南京大學碩士論文，2014 年。

沈夢婷，《唐宋筆記視域中的韓愈研究》，南京師範大學碩士論文，2019 年。

邢祥熹，《《墨莊漫錄》研究》，東北師範大學碩士論文，2016 年。

何玉竹，《《青瑣高議》人物形象研究——以互動關係為中心》，國立中興大學中國文學研究所碩士論文，2010 年。

何湘妃，《南宋高孝兩朝王安石評價的變遷過程與分析》，國立臺灣大學歷史研究所碩士論文，1984 年。

呂依依，《王安石《周官新義》在宋代的學術影響》，國立清華大學中國文學系碩士論文，2018 年。

周靖靜，《北宋筆記研究》，復旦大學碩士論文，2014 年。

周瑾鋒，《唐宋筆記小說研究》，華東師範大學博士論文，2016 年。

邱淑芬，《蘇軾《艾子雜說》研究》，國立彰化師範大學國文研究所國語文教學碩士論文，2008 年。

林美君，《孔平仲及其《續世說》研究》，世新大學中國文學系博士論文，2015 年。

林禎祥，《北宋軼事小說之研究》，東吳大學中國文學研究所博士論文，2012 年。

林卿卿，《宋人軼事小說研究》，復旦大學博士論文，2013 年。

吳依凡，《《三經新義》與王安石新學的形成》，國立政治大學中國文學研究所碩士論文，2011 年。

吳艷麗，《《青瑣高議》之研究》，四川大學碩士論文，2007 年。

馬逸群，《王銍及其詩文研究》，暨南大學碩士論文，2014 年。

張一鳴，《《續世說》考校》，西南交通大學碩士論文，2010 年。

張千帆，《張邦基與《墨莊漫錄》文獻研究》，陝西師範大學碩士論文，2018 年。

張家維，《宋金元志人小說敘錄》，國立臺北大學古典文獻學研究所碩士
　　論文，2008 年。

張盈婕，《《雲齋廣錄》研究》，國立政治大學國文教學碩士在職專班碩
　　士論文，2010 年。

張維芳，《笑話型寓言艾子系列研究》，國立中興大學中國文學系碩士論
　　文，2010 年。

張夢贇，《《唐語林》敘事研究》，華中師範大學碩士論文，2017 年。

陳美偵，《《青瑣高議》研究》，中國文化大學中國文學研究所碩士論
　　文，1996 年。

陳儀芳，《《青瑣高議》神異志怪故事及其文化內涵研究》，國立中山大
　　學中國文學系研究所碩士論文，2013 年。

曹祥金，《宋代筆記中的小說史料研究》，山東大學碩士論文，2010 年。

許津琁，《孫光憲《北夢瑣言》的士人關懷》，世新大學中國文學研究所
　　碩士論文，2015 年。

馮一，《《雲齋廣錄》研究》，蘇州大學碩士論文，2006 年。

閔銳，《北宋前中期筆記小說研究——兼論筆記小說中「宋調」的形
　　成》，華東師範大學碩士論文，2020 年。

彭波，《從宋人筆記看北宋士人風貌》，四川大學碩士論文，2005 年。

楊帆，《《南部新書》研究》，浙江師範大學碩士論文，2018 年。

楊敬龍，《《青瑣高議》研究》，牡丹江師範學院碩士論文，2017 年。

鄒志勇，《宋人筆記中的詩學討論熱點研究》，南京師範大學博士論文，
　　2005 年。

趙修霈，《宋代傳奇小說傳奇手法研究》，國立政治大學中國文學研究所
　　博士論文，2009 年。

翟璐，《宋代筆記中的蘇軾》，河南大學碩士論文，2013 年。

劉秋娟，《《青瑣高議》重寫唐代小說研究》，西南大學碩士論文，2013
　　年。

鄭杰英，《《墨莊漫錄》研究》，遼寧師範大學碩士論文，2017 年。

蔡和慈，《《青瑣高議》女性角色研究》，臺南大學國語文學系國語文教
　　學碩士論文，2005 年。

蔡香蘭，《《青瑣高議》中的詩詞研究》，西北師範大學碩士論文，2017
　　年。

鍾佳蓁，《《北夢瑣言》研究》，逢甲大學中國文學研究所碩士論文，
　　2009 年。

戴立哲，《《青瑣高議》與其影響研究》，西南大學碩士論文，2010 年。

酈明月，《《唐語林》研究》，華中師範大學碩士論文，2003 年。

羅羽羚，《《墨莊漫錄》文學批評研究》，暨南大學碩士論文，2018 年。

（二）期刊、論文集論文

丁海燕，〈中華書局版宋人史料筆記小議〉，《中國圖書評論》2003 年 3
　　期，2003 年 4 月，頁 40-41。

丁海燕，〈宋人史料筆記研究——從《四庫全書總目》對宋代史料筆記的
　　評價談起〉，《中州學刊》2004 年 1 期，2004 年 1 月，頁 112-116。

丁海燕，〈從宋人史料筆記看歷史資料的二重性〉，《史學理論與史學史
　　學刊》，2010 年 11 月，頁 211-220。

丁海燕，〈宋人史料筆記關於史書采撰的幾點認識〉，《遼寧大學學報
　　（哲學社會科學版）》第 41 卷第 5 期，2013 年 9 月，頁 48-53。

王立、楊月亮，〈《青瑣高議・高言》傳統文化觀念透視〉，《遼東學院
　　學報》2005 年第 2 期，2005 年 3 月，頁 21-26。

王紅麗，〈從宋代筆記看宋人對杜甫及其詩歌的接受〉，《廣東廣播電視
　　大學學報》第 20 卷第 5 期，2011 年 10 月，頁 71-79。

王梅，〈宋人筆記中的黨爭及其士風——以「舊黨」筆記為例〉，《首都
　　師範大學學報（社會科學版）》2011 年增刊 1 期，2011 年 2 月，頁
　　75-79。

王偉，〈《青瑣高議》與狐精小說的通俗化〉，《蒲松齡研究》2006 年第
　　3 期，2006 年 9 月，頁 153-160。

王華權，〈宋代筆記中宋人對唐詩的接受觀考探〉，《蘭州學刊》2011 年
　　第 3 期，2011 年 3 月，頁 139-142。

王德明，〈宋代詩話「以資閑談」的創作目的及其影響〉，《廣西師範大
　　學學報（哲學社會科學版）》第 31 卷第 3 期，1995 年 9 月，頁 76-

80。

王慶華，〈《青瑣高議》、《綠窗新話》等標題形式並非「仿話本」——
　　略論宋代文言小說七言標目形式的發生〉，《蘭州學刊》2010 年第
　　7 期，2010 年 7 月，頁 183-184。

尹大中，〈《澠水燕談錄》書畫十一事解讀〉，《東岳論叢》第 35 卷第 4
　　期，2014 年 4 月，頁 181-184。

尹林，〈史說之「臍」：預言在小說和史之間的紐帶作用——以《唐語
　　林·識鑒》為研究重點〉，《雞西大學學報》第 16 卷第 2 期，2016
　　年 2 月，頁 124-127。

方建新，〈關於《石林燕語》的成書時間〉，《杭州大學學報（哲學社會
　　科學版）》第 17 卷第 4 期，1987 年 12 月，頁 26-28。

方建新，〈《避暑錄話》考略〉，《杭州大學學報（哲學社會科學版）》
　　第 21 卷第 3 期，1991 年 9 月，頁 61-69。

孔凡禮，〈《艾子》是蘇軾的作品〉，《文學遺產》第 3 期，1985 年 6 月，
　　頁 39-42。

石麟，〈論馮夢龍對舊話本小說的改造——兼談《京本通俗小說》的成書
　　時間〉，《湖北師範學院學報（哲學社會科學）》第 17 卷第 1 期，
　　1997 年 2 月，頁 20-25。

田志勇、何硯華，〈《仇池筆記》的版本和校勘時的版本選擇〉，《蒙自
　　師範高等專科學校學報》第 1 卷第 3 期，1999 年 6 月，頁 42-47。

付佳，〈王安石〈明妃曲〉在宋代的接受〉，《人文雜誌》2014 年第 6
　　期，2014 年 6 月，頁 65-71。

任樹民，〈從宋人筆記看王安石的人格〉，《撫州師專學報》第 20 卷第 1
　　期，2001 年 3 月，頁 1-4。

朱杰人，〈王銍及其《默記》〉，《浙江學刊》1993 年第 2 期，1993 年 5
　　月，頁 114-116。

江湄，〈宋代筆記、歷史記憶與士人社會的歷史意識〉，《天津社會科
　　學》2016 年第 4 期，2016 年 7 月，頁 146-155。

李小龍，〈《青瑣高議》版本源流考〉，《文獻季刊》2008 年第 1 期，
　　2008 年 1 月，頁 115-124。

李宇豪，〈從《楊文公談苑》看楊億詩歌創作好尚〉，《閩西職業技術學院學報》第 22 卷第 4 期，2020 年 12 月，頁 33-36。

李沛，〈歐陽修對馮道的負面評價及其原因〉，《杭州學院學報》第 32 卷第 6 期，2017 年 6 月，頁 17-20。

李芳民，〈論《東坡志林》的審美特色──兼及蘇軾筆記散文的文學史意義〉，《西北大學學報（哲學社會科學版）》第 50 卷第 1 期，2020 年 1 月，頁 158-166。

李昭鴻，〈標榜與鑑戒：孫光憲《北夢瑣言》中女性形象的社會意涵〉，《中國文化大學中文學報》第 24 期，2012 年 4 月，頁 125-145。

李德書，〈李白〈上樓詩〉與〈題峰頂寺〉、〈夜宿山寺〉考辨〉，《西南科技大學學報（哲學社會科學版）》第 23 卷第 1 期，2006 年 3 月，頁 73-75、95。

沈潤冰，〈略論唐宋筆記中的杜甫形象〉，《杜甫研究學刊》2021 年第 2 期，2021 年 6 月，頁 39-48。

宋春光，〈《邵氏聞見錄》中的「王安石敘事」〉，《中原文化研究》2021 年第 5 期，2021 年 9 月，頁 114-122。

宋娟，〈宋人筆記中蘇軾文學批評軼事及其價值〉，《文藝評論》，2015 年 12 月，頁 94-97。

宋馥香，〈兩宋歷史筆記的編纂特點〉，《華中科技大學學報（社會科學版）》2007 年第 2 期，2007 年 3 月，頁 72-76。

金周映，〈《艾子》初探〉，《東吳中文研究集刊》第 9 期，2002 年 9 月，頁 68-72。

周勛初，〈唐宋人物軼事的不同風貌〉，《中華文史論叢》103 期，2011 年 3 月，頁 313-334。

周楞伽、周允中，〈談談《京本通俗小說》的作偽〉，《文史雜志》2022 年第 4 期，2022 年 7 月，頁 80-82。

邱昌員、袁娉，〈歐陽修《歸田錄》述論〉，《贛南師範學院學報》2010 年第 2 期，2010 年 4 月，頁 70-74。

邱美瓊，〈《冷齋夜話》補輯〉，《內江師範學院學報》第 21 卷第 1 期，2006 年 2 月，頁 68-70。

房厚信、張明華，〈王銍著述考〉，《東岳論叢》第 33 卷第 6 期，2012 年
　　6 月，頁 64-67。

房銳，〈《北夢瑣言》與唐五代史籍〉，《四川師範大學學報（社會科學
　　版）》第 30 卷第 4 期，2003 年 8 月，頁 85-90。

房銳，〈從《北夢瑣言》看唐五代人的婚配觀〉，《廣西社會科學》2004
　　年第 2 期，2004 年 2 月，頁 129-131。

房銳，〈虎狼叢中也立身——從《北夢瑣言》所載史事論馮道〉，《晉陽
　　學刊》2004 年第 2 期，2004 年 3 月，頁 76-79。

房銳，〈從《北夢瑣言》看晚唐落第士人的心態〉，《社會科學家》2004
　　年第 5 期，2004 年 9 月，頁 52-54。

房銳，〈《北夢瑣言》輯佚〉，《四川師範大學學報（社會科學版）》，
　　2004 年第 6 期，2004 年 11 月，頁 89-95。

房銳，〈對《北夢瑣言》結集時間的再認識〉，《樂山師範學院學報》第
　　20 卷第 7 期，2005 年 7 月，頁 22-24。

房銳，〈從《北夢瑣言》看晚唐重進士科之風氣〉，《唐都學刊》第 21 卷
　　第 5 期，2005 年 10 月，頁 1-4。

房銳，〈《北夢瑣言》的文獻校勘價值〉，《四川師範大學學報（社會科
　　學版）》第 33 期第 2 期，2006 年 3 月，頁 128-133。

房銳，〈《北夢瑣言》訂誤〉，《西華大學學報（哲學社會科學版）》第 3
　　期，2006 年 6 月，頁 13-14、93。

胡彥、張瑞君，〈從《南部新書》看唐及五代科舉制度〉，《太原師範學
　　院學報（社會科學版）》第 9 卷第 2 期，2010 年 3 月，頁 72-77。

胡萬川，〈「京本通俗小說」的新發現〉，《中華文化復興月刊》第 10 卷
　　第 10 期，1977 年 10 月，頁 37-43。

胡曉陽，〈論《青瑣高議》中傳奇之心理描寫〉，《綏化學院學報》第 35
　　卷第 2 期，2015 年 2 月，頁 38-42。

胡鵬，〈論宋人筆記中士大夫形象的建構——以宋初宰相陳堯佐為例〉，
　　《天中學刊》第 35 卷第 3 期，2020 年 6 月，頁 82-87。

胡鵬，〈宋代筆記與詩詞關係探論〉，《長江大學學報（社會科學版）》
　　第 44 卷第 4 期，2021 年 7 月，頁 101-107。

修世平，〈《仇池筆記》輯析〉，《古籍整理研究學刊》1999 年第 5 期，
　　1999 年 9 月，頁 5-10。

唐雪康，〈新見潘重規舊藏《南部新書》抄本考論〉，《文獻》2021 年第
　　4 期，2021 年 7 月，頁 92-111。

唐博聞，〈11 世紀與 10 世紀北宋早期史學家觀念比較——以馮道為例〉，
　　《北方文學》第 26 期，2017 年 9 月，頁 225、241。

徐策，〈《東坡志林》中的蘇軾之「趣」〉，《連雲港師範高等專科學校
　　學報》2020 年第 3 期，2020 年 9 月，頁 48-53。

栗文杰，〈毀譽從來不可聽　是非終究自分明——論《警世通言》中的王
　　安石形象之轉變〉，《科教文化》2010 年上旬刊，2010 年 3 月，頁
　　53、58。

涂小麗，〈宋人筆記中論唐史之風〉，《北方論叢》2012 年第 3 期，頁 94-
　　97。

秦穎，〈An Introductory Study of the Tang yulin (Forest of Conversations on the
　　Tang): Textual History, Source Material, and the Influences It Received
　　《唐語林》介紹：文本歷史，材料來源，及所受影響〉，《清華學
　　報》新 48 卷第 2 期，2018 年 6 月，頁 419-456。

馬幼垣、馬泰來，〈京本通俗小說各篇的年代及其真偽問題〉，《清華學
　　報》新第 5 卷第 1 期，1965 年 7 月，頁 14-32。

章培垣、徐豔，〈關於五卷本《東坡志林》的真偽問題——兼談十二卷本
　　《東坡先生志林》的可信性〉，《南京師範大學文學院學報》2002
　　年第 4 期，2002 年 12 月，頁 163-173。

張志合，〈也談《京本通俗小說》——敬質聶恩彥同志〉，《青丘師專學
　　報（社會科學版）》1988 年第 1 期，1988 年 4 月，頁 82-85。

張明華，〈論馮道「不知廉恥」歷史形象的塑造與傳播〉，《史學月刊》
　　2012 年第 5 期，2012 年 5 月，頁 101-109。

張彥，〈北宋王鞏筆記考論〉，《新疆職業大學學報》第 22 卷第 5 期，
　　2014 年 10 月，頁 43-47。

張高評，〈宋人筆記論詩歌之新創自得〉，《高雄師大國文學報》第 28
　　期，2018 年 7 月，頁 1-39。

張培鋒，〈〈夜宿烏牙寺〉詩為李白所作考〉，《古典文學知識》2018 年第 3 期，2018 年 5 月，頁 48-55。

張瑞君，〈文瑩筆記中的文學思想〉，《重慶師範大學學報（哲學社會科學版）》2015 年第 3 期，2015 年 6 月，頁 91-98。

張福勛，〈應當充分肯定《青瑣高議》的價值——兼及一種頑固的認識偏頗〉，《南陽師範學院學報》第 10 卷第 8 期，2011 年 8 月，頁 73-76。

張劍光，〈宋人筆記的史料價值——基於唐五代社會資料為核心的考察〉，《山西大學學報（哲學社會科學版）》第 39 卷第 4 期，2016 年 7 月，頁 33-38。

陳志堅、梁太濟，〈《南部新書》研讀札記六題〉，《中國典籍與文化》2012 年第 2 期，2012 年 4 月，頁 109-114。

陳福盛，〈唐人家學論略——以《唐語林》為例分析〉，《棗莊學院學報》第 31 卷第 4 期，2014 年 8 月，頁 46-49。

陳福盛，〈論《唐語林》對《世說新語》的承與變〉，《合肥學院學報（社會科學版）》第 31 卷第 6 期，2014 年 11 月，頁 37-40、51。

陳福盛，〈唐代女性的精神風貌及其對當代女性的啟示——以《唐語林》為考察對象〉，《岳陽職業技術學院學報》第 34 卷第 4 期，2019 年 7 月，頁 77-81。

陳曉瑩，〈歷史與符號之間——試論兩宋對馮道的研究〉，《史學集刊》2010 年第 2 期，2010 年 3 月，頁 101-106。

許興寶，〈呂洞賓詞簡論〉，《寧夏大學學報（人文社會科學版）》2002 年第 4 期，2002 年 8 月，頁 29-34。

莊麗麗、張小平，〈北宋名相曾公亮詩文繫年〉，《遼東學院學報（社會科學版）》第 13 卷第 2 期，2011 年 4 月，頁 123-124。

郭凌雲，〈北宋歷史瑣聞筆記主題變化論略〉，《牡丹江教育學院學報》2006 年 2 期，2006 年 3 月，頁 1-3。

郭凌雲，〈歷史瑣聞筆記題材在北宋的變遷〉，《河南教育學院學報（哲學社會科學版）》2006 年第 6 期，2006 年 11 月，頁 71-74。

郭凌雲，〈北宋歷史瑣聞筆記觀念簡論〉，《北京大學學報（哲學社會科

學版）》第 49 卷第 5 期，2012 年 9 月，頁 49-56。

郭凌雲，〈北宋黨爭影響下的歷史瑣聞筆記創作〉，《雲南民族大學學報（哲學社會科學版）》第 30 卷第 5 期，2013 年 9 月，頁 144-149。

許沛藻、楊立揚，〈《泊宅編》成書考〉，《上海師範大學學報（哲學社會科學版）》1983 年第 1 期，1983 年 2 月，頁 120-124。

許振興，〈輯校本《楊文公談苑》商榷〉，《古籍整理研究學刊》1995 年 1、2 期合刊，1995 年 3 月，頁 26-28。

許淨瞳，〈《楊文公談苑》考〉，《古籍整理研究學刊》2011 年 4 期，2011 年 7 月，頁 23-28。

許淨瞳，〈宋初宦官的參政預軍制度——從《楊文公談苑》所載一首詩說起〉，《中南大學學報（社會科學版）》第 18 卷第 3 期，2012 年 6 月，頁 162-165。

許淨瞳，〈《楊文公談苑》的文獻價值〉，《鹽城師範學院學報（人文社會科學版）》2013 年 1 期，2013 年 2 月，頁 80-83。

許淨瞳，〈從《楊文公談苑》所載論宋初二帝施政〉，《佳木斯大學社會科學學報》第 33 卷第 5 期，2015 年 10 月，頁 136-137、141。

許琰，〈楊億著述考〉，《歷史文獻研究》總第 32 輯，2013 年 6 月，頁 176-184。

陶敏，〈述海日樓藏舊抄本《賈氏談錄》〉，《文獻》2007 年第 2 期，2007 年 4 月，頁 89-94。

馮一，〈《雲齋廣錄》版本源流考〉，《蘇州大學學報（哲學社會科學版）》2006 年第 3 期，2006 年 5 月，頁 75-78。

馮茜，〈《師友談記》所記陳祥道事蹟考辨（上）、（下）〉，《中華文史論叢》第 119 期，2015 年 3 月，頁 206、256。

馮暉，〈《涑水紀聞》的史料價值〉，《華南師範大學學報（社會科學版）》1997 年 6 期，1997 年 12 月，頁 133-135、137。

馮勤，〈《青瑣高議》的民俗信仰傾向探析〉，《宗教學研究》2004 年第 4 期，2004 年 12 月，頁 128-131。

馮勤，〈論《青瑣高議》價值取向的轉變〉，《西南民族大學學報（人文社科版）》2005 年第 1 期，2005 年 1 月，頁 219-221。

馮勤，〈北宋文化政策的雙重性與《青瑣高議》的「多言古事」〉，《中華文化論壇》2005 年第 2 期，2005 年 4 月，頁 70-72。

馮勤，〈《青瑣高議》的藝術形式及其在小說文體變革中的價值〉，《四川大學學報（哲學社會科學版）》2005 年第 6 期，2005 年 11 月，頁 108-111。

馮勤，〈《青瑣高議》的撰輯形式簡論〉，《文史雜誌》2006 年第 2 期，2006 年 3 月，頁 36-38。

曾祥波，〈《仇池筆記》的成書來源及其價值——以明刊《重編東坡先生外集》為切入點〉，《文學遺產》2022 年第 2 期，2022 年 3 月，頁 74-85。

程國賦、葉菁，〈北宋新舊黨爭影響下的筆記小說創作〉，《陝西師範大學學報（哲學社會科學版）》第 45 卷第 6 期，2016 年 11 月，頁 25-32。

黃端陽，〈宋人李獻民「雲齋廣錄」研究〉，《大陸雜誌》第 96 卷第 1 期，1998 年 1 月，頁 37-48。

黃震云，〈《青瑣高議》有關唐代傳奇本事考略〉，《漢中師院學報（哲學社會科學版）》1990 年第 1 期，1990 年 4 月，頁 44-47。

陽繁華、唐成可，〈論宋人筆記小說中王安石的負面形象〉，《合肥學院學報（社會科學版）》第 29 卷第 2 期，2012 年 3 月，頁 32-35。

葉菁，〈《邵氏聞見錄》與南宋初年政治——以其中有關王安石的記敘為討論中心〉，《暨南學報（哲學社會科學版）》2016 年第 8 期，2016 年 8 月，頁 19-26。

楊敬民，〈論《詩話總龜》對《青瑣高議》的采摭〉，《古籍整理研究學刊》第 6 期，2013 年 11 月，頁 5-11。

賈濤，〈宋人筆記對蘇軾文人藝術家形象的神化與重塑〉，《藝術探索》第 34 卷第 5 期，2020 年 9 月，頁 20-29。

董樂寧，〈詩評家江休復事蹟考述〉，《湖北科技學院學報》第 35 卷第 2 期，2015 年 2 月，頁 39-40、46。

葛雅萍，〈王銍《默記》的文史成就及其思想價值〉，《長江大學學報（社科版）》第 38 卷第 7 期，2015 年 7 月，頁 19-21。

葛雅萍，〈王銍《默記》的資鑑用意——對儂智高李筠反叛事件等記載的對比透析〉，《語文建設》第 30 期，2015 年 10 月，頁 85-86。

廖咸惠，〈閒談、紀實與對話：宋人筆記與術數知識的傳遞〉，《清華學報》新 48 卷第 2 期，2018 年 6 月，頁 387-418。

趙修霈，〈《雲仙散錄》之撰作時代：由書中所錄之唐人詩文才華故實析論〉，《東吳中文學報》第 34 期，2017 年 11 月，頁 29-53。

趙修霈，〈「隋煬帝三記」敷衍故實手法析論：兼論其撰作時代〉，《成大中文學報》第 64 期，2019 年 3 月，頁 139-175。

趙琛，〈〈范文正濟秀才〉故事考〉，《魯東大學學報（哲學社會科學版）》第 29 卷第 5 期，2012 年 9 月，頁 40-42。

趙維國，〈《永樂大典》所存宋人劉斧小說集佚文輯考〉，《文獻季刊》2001 年第 2 期，2001 年 4 月，頁 89-103。

趙維國，〈《雲齋廣錄》作者李獻民考略〉，《文獻季刊》2009 年第 2 期，2009 年 4 月，頁 178-180。

趙章超，〈劉斧小說輯補〉，《文獻季刊》2006 年第 3 期，2006 年 7 月，頁 15-18。

趙慶玲，〈《青瑣高議・高言》寫作模式與創作心理解析〉，《蘭州教育學院學報》第 30 卷第 5 期，2014 年 5 月，頁 20-21。

虞雲國，〈《南部新書》小考〉，《文獻》2001 年第 4 期，2001 年 10 月，頁 104-108、144。

熊明、張麗萍，〈司馬光《涑水紀聞》小說品格論析〉，《荊楚理工學院學報》第 30 卷第 1 期，2015 年 2 月，頁 17-21。

齊慧源，〈《唐語林》藝術特徵分析〉，《蘇州教育學院學報》第 30 卷第 1 期，2013 年 2 月，頁 33-36。

劉天振，〈論《青瑣高議》中帝王故事的世俗化傾向〉，《浙江師範大學學報（社會科學版）》2009 年第 6 期，2009 年 11 月，頁 115-119。

劉玉鳳，〈《雲齋廣錄》中夢意象對小說結構及表現的影響〉，《成都師範學院學報》第 31 卷第 2 期，2015 年 2 月，頁 80-84。

劉守華，〈《青瑣高議》中的宋代民間故事〉，《高等函授學報（哲學社會科學版）》1997 年第 5 期，1997 年 10 月，頁 17-19、64。

劉季富，〈「竹夫人」詞源小考及其他〉，《安陽師範學院學報》2006 年
　　第 6 期，2006 年 12 月，頁 69-70。

劉豔萍，〈唐宋洛陽分司長官對文人群體的影響——以裴度、錢惟演、文
　　彥博、韓絳為中心〉，《河南科技大學學報（社會科學版）》第 31
　　卷第 4 期，2013 年 8 月，頁 11-15。

鄭世剛，〈《默記》中有關「滁州之戰」記載的辨析〉，《上海師範大學
　　學報（哲學社會科學版）》1982 年 1 期，1982 年 4 月，頁 85-87。

鄧子勉，〈《江鄰幾雜志》考略〉，《文獻季刊》2006 年第 1 期，2006 年
　　1 月，頁 103-111。

鄧啟輝，〈讀《雞肋編》中筆記一則獻疑〉，《文教資料》2012 年 9 月中
　　旬刊，2012 年 9 月，頁 121-122。

鄧瑞全、李開升，〈《清異錄》版本源流考〉，《古籍整理研究學刊》
　　2008 年第 4 期，2008 年 7 月，頁 48-55。

蔣金芳，〈從《四庫總目》評語看宋人筆記與北宋黨爭〉，《科教文匯》
　　中旬刊，2018 年 6 月，頁 154-155。

潘麗琳，〈五代孫光憲「北夢瑣言」初探〉，《東吳中文研究集刊》第 6
　　期，1999 年 5 月，頁 73-92。

盧迪、朱佩弦，〈《唐語林》文學觀念析論〉，《西部學刊》2014 年第 7
　　期，2014 年 7 月，頁 62-65。

盧曉輝，〈論宋代呂洞賓傳說的流傳〉，《閱江學刊》第 6 期，2011 年 12
　　月，頁 131-134。

錢振宇，〈黨爭背景下的「君子群體政治」與「君子個體政治」——以中
　　晚唐政局為中心〉，《中國文化研究》2014 年夏之卷，2014 年 5
　　月，頁 67-74。

聶恩彥，〈《京本通俗小說》探考〉，《山西師院學報（社會科學版）》
　　1982 年第 1 期，1982 年 4 月，頁 31-36。

聶恩彥，〈《京本通俗小說》再探考〉，《山西師院學報（社會科學
　　版）》1982 年第 4 期，1982 年 12 月，頁 4-9。

聶恩彥，〈再考《京本通俗小說》——兼與蘇興同志商榷〉，《社會科學
　　戰線》1986 年第 3 期，1986 年 6 月，頁 320-321。

瞿林東，〈宋人筆記的史學意識〉，《文史知識》2014 年 10 月，頁 29-
　　36。

瞿林東，〈宋人史料筆記撰述的旨趣〉，《天津社會科學》2016 年 4 期，
　　2016 年 7 月，頁 138-145。

鄺明月，〈《唐語林》的敘事特徵〉，《科教文匯》下旬刊，2007 年 10
　　月，頁 176-177、184。

鄺明月，〈《唐語林》與紀傳體史書《舊唐書》比較〉，《考試周刊》第
　　45 期，2008 年 11 月，頁 204-205。

鄺明月，〈《唐語林》與唐代士人心態〉，《科技資訊》第 31 期，2008 年
　　11 月，頁 214-215。

羅昌繁，〈北宋初期筆記小說中的五代十國君臣形象〉，《許昌學院學
　　報》第 31 卷第 4 期，2012 年 7 月，頁 59-62。

羅寧，〈論《南部新書》對於整理唐代小說文獻的價值〉，《西南交通大
　　學學報（社會科學版）》第 10 卷第 2 期，2009 年 4 月，頁 58-63。

羅寧、張克然，〈《侍兒小名錄》書考〉，《第六屆宋代文學國際研討會
　　論文集》，成都：巴蜀書社，2011 年 5 月，頁 609-613。

羅寧，〈「詩話」與「本事」——再探《六一詩話》與晚唐五代詩歌本事
　　著作的關係〉，《清華學報》新 48 卷第 2 期，2018 年 6 月，頁 327-
　　356。

羅寧、熊建月，〈《晁氏客語》的版本及其《全宋筆記》本的若干點校失
　　誤〉，《西華師範大學學報（哲學社會科學版）》2020 年第 1 期，
　　2020 年 1 月，頁 57-66。

蘇興，〈《京本通俗小說》辨疑〉，《文物》1978 年第 3 期，1978 年 4
　　月，頁 71-74。

蘇興，〈《京本通俗小說》外志〉，《吉林師大學報》1979 年第 4 期，
　　1979 年 8 月，頁 102-105。

蘇興，〈再談《京本通俗小說》的問題〉，《社會科學戰線》1983 年第 4
　　期，1983 年 8 月，頁 268-274。

關靜，〈《青瑣高議》佚文補遺及重編問題再探〉，《文化遺產》2020 年
　　第 3 期，2020 年 5 月，頁 190-191。

龐明啟，〈宋詩中的洛陽形象——以宋神宗朝居洛文人群為例〉，《洛陽師範學院學報》第 38 卷第 1 期，2019 年 1 月，頁 16-21、47。

顧宏義，〈《邵氏聞見錄》有關王安石若干史料辨誤〉，《河北大學學報（哲學社會科學版）》第 23 卷第 3 期，1998 年 9 月，頁 37-40、47。

蘭翠，〈唐代女性文化生態管窺——以《唐語林》為考察對象〉，《煙臺大學學報（哲學社會科學版）》第 31 卷第 4 期，2018 年 7 月，頁 58-65。

蘭翠，〈從《唐語林》看唐代佛教的世俗化〉，《山東師範大學學報（人文社會科學版）》第 64 卷第 3 期，2019 年 5 月，頁 54-62。

Levy, Andre 著，吳圳義譯，〈京本通俗小說真偽考〉，《中國古典小說研究專集》第 1 期，1979 年 8 月，頁 109-121。

（韓）安熙珍，〈《艾子雜說》作者質疑〉，《中國蘇軾研究》第 6 輯，北京：學苑出版社，2016 年 11 月，頁 129-139。

（日）長澤規矩也：〈京本通俗小說の真偽〉，《書誌学論考：安井先生頌寿記念》，東京：汲古書院，1982 年 8 月，頁 131-140。

國家圖書館出版品預行編目資料

北宋筆記之小說手法與文化面向

趙修霈著. – 初版. – 臺北市：臺灣學生，2023.09
面；公分

ISBN 978-957-15-1925-8 (平裝)

1. 筆記 2. 文學評論 3. 北宋

857.151　　　　　　　　　　　　112016113

北宋筆記之小說手法與文化面向

著　作　者	趙修霈
出　版　者	臺灣學生書局有限公司
發　行　人	楊雲龍
發　行　所	臺灣學生書局有限公司
地　　　址	臺北市和平東路一段 75 巷 11 號
劃 撥 帳 號	00024668
電　　　話	(02)23928185
傳　　　眞	(02)23928105
E - m a i l	student.book@msa.hinet.net
網　　　址	www.studentbook.com.tw
登記證字號	行政院新聞局局版北市業字第玖捌壹號
定　　　價	新臺幣五〇〇元
出 版 日 期	二〇二三年九月初版
I　S　B　N	978-957-15-1925-8

85736